suhrkamp taschenbuch 5325

AF217125

Caleb Maddox ist Schmerzforscher und Toxikologe und wird als solcher zeitweilig von der Polizei von San Francisco als Berater bei Mordfällen hinzugezogen. Und die braucht gerade dringend seine Expertise, da in den letzten Wochen immer wieder wohlsituierte Männer tot aus der Bay gezogen werden, die unter unbeschreiblichen Schmerzen gestorben sein müssen. Maddox hilft gerne, auch wenn er zurzeit Krach mit seiner Freundin hat und daher lieber durch alle Bars der Stadt zieht. Dabei lernt er die geheimnisvolle Emmeline kennen, der er rasch verfällt. Emmeline scheint direkt aus einem Film noir der 1940er zu stammen, eine Femme fatale, stylish, mysteriös, extravagant. Die Nebel wallen über der Bay Area, das Asphalt glänzt regennass, und Emmeline führt Maddox an die unwahrscheinlichsten Orte. Aber nichts, gar nichts ist so, wie es scheint …

Ein unvergesslicher Thriller über einen Mann, den seine unaussprechliche Vergangenheit nicht loslässt, und eine unwiderstehliche Frau, die ihm den ultimativen Ausweg bietet.

»*Poison Artist* ist eine elektrisierende Lektüre, die sich von Schock zu Schock steigert. Ich habe die letzten 100 Seiten in einem Rutsch gelesen. Das letzte Kapitel ist ein absoluter Knaller. Ich habe seit *Roter Drache* nichts so Furchterregendes mehr gelesen.« *Stephen King*

**JONATHAN MOORE** ist Anwalt und Romancier. Seine Bücher wurden in zwölf Sprachen übersetzt. Für den Thriller *Fünf Winter*, den er unter dem Pseudonym James Kestrel geschrieben hat, wurde er mit dem Edgar Award 2022 für den besten Roman des Jahres und dem Barry Award 2022 für den besten Thriller des Jahres ausgezeichnet.

**Stefan Lux** übersetzt aus dem Englischen und hat u. a. James Kestrel, Loraine Peck, Marie Rutkoski und Michael Koryta ins Deutsche übertragen. Er lebt in Bonn.

Jonathan Moore

# POISON ARTIST

Thriller

Aus dem amerikanischen Englisch von
Stefan Lux

Herausgegeben von
Thomas Wörtche

Suhrkamp

Die Originalausgabe erschien 2016 unter dem Titel
*The Poison Artist*
bei Houghton Mifflin Harcourt, New York, NY.

Klimaneutral
Druckprodukt
ClimatePartner.com/14438-2110-1001

2. Auflage 2023

Erste Auflage 2023
suhrkamp taschenbuch 5325
© der deutschsprachigen Ausgabe
Suhrkamp Verlag AG, Berlin, 2022
© 2016 by Jonathan Moore
Alle Rechte vorbehalten.
Wir behalten uns auch eine Nutzung des Werks
für Text und Data Mining im Sinne von § 44 b UrhG vor.
Umschlaggestaltung: Rothfos & Gabler, Hamburg,
nach Entwürfen von Orion Books
Umschlagfoto: Hanna Hultsova/Shutterstock
Druck und Bindung: CPI books GmbH, Leck
Printed in Germany
ISBN 978-3-518-47325-2

www.suhrkamp.de

# POISON
# ARTIST

*Für Maria Y. Wang, M. S. B.*

# EINS

Nachdem er eingecheckt hatte und auf sein Zimmer gegangen war, stellte Caleb sich vor den Ankleidespiegel, der außen an der Badezimmertür angebracht war, und betrachtete seine Stirn. Auf dem Rücksitz des Taxis hatte er die Blutung gestillt, indem er die Manschette seines Hemds auf die Wunde gedrückt hatte. Aber in der Haut steckten immer noch winzige Splitter des Whiskeyglases, das sie nach ihm geworfen hatte. Er zog sie mit den Fingernägeln heraus und ließ sie auf den Teppich fallen.

Sofort begann das Blut wieder zu fließen: ein dünnes Rinnsal zwischen seinen Augen, das sich auf dem Nasenrücken teilte und sich zu beiden Seiten den Mundwinkeln näherte. Einen Moment lang betrachtete er das Blut im Gesicht und die beginnende Schwellung auf der Stirn, dann trat er ans Becken und hielt einen Waschlappen ins laufende Wasser. Er wrang ihn aus, wischte das Blut ab, ging zurück ins Zimmer und setzte sich auf den Fußboden, mit dem Rücken gegen die Schranktür. Die kleinen Glasscherben glitzerten im Gewebe des roten Teppichs.

Es war ein hochwertiges Glas. Möglicherweise Murano-Kristall. Vor einem Jahr hatten sie zu Weihnachten einen Satz dieser Gläser gekauft, bei Macy's am Union Square, kurz nach ihrem Einzug. Auf der Eisbahn unter dem beleuchteten Weihnachtsbaum hatten Schlittschuhläufer ihre Runden gezogen, denen sie eine Weile zugesehen hatten, Seite an Seite. Damals hatte sie viel Wärme verströmt, als wären glühende Kohlen in ihre Kleidung eingewebt gewesen.

Sie hatte gestrahlt.

Dieses Wort kam ihm in den Sinn, wenn er an sie dachte, sogar jetzt. Es war gefährlich, in diese Richtung zu denken, aber galt das nicht für alles Mögliche?

Er zog eine der Scherben aus dem Teppich und legte sie auf seine Fingerspitze.

Bei ihrem dritten Date waren sie am Strand jenseits der Straße am westlichen Rand des Golden Gate Parks entlanggegangen. Sie hatte ihre Sandalen ausgezogen, sie ein paarmal gegeneinandergeschlagen, um den Sand zu entfernen, und sie dann in die Handtasche gesteckt. Der vom Ozean hereinwehende Nebel war kurz aufgerissen und hatte den Blick auf die Dutch Windmill und mehrere große Zypressen freigegeben. Bridget hielt seine Hand und schaute auf den düsteren, blaugrauen Pazifik. Plötzlich schrie sie auf, knickte mit dem rechten Knie ein und taumelte gegen ihn.

»Autsch. *Scheiße*.«

»Was ist los?«, fragte er. »Was ist?«

Sie hüpfte auf einem Bein und legte einen Arm um seine Hüfte.

»Glas, glaube ich. Oder eine Muschel.«

Er half ihr zu einer Betontreppe in der Ufermauer, die hinauf zum Bürgersteig führte. Sie setzte sich auf die dritte Stufe, er kniete sich in den Sand und nahm ihren kleinen nackten Fuß in die Hände. Er war schlank und gebräunt, eine Y-förmige weiße Stelle ließ erkennen, wo der Riemen ihrer Sandale die Haut vor der Sonne geschützt hatte. Für einen kurzen Moment glitt sein Blick an ihrem Bein nach oben, die glatte, makellose Haut entlang bis zu ihrem pinkfarbenen Slip. Sie folgte seinem Blick, errötete und schob sich den Rock zwischen die Oberschenkel.

»Sorry«, sagte er.

Sie lächelte.

»Mein Fuß, du Dummkopf.«

»Genau. Dein Fuß.«

Die Scherbe war in die weiche, helle Haut ihrer Fußsohle gedrungen. Erst als er sie herauszog, begann das Blut zu fließen. Es lief zu ihrer Ferse hinunter und tropfte von dort auf die unterste Stufe. Bridget stöhnte auf. Als er zu ihr hochschaute, hatte sie die Augen geschlossen und biss sich auf die Lippen.

»Hast du Papiertaschentücher oder so was in der Handtasche?«

»Ja. Nimm du sie. Ich kann nicht hinsehen.«

Er nahm ihre Tasche und fand das Päckchen Papiertaschentücher. Er nahm mehrere heraus, faltete sie zusammen und drückte sie fest auf die Wunde. Wieder hörte er sie stöhnen.

Er kannte sie nicht gut. Damals. Inzwischen konnte er unterscheiden, ob sie vor Lust oder Schmerz stöhnte. Oder ängstlich wie eine Schwimmerin, die ein letztes Mal nach Sauerstoff schnappt, bevor eine Welle über ihr zusammenschlägt. An jenem Nachmittag am Strand, mit ihrem Fuß in den Händen, kannte er noch nichts von alldem. Damals war sie die junge Frau, die er zwei Wochen zuvor bei einer Vernissage kennengelernt hatte. Die wunderschöne, ein wenig schüchterne junge Frau in einem schwarzen Kleid mit dünnen Trägern, die, wie sich herausstellte, die Hälfte der ausgestellten Bilder gemalt hatte. Er wusste nicht viel über sie, nur, dass er alles wissen wollte.

»Tu ich dir weh?«

»Ich kann nur kein Blut sehen.«

»Stell dir vor, es wäre Farbe.«

Sie lachte, hielt die Augen aber geschlossen.

»Ich trage dich zum Auto, damit nichts in die Wunde kommt.«

Sein Wagen stand vierhundert Meter weiter nördlich, dort, wo der Strand aufhörte und die Klippen begannen.

»Schaffst du das?«

»Locker«, sagte er.

Und tatsächlich war es kein Problem. Sie legte einen Arm um seinen Hals, er hob sie hoch und trug sie in den Armen. Eine halbe Stunde später parkte er vor seinem Haus am Hang des Mount Sutro und trug sie hinein. Er säuberte ihren Fuß mit Wasserstoffperoxid und verband die Wunde. Der Verband löste sich nach kurzer Zeit in seinem Bett, ohne dass einer von ihnen es bemerkt hätte. Die Wunde zeichnete die Muster ihrer Lust mit Blut auf seine Laken, während er vor ihr kniete und die erste von vielen Lektionen über die Frau lernte, die er lieben und mit der er zusammenleben würde. Als sie später merkten, dass sie wieder blutete, brachte er sie den Hügel hinunter ins Krankenhaus, wo die Schnittwunde zum zweiten Mal gereinigt und dann genäht wurde.

Seitdem hatten sie keine einzige Nacht mehr getrennt verbracht, bis zum heutigen Tag.

Er saß auf dem Teppich, drückte sich den Waschlappen gegen die Stirn und dachte, dass ihr die simple künstlerische Wirkung des Musters sicher nicht entgangen wäre. Vielleicht hätte sie sogar Freude daran gefunden und auf diese stille Art gelächelt, wie sie es tat, wenn sie die letzten leeren Flächen auf der Leinwand mit Farbe füllte und die Muster zum Vorschein kamen, als hätte sich ein Nebel verzogen. Glasscherben am Anfang, Glasscherben am Ende. Er nahm den Waschlappen herunter und betrachtete ihn.

»Mit Blut besiegelt«, murmelte er.

Wie bei einem Ritus. Der Code einer Geheimgesellschaft, ihrer jetzt aufgelösten Zwei-Personen-Sekte. Er knüllte den Waschlappen zusammen und warf ihn ins Badezimmer.

Beim Verlassen des Hauses hatte er nur sein Portemonnaie mitgenommen. Kein Handy, keine Schlüssel. Er war den Hügel hinunter zum UCSF Medical Center gegangen und hatte von einer Telefonzelle aus ein Taxi gerufen. Während der Wartezeit am Straßenrand hatte er sich vorgestellt, dass Bridget ihm vielleicht mit dem Auto folgen würde. Dass sie verbotenerweise in der für Krankenwagen reservierten Zone parken und auf ihn zulaufen würde. Sich entschuldigen und ihn bitten würde, zurückzukommen.

Aber falls sie gekommen war, dann nachdem das Taxi ihn schon abgeholt hatte.

Die Bar im Palace Hotel nannte sich Pied Piper. Sie verdankte den Namen einem Gemälde von Maxfield Parrish, das hinter dem Tresen hing – neun Quadratmeter Licht, Schatten und Bedrohlichkeit. Die Kinder verlassen die Sicherheit der Stadtmauer Hamelns, um einem Monster zu folgen, dessen Gesicht so alt und schroff wirkt wie ein Fels.

Es war nicht das erste Mal, dass Caleb in einem Gemälde Zuflucht suchte, dass er sich der Leinwand überließ, bis sowohl der Raum als auch die Außenwelt völlig verschwanden. Vielleicht gab es Gemälde, die speziell für diesen Zweck geschaffen waren. Wenn er sie entdeckte und sich nahe genug setzte, um die einzelnen Pinselstriche unterscheiden zu können, kippte der Raum allmählich zum Rahmen hin, als hätte die Erde ihren Schwerpunkt verlagert. Dann fühlte er sich immer mehr hineingezogen in die Welt, die unter der Farbschicht verborgen lag.

Er blinzelte und sah auf die Uhr. Es war kurz vor zwei an einem Samstagnachmittag.

Wenn man den Barkeeper mitzählte, befanden sich drei Personen im Raum. Caleb zog einen Hocker heran, setzte sich und stützte sich mit den Ellbogen auf den glänzenden Mahagonitresen. Das einzige Licht hier drinnen war auf das Gemälde gerichtet, der Barkeeper ließ ihm Zeit, es noch einmal gründlich zu studieren. Schließlich kam er zu Caleb herüber.

»Gefällt es Ihnen?«

»Ja, schon immer.«

Bis hierher hatte auch der Barkeeper den *Pied Piper of Hamelin* betrachtet, jetzt aber wandte er sich Caleb zu.

»Das Hotel hat es in Auftrag gegeben«, sagte er. »Für sechstausend Dollar, im Jahr 1908. Parrish war klar, dass es in einer Bar hängen würde. Er wollte, dass Männer, die zum Beispiel da sitzen, wo Sie jetzt sitzen, hochschauen und ein Kind sehen – dass sie an ihre eigenen Kinder denken, die zu Hause warten. Und dass sie den zweiten Drink nicht bestellen.«

»Funktioniert es?«

»Ich weiß nicht. Wahrscheinlich nicht. Wissen Sie schon, was Sie wollen?«

»Jameson, unverdünnt. Und ein Guinness.«

»Wollen Sie einen Blick auf die Speisekarte werfen?«

Caleb schüttelte den Kopf und senkte den Blick. Auf dem Tresen hatte jemand den Lokalteil des morgendlichen *Chronicle* liegen gelassen. Die Zeitung war doppelt gefaltet, sodass nur eine Schlagzeile zu erkennen war:

CHARLES CRANE 10 WOCHEN VERMISST
POLIZEI: »WIR BRAUCHEN HINWEISE«

Darunter war das Foto eines korpulenten Mannes mit Hemd und Krawatte zu sehen. Caleb musterte das Foto, drehte die Zeitung um und schob sie weg. Er kannte das Gefühl, das eigene Foto unter einer solchen Überschrift zu sehen. Vermisst zu werden war nicht in jedem Fall schlimm. Manchmal fing der schwierige Teil erst an, wenn man gefunden wurde. Wenn man dann nicht die richtigen Antworten parat hatte, wurde man für den Rest seines Lebens schräg angeschaut.

Er wandte den Blick wieder Maxfield Parrishs Gemälde zu. Im Vordergrund führte der Rattenfänger eine Gruppe Kinder unter einen dunklen, ausladenden Baum. Der Boden war uneben. Um Schritt zu halten, mussten die jüngsten Kinder auf allen vieren über Felsbrocken klettern. Mit gebeugtem Rücken und strähnigen Haaren stand der Rattenfänger zwischen ihnen.

Der Barkeeper stellte ein Whiskeyglas auf die hölzerne Theke und schenkte Caleb zwei Fingerbreit Jameson ein.

»Danke.«

»Aber gern.«

Caleb trank den Whiskey in einem langen Zug und stellte das Glas ab. Der Barkeeper kam mit dem Guinness zurück.

»Ich nehme noch einen davon.«

»Jetzt wissen wir es«, sagte der Barkeeper.

»Was wissen wir?«

»Das Gemälde funktioniert nicht.«

Caleb schüttelte den Kopf.

»Ich habe keine Kinder zu Hause. Oder sonst irgendwo. Bei mir kann es nicht wirken.«

Der Barkeeper nahm die Jameson-Flasche von ihrem Bord an der Wand. Er schenkte ein und schob Caleb das Glas wieder hinüber.

»Autounfall?«

»Hm?«

»Ihre Stirn. Autounfall?«

»Nein, Freundin. Exfreundin, schätze ich.«

»Tut mir leid.«

»Schon in Ordnung.« Er hielt inne und griff nach dem Bierglas. »Ich meine, es ist nicht in Ordnung. Überhaupt nicht. Aber es ist in Ordnung, dass Sie fragen. Der Rest nicht.«

»Dann geht der hier aufs Haus.« Der Mann deutete auf das frisch eingeschenkte Glas.

»Danke.«

Der Barkeeper bückte sich und tauchte kurz darauf mit einem sauberen Geschirrtuch auf, in das er eine Handvoll Eiswürfel gepackt hatte.

»Danke.«

»Sieht aus, als könnten Sie es brauchen.«

»Blutet es?«

»Nein.«

Caleb nahm das Geschirrtuch und drückte es gegen seine Stirn, bis die Wärme seiner Schwellung das schmelzende Eiswasser durch den Stoff dringen ließ. Es war kühl auf seiner Haut. Er hielt das Tuch noch eine Weile, dann legte er es auf den Tresen.

Eine Frau in einem schwarzen Satinkleid betrat die Bar und schaute sich im Raum um. Ihre Haare waren so schwarz wie das Kleid und fielen gerade eben über ihre Schultern, wo sie ein Perlenhalsband teilweise verdeckten. Sie betrachtete die Männer im Raum, die Lippen fest zusammengepresst, als sei sie hochkonzentriert.

Dann drehte sie sich um und ging hinaus.

Ihr Kleid war komplett rückenfrei, ihre Haut wirkte so weich wie das weiße Blatt einer Oleanderblüte. Caleb sah ihr nach, zwischen ihn und den Barkeeper schob sich ein Moment des Schweigens wie eine vorbeiziehende Wolke.

»Ich heiße übrigens Will«, sagte der Barkeeper schließlich. Sie reichten sich die Hände.

»Caleb.«

»Und wie heißt die Exfreundin?«

»Bridget.«

»Zielen kann sie jedenfalls.«

Caleb nahm einen kräftigen Schluck Bier.

»Ich bin nicht sicher, ob sie mich treffen wollte oder nicht.«

»Seien Sie vorsichtig, bis Sie es herausgefunden haben.«

»Ja«, sagte Caleb.

Er wandte den Blick wieder zur Wand hinter dem Tresen.

Die Frau im schwarzen Kleid war höchstens bis auf zehn Meter herangekommen, aber er roch noch immer ihr Parfüm. Es hatte einen dunklen Ton, wie eine Blume, die nur in der Nacht blüht.

Nach dem dritten Jameson bezahlte er und machte sich auf den Weg in sein Zimmer. Als er die Lobby durchquerte, warf er einen Blick durch die Fenster. Die Frau im rückenfreien Satinkleid schien draußen auf den Parkservice zu warten, ungeschützt vor der Kälte. Sie konnte ihn weder gehört noch gesehen haben. Aber sie drehte sich um, ihre Blicke trafen sich. Er nickte ihr zu und ging die Treppe zu seinem Zimmer hinauf.

Gegen Mitternacht erwachte er in der Dunkelheit des Hotelzimmers. Er fühlte sich wieder nüchtern.

Noch ehe er zu sich kam, spürte er den Schmerz.

Er schwang die Beine aus dem Bett, setzte sich auf, trank eine Flasche Mineralwasser, griff zum Telefon und rief seine eigene Festnetznummer an. Beim vierten Klingeln war er sicher, dass sie nicht da war. Er hatte Hunger, wollte aber nichts essen, er wollte nicht wach sein, wusste aber, dass er nicht würde schlafen können. Mehr als alles andere wollte er nicht allein sein. Aber so, wie es am Morgen mit Bridget gelaufen war und wie es geendet hatte, bevor er sein Haus verließ, war ihm klar, dass er für längere Zeit allein sein würde.

Er ging ins Bad und duschte. Dann zog er die einzigen Kleidungsstücke, die er dabeihatte, wieder an, verließ sein Zimmer und ging die Treppe hinunter in die Lobby. Einen Moment lang verharrte er an der Schwelle des Pied Piper, aber dort war es jetzt voll und laut. Am Tresen gab es nur noch Stehplätze.

Er verließ das Hotel und blieb an der Ecke Market und New Montgomery Street im kalten Wind stehen. Nebelfinger wehten die Market Street hinunter und vermischten sich auf dem Weg zur Bucht mit dem Dampf, der aus Kanaldeckeln aufstieg. Wenn nicht Mitternacht gewesen wäre, hätte er zum Union Square gehen, sich an die Eisbahn und den erleuchteten Weihnachtsbaum stellen, den Schlittschuhläufern zusehen und am Schorf dieser warmen Erinnerung kratzen können, bis sie flüssig und klebrig wurde.

Er fragte sich, wo Bridget in diesem Augenblick sein mochte.

Natürlich stellte er sich selbst eine Falle, aber er tappte bereitwillig hinein, malte sich aus, wie sie weinend durch den kalten Nebel und die Dunkelheit stolperte. Oder in ihrem Atelier an der Bush Street stand, eine Flasche in der einen und einen Pinsel in der anderen Hand, und die Leinwand mit Farbe attackierte. Vielleicht war sie aber auch nicht verfroren oder allein, vielleicht dachte sie nicht mal an ihn …

Auf der anderen Straßenseite war eine Bar. Sie schien geöffnet zu sein, war aber so gut wie unbeleuchtet. Licht verbreitete eigentlich nur die Neonreklame an der Fassade, die jeden einzelnen Buchstaben rot aufscheinen ließ:

H

O

U

S

E

*of*

SHIELDS

*Cocktails*

Er blieb mit den Händen in den Taschen stehen und betrachtete den Schriftzug. Bei einigen Buchstaben funktionierten die Transformatoren nicht richtig, sodass sie flackerten. Nachdem er eine Weile hinübergeschaut hatte, überquerte er die Straße, ohne auf den Verkehr zu achten, und trat an die Tür.

Drinnen befanden sich zehn oder fünfzehn Personen, aber als er eintrat, hörte er nur das entfernte metallische Kreischen einer Straßenbahn auf ihrem Weg die Market Street hinunter. Sobald sich die Tür hinter ihm schloss, herrschte Stille. Keine Musik. Ein paar Köpfe an der Bar drehten sich, um zu sehen, wer zusammen mit dem kalten Luftzug hereingekommen war. Als sie ihn registriert und als nicht weiter bedeutend eingeordnet hatten, wandten sie sich wieder ihren Drinks, ihren Sitznachbarn und dem leisen Murmeln ihrer Gespräche zu.

Ansonsten gab es im Raum nur ein paar unbesetzte Nischen. Caleb steuerte das Ende des Tresens an, so weit wie möglich von den anderen Besuchern entfernt, und setzte sich auf den mittleren von drei leeren Hockern. Links neben ihm auf dem Tresen stand ein leeres Reservoirglas mit einem geschlitzten Löffel. Auf dem Glas war ein blasser Lippenstiftabdruck zu erkennen. Einer der beiden Barkeeper kam herüber, nahm das Glas weg und wischte den Tresen ab. Er schaute Caleb fragend an, sagte aber kein Wort.

»Jameson«, sagte Caleb. »Unverdünnt. Und ein Guinness dazu.«

Als der Mann gegangen war, schaute Caleb sich um. Die hohe, schwarz gestrichene Decke verschwand im Schatten. Die Wand hinter dem Tresen war mit dunklem geöltem Holz getäfelt, während die vordere Wand durch dicke hölzerne Säulen und zurückgesetzte Nischen geteilt war. Die Säulen trugen bronzefarbene Art-déco-Göttinnen, nackte Statuetten mit Olivenzweigen, aus denen weiches Licht verströmende Glühbirnen sprossen, die einzigen Lichtquellen im Raum. Die Bar war ein Tempel des Alkohols, nichts anderes war im Angebot. Der Barkeeper kam mit dem Jameson zurück. Caleb nahm das Glas, leerte es und wartete auf sein Bier.

Er nahm ihren Duft wahr, bevor er sie sah, dieses Schattenblumenaroma. Als er den Kopf nach links drehte, verschwamm der Raum dank des Whiskeys ein wenig, aber sein Blick wurde klar, sobald er sie sah. Sie hatte sich auf den Hocker neben ihm gesetzt, die Hände über einer Clutch gefaltet. Sie neigte sich leicht zur Seite und musterte ihn vom Kopf bis zum Gürtel und zurück, ohne dass sich ein Muskel an ihrem Hals bewegt hätte. Dann lächelte sie.

»Er hat mein Glas abgeräumt. Dabei hatte ich noch nicht ausgetrunken.«

»Tut mir leid«, sagte Caleb. »Ich dachte, der Platz wäre frei.«

»Ihr Platz war frei. Ich habe hier gesessen.« Sie streckte die Hand aus und zeichnete mit einem ihrer lackierten Fingernägel einen kleinen Kreis auf den Tresen. »Und da stand ein Drink.«

Sie sprach mit einem Akzent, den er nicht zuordnen konnte. Ihre Stimme schien nicht von einem anderen Ort, sondern aus einer anderen Zeit zu stammen. Vielleicht lag es aber auch an dem Kleid, das sie trug, an dem Perlenhalsband und dem dunklen Parfüm. Als wäre sie aus einem Stummfilm herausgetreten oder von einer dieser Säulen gestiegen, wo sie einen bronzenen Olivenzweig gehalten und Licht und Schatten geworfen hatte. Sie konnte achtzehn oder fünfunddreißig oder irgendwas dazwischen sein, aber unabhängig von ihrem Alter schien sie nicht in dieses Jahr zu gehören, nicht mal in dieses Jahrhundert. Sie erinnerte ihn an ein Gemälde, aber ihm war nicht ganz klar, an welches – vielleicht an eins, das er nur geträumt hatte. Sie zu sehen war, als ob man etwas fände, das seit Jahrhunderten verloren und endlich an seinen angestammten Platz zurückgebracht worden war: Er befand sich in der Stille eines Museums kurz vor dem Ende der Öffnungszeit. Er spürte die Wärme der Deckenstrahler und einen Nachhall von Ehrfurcht, der wie alter Staub in der Luft hing.

Er lehnte sich zu ihr hinüber.

»Was haben Sie getrunken?«, hörte er sich fragen. Ein Flüstern reichte fast aus, so still war es im Raum. »Ich spendiere Ihnen einen neuen.«

»Berthe de Joux«, sagte sie. »Auf die französische Art.«

Er winkte den Barkeeper heran und wiederholte den Namen ihres Getränks. Der Mann nickte und tauchte kurz darauf mit einem Tablett auf. Dann stellte er ein sauberes Reservoirglas zwischen Caleb und die Frau, schenkte dreißig Milliliter grünen Absinth ein und legte einen geschlitzten silbernen Löffel quer über das Glas. Auf den Löffel legte er einen Zuckerwürfel und stellte ein kleine Karaffe Eiswasser auf den Tresen. Mit einem Nicken zog er sich zurück und widmete sich wieder der Gruppe am anderen Ende des Tresens.

»Gießen Sie ein«, sagte sie. »Ich will die *louche* sehen.«

»Ich weiß nicht, was das bedeutet.«

»Tröpfeln Sie Wasser über den Zuckerwürfel, bis ich Stopp sage.«

»Also gut.«

Die Karaffe musste im Gefrierschrank gestanden haben, bevor der Barkeeper sie mit Eiswasser gefüllt hatte. Als er sie in die Hand nahm, brachten seine Fingerspitzen eine dünne Reifschicht zum Schmelzen. Er hielt die Karaffe über den Zuckerwürfel und begann sie zu neigen, aber sie unterbrach ihn. Leicht und kühl berührten ihre Finger sein Handgelenk.

»Höher«, sagte sie. »Es muss ein bisschen höher sein.«

Sie schob seine Hand ein Stückchen hoch, bis der Ausguss der Karaffe sich etwa dreißig Zentimeter über dem Zucker befand.

»So ist es richtig«, sagte sie. Die Art, wie sie sein Handgelenk losließ, fühlte sich fast an, als würden ihre Finger seine Haut küssen. »Machen Sie weiter. Lassen Sie es so langsam tröpfeln, wie Sie können.«

Er sah zu, wie der Zuckerwürfel sich langsam auflöste und durch den geschlitzten Löffel in den Absinth tropfte. Die grüne Flüssigkeit im Glas nahm eine milchig weiße Färbung an, als das kalte Wasser einen Bestandteil des Getränks auflöste. Jetzt roch er eine Mischung bitterer Kräuter. Wermut und Steppenraute. Anis.

»Stopp.«

Er stellte die Karaffe ab. Sie nahm den Drink und tunkte den Löffel ein, um den restlichen Zucker aufzulösen. Dann nippte sie mit geschlossenen Augen. Der Puder auf ihren Lidern wirkte wie zerstoßener Malachit. Als sie die Augen öffnete, lächelte sie wieder und stellte das Getränk ab.

»Ihre Stirn«, sagte sie.

Sie streckte die Hand aus, berührte die Wunde mit der Spitze eines Fingers und zeigte ihm den Blutstropfen. In der Dunkelheit des Raums sah er schwarz aus.

»Sind Sie verletzt?«

»Ist schon in Ordnung.«

Sie rieb ihren Zeigefinger am Ansatz des Daumens, bis das Blut verschwunden war, und trank noch einen Schluck Absinth. So etwas hatte er nie zuvor gesehen. So *jemanden*. Mit einem letzten Schluck trank sie ihr Glas leer und stellte es ab. Dann stieg sie vom Hocker. Ihre Clutch lag noch auf dem Tresen. Sie legte eine Hand in seinen Nacken und beugte sich vor, bis ihre Lippen fast sein Ohr berührten.

»Ich muss gehen«, flüsterte sie. Ihr Parfüm hüllte ihn ein wie ein Mantel. Ihre linke Brust streifte seinen Arm, nur der glatte seidige Stoff ihres Kleides trennte ihren Nippel und seine Haut. »Aber vielleicht sehen wir uns irgendwann noch mal. Danke für den Drink.«

Sie stand auf und griff nach ihrer Handtasche. Er sah ihr zu und konnte sich kaum rühren, als hätte sie ihn mit einem Betäubungspfeil getroffen.

»Warten Sie«, sagte er.

Sie zeigte dieselbe Andeutung eines Lächelns, die über Bridgets Gesicht huschte, wenn sie ein Gemälde fast vollendet hatte, wenn die endgültige Form, die sie in ihrer Fantasie vor sich gesehen hatte, auf der Leinwand Gestalt annahm.

»Wie heißen Sie?«, fragte er.

»Beim nächsten Mal. Vielleicht.«

Sie drehte sich um. Beim Weggehen schwangen die Haare über ihren nackten Rücken.

## ZWEI

Ein Klopfen weckte ihn. Er tauchte aus einer unbestimmten Tiefe und Dunkelheit auf, öffnete die Augen, drehte sich um und schaute erst zur Tür, dann zum Fenster. Das Licht draußen war ziemlich hell, wieder klopfte es. Er schaute auf die Uhr und sah, dass es Mittag war.

»Reinigungsservice.«

Die Tür öffnete sich einen kleinen Spalt, aber er hatte die Kette vorgelegt. Das Zimmermädchen zog die Tür wieder zu und klopfte noch einmal.

»Reinigungsservice. Sir?«

»Eine Sekunde«, sagte er.

Er schaute an sich hinunter, sah, dass er immer noch angezogen war. Er stand auf und ging zur Tür.

»Ich bin in zehn Minuten raus«, sagte er.

»Vielen Dank, Sir.«

Er drückte gegen die Tür, um sicherzugehen, dass sie fest geschlossen war, und ging ins Bad. Über dem Becken wusch er sich das Gesicht, dann nahm er eins der Gläser und trank Wasser aus der Leitung. Ein Traum hing ihm immer noch nach, klebte an ihm wie ein Schweißfilm: Ein wiederholtes Klopfen an seiner Tür, er war aufgestanden und durchs Zimmer gegangen, noch mehr oder weniger schlafend, aber im Glauben, er wäre wach. Er hatte das Auge an den Spion gelegt.

Sie stand auf dem Gang, ihre Gestalt von der Fischaugenlinse gekrümmt und verzerrt. Nicht Bridget, sondern die Frau im schwarzen Kleid. Er war zurückgetreten und sah zu, wie sich die Türklinke bewegte, soweit das Schloss es zuließ. Die Klinke ging wieder hoch, dann noch einmal runter, diesmal energischer.

Er hatte sich nicht gerührt. Mit angehaltenem Atem hatte er sich an die Wand gelehnt, weil er noch zu betrunken war, um sich ohne Stütze aufrecht halten zu können. Schließlich hörte er sie weggehen, dann das Klingeln des Aufzugs und das Quietschen, mit dem die Aufzugstüren sich öffneten. Er ging zurück ins Bett.

Caleb hätte den Traum vergessen, wenn das Zimmermädchen nicht geklopft hätte. Schon wieder entglitt ihm die Erinnerung, wie etwas Glitschiges und Lebendiges, das sich nicht aus dem Wasser ziehen lassen wollte. Er ließ los. Er hatte noch andere, schlimmere Träume gehabt, auch die waren fort, nur ein Kräuseln auf der Oberfläche erinnerte noch daran. Er griff sich an die Gesäßtasche, um sicherzugehen, dass er sein Portemonnaie dabeihatte. Dann öffnete er die Tür, hielt aber auf halbem Wege inne. Plötzlich war er hellwach, wenn auch nur für einen Moment, und spürte, wie die elektrische Spannung sein Rückgrat hinunterlief, wie sie in seinen Armen und in den Fingerspitzen kribbelte.

Auf der weißen Farbe der Tür war ein winziger Blutfleck zu erkennen, ein paar Zentimeter rechts oberhalb des Spions. Als hätte er seine Stirn dagegengelehnt.

Auf der Haight Street, gleich gegenüber dem Buena Vista Park, stieg Caleb aus dem Taxi. Es waren noch einige Kilometer bis zu seinem Haus, aber die Luft im Taxi war heiß und stickig gewesen, er hatte das Gefühl gehabt, sich übergeben zu müssen, wenn er nicht schleunigst ausstieg. Zu Fuß fühlte er sich schnell besser. Je weiter er der Haight Street Richtung Westen folgte, desto mehr wurde die Sonne vom Nebel verhüllt.

Sämtliche Telefon- oder Laternenmasten entlang der nächsten drei Blocks waren mit Flugblättern beklebt. Sie flatterten an jedem Baumstamm und jedem öffentlichen Müllbehälter. Sie klemmten unter den Scheibenwischern geparkter Autos, wo sie sich nach einem Regenguss mit Wasser vollgesogen hatten. Auf allen war das körnige Schwarz-Weiß-Foto eines Mannes abgebildet, darüber stand:

Er blieb vor einem Flugblatt stehen und sah sich den Mann noch einmal an. Vor fünfundzwanzig Jahren war an dieser Straße hier womöglich alles mit seinem eigenen Foto beklebt gewesen. Am unteren Rand des Blattes stand senkrecht eine Telefonnummer, sechzehnmal nebeneinander. Irgendjemand – vielleicht Cranes Frau – hatte sich die Mühe gemacht, die Nummern mit einer Schere zu trennen, damit Passanten sich einen der schmalen Streifen abreißen konnten.

Aber sämtliche Flugblätter waren unberührt. Niemand hatte eine Nummer abgerissen. Niemand hatte Charles Crane gesehen.

Der kalte Wind ließ ihn zügiger gehen. Als er die südöstliche Ecke des Golden Gate Parks durchquert hatte und sich links Richtung Mount Sutro hielt, kam zum Wind auch noch der Regen hinzu. Er fror. Er näherte sich seinem Haus von der Rückseite, indem er hinter dem Medical Center die Straße verließ und den Fußweg zwischen den Eukalyptusbäumen nahm. Der Nebel war hier mit einem angenehmen Kampfergeruch gesättigt, Caleb atmete beim Gehen tief ein. Er sprang eine Stützmauer hinunter, landete auf dem feuchten Asphalt der Straße und ging das letzte Stück bis zu seinem Haus. Bridgets Volvo war nirgends zu sehen.

Er folgte dem Plattenweg durch den niedrig bewachsenen Vorgarten, erreichte die Tür, drückte den Klingelknopf und wusste instinktiv, dass sie nicht da war. Er konnte zum Krankenhaus gehen und in seinem Büro einen Schlüsseldienst anrufen.

Wegen der Hanglage standen auf der anderen Straßenseite keine Häuser. Er warf einen Blick über die Schulter und sah außer der Stützmauer aus Beton nur ein paar geparkte Autos. Oberhalb der Mauer befand sich die bewaldete Flanke des Mount Sutro. Niemand würde ihn beobachten.

Er ballte die Faust und ließ sie in die Glasscheibe krachen.

Zu dieser Jahreszeit war das Leitungswasser in der Küche eiskalt. Er hielt die Finger der rechten Hand unter den Strahl und sah das blutgefärbte Wasser durch das Edelstahlspülbecken wirbeln. Fünf Minuten lang hielt er die Finger unter das fließende Wasser. Dann öffnete er mit den Zähnen das Fläschchen Peroxid, goss sich die Flüssigkeit auf die Hand und betrachtete die blubbernden Bläschen des Sauerstoffs in den offenen Wunden.

Anschließend ging er durchs Haus, schaute in die leeren Schränke und auf die nackten Flächen an den Wänden. Die Bücherregale im Wohnzimmer waren leer, auf dem Couchtisch lagen keine Kunstbände mehr. Im Schlafzimmer öffnete er das weitgehend geleerte Medizinschränkchen und fand ein Fläschchen Tylenol.

Abgesehen von den Glasscherben an der Haustür und den Blutflecken, die sich von dort bis zur Küche über den Boden zogen, war das Haus blitzsauber. Das einzige Gemälde, das Bridget zurückgelassen hatte, war eine gut ausgeführte Kopie von John Singer Sargents *A Parisian Beggar Girl*. Sie hatte das Bild selbst gemalt und ihm geschenkt. Es hing immer noch an der Wand im Schlafzimmer. Das Mädchen war in einem schmutzigen Weiß gekleidet, lehnte mit dem Rücken an einer verputzten Wand und erinnerte an eine verlassene Braut. Sie streckte die linke Hand vor, mit der Fläche nach oben, die Finger leicht gebogen. Auf dem Ärmel war ein Blutfleck zu erkennen, oder vielleicht nur ein Streifen roten Stoffs, den sie um den Arm gewickelt hatte. Caleb war sich nie sicher gewesen und hatte Bridget nicht danach gefragt.

Abgesehen von dem bettelnden Mädchen hatte sie alles, was an sie erinnern konnte, zur Haustür hinausgeschafft. Sie hatte sogar die Scherben des Whiskeyglases, mit dem sie nach ihm geworfen hatte, zusammengekehrt und die Lampe aufgerichtet, gegen die er gestoßen war, als das Glas ihn getroffen hatte.

Eine Nachricht hatte sie nicht hinterlassen.

Auf der Arbeitsplatte in der Küche entdeckte er sein Handy. Er hatte eine SMS aus dem Labor erhalten, mit der Bitte, seine Kollegin anzurufen. Ein halbes Dutzend E-Mails eines Bewilligungsprüfers der National Institutes of Health. Das alles konnte warten. Von ihr war nichts gekommen. Sie hatte nicht mal versucht, ihn anzurufen.

Eine halbe Stunde verbrachte er damit, das kaputte Fenster mit Holzresten aus der Garage zu verrammeln. Als er fertig war und alles weggeräumt hatte, ging er ins Haus und zündete den gasbetriebenen Kamin im Wohnzimmer an. Er zog die Schuhe aus, legte sich aufs Sofa und deckte sich mit einer karierten Wolldecke zu. Dann starrte er die Redwood-Balken an der Decke an.

Hier hatten sie sich oft geliebt, auf diesem Sofa, während der Kamin brannte, weiter unten die Lichter des Sunset Districts funkelten und durch die offene Terrassentür der Seewind hereinwehte. Er zog das Handy aus seiner Tasche und schaltete es aus. Das war jetzt vorbei. Mit Bridget war es vorbei. Wenn er noch einen Beweis dafür bräuchte, könnte er noch einmal durchs Haus gehen und einen Blick auf all die leeren Flächen werfen. Er dachte an die Frau im House of Shields, an den glatten, kühlen Seidenstoff, als ihre Brust seinen Arm gestreift hatte.

Der erste Klingelton des Telefons in der Küche war noch nicht beendet, da war er schon hellwach, sprang vom Sofa auf, warf die Decke beiseite und eilte an der Hausbar vorbei zur Küchentür. Beim zweiten Klingeln nahm er ab.

»Hallo?«

»Caleb.«

Er lehnte sich gegen die Wand und ließ sich zu Boden sinken. So stark war der Klang ihrer Stimme, nur dieses eine Wort, sein Name aus ihrem Mund.

»Wo bist du?«, fragte er.

»In meinem Atelier. Aber komm nicht her.«

Er wusste nicht, was er sagen sollte. Während er geschlafen hatte, war es dunkel geworden, das einzige Licht drang vom Kamin im Wohnzimmer herüber. Auf dem Boden sitzend entdeckte er einen Tropfen des Bluts, das er hier verloren hatte. Nur eine winzige Spur an der Fußleiste, neben der Porzellanvitrine. Im Licht des Kaminfeuers wirkte das Blut schwarz.

Er fand seine Stimme wieder.

»Werde ich dich wiedersehen?«

»Ich weiß nicht. Vielleicht. Aber nicht in nächster Zeit.«

Beide schwiegen längere Zeit, aber er hörte jeden einzelnen Atemzug, den sie machte.

»Warum hast du angerufen?«

»Ich weiß nicht«, sagte sie. »Vielleicht hätte ich es nicht tun sollen.«

»Das ist schon in Ordnung.«

»Freut mich zu hören, dass du so denkst.«

»Moment … Leg nicht auf.«

Er wartete und war nicht sicher, ob sie die Verbindung unterbrochen hatte oder nicht. Er betrachtete das Blut an der Fußleiste und erinnerte sich, was er an der Tür des Hotelzimmers gesehen hatte, oberhalb des Spions. Die Frage war heraus, ehe ihm bewusst war, dass er sie stellen wollte.

»Schlafwandle ich?«

»Himmel, Caleb.«

»Als wir …«

Sie legte auf, bevor er den Satz beenden konnte. Er war nicht mal sicher, was er eigentlich hatte fragen wollen. Die Leuchtziffern an der Mikrowelle zeigten 21.00 Uhr.

Er hatte seit mehr als vierundzwanzig Stunden nichts gegessen. Vielleicht war es Zeit. Er schaute auf die leere Tischplatte und lauschte in das stille Haus. Das einzige Geräusch war das tiefe Zischen des Gases im Kamin. In seinem Arbeitszimmer im ersten Stock tickte eine Uhr. Im Kühlschrank waren Essensreste, die er nur warmmachen musste. Er trat noch einen Schritt in die Küche und blieb dann stehen.

Er würde sich nicht besser fühlen, egal was er jetzt machte. Trotzdem erschien es ihm am klügsten, zu Hause zu bleiben. Außerdem musste er am nächsten Morgen zur Arbeit.

Doch wider besseres Wissen ging er ins Bad, stellte die Dusche an und zog sich aus. Er brauchte fünfzehn Minuten, um zu duschen, sich die Finger zu verbinden, frische Kleidung und einen Mantel anzuziehen. Dann ging er in die Garage und setzte rückwärts auf die Straße.

# DREI

Der Pied Piper war nicht voll, er fand problemlos einen Platz an der Bar. Will kam auf ihn zu und wollte etwas sagen, hielt aber inne, als sein Blick auf Calebs rechte Hand fiel. Auf den Verbänden waren kleine Kreise aus Blut zu erkennen. Er musste das Lenkrad zu fest umklammert haben. Dabei konnte er sich an die Fahrt hierher nicht einmal erinnern, wusste nicht, welche Strecke er genommen und wie lange er gebraucht hatte. Das Einzige, was er wusste, war, dass er an der New Montgomery Street geparkt hatte.

»Es hat nichts damit zu tun«, sagte Caleb. »Also fangen Sie erst gar nicht an.«

»Okay.«

»Ich hatte meine Schlüssel nicht dabei, und sie war nicht im Haus. Ich hatte keine Lust, den Schlüsseldienst zu rufen.«

»Dann kann ich nur hoffen, dass Sie kein Mieter, sondern der Hausbesitzer sind. Sie ist also ausgezogen? Bridget?«

»Ja«, sagte Caleb.

»Vielleicht wollen Sie diesmal einen Blick auf die Karte werfen?«

»Ist wahrscheinlich besser. Den Jameson lasse ich aus, aber ein Guinness wäre prima.«

»Gern.«

Will reichte ihm die Speisekarte und ging los, um sein Bier zu zapfen.

Das Steak nahm zumindest eine Zeitlang seine Aufmerksamkeit in Anspruch. Dann ließ er den Rest stehen, widmete sich dem Guinness und konzentrierte sich abwechselnd auf das Gemälde und die Eingangstür. Ab und an richtete er sich kerzengerade auf, schloss die Augen und versuchte sich an den Duft zu erinnern, der sie begleitet hatte. Er wusste nicht, ob Nachtschatten blühte, und wenn ja, ob er nachts blühte, aber der Begriff schien zu passen. Er klang düster, nach etwas Verborgenem. Nach etwas, bei dem man sich in den Schatten verlieren könnte, wenn man es suchte. Wenn man sie suchte.

»Noch ein Glas?«

Er sah auf. Will hielt das leere Glas in der Hand.

»Ja.«

»War das Steak in Ordnung?«

Caleb nickte und drehte sich wieder zur Tür.

Als Will zurückkam und ihm das Glas hinstellte, sprach Caleb ihn an.

»Die junge Frau, die gestern Abend hier reinkam, die in dem Stummfilmstar-Kleid – hatten Sie sie schon einmal gesehen?«

Will trommelte mit den Fingern auf den Tresen.

»Gestern Abend. Junge Frau. Stummfilmstar-Kleid. Da brauche ich es schon etwas genauer«, sagte er. »Gestern Abend hatten wir fünfhundert Gäste. Eine Menge davon waren junge Frauen. Und trugen Kleider.«

»Sie kam rein und ging wieder raus. Als wir hier nur zu dritt waren. Kurz bevor Sie mir Ihren Namen genannt haben.«

Der Barkeeper sah ihn nur kopfschüttelnd an.

Caleb begriff. Er saß hier mit Schnittwunden an Fingern und Stirn, für die er nur ein paar dünn klingende Erklärungen anzubieten hatte. Wenn Will ihm nichts über einen anderen Gast verraten wollte, sprach das wahrscheinlich für seinen gesunden Menschenverstand. Caleb hakte nicht nach.

»Dann lassen Sie mich etwas anderes fragen«, sagte er. »Absinth. Ist der inzwischen legal?«

Will entspannte sich und ging zum anderen Ende der Bar. Als er zurückkam, hielt er tiefgrüne Flaschen in beiden Händen.

»Das Gesetz ist vor fünf oder sechs Jahren geändert worden.«

»Ist es das Originalgetränk? Das, was van Gogh und Toulouse-Lautrec getrunken haben?«

»Der echte Stoff, aus Frankreich importiert. Mit Wermut gebrannt.«

»Haben Sie Berthe de Joux?«

Will sah ihn einen Moment an, dann nickte er.

»Danach fragen nicht viele.«

Caleb schob seinen Teller beiseite und stützte die Arme auf den Tresen.

»Vermutlich nicht.«

»Sie sollten die französische Art probieren. Mit einem Zuckerwürfel ...«

»Und Eiswasser«, brachte Caleb den Satz zu Ende. »Im Alkohol müssen Öle enthalten sein, die vom Zucker und dem kalten Wasser gelöst werden – dadurch wird die Flüssigkeit milchig, stimmt's?«

»Sind Sie Chemiker?«

»So etwas Ähnliches.«

»Wenn diese Wolke entsteht, beim Zugeben des Eiswassers, sprechen die Franzosen von *louche*.«

»Was bedeutet das?«

Will zuckte die Achseln. Er nahm die beiden Flaschen, stellte sie weg und kam mit einer Flasche Berthe de Joux und dem Zubehör für einen Absinthcocktail zurück. Er goss dreißig Milliliter Absinth ins Glas und legte den geschlitzten Löffel darüber. Dann legte er den Zuckerwürfel auf den Löffel und reichte Caleb die Karaffe.

Langsam ließ Caleb das Eiswasser über den Zucker tröpfeln, Will schaute zu.

»*La fée verte*«, sagte er, als die Flüssigkeit ihre Farbe veränderte.

»Was heißt das?«, fragte Caleb. »Dieser Spruch mit *verte*? Was Sie gerade gesagt haben?«

»Die grüne Fee«, erklärte Will und nahm die Karaffe. »So haben diese Typen das Getränk genannt. Van Gogh und seine Kumpel.«

»Und dieses Gerede über Halluzinationen? Ist das nicht nur ein Mythos?«

»Sie sind der Chemiker«, sagte Will. »Lassen Sie es sich schmecken.«

Caleb hob das Glas und atmete ein. Er schloss die Augen und konnte ihr Bild mühelos heraufbeschwören. Die Berührung in seinem Nacken, als sie ihm ihren Dank ins Ohr gehaucht hatte, ihre kühle, leichte Hand. Ihren Nachtschattenduft. Er stellte sich vor, wie ihre elfenbeinfarbenen Finger nach der Kante einer Kinoleinwand griffen, wie ihre Muskeln sich anspannten, wie sie sich aus einem Stummfilm heraus und in diese Welt hineinkämpfte. Er führte das Glas an die Lippen und trank den Absinth in einem einzigen langsamen Zug. Dann stellte er das Glas ab, stützte die Ellbogen auf den Tresen und seinen Kopf in die Hände.

Um Mitternacht verließ er das Palace Hotel und blieb vor der roten Neonreklame stehen: HOUSE *of* SHIELDS. Die Buchstaben flackerten mit einem leisen Summen. Ein leerer Pappbecher wurde mitten über die Straße geweht, wo er holprige, ungleichmäßige Bögen beschrieb. Vor ihm parkte ein schwarzer SUV vor einem Hydranten. Das einzige andere Auto im Umkreis von zwei Blocks war sein eigenes. Er war nicht überrascht, als es zu regnen anfing.

»Das ist sinnlos«, sagte er.

Er ging auf die Tür der Bar zu, die sich öffnete, ehe er sie erreichte. Zwei Männer kamen heraus. Der ältere rückte seinen Fedora zurecht, hielt aber inne, als er Caleb sah. Er streckte den Arm aus, um den Mann hinter sich zu bremsen, der daraufhin in der Tür stehen blieb.

Der ältere der beiden musterte Caleb.

»Wollen Sie gerade rein?«

Er hatte graue Bartstoppel und einen grau melierten Schnurrbart. Er wirkte müde, aber nicht so, als hätte er getrunken. Aus seinem Mantel zog er ein Ledermäppchen mit einem Abzeichen. Caleb sah den goldenen siebenzackigen Stern. Es war gerade hell genug, um die Aufschrift lesen zu können, bevor der Mann das Mäppchen zuklappte und wieder einsteckte.

»Das wollte ich. Inspector.«

»Sind Sie Stammkunde?«

»Noch nicht, aber vielleicht demnächst.«

»Waren Sie gestern hier?«

Caleb nickte. Der Detective wandte sich seinem Partner zu.

»Gib mal her, Garcia.«

Der andere Mann reichte ihm ein Stück weißes, rechteckiges Papier. Ein Foto wahrscheinlich, aber Caleb konnte es nicht sehen. Der Detective drückte es sich an die Brust, damit es nicht nass wurde.

»Wann waren Sie gestern hier?«

»Ab Mitternacht, bis kurz nach zwei wahrscheinlich. Ich bin nicht ganz sicher.«

»Lass uns im Wagen reden«, sagte Garcia. »Komm, es regnet.«

»Also gut«, sagte der ältere Detective. »Machen wir es ordentlich. Hätten Sie etwas dagegen, sich zu uns ins Auto zu setzen?«

»Was soll das werden?«

»Nur ein paar Fragen.«

»Über gestern Abend?«

»Lassen Sie uns im Wagen reden, wie Garcia vorgeschlagen hat.«

»Was spricht dagegen, es hier zu besprechen?«

»Es regnet«, sagte Garcia.

»Es geht nur um ein paar Fragen. Wir werden nicht mit Ihnen wegfahren.«

»Also gut.«

Sie gingen zu dem schwarzen Suburban, Caleb zwischen den beiden Detectives. Wieder griff Garcia in seine Manteltasche, diesmal zog er einen Schlüsselanhänger hervor. Er drückte den Knopf, mit einem Aufblinken der Nebelleuchten wurden die Türen entriegelt. Der ältere Detective öffnete für Caleb die hintere Tür.

»Rutschen Sie rüber. Ich setze mich neben Sie.«

»Okay.«

Er setzte sich ans andere Ende der Rückbank, der Polizist stieg ein und schloss die Tür. Garcia nahm auf dem Fahrersitz Platz, schlug die Tür zu, schaltete die Innenbeleuchtung ein.

»Besser so?«, fragte der ältere Polizist seinen Partner.

»Ja.«

Der Mann neben Caleb wandte sich ihm zu und streckte ihm die Hand entgegen. Zwischen den Fingern hielt er eine Visitenkarte.

»Inspector Kennon. Da vorne sitzt Inspector Garcia – er ist in L.A. aufgewachsen, deshalb versteht er nichts vom Wetter.«

Caleb nahm die Karte entgegen, Kennon betrachtete die Verbände an seinen Fingern. Garcias braune Augen sahen durch den Rückspiegel zu. Als er Calebs Blick begegnete, zeigte er kein Anzeichen von Verlegenheit.

»Sie sind also gegen Mitternacht ins House of Shields gegangen und etwa zwei Stunden geblieben. Ist das richtig?«

»Ja.«

»Was haben Sie getrunken?«

»Jameson und Guinness. Drei Runden, würde ich sagen.«

»Sind Sie allein oder mit einer Gruppe gekommen?«

»Allein. Und ich bin auch allein gegangen.«

»Sind Sie aus der Stadt oder haben Sie geschäftlich hier zu tun?«

»Ich wohne hier. Warum fragen Sie?«

Kennon ignorierte ihn.

»Was ist mit Ihrer Stirn passiert?«

»Hören Sie, das hat nichts … Ich hatte am Samstagmorgen Streit mit meiner Freundin. Sie ist explodiert und hat ein Glas nach mir geworfen. Ich habe das Haus verlassen, um wieder runterzukommen, und im Palace Hotel übernachtet. Gleich hier.« Er zeigte aus dem Fenster, aber Kennon ließ ihn keine Sekunde aus den Augen. »Gegen Mitternacht bin ich rübergegangen in die Bar, um etwas zu trinken.«

»Worum ging es bei dem Streit?«

»Um persönliche Dinge. Ich sehe nicht, was das hiermit zu tun hat.«

»Was es *womit* zu tun hat?«, fragte Kennon. Seine Brille mit Drahtgestell war ein Stück die Nase heruntergerutscht, er sah Caleb über die Gläser hinweg an.

»Warum verraten Sie es mir nicht?«

Er tastete nach dem Griff der Tür und öffnete sie einen Spaltbreit, damit sie ihn nicht einschließen konnten.

»Schließen Sie die Tür«, sagte Garcia.

»Wenn ich sie schließen soll, müssen Sie mich festnehmen. Wenn Sie nur Fragen stellen wollen, machen Sie weiter. Aber die Tür bleibt offen.«

Kennon schob nur seine Brille hoch.

»Lass nur«, sagte er zu seinem Kollegen. »Ist doch egal. Wenn er nicht reden will, kann er gehen.«

»Prima«, sagte Garcia. »Soll er ruhig nass werden.«

»Und die Hand?«, fragte Kennon. »War sie das auch?«

»Ich hatte meine Schlüssel nicht mitgenommen, da habe ich eine Scheibe eingeschlagen. Das ist nicht verboten, es ist mein eigenes Haus.«

»Würde es Ihnen etwas ausmachen, sich auszuweisen?«

»Kein Problem.«

Caleb beugte sich vor, um in seine Gesäßtasche zu greifen. Kennons Hand verschwand in seinem Mantel, tauchte aber leer wieder auf, als er Calebs Portemonnaie sah. Caleb zog seinen Führerschein heraus und warf ihn auf den Sitz. Kennon nahm ihn in die Hand, warf einen kurzen Blick darauf und reichte ihn Garcia weiter. Der legte ihn auf ein Klemmbrett und machte sich daran, die Daten zu notieren.

»Ist die Adresse aktuell?«, fragte Kennon.

»Ja.«

»Hübsche Straße. Was machen Sie beruflich, Mr Maddox?«

Garcia hörte auf zu schreiben und beobachtete sie, ohne den Kopf zu drehen.

»Ich leite das Labor für toxikologische Untersuchungen am UCSF Medical Center.«

Im Rückspiegel sah Caleb, wie Garcia seinem Kollegen einen schnellen Blick zuwarf, ehe er sich wieder dem Klemmbrett widmete. Der Stift machte ein trockenes, kratzendes Geräusch.

»Dann sind Sie Arzt?«

»Ich bin Wissenschaftler.«

»Kennen wir uns irgendwoher?«

Kennon war ein Stück älter als er, wahrscheinlich ein oder zwei Jahre vor dem Ruhestand. Als Caleb zwölf war, dürfte er ein junger Streifenpolizist gewesen sein. Es war leicht auszurechnen, was Kennon offenbar auch schon getan hatte, sonst hätte er nicht gefragt. Caleb spürte den Absinth in seinem Blut, warm und lebendig. Am liebsten hätte er sich darin eingehüllt, wäre er irgendwo tief in sich selbst verschwunden, wo es keine Fragen und keine Antworten mehr gab, nur noch diese reine Wärme und die Erinnerung an die Lippen der Frau ganz dicht an seinem Ohr.

»Mr Maddox?«

»Ich glaube nicht, dass wir uns schon mal begegnet sind«, antwortete Caleb. »Und falls doch, kann ich mich nicht daran erinnern.«

»Wahrscheinlich haben Sie recht. Ich rede mit so vielen Menschen, dass die vielen Gesichter nach einer Weile miteinander verschmelzen.«

»Sicher.«

Garcia gab Caleb den Führerschein zurück, der ihn zusammen mit Kennons Karte ins Portemonnaie steckte und es wieder in die Hosentasche schob.

Als er wieder aufblickte, sah er, dass Kennon das Foto in der Hand hielt, das Garcia ihm draußen gereicht hatte. Caleb nahm es und warf einen Blick auf die 10 × 15 Zentimeter große Aufnahme. Es war ein vergrößertes Führerscheinbild. Ein Mann mittleren Alters mit weißem Hemd und Krawatte vor einem hellgrauen Hintergrund.

»Kennen Sie ihn?«

Caleb hielt das Foto näher ans Licht.

»Ob ich ihn kenne? Nein.«

»Aber Sie haben ihn schon mal gesehen.«

»Vielleicht gestern Abend, am anderen Ende der Bar. Da war eine Gruppe Männer, sechs oder sieben. Ein paar davon haben sich umgedreht, als ich reinkam, und mich gemustert. Er könnte dabei gewesen sein.«

»Was meinen Sie mit gemustert?«, fragte Kennon.

»Bloß … Man hört, dass hinter einem die Tür aufgeht, und dreht sich um. Um zu sehen, wer kommt. Das meine ich.«

»Hat es Sie gestört?«

Caleb schüttelte den Kopf.

»Ich hätte es auch so gemacht.«

»Wenn Sie ein paar von den Männern sehen würden, mit denen er zusammen war, würden Sie sie erkennen?«

»Vielleicht auf Fotos.«

»Können Sie sie beschreiben?«

Caleb schüttelte den Kopf.

Eine Weile herrschte Schweigen, sie lauschten dem Regen auf dem Metall des Autodachs. Dann klopfte Kennon mit seinem goldenen Ehering gegen das Fenster. Garcia drehte sich um.

»Lass ruhig den Motor laufen, wenn du willst. Damit es ein bisschen wärmer wird.«

Garcia steckte den Schlüssel ins Zündschloss und ließ den Wagen an. Nach einer Weile drehte er die Heizung hoch. Caleb spürte die warme Luft an seinen Knöcheln. Noch immer schmeckte er bei jedem Ausatmen den Absinth. Beim nächsten Mal, hatte sie gesagt. Wie ein Versprechen.

»Haben Sie gesehen, wie er gegangen ist?«

»Wie bitte?«

»Haben Sie heute etwas getrunken?«

»Ich habe im Palace Hotel gegessen, also ja.«

»Sie essen und trinken etwas dazu«, sagte Kennon. »Das gehört zusammen.«

»Das habe ich nicht gesagt.«

»Der Mann auf dem Foto. Haben Sie gesehen, wie er ging?«

Caleb schüttelte den Kopf.

»Ich glaube nicht. Als die letzte Runde ausgerufen wurde, bin ich gegangen. Ein paar Gäste waren noch da. Ich weiß nicht, ob er dabei war.«

»Haben Sie in der Bar mit jemandem gesprochen?«

»Mit dem Barkeeper. Um meine Drinks zu bestellen.«

»Sonst mit niemandem?«

»Nein.«

Die Lüge kam flüssig, ohne Zögern. Er begriff nicht, was zwischen ihm und der Frau im House of Shields abgelaufen war, war aber entschlossen, mit niemandem darüber zu sprechen. Am allerwenigsten mit Kriminalbeamten, die ihm nicht verrieten, worum es eigentlich ging. Eher würde er ihnen jedes Details seines Streits mit Bridget verraten, als sich dazu zu äußern, wie es sich angefühlt hatte, neben der Frau zu sitzen, sie in sein Ohr flüstern zu lassen.

»Da drin gibt es keinen Fernseher. Keine Musik. Sie haben mit niemandem gesprochen. Hatten Sie ein Buch dabei oder so etwas?«

Er schüttelte den Kopf.

»Ich habe nur dagesessen.«

»Nur getrunken. Und an Ihre Freundin gedacht.«

»Und mich um meine eigenen Angelegenheiten gekümmert. Ich habe nicht viel auf andere Leute geachtet – außerdem war ich ziemlich betrunken.«

»Wo sind Sie danach hingegangen? In einen Laden, der die ganze Nacht geöffnet hat?«

»Nur über die Straße. In mein Hotelzimmer.«

»Arbeitet der Parkservice um diese Zeit noch?«

»Keine Ahnung. Ich bin nicht gefahren. Ich musste nur über die Straße.«

»Hat Ihnen jemand die Tür geöffnet?«

»Nein.«

»Welche Tür haben Sie benutzt?«

Caleb wandte den Kopf und schaute durch das Wagenfenster zum Hotel auf der anderen Straßenseite. Er sah den Stand des Parkservice, wo er die Frau gesehen hatte. Wo sie sich umgedreht und seinen Blick erwidert hatte, als hätte sie auf ihn gewartet.

»Die da drüben«, sagte Caleb und deutete auf den Eingang, den er benutzt hatte.

»Sind Sie direkt auf Ihr Zimmer gegangen?«

Caleb nickte. »Und das habe ich erst mittags wieder verlassen – das Zimmermädchen hat mich geweckt.«

Kennon wechselte im Rückspiegel einen kurzen Blick mit Garcia, schob seine Brille erneut hoch und betrachtete noch einmal ausgiebig Calebs Stirn.

»Gut, Mr Maddox«, sagte er schließlich. »Danke für Ihre Hilfe.«

Kennon öffnete die Tür, stieg aus und wartete, bis Caleb herübergerutscht und hinaus in den Regen getreten war.

»Falls Ihnen noch etwas einfällt, finden Sie meine Nummern auf der Karte. Vorne die Büronummer, hinten das Handy.«

Kennon warf die Tür zu und legte eine Hand auf die Motorhaube. Garcia schaltete die Scheinwerfer ein. Ihr Licht erfasste die Regentropfen, die auf den bereits nassen und glänzenden Asphalt fielen.

»Der Kerl auf dem Foto, was hat er gemacht?«, fragte Caleb.

»Er? Er hat nichts getan. Er ist tot.«

Kennon rückte seinen Fedora zurecht und trat an die Beifahrertür. Er stieg ein, der Suburban setzte sich in Bewegung. Caleb steckte die Hände in die Taschen und sah dem SUV nach. Er fuhr bis zum Ende des Blocks, wo er kurz hinter seinem geparkten Wagen hielt, die Scheinwerfer auf das Kennzeichen seines Wagens gerichtet. Dann fuhren die Polizisten wieder an und bogen, ohne zu blinken, an der nächsten Kreuzung links ab.

## VIER

Caleb saß bei laufender Heizung in seinem Wagen. Er wartete, bis er zu zittern aufhörte und das Wasser in seinen Haaren und auf dem Mantel zu verdunsten begann.

»Fahr einfach nach Hause«, sagte er laut zu sich selbst.

Fahr einfach nach Hause, geh morgen früh arbeiten und warte, dass Bridget anruft. Setz dich eine Weile an den Kamin und geh dann schlafen. Wenn das nicht funktioniert, wenn der Geruch ihrer Haare auf deinem Kissen dich nicht schlafen lässt, schenk dir einen kräftigen Schlummertrunk ein. Oder zwei. Gib dir die Kante. Aber fahr um Himmels willen nach Hause.

Er stieg aus, schloss den Wagen ab, ging die anderthalb Blocks bis zum House of Shields und trat ein. Als sich die Tür hinter ihm schloss, blieb er einen Moment stehen, damit seine Augen sich an die Dunkelheit gewöhnen konnten. Heute Abend arbeitete ein anderer Barkeeper, allein. Von ihm abgesehen war Caleb die einzige Person im Raum. Er durchquerte die Bar, seine nassen Schuhe blieben bei jedem Schritt an den Bodenfliesen kleben. Er setzte sich auf denselben Platz wie am Abend zuvor und strich mit zwei Fingern sanft über den Ledersitz des Nachbarhockers.

Der Barkeeper kam zu ihm herüber.

»Haben Sie noch geöffnet?«, fragte Caleb.

»Bis zwei. Aber nichts fegt einen Laden so gründlich leer wie die Cops. Auch einen anständigen Laden. Mach das Licht an, dann verziehen sich die Kakerlaken. Haben die Cops Sie draußen angesprochen?«

»Ja.«

»Ich hab's gesehen. Hat länger gedauert.«

»Gründlich sind sie, das muss man ihnen lassen.«

»Gestern Abend hatte ich keine Schicht«, erklärte der Barkeeper. »Deshalb konnte ich nicht viel sagen. Aber den Kerl habe ich häufiger gesehen. Schon seltsam, dass er einfach so verschwindet. Und tot aufgefunden wird.«

»Haben die Cops Ihnen irgendwelche Einzelheiten verraten?«

»Nur dass sie ihn gefunden haben. Seine Leiche. Dass die Umstände verdächtig wären. Sie wollten wissen, mit wem er gestern Abend zusammen war und wohin er nachher gegangen ist.«

»Wer war der Mann?«

»Ein Banker. Vielleicht auch ein Anwalt«, sagte der Barkeeper und schüttelte den Kopf. »Ich habe ihn nie gefragt. Er hieß Richard. Kannten Sie ihn?«

»Ich war gestern Abend zum ersten Mal hier.«

»Wissen Sie, es ist nicht die Regel. Dass unsere Gäste getötet werden, meine ich. Ehrlich gesagt bin ich ein bisschen durch den Wind.«

Er schaute von dem Weinglas auf, das er gerade abtrocknete. Caleb registrierte eine Reaktion, an die er sich fast schon gewöhnt hatte: das langsame Wandern des Blicks von seiner Stirn zu den Fingern hinunter und wieder hoch. Ein leises Klicken, als hätte sich eine Verbindung zwischen zwei Gedanken hergestellt.

»Ja, ich auch«, sagte Caleb.

Er zuckte die Achseln und bemerkte, dass der Barkeeper sich entspannte. Der Mann stellte das Glas weg, die Spannung in seinen Schultern löste sich. Dann wandte er sich wieder zu Caleb um.

»Wissen Sie, was das Seltsamste ist?«

»Was denn?«

»Sein Auto. Der Typ kommt immer mit dem Wagen und stellt ihn draußen ab. Trinkt ein paar Gläser und fährt wieder nach Hause. Ich habe sein Auto gesehen, in meinen Zigarettenpausen. Ein BMW, einer dieser SUVs.«

»Okay.«

»Als ich heute zur Arbeit kam, habe ich ihn fünf Blocks weiter an der Straße stehen sehen.«

»An der New Montgomery?«

Der Mann nickte.

»Ich habe mir nichts dabei gedacht, schließlich wusste ich nicht, dass er vermisst wird. Dann tauchen die Cops auf, alles geht drunter und drüber, ich führe einen der Detectives hin …«

»Kennon?«

»Ja, Kennon, also … Ich führe Kennon die Straße runter und zeige ihm den Wagen. Sie überprüfen das Kennzeichen und lassen ihn abschleppen.«

»Okay.«

»Wissen Sie, was seltsam ist?«

»Nein.«

»Zwei Stunden später kommen sie zurück und befragen die Leute. Einiges davon bekomme ich mit. Jedenfalls höre ich, sie hätten von seinen Freunden erfahren, dass Richard – der Kerl, der umgebracht wurde – an der Harrison Street vollgetankt hat, unmittelbar bevor er hierhergekommen ist.«

»Also keinen Kilometer von hier«, sagte Caleb.

Er schaute nach links, zu dem Hocker, auf dem sie gestern gesessen hatte. Er war drauf und dran, noch einmal die Hand daraufzulegen, konnte sich aber gerade noch bremsen.

»Genau. Aber jetzt kommt das Seltsame: Die Detectives lassen den BMW abschleppen, den ich ihnen gezeigt habe. Und als sie zurückkommen und die Leute befragen, stellt sich heraus, dass er nach dem Volltanken noch dreißig Kilometer gefahren ist.«

»Ach?«

»Und die Leiche wurde nicht hier in der Nähe gefunden.«

»Sondern?«

»Ich weiß nicht – aber jedenfalls nicht hier«, sagte der Barkeeper. »Also muss derjenige, der ihn umgebracht hat, draußen gewartet haben, stimmt's? Sie fahren zusammen irgendwohin, mit seinem Wagen. Der Typ bringt Richard um, lädt ihn irgendwo ab, kommt dann zurück in die Gegend und lässt den Wagen hier stehen. Jedenfalls glaube ich das.«

»Klingt überzeugend«, sagte Caleb. »Aber warum kommt er wieder zurück?«

»Keine Ahnung. Vielleicht hatte er sein eigenes Auto hier irgendwo abgestellt und wollte es abholen. Was möchten Sie trinken?«

Wieder schaute Caleb auf den leeren Hocker.

»Berthe de Joux.«

Der Barkeeper neigte den Kopf und schaute ihn fragend an.

»Französische Art?«

»Ja.«

Kurz darauf kam der Mann mit einem Tablett zurück, stellte das Glas ab und legte den Löffel auf den Rand. Er bereitete alles vor und ließ Caleb nur das Wasser eingießen. Als Caleb fertig war, rührte er den Drink mit dem Löffel um und sah den Barkeeper an, der zögerlich wirkte.

Als sei ihm klar, dass Caleb etwas Spezielles ansprechen wollte. Etwas Verbotenes.

»Kennen Sie eine junge Frau, die hierherkommt und dieses Getränk bestellt? Dunkle Haare, grüne Augen? Ich muss sie finden.«

Der Barkeeper senkte den Blick und steckte die Hände in die Taschen. Dann schaute er Caleb geradewegs in die Augen.

»Sind Sie auch ein Cop?«

»Nein.« Er hielt die Hände hoch, mit den Flächen nach vorn. »Ehrlich. Ich möchte sie einfach wiedersehen, sonst nichts.«

Der Barkeeper nahm ein Glas aus dem Regal und goss sich einen Fingerbreit Fernet-Branca ein. Er trank ihn in einem Zug, wischte sich mit dem Ärmel über den Mund und füllte das Glas mit Ginger-Ale.

»Es gibt ...« Er hielt inne, schaute zur Tür und wandte sich dann wieder Caleb zu. »So viel kann ich sagen: Es gibt einen bestimmen *Typ* junge Frau. Ich rede über keine konkrete Person. Nur über einen Typ. Sie kommt in Klasseläden wie diesen hier und bestellt Drinks wie Absinth. Kommt allein und geht meistens auch wieder allein. Verstehen Sie?«

»Nicht so richtig.«

»Dieser Typ junge Frau geht nur in bestimmte Bars. Das House of Shields ist eine davon. Der Pied Piper auf der anderen Straßenseite auch, aber für diese Frauen ist er ein bisschen zu groß. Ein bisschen zu voll. Er passt nicht richtig.«

Caleb schaute auf sein Glas, fuhr mit der Fingerspitze über den Rand. Wahrscheinlich hatte sie schon daraus getrunken, ihr Mund hatte es berührt. Es gab keine Lippenstiftspur, aber als er über den Rand strich, über das kühle, glatte Kristall, war er ganz sicher. Allerdings hatte er keinen Schimmer, worauf der Barkeeper hinauswollte.

»Gibt es noch mehr davon? Andere Bars, die von diesen Frauen besucht werden?«

Er hob das Glas und trank einen kleinen Schluck. Der Geschmack war perfekt. Köstlich und kalt. Die Kräuteraromen, die das kalte Wasser gelöst hatte, entfalteten ihre volle Wirkung.

»Sie könnten es im Bourbon and Branch versuchen. In der Bar Drake, eine halbe Stunde bevor sie schließt. Im Slide. Solche Läden halt. Verstehen Sie, was ich sagen will?«

»Dass diese Frauen zu einer bestimmten Szene gehören?«

»Wenn es um eine Szene geht, dann ist sie so neu oder so in sich geschlossen, dass Sie nichts darüber rausfinden werden. Keine Ahnung, ob es eine Bezeichnung dafür gibt. Diese jungen Frauen tauchen einfach immer mal wieder auf.«

»Trinken Sie noch was und setzen Sie es auf meine Rechnung.«

Der Mann schenkte sich noch ein Schlückchen des kaffeefarbenen Getränks in ein sauberes Glas und ließ die Flasche auf dem Tresen stehen.

»Man sieht sie – Singular oder Plural – nicht zweimal hintereinander in derselben Bar. Vielleicht gehen sie nicht mal an zwei aufeinanderfolgenden Abenden aus. Manchmal sieht man sie einen ganzen Monat nicht. Wenn Sie also nach einer dieser Frauen suchen ... ich weiß nicht.«

»Was wissen Sie nicht?«

»Vielleicht muss sie zu Ihnen kommen.«

Der Mann war nutzlos. Caleb suchte nicht nach einem *Typ* junge Frau. Sondern nach der, die auf dem Hocker neben ihm gesessen hatte. Der Barkeeper kannte sie offenbar nicht, redete aber um den heißen Brei herum.

»Okay.«

Caleb stand auf, beugte sich über den Tresen und nahm den Kugelschreiber des Barkeepers aus dessen Brusttasche. Dann rückte er das Glas von der Papierserviette, drehte sie um und schrieb auf die trockene Seite:

*Beim nächsten Mal will ich Ihren Namen wissen*

Er setzte seine Handynummer und seinen Namen dazu. Sicher gab es noch einen besseren Weg, ihre Aufmerksamkeit zu erwecken, sie aus dem Schatten hervorzulocken. Aber für den Moment musste es genügen. Er faltete die Serviette zu einem Dreieck, nahm einen Fünfzig-Dollar-Schein aus dem Portemonnaie und reichte dem Barkeeper Stift und Serviette.

»Falls Sie sie sehen«, sagte er. »Geben Sie ihr das.«

Er trank seinen Drink in einem Zug aus, schob das Geld unter das Glas und ging hinaus.

Nach Hause fuhr er noch immer nicht.

Stattdessen glitt er durch die dunkle Stadt, vorbei an den Obdachlosen, die sich auf der Market Street, an den Lüftungsschächten der U-Bahn, neben ihren Einkaufswagen zusammengerollt hatten. Dann fuhr er hinauf nach Nob Hill und blieb vor der Treppe zur Grace Cathedral eine halbe Stunde lang im Leerlauf stehen. Von den steinernen Ornamenten der Fenster fielen dicke Tropfen.

Ein uraltes Coupé fuhr langsam vorbei und zog eine Abgaswolke hinter sich her. Durch die nasse Windschutzscheibe nahm Caleb die Weißwandreifen und die rauchgraue Karosserie nur als helle Flecken wahr. Er schaute dem Auto nach. Außer dem Zischen von Reifen und dem Regen auf dem Dach war nichts zu hören.

Dann war der Wagen verschwunden, Caleb hörte nur noch den Regen.

Er fuhr hinunter zum Union Square und umkreiste die leere Eisbahn. Um den glitzernden Baum herum drängten sich obdachlose Männer. Zehn Minuten später fand er sich, ohne es bewusst angesteuert zu haben, gegenüber von Bridgets Atelier auf der Bush Street wieder. Er sah die mit Mülltonnen vollgestellte Gasse zwischen ihrem und dem Nachbarhaus, die im Zickzack verlaufenden Feuertreppen an den Backsteinmauern beider Häuser. Bridget hatte in der zweiten Etage vier Fenster, von denen zwei zur Bush Street und zwei zur Gasse hinausgingen.

Hinter den Fenstern brannte Licht.

Sie war also da. Wahrscheinlich hatte sie die Heizlüfter eingeschaltet und die Staffelei in der Mitte des kleinen Raums postiert. Die Leinwände standen normalerweise an einer der Wände, wo sie jetzt, nachdem sie so viel aus seinem Haus mitgenommen hatte, noch mehr Platz beanspruchen würden. Vielleicht hatte sie irgendwo einen Schlafsack gekauft, gleich um die Ecke gab es einen Army-Navy-Laden. Aber auch mit eingeschalteten Heizlüftern war es dort oben sicher kalt. Es störte sie wahrscheinlich nicht. Bridget trug ein Feuer in sich. Mit ihr konnte man sich gefahrlos in eine Schneewehe legen.

Er spielte mit dem Gedanken, sie anzurufen. Er hatte das Telefon schon in der Hand und das Passwort für das Display eingegeben, hielt aber plötzlich inne. Wenn er sie anrief, könnte sie aus dem Fenster sehen. Was würde sie dann denken? Vielleicht war das, was er tat, sogar verboten, er wusste es nicht. Er wollte sie einfach sehen. Eine Weile dachte er nicht mehr an das House of Shields und an die Frau, deren Namen er noch immer nicht kannte.

Er wollte nur Bridget.

Er wollte nach oben gebeten werden, willkommen geheißen in ihrer Wärme.

Es war vier Uhr morgens, als er losfuhr, und beinahe fünf, als er nach Hause kam. Er stellte den Wagen schräg in die Garage, sah zu, wie sich das Rolltor schloss, und ging ins Haus. Er hatte den Kamin vergessen und die ganze Nacht brennen lassen. Wenigstens war es im Wohnzimmer warm.

Er schenkte sich einen letzten Drink ein und nahm ihn mit aufs Sofa.

# FÜNF

Er hörte schnelle Schritte auf den Fliesen des Labors, die vor seiner Bürotür abrupt innehielten. Die Tür war angelehnt. Er hörte einen Mann sprechen, aber nicht mit ihm. Vielleicht mit einer der Sekretärinnen oder einem Labortechniker.

»Ist er schon da?«

Caleb hatte gerade genug Zeit, um seinen Computermonitor auszuschalten und sich mit dem Stuhl zu drehen, sodass er mit dem Gesicht zur Tür saß. Seine Sekretärin streckte den Kopf herein.

»Dr. Newcomb ist da. Aber er hat nicht viel Zeit – er muss zurück zur Gerichtsmedizin.«

Harry Newcomb, ein hochgewachsener Mann, der es offenbar eilig hatte, öffnete die Tür und ging um Andrea herum.

»Caleb – genau der Mann, den ich gesucht habe.«

Er warf die Tür schwungvoll zu, wobei er Andreas Kopf nur knapp verfehlte, und streckte ihm die Hand entgegen. Caleb schlug ein.

»Henry.«

»Wie geht's … Himmel, was ist denn mit dir passiert?«

Caleb ließ sich auf seinen Stuhl fallen und deutete auf das Sofa gegenüber dem Schreibtisch. Henry setzte sich hin, seine Knie waren jetzt höher als die Hüften.

»Bridget hat mich verlassen«, sagte Caleb.

»Und das war ihr Abschiedsgeschenk?«, fragte Henry und fasste sich an die Stirn.

»Ja.«

»Wann hast du es ihr gesagt?«

»Am Samstag. Es ist schlecht gelaufen.«

»Ich sage es nicht gern …«

»… aber du hast mich gewarnt.«

Henry setzte ein trauriges Lächeln auf. In seiner Miene spiegelten sich Erinnerungen wider, deren Ursprünge fast dreißig Jahre zurückreichten.

»Wie alt ist Bridget – dreißig? Einunddreißig? Als Vicki in dem Alter war, hätte ich so etwas niemals gemacht. Nie*mals*.«

»Du hattest recht. Und Bridget auch. Aber es ist nicht so, als ließe es sich nicht wiedergutmachen«, sagte Caleb. »Ich bringe es in Ordnung.«

»Das ist nicht der Punkt. Der Punkt ist, dass du mit ihr reden musst, *bevor* du so einen Mist abziehst, nicht hinterher. Verdammt, Maddox. Aber das kann sie dir auch selbst sagen.«

»Falls sie jemals wieder mit mir redet.«

Henry nickte und lehnte sich auf dem Sofa zurück. Er deutete auf Calebs rechte Hand.

»Sag mir nicht, du hast zurückgeschlagen.«

»Nein. Scheiße, nein. Das würde ich nie tun.«

»Das würdest du nie tun«, sagte Henry.

»Ich meine es ernst.«

»Kannst du dich noch an alle Einzelheiten erinnern?«

»Mein Gott, Henry. Ich war nicht betrunken.«

»Davon habe ich auch nicht gesprochen.«

Für einen Moment kam es Caleb vor, als spielten sie eine Partie Schach. Nur dass er im Gegensatz zu Henry nicht sämtliche Figuren sehen konnte. Caleb wusste nicht genau, was er zu verlieren hatte, aber gewinnen konnte er in solch einem Spiel auf keinen Fall.

»Sie hat das Glas geworfen, ich bin gegangen. Als ich zurückkam, war ich ausgesperrt. Ich habe ein Fenster eingeschlagen, um reinzukommen. Du erkennst eine Schnittverletzung, wenn du eine siehst. Also los.«

Er hielt die Hand hoch und spreizte die Finger. Die Verbände hatte er abgenommen, um zu sehen, ob die Krusten heilten. Henry beugte sich vor, warf einen Blick darauf und nickte.

»Das war dumm.«

Caleb ließ die Bemerkung unkommentiert. Sein Diensttelefon klingelte, er schaute auf das Display.

»Nur die Labortechniker.«

»Geht's dir einigermaßen? Ich schätze, du weißt, wie du aussiehst.«

»Ich habe gestern Abend zu viel getrunken. Ich weiß, was du denkst, aber so war es nicht. Also fang gar nicht erst an. Ich passe auf mich auf.«

»Es ist nur … Weißt du …« Henry hielt inne und blickte auf. »Es lief alles so gut mir dir, seit du Bridget kennengelernt hast.«

»Ich dachte, du wolltest nicht anfangen.«

»Ich bin schon fertig. Mehr sage ich nicht.«

»Okay.«

Henry ließ Calebs Hand nicht aus den Augen, bis der sie unter dem Schreibtisch auf den Schoß legte. Daraufhin streckte Henry die langen Beine aus und lehnte sich wieder zurück.

»Ich war heute Morgen schon mal hier«, sagte er dann. »In der Gerichtsmedizin gibt es ein Problem. Wir haben ein paar Daten bekommen, die uns ziemlich ins Grübeln gebracht haben. Da dachte ich: Ein Fall für ›Mad Dog Maddox‹.«

Caleb lächelte, als er seinen alten Spitznamen hörte.

»Mad Dog ist nicht in Bestform. Aber ich könnte ein bisschen Ablenkung gebrauchen.«

»Und die Nebenjobs für mich machen immer Spaß, stimmt's?«

»Immer.«

»Hast du jetzt Zeit? Ich kann dich mitnehmen und dir alles zeigen.«

»Gib mir einen Moment, wir treffen uns draußen.«

Henry wollte die Tür schon öffnen, hielt aber inne, als Caleb die Hand hob.

»Ja?«

»Bekomme ich bei dieser Sache irgendwelche Proben?«

Henry nickte.

»Dann nehme ich die Kühlbox mit. Aber das Eis hole ich mir bei dir.«

Als Henry hinausgegangen war und die Tür hinter sich geschlossen hatte, wandte Caleb sich wieder dem Computer zu. Er hatte einen Brief an Bridget geschrieben, ihn nochmals und abermals geschrieben, ohne wirklich vom Fleck zu kommen. Außerdem hatte er im Internet recherchiert, sich über Underground-Bars und Speakeasys in San Francisco informiert. Über Orte, die ein bestimmter Typ junge Frau besuchen würde. Orte, die er bald kennenlernen würde. Damit war er deutlich besser vorangekommen als mit seinem Brief. Er schickte die Liste der Bars an seine eigene E-Mail-Adresse, löschte den Brief und fuhr den Computer herunter. Er wollte nicht, dass sein ganzes Leben auf dem Monitor ausgebreitet war, wenn jemand sein Büro betrat. Inzwischen war alles immer schwieriger zu erklären.

Als er aufgestanden war, öffnete Andrea die Tür einen Spalt und schaute herein.

»Joanne hat nach Ihnen gesucht.«

»Ich habe ihre Nachricht bekommen.«

»Im Laborkühlschrank steht eine neue Box mit Proben. Die Patientenakte liegt dabei.«

»Wann sind sie gekommen?«

Andrea zuckte die Achseln. »Ich weiß nicht. Joanne hat sie entdeckt. Deswegen wollte sie Ihnen Bescheid geben.«

»Stammt die Patientenakte von der UCSF?«

»Nein, aus dem Veterans-Affairs-Hospital.«

Caleb nickte. Er hatte mit der Hälfte der Krankenhäuser in der Bay Area Verträge abgeschlossen, die ihm Proben lieferten, sobald sie über welche verfügten. Wegen der Art Patienten, die es versorgte, fanden sich im Veteranen-Krankenhaus mehr Freiwillige als in allen anderen Krankenhäusern zusammen. Veteranen meldeten sich gern als Freiwillige. Und bei ihnen fand sich reichlich von dem, woran Caleb forschte.

»Der Bote ist schon so oft hier gewesen, dass er wahrscheinlich einfach reinspaziert ist und die Box in den Kühlschrank gestellt hat«, sagte Caleb. »Vielleicht hat Sandy gerade telefoniert, er wollte sie nicht stören. Keine große Sache.«

»Aber wenn wir es übersehen hätten? Müssen wir die Lieferung nicht auch quittieren?«

Caleb schüttelte den Kopf. »Wir haben es nicht übersehen«, sagte er. »Ich muss jetzt los und Henry helfen. Schicken Sie mir eine E-Mail, falls sich etwas Wichtiges ergibt.«

Andrea zog sich zurück. Caleb wollte sich gerade auf den Weg machen, als ihm noch etwas einfiel. Er schob den Stuhl zurück und kniete sich auf den Boden. Eben noch hatte er gleichmütig reagiert, aber jetzt brachte Andreas Bemerkung ihn ins Grübeln. Niemand von außerhalb sollte das Labor betreten, ohne sich zumindest anzumelden und einen Besucherausweis zu bekommen. Wenn jemand hereinkommen und eine Box mit Proben in den Kühlschrank stellen konnte, war es genauso gut möglich, dass ein heimlicher Besucher etwas mitgehen ließ.

Es gab Dinge, die dieses Labor nicht verlassen durften.

Er öffnete ein Mahagonischränkchen unter dem Schreibtisch und betrachtete den tiefgekühlten Safe, der sich hinter der Holztür verbarg. Von außen wirkte er unangetastet. Auf dem blaugrauen Stahl waren keine Spuren oder Kratzer zu erkennen. Die digitale Tastatur leuchtete in einem weichen Grünton. Hastig tippte er die Kombination ein, hörte, wie die elektronisch gesteuerten Riegel in die Tür zurückglitten, dann öffnete er den Safe. Ein Schwall kalter Luft drang ihm entgegen. Im fluoreszierend leuchtenden Inneren sah alles gut aus. Die vier Probengläschen waren intakt, die Plastiktüten, in denen sie verstaut waren, trugen noch die roten Siegel mit seiner Unterschrift.

Caleb schloss den Safe, hörte die Riegel einrasten und machte sich auf den Weg zu Henry.

»Lass uns einen Kaffee trinken und uns bis fünf die Zeit vertreiben«, sagte Henry. »Heute macht niemand Überstunden. Nicht so kurz vor Weihnachten.«

»Gut«, sagte Caleb.

Sie parkten an der Valencia Street und betraten ein Café, das zwischen einem Laden für gebrauchte Haushaltsgeräte und einer billigen Kneipe lag. Die junge Frau, die sie bediente, war im Gesicht gepierct. Silberne Ringe und scharfe Nadeln zierten ihren Mund, als hätte sie versucht, ihn zuzunähen. Caleb fragte sich, ob es schmerzhaft war, den Kopf zurückzulehnen und sich krumme Nadeln durch die Lippen stechen zu lassen. Wollte sie sich damit bestrafen? Vielleicht empfand sie dabei auch Lust. Er stand am Tresen, beide Hände auf der zerschrammten Oberfläche, wartete auf seinen Kaffee und dachte an Bridget. Sie hatte das Gesicht zwischen den Beinen verborgen und geweint. Als er sich neben sie gekniet und ihren Nacken berührt hatte, war sie explodiert. Er dachte an die junge Frau im House of Shields, den leichten Druck ihrer kühlen Finger in seinem Nacken. Schon bei der Erinnerung zog sich sein Inneres in einer Mischung aus Sehnsucht und Erwartung zusammen, sodass er kaum Luft bekam. Ein gleichzeitig wunderschönes und furchterregendes Gefühl.

Als könne sie jeden Moment aus einem Schatten hervortreten. Als könne er verrückt werden, wenn sie es nicht tat.

»Kommst du?«

»Sorry«, sagte Caleb. Er wusste nicht, wie lange er schon in seinen Kaffee gestarrt hatte.

Er nahm ihn vom Tresen und folgte Henry in den hinteren Teil des Cafés, wo sie auf zwei plüschigen Sesseln Platz nahmen. Henry beugte sich vor und stützte die Ellbogen auf den kleinen Tisch zwischen ihnen. Er schaute sich um und musterte die anderen Gäste: ein Jugendlicher mit Kopfhörer, der etwas auf seinem Laptop anschaute; ein Mann, der seinen Aktenkoffer neben den Stuhl gestellt hatte.

»Wenn es dir lieber ist, können wir warten, bis wir wieder im Auto sitzen«, schlug Caleb vor.

Henry beugte sich noch weiter über den Tisch und sprach mit leiser Stimme.

»Wir können hier reden. Zumindest über das Wesentliche.« Er sah noch einmal zu dem Mann mit dem Aktenkoffer hinüber, dann konzentrierte er sich auf Caleb. »Ich mache mir Sorgen, dass unser toxikologisches Labor etwas übersehen hat, und zwar mehrfach.«

Caleb schüttelte den Kopf.

»Es wird von Marcie Hensleigh geleitet, stimmt's? Sie ist eine gute Wissenschaftlerin. Ich habe mal mit ihr zusammen einen Artikel veröffentlicht.«

»Sie ist fantastisch«, sagte Henry. »Aber das will nichts heißen. Ein Labor ist immer nur so gut wie der schlechteste Techniker, der die Proben in die Finger bekommt. Oder der schlechteste der Firmenmitarbeiter, die für die Kalibrierung der Geräte zuständig sind ...«

Henry verfolgte den Faden nicht weiter, stattdessen sagte er: »Ich wünschte, ich hätte dich an Bord. Du würdest es richtig machen.«

»Du weißt, dass das nicht funktionieren würde«, sagte Caleb. »Sobald ich in den Zeugenstand gerufen würde, bekämen wir Probleme.«

»Trotzdem würde ich es mir wünschen.«

Henry schaute sich wieder um. Niemand achtete auf sie, trotzdem senkte er die Stimme zu einem Flüstern.

»Diese Budgetkürzungen. Himmel. Unser ganzes Equipment ist Schrott. Die Hälfte davon ist veraltet. Ein Viertel müsste eigentlich funktionieren, tut es aber nicht. Wenn unser Büro nicht im Keller des SFPD läge, würde ich denken, jemand wäre eingebrochen und hätte uns sabotiert.«

»Du machst Witze.«

»Nein.«

»Vielleicht liegt es nur an einem Labortechniker, der nicht richtig ausgebildet wurde. Oder vergessen hat, was er in der Ausbildung gelernt hat. Diese Geräte sind empfindlich.«

»Natürlich, aber das ändert nichts. Und inzwischen habe ich ein Problem.«

»Wie groß?«

Henry hielt die Hände hoch, im Abstand von einem Meter.

»Groß«, flüsterte er und senkte den Blick. »Möglicherweise.«

»Wie viele?«

»Wir wissen von sieben. Ein paar der Opfer könnten einfach ertrunken sein. Sie sind alle aus der Bay gefischt worden. Vielleicht ist es nicht ganz so schlimm.«

»Und das Labor hat nichts entdeckt? Gar nichts?«

»Nur Alkohol. Die meisten waren zu betrunken, um noch Auto zu fahren. Aber nicht so betrunken, dass sie aus Versehen vom Kai gestolpert wären.«

Caleb betrachtete seinen Kaffee und versuchte, sich in das Problem hineinzudenken. Natürlich konnte er von der Sache profitieren. Er konnte sich in die Arbeit hineinwühlen, bis Bridget entweder zurückkam oder der Schmerz nachließ. Bis die summende Neonreklame vor dem House of Shields endlich aus seinen Gedanken verschwand. Er versuchte, wie ein Wissenschaftler zu denken, denn das war die Rettung. Gründliches Nachdenken und harte Arbeit waren immer die Rettung gewesen, wenn die klaren Grenzen in seinem Leben zu verschwimmen drohten, wenn Dinge, die keine Rolle spielen sollten, Widerhaken entwickelten, die sich überall festsetzten. Selbst wenn Henrys Verdacht sich als unbegründet erweisen sollte, würde er mit der Untersuchung gründlich ausgelastet sein.

Er öffnete den Mund und sagte: »Habt ihr eine Ahnung, wo sie getrunken haben? Wie die Läden heißen?«

Henry nickte, er verstand die Frage fälschlicherweise als Versuch, die Möglichkeiten einzugrenzen.

»Das haben wir überprüft, aber es gibt kein Muster. Sieben Leichen und fünfzehn bis zwanzig Bars. Keine Überschneidungen. Die einzige Gemeinsamkeit besteht darin, dass es alles teure Läden waren. Vielleicht finden die Detectives einen Ansatzpunkt. Aber aus Sicht des Toxikologen finde ich keinen.«

Caleb hob seine Tasse und trank einen Schluck.

»Was macht dich so sicher, dass überhaupt Toxine im Spiel sind?«

Henrys Oberkörper lag nun mehr oder weniger auf der Tischplatte.

»Weil ich bei all diesen Typen keinen echten Grund für ihren Tod gefunden habe«, flüsterte er. »Ich glaube, sie wurden ermordet. Ich kann es nur nicht beweisen.«

Die Tage waren inzwischen furchtbar kurz. Als sie um kurz nach fünf auf dem Polizeiparkplatz unter der Brücke der I-80 hielten, war es schon fast eine halbe Stunde dunkel. Caleb folgte Henry an dem Maschendrahtzaun entlang, der das Bezirksgefängnis umgab, dann betraten sie durch einen Hintereingang die Hall of Justice. Das Gebäude war ein sechsgeschossiger Betonquader, so abweisend und düster wie ein sowjetischer Wohnblock. Caleb hatte nie herausgefunden, ob die Trostlosigkeit gewollt oder das Resultat von finanziellen Engpässen und dem Zwang zur puren Funktionalität war.

Sie stiegen die Kellertreppe hinunter, wo Henry sie mittels seiner Keycard durch eine Reihe verschlossener Türen in den Untersuchungsbereich brachte. Schließlich standen sie vor einem transportablen Kälteraum, in dem vier Leichen Platz fanden. Irgendwo lief Musik. Nachts schien hier unten immer jemand das Radio laufen zu haben. Vielleicht machte die Musik es einfacher, allein im Leichenkeller zu arbeiten.

»Man hört viel von der Überbelegung in Gefängnissen«, sagte Henry und deutete mit dem Kopf auf die transportable Kühlkammer. »Hier ist es genauso.«

Caleb trug eine kleine Kühlbox aus Styropor, die er auf einen leeren Seziertisch aus rostfreiem Stahl stellte, gleich neben den Abfluss. Er öffnete die Box und nahm die Probengläschen heraus, die er mitgebracht hatte.

»Komm hier rüber. Hier sind die Kittel und die Handschuhe«, forderte Henry ihn auf.

Caleb trat in den Waschbereich und nahm einen weißen Laborkittel von den hölzernen Haken. Er knöpfte ihn zu und griff nach einem Paar Latexhandschuhe. Henry reichte ihm eine Schutzbrille und eine OP-Maske.

»Hast du die Autopsie schon durchgeführt?«, fragte Caleb. Er sah hinunter ins Spülbecken und entdeckte ein Aluminiumtablett mit verschiedenen Skalpellen und Sägen, die noch nicht gereinigt worden waren. In einer Ecke des Beckens lehnte eine Art Astschere mit langen Griffen. An den schwarzen Klingen klebten Gewebefetzen.

»Gestern Abend spät. Er wurde nachmittags gefunden. Touristen haben ihn von der Golden Gate Bridge aus entdeckt und es gemeldet. Ein Polizeiboot ist rausgefahren und hat ihn aus dem Wasser gezogen. Sobald er hier war, habe ich ihn ganz oben auf die Liste gesetzt.«

Henry nahm ein Glas Wick aus der Tasche und streckte es Caleb mit hochgezogenen Brauen entgegen. Der winkte zunächst ab, änderte aber seine Meinung, als er sah, wie Henry einen Finger ins Glas steckte und Creme auf die Innenseite seiner OP-Maske schmierte.

»Du hast ihn vorgezogen, weil du dir wegen der anderen schon Sorgen gemacht hattest.«

Henry nickte, zog ein Paar Handschuhe über und zog die Maske hoch, um seinen Mund zu bedecken.

»Dann ist er nicht gesprungen?«

»Das wäre einfach festzustellen gewesen. Gebrochene Rippen, punktierte Lungenflügel. Oft auch ein Riss der Aorta. Abgesehen davon gibt es da oben inzwischen Kameras. Es ist mindestens vier Tage her, dass zuletzt jemand gesprungen ist.«

Sie gingen zurück zu der transportablen Kühlkammer. Sie war in vier Abschnitte unterteilt, die jeweils durch eine stählerne Tür zugänglich waren. Die Kammer musste eine lückenlose Beweiskette garantieren, sodass jede Tür separat verschlossen wurde. Henry öffnete eine und zog die auf Schienen montierte Trage mit der Leiche heraus. Der Tote war mit einem grünen Tuch bedeckt. Henry rollte einen Seziertisch direkt daneben.

»Lieber die Füße oder den Kopf?«, fragte er.

»Den Kopf.«

Sie hoben die Trage mit der Leiche von den Schienen und legten sie auf den Seziertisch. Henry schloss die Kühlkammer, sie rollten den Tisch in den Sektionssaal. Von dem penetranten Geruch abgesehen, fühlte Caleb sich an Orten wie diesem immer an Großküchen erinnert. An einer Wand befand sich eine Reihe tiefer Becken aus rostfreiem Stahl. Waagen wie auf dem Wochenmarkt hingen direkt über den Becken, wo sich Tropfen am einfachsten wegspülen ließen. Eine andere Wand hing voller Schneidewerkzeuge.

»Wer hat die Gewebeproben entnommen?«, fragte Caleb.

»Marcie.«

»Habt ihr irgendwelche Balsamierflüssigkeiten benutzt?«

»Nein. Ich habe ihn auch nicht eingefroren. Und vor dem Zunähen haben wir die Organe wieder in die Brusthöhle gepackt. Mir war klar, dass du sie sehen willst.«

Henry griff nach der Decke und zog sie herunter. Die Leiche lag jetzt von den Knien aufwärts bloß. Caleb starrte sie an, zu müde, um bei dem Anblick einen Schock zu empfinden.

»Ich hatte damit gerechnet, dass er wie ein Ertrunkener aussieht.«

»Meinst du das Gesicht? Das kommt vor, wenn eine Leiche aus dem Wasser gezogen wird. Sie sinken und bewegen sich dann über dem Grund. Mit dem Gesicht nach unten. In der Meerenge unter der Brücke herrscht wegen der Gezeiten eine starke Strömung. Er wird also mit ziemlicher Geschwindigkeit über verschiedene Hindernisse geschrammt sein.«

Das Gesicht des Mannes sah aus, als wäre er aus einem fahrenden Auto gestoßen worden. Caleb wusste, dass der Anblick zum Teil auf die Autopsie zurückzuführen war. Im Verlauf der Untersuchung hatte Henry die Kopfhaut des Mannes eingeschnitten, das Gesicht bis übers Kinn heruntergezogen und dann den Schädel aufgesägt, um an das Gehirn zu gelangen. Danach hatte ein Sektionsassistent die Schädelkalotte wieder aufgesetzt und an der Schnittstelle festgeklammert. Nach dieser Prozedur sah niemand mehr aus wie zuvor. Aber in diesem Fall war es weit schlimmer als üblich. Das Gesicht war aufgeschürft und zerschnitten, als sei er immer wieder über einen mit Seepocken besetzten Felsen gescheuert. Die Nasenspitze fehlte, durch eine tiefe Wunde war der Kinnknochen zu sehen.

Der Mann war komplett entstellt.

Vielleicht war es der Kerl aus dem House of Shields. Zumindest bestand die Möglichkeit. Aber Caleb war nicht sicher. Er war auch nicht sicher, ob er es wirklich wissen wollte.

»An den Rändern der Verletzungen scheinen sich Blutergüsse gebildet zu haben«, bemerkte Caleb. »Blutungen unter der Haut. Ich dachte, dass Tote nicht mehr bluten.«

»Bei Leichen, die im Wasser treiben, ist das schwer zu sagen. Sie bekommen postmortale Verletzungen und bluten weiter. Vor allem, wenn sie mit dem Kopf nach unten treiben.«

»Du bist nach der Autopsie also nicht sicher, dass er einfach nur ertrunken ist?«

Henry schüttelte den Kopf. »Das ist beim Ertrinken das Problem. Es gibt keine eindeutigen Wahrheiten. Er hatte Blutungen im Mittelohr. Das kommt bei Ertrunkenen häufiger vor – niemand weiß genau, warum. Aber es ist kein eindeutiger Beweis. Solche

Blutungen können auch Resultat eines Schädeltraumas sein. Man kann sie sogar bei Todesfällen durch Stromschlag finden. Das gilt auch für den rosafarbenen Schaum, den wir in seiner Luftröhre entdeckt haben.«

»Was ist mit Flüssigkeit in der Lunge? Ich dachte, danach sucht ihr in solchen Fällen als Erstes.«

»Klar. Aber nach zehn, zwölf Stunden im Wasser kann niemand mehr sagen, ob Ertrinken oder ein Lungenödem infolge von Herzversagen die Ursache ist. Oder eine Kopfverletzung.«

Caleb nickte und deutete auf den linken Oberschenkel und die linke Gesäßhälfte des Mannes. Beide waren aufgerissen.

»War das ein Hai?«

»Ein kleiner wahrscheinlich. Wenn du ihn umdrehst, sieht es noch schlimmer aus. In der Bucht gibt es Siebenkiemerhaie und Fuchshaie. Beide machen sich an Leichen zu schaffen.«

»Was ist mit den Blutergüssen hier?«, fragte Caleb und deutete auf die rechte Schulter des Mannes, gleich über dem Schlüsselbein. Dort befand sich eine tiefe, frisch aussehende Prellung.

»Bluterguss im Schultergürtel«, sagte Henry.

Als Caleb ihn fragend ansah, schob er eine Erklärung nach.

»Ertrinkende geraten häufig in Panik. Sie schlagen so heftig um sich, dass ihre Muskeln reißen. Vielleicht war das hier der Fall.«

»Oder?«

»Oder jemand hat ihn an Brust und Schultern fixiert, während er eine Art Krampf hatte. Mit breiten Riemen, sodass keine Abdrücke zu sehen sind.«

Henry drehte sich um und warf einen Blick auf die Leiche. Die Gläser seiner silbern gerahmten Brille, die er noch unter der Schutzbrille trug, reflektierten das grelle Licht der Deckenbeleuchtung.

»Du sprichst von einem drogeninduzierten Krampf?«

»Ja«, sagte Henry. Sein Blick schien den groben Nähten entlang des Y-Schnitts auf dem Brustkorb des Mannes zu folgen. »Davon spreche ich. Sie alle hatten diese Blutergüsse. Alle sieben. Was meinst du, was du brauchst?«

Caleb schloss die Augen und zwang sich zum Nachdenken. Er war so erschöpft, dass er beinahe vornübergekippt wäre, hielt sich aber am erhöhten Rand der Trage fest und zwang sich zur Konzentration.

»Blut aus beiden Herzkammern, falls noch welches übrig ist. Wenn sein Herz noch geschlagen hat, während er Salzwasser eingeatmet hat, könnte die Magnesiumkonzentration in der linken Herzkammer ein wenig höher sein. Außerdem brauche ich Proben von allem«, sagte Caleb. »Gehirn, Lunge, Leber, Nieren.«

Er legte Daumen und Zeigefinger an das linke Auge des Mannes und öffnete es. Dann untersuchte er das rechte. Beide waren noch klar und prall.

»Sieht nicht so aus, als hätte Marcie Flüssigkeit aus seinen Augen entnommen. Aber ich brauche sie.«

»Was noch?«, fragte Henry.

»Wenn kein Urin mehr vorhanden ist, nimm ein bisschen Gallenflüssigkeit. Gehirn-Rückenmarks-Flüssigkeit. Unterhautfett und Skelettmuskulatur. Falls du auf irgendwas gestoßen bist, was du für eine Einstichstelle hältst, nimm vom umliegenden Fett und der Muskulatur.«

Henry betrachtete die Leiche. In den Hautfalten klebten immer noch Reste von Sand und Algen.

»Vielleicht muss ich mit Marcie sprechen. Sie ist nicht mehr so gründlich wie früher«, sagte Henry und trat zu einem Tablett mit Werkzeugen. »Sonst noch was?«

»Nur ein Ausdruck ihres Berichts. Hast du deinen schon fertig?«

»Ich halte ihn zurück, bis du und ich hier Klarheit haben«, sagte Henry. Er nahm ein Skalpell mit schmaler Klinge und deutete auf den Schreibtisch auf der anderen Seite des Raums. »Ihr Bericht ist in der grünen Mappe.«

»Wie sieht es mit dem Todeszeitpunkt aus? Kannst du ihn schätzen?«

Dieser Punkt war für Calebs Arbeit nicht unbedingt notwendig, aber in einem toten Körper wurden Drogen zersetzt wie alles andere auch. Zu wissen, wie lange der Mann tot gewesen war, könnte ihm bei der Suche nach den Chemikalien helfen, die sich vor dem Tod in seinem Organismus befunden und zu zerfallen begonnen hatten.

Henry sah beim Nachdenken zu Boden.

»Um zwei Uhr am Sonntagmorgen hat er definitiv noch gelebt. Mehrere Zeugen haben ihn in einer Bar namens House of Shields gesehen. Er war dort, bis der Laden geschlossen hat, also bis zwei. Danach lässt sich kaum etwas sagen. Kurz nach drei gestern Nachmittag hat man ihn aus dem Wasser gezogen ... Alles klar mit dir?«

»Ja. Ich bin einfach nicht ganz auf der Höhe. Red weiter.«

»Na ja ... Hast du die aufgequollenen Hände gesehen? Die tiefen Hautfalten? So etwas braucht im kalten Wasser eine Weile. Bei ihm ist es noch nicht sehr weit vorangeschritten. Wahrscheinlich war er höchstens acht Stunden in der Bucht. Ich schätze, er ist entweder im Wasser gestorben oder unmittelbar bevor er hineingeworfen wurde. Demnach müsste er am Sonntagmorgen gegen Sonnenaufgang gestorben sein.«

»Okay«, sagte Caleb.

Seine Gedanken taumelten durch eine dunkle Gasse, an deren einem Ausgang Bridget stand. Am anderen wartete die Frau aus dem House of Shields. Kennon und Garcia hielten sich irgendwo im Schatten versteckt. Er schloss die Augen und erinnerte sich an die Berührung der Frau, an die Art, wie sie ihn auf seinem Barhocker hatte erstarren lassen, ohne mehr zu tun als in sein Ohr zu flüstern und ihn mit der Hand zu streifen. Wie würde es sich anfühlen, wenn ihre Arme ihn umschlingen würden? Wenn ihr ganzer Körper über den seinen gleiten würde?

»Nimm Marcies Bericht und setz dich in mein Büro. Das ist besser für dich. Ich hole dich, wenn ich fertig bin.«

»Danke. Ich bin nicht … Wahrscheinlich setzt mir die Leiche zu.«

»Das haben Leichen so an sich.«

Um acht Uhr abends setzte Henry ihn am UCSF Medical Center ab. Caleb blieb mit seinem Styroporbecher am Straßenrand stehen und sah seinem Freund hinterher. Als das Auto außer Sicht war, stellte er die Kühlbox auf den Bürgersteig und nahm sein Handy aus der Tasche. Er schaltete es ein und wartete, dass es sich mit dem Netz verband. Er hatte weder neue SMS noch Nachrichten auf der Mailbox. Nur eine endlose Liste dienstlicher E-Mails.

Er war kurz davor, das Telefon wieder einzustecken, überlegte es sich aber anders. Er wählte Bridgets Handynummer, klemmte sich die Kühlbox unter den Arm und ging zu einer Betonbank an der Bushaltestelle vor dem Krankenhaus. Sie meldete sich auf Anhieb.

»Was willst du?«, fragte sie.

Schon an ihrem Tonfall hörte er, dass ihr Gespräch zu nichts führen würde. Er ließ die Hand mit dem Gerät sinken, wollte das Gespräch schon beenden, hob das Handy aber nochmals ans Ohr.

Dann gab er ein Geräusch von sich, das kaum als vollständiges Wort durchgehen konnte.

Er hatte vergessen, was er sagen wollte. Ihre ersten Worte hatten seine Absichten in Schutt und Asche gelegt.

»Deine Stimme. Ich wollte deine Stimme hören. Aber das ist nicht deine Stimme.«

»O doch. Es ist meine Stimme. Und sie sagt: *Verpiss dich*. Meine Stimme sagt: *Ruf nicht mehr an …*«

Er legte auf und schaltete das Telefon aus. Dann holte er aus und wollte es auf die Straße schleudern, konnte sich aber gerade noch beherrschen.

Er brauchte ein Telefon. Dieses Telefon.

Immerhin bestand die Chance, und wäre sie noch so gering,

dass jemand anders anrief. Er hatte seine Telefonnummer auf einer Serviette im House of Shields notiert. Dieser Gedanke, so verzweifelt er sein mochte, beruhigte ihn. Er schaltete das Handy wieder ein, steckte es in die Tasche und brachte die Kühlbox ins Labor.

Er spürte, dass sie in der Nähe war, die Frau aus dem House of Shields.

Er hatte sein Leben damit zugebracht, Dinge zu entdecken, die sonst niemand sah. Gifte, Erreger. Manche Leute wollten nicht glauben, dass sie existierten, bis er sie ihnen zeigte. Und über diese Frau wusste er mehr als über alles andere, nach dem er gesucht hatte. Er wusste, wie sie aussah und welches Parfüm sie benutzte. Das war nicht alles. Er kannte die Temperatur ihrer Haut, den Druck ihres Atems, wenn sie flüsterte, den Farbton ihrer Augen in einem matt beleuchteten Raum. Den Umriss ihres nackten Rückens, wie eine aus Elfenbein geschnitzte Violine. Also musste sie zu finden sein. Er würde sich dem Rätsel so lange widmen, bis er den verborgenen Zugang fand. Den geheimen Gang, die getarnte Schwingtür.

Er nahm Henrys Proben und verstaute sie in einem Kühlgerät. Dabei verließ er sich nur auf seinen Tastsinn. Die Augen hatte er geschlossen. So, in dieser künstlichen Dunkelheit, fiel es ihm leichter, sich an den Duft ihres Parfüms zu erinnern. Wenn es ihm gelang, sie mit seinen Gedanken zu umhüllen – wenn er die Erinnerung schützte, wie er eine Kerzenflamme mit der gewölbten Hand abschirmte oder bei Sturm in jedem einzelnen Zimmer seines Hauses nach dem Rechten sah –, dann würde die Erinnerung nicht verblassen. Dann konnte er sich an ihre Wärme schmiegen und sich von ihr tragen lassen, bis er die Frau selbst fand.

Wenn das kein Vertrauen war, was dann?

## SECHS

Er trug eine winzige Taschenlampe am Schlüsselring, die einzig dazu diente, den Fußweg zu beleuchten, wenn er nach Einbruch der Dunkelheit vom Labor nach Hause ging. Einmal hatte er in ihrem Lichtkegel einen Rotluchs gesehen. Einen Moment lang hatten die grüngoldenen Augen der Wildkatze geleuchtet, dann war das Tier fauchend im Dunkeln verschwunden. Heute Abend sah er nur Eukalyptusblätter und den Matsch auf dem Boden. Als er nach Hause kam, überprüfte er die Bretter, die er vor das eingeschlagene Fenster genagelt hatte.

Es war Mitternacht, als er sich im Schneidersitz auf den Fußboden neben dem Couchtisch hockte, vor sich einen Block dickes Zeichenpapier und einen Satz Kohlestifte. Er hatte dreieinhalb Stunden im Labor verbracht, eine Kalibrierkurve erstellt und die ersten Proben mit dem Gaschromatographen und dem Massenspektrometer untersucht. Er war noch nicht fertig, hatte aber genug gesehen, um sicher sagen zu können, dass Henrys Verdacht nicht unbegründet war. Aber das interessierte ihn jetzt nicht. Er würde die Untersuchung am Morgen zu Ende bringen und dann mit Henry sprechen.

Er nahm einen der Stifte, betrachtete im Licht des Kamins die Spitze und begann auf der ersten freien Seite des Blocks. Eine grobe Skizze für den Anfang. Linien und einzelne Schattierungen. Er gab sich dafür zehn Minuten, wobei er hin und wieder die Augen schloss, um die Erinnerung so lebendig wie möglich wachzurufen. Als er fertig war, drehte er das Blatt zum Feuer und betrachtete es eine Weile. Er verbesserte hier und dort, bis er mit dem Ergebnis zufrieden war.

Erst nach Bridgets Einzug hatte er sich dem Zeichnen, einem Kindheitshobby, mit größerer Ernsthaftigkeit gewidmet. Manchmal stand Bridget hinter ihm am Küchentisch und führte seine rechte Hand, ihre Wange auf seiner Schulter. Ihre Stimme war sanft, aber bestimmt. Manchmal umwickelte sie seinen Finger mit einem Fetzen Fensterleder, um die Schattierung und die Linien zu verwischen. Nach dem Ende der Lektion, wenn sie zu etwas anderem übergingen, waren ihre Finger von der Kohle schwarz, als hätte man sie in ein Polizeirevier geschleppt, sie festgenommen und ihre Fingerabdrücke genommen.

Als er Fortschritte machte, wurde sie sein Modell.

Im Schlafzimmer stand eine Badewanne auf Füßen. Manchmal lag sie darin, reglos mit geschlossenen Augen, den Arm über den Rand baumelnd, sodass ein Finger die hölzerne Trittstufe berührte. Dann setzte er sich gegen die Wand gelehnt auf den Boden, skizzierte sie, und sie unterhielten sich leise, bis das Wasser kalt wurde.

Er war zuversichtlich, dass er die Frau zeichnen konnte, dass er in Kohle festhalten konnte, wie sie an dem Abend ausgesehen hatte. Er riss die grobe Skizze vom Block und legte sie zur Seite. Jetzt wiederholte er die Zeichnung, diesmal präziser. Die Experimentierphase war vorbei.

Sie hatte sein Handgelenk berührt, um die Karaffe auf die richtige Höhe zu bringen. Das war der Moment, den er festhielt: die Sekunde, bevor sie sein Handgelenk losließ. Sie hatte bereits zwei Finger gelöst, ihr Zeigefinger strich über seine Sehne, als wollte sie seinen Puls fühlen. Das Kristallglas stand zwischen ihnen auf dem Tresen, darauf der geschlitzte Löffel mit dem Zuckerwürfel. Er zeichnete die Szene von einem Blickpunkt gleich hinter seiner linken Schulter, sodass in der rechten unteren Ecke des Blatts ein Stück von seinem Kopf zu sehen war. Aus diesem Blickwinkel rückten die Schönheit ihres Gesichts und das Zusammenspiel ihrer Hände ins Zentrum des Bildes. Eine Hälfte ihres Gesichts und des Oberkörpers lagen im Schatten, was den Rest nur umso deutlicher hervortreten ließ. Es verlieh ihr Form und Tiefe. Die Umgebung war nur angedeutet. Eine vergoldete Lampe ragte aus dem Schatten heraus, eine Flasche hob sich vor dem Chiaroscuro der

Bar ab. Inzwischen wusste er, dass am Ende des Bildausschnitts, wo der Hintergrund komplett schwarz war, ein Toter saß. Aber der Mann hatte nichts hiermit zu tun. Das Licht und der Fokus lagen auf ihr. Auf ihren Händen, auf der Sehnsucht, die durch diese Berührung in Gang gesetzt worden war.

Er zeichnete zwei Stunden ununterbrochen, dann war er fertig. Seine Hände waren von der Kohle schwarz und bluteten, wo die Wunden aufgeplatzt waren. Er ging in die Küche, wusch sich die Hände und kehrte mit einem guten Füller zum Couchtisch zurück. In die linke Ecke der Zeichnung schrieb er dieselbe Nachricht wie auf die Papierserviette im House of Shields.

Er konnte die Zeichnung mit nach oben ins Arbeitszimmer nehmen, sie einscannen und hundertmal ausdrucken. Aber ein Teil von ihm wusste, dass sie nur auf ein Original reagieren würde. Man konnte nicht einfach so tun, als ob man betete, und darauf hoffen, erhört zu werden. Man musste die Worte immer aufs Neue aussprechen. Auf den Knien.

Einmal, als sie in der Wanne gesessen und Caleb sie bei Kerzenlicht gezeichnet hatte, hatte Bridget die Augen geöffnet. Sie hatte den Kopf vom Wannenrand gehoben, aus ihren Haaren waren Tropfen auf ihre Schultern und Brüste gefallen, sie hatte ihn angeschaut.

»Warum habe ich dich nicht früher gefunden?«, fragte sie.

»Ich bin schwer zu finden.«

»Ich weiß«, sagte sie.

»Was weißt du?«

Als er von der Wand abrückte, flackerten die Kerzen.

»Was du eben gesagt hast ... Dass du schwer zu finden bist ... Am Ende haben sie dich gefunden – also konnte ich das auch.«

Sie machte die Augen wieder zu und legte den Kopf auf den abgerundeten Wannenrand. Sie entspannte sich, ließ ihren Körper in einen schlafähnlichen Zustand gleiten, damit er sie zeichnen konnte.

Natürlich hatte er ihr nie erzählt, dass er als vermisst gegolten hatte. Er hatte keine Ahnung, was genau sie wusste. Oder vermutete. Einen Moment lang starrte er sie nur an, den Kohlestift starr in der Hand.

»Zeichne schon«, sagte sie, ohne die Augen zu öffnen. »Es ist in Ordnung.«

Er fing wieder an zu zeichnen. Der Leerstelle in Calebs Geschichte sollten sie nie wieder so nahe kommen. Dem undurchsichtigen Nebel, der Lakune, wie Henry sich ausdrückte. Sie musste das meiste gewusst haben, vielleicht war es besser so. Wenn sie es wusste, aber bisher nicht darüber hatte reden wollen, würde es vielleicht dabei bleiben. Denn darüber zu reden, war das Letzte, was er wollte. Die Spitze des Stifts fuhr zitternd übers Papier, als er anfing, die Schattenflächen unter der erhöhten Wanne auszufüllen.

Als er im kalten Dezemberlicht auf dem Sofa erwachte, ging er in die Küche, wo er die Zeichnungen auf der Granit-Arbeitsplatte ausgebreitet hatte. Er hatte geglaubt, dass sie bei Tageslicht amateurhaft aussehen würden, lächerlich. Dass ihre mangelhafte Anlage und Ausführung dafür sorgen würden, dass das House of Shields aus seinen Gedanken verschwand. Aber die Zeichnungen waren die besten, die er je gemacht hatte. Sie war so schön, dass er, wenn er die Augen schloss und sich gegen die Arbeitsfläche lehnte, spürte, wie sein ganzer Körper zu ihr hingezogen wurde, eine Kompassnadel, die durch eine Anomalie in Form und Anziehungskraft der Erde von ihrer eigentlichen Richtung abgebracht wurde.

Eine knappe Stunde vor Mittag tauchte er an seinem Arbeitsplatz auf.

In der Nacht hatte er sich dermaßen in seine Zeichnungen vertieft, dass er nichts getrunken hatte. Das erwies sich nach den wenigen Stunden Schlaf als Segen. Andrea fing ihn ab, als er gerade die Tür zu seinem Büro schloss.

»Sie warten oben, im Konferenzraum.«

»Wer wartet oben?«

»Joanne. Und dieser Mann vom NIH.«

Er starrte sie verwirrt an.

»Die Prüfung wegen der Zuschüsse?«, half sie ihm auf die Sprünge.

»Oh, Scheiße. Tut mir leid.«

Als er den Raum betrat, hatten Joanne, seine Graduate Fellow, und der Prüfer des NIH den Small Talk aufgegeben und starrten stattdessen auf die heruntergelassene Leinwand. Der Besucherausweis am Revers des Prüfers wies ihn als Dr. Greckin aus. Caleb war sich nicht sicher, ob er schon einmal mit dem Mann zu tun gehabt hatte. Er folgte dessen Blick, der auf die Leinwand gerichtet war. Das einleitende Dia zeigte den Titel seiner letzten Publikation:

QUANTIFIZIERUNG VON SCHMERZ
Ein systematischer Zugang
zum Verständnis des Leidens

Vielleicht nicht der beste Titel aller Zeiten. Aber die Arbeit war gut. Caleb dimmte die Beleuchtung und ließ Joanne mit der Präsentation beginnen. Wortlos sah er zu. Jedes Mal, wenn Dr. Greckin sie unterbrach, um eine Frage zu stellen, starrte Joanne zu Caleb herüber und wartete, dass er etwas sagte. Als er das nicht tat, zuckte sie die Achseln und beantwortete die Frage selbst. Sie machte einen prima Job, aber Caleb ließ sie beide nicht gut aussehen.

Am Ende der Präsentation stand Greckin auf und sammelte das auf dem Tisch ausliegende Material ein.

»Dr. Maddox, das war sehr interessant, aber …«

»Aber was?«, fragte Caleb.

Es waren seine ersten Worte, seit das Meeting begonnen hatte, er bereute sie sofort. Er hatte sie als simple Frage gemeint, aber die Worte klangen scharf wie Glassplitter. Der Mann blätterte durch den Stapel mit Ausdrucken und sah Caleb an.

»Es war nicht das, worum wir gebeten hatten. Die Theorie haben wir begriffen. Wir brauchen Daten, die sie unterfüttern. Darum geht es – nur um harte Daten.«

»Wir sind fast fertig.«

»Wir hätten einfach gern etwas Handfestes, um die Ausgaben zu rechtfertigen. Schließlich reden wir über eine Menge Geld.«

»Sie werden Ihre Daten bekommen. Wir erhalten fast wöchentlich neue Proben.«

»Gut.«

Auf dem Weg hinaus schüttelte der Mann Joannes Hand. Caleb ging um den Tisch herum und streckte ihm den Arm entgegen.

»Schön, dass wir uns endlich kennengelernt haben«, sagte er.

»Wir sind uns schon zweimal begegnet«, sagte Greckin. »Im September.«

Caleb sah ihm nach, bis er verschwunden war. Dann wandte er sich an Joanne.

»Es ist kein Problem«, sagte er.

Sie schaute auf den Monitor ihres Laptops und schloss die Präsentation.

»Gut zu hören. Denn für mich sah es nach einem Problem aus.«

»Ich habe mehr, als er weiß. Ein paar von den neuen Proben sind richtig gut.«

»Du hättest ihm einen Hinweis geben können«, sagte Joanne. Sie knallte ihren Laptop zu und steckte ihn in ihre Umhängetasche. »Ich hatte die Wahl zwischen verschiedenen Programmen. Als ich mich für dich entschieden habe, dachte ich, ich könnte richtige Wissenschaft betreiben – in einem Labor mit voller finanzieller Ausstattung.«

»Wir haben die volle Ausstattung. Und wir werden sie behalten.«

»Und was sollte das am Ende? Du erinnerst dich nicht an Bethesda? Wir waren drei Tage dort.«

»Tut mir leid«, sagte er. Er ging an ihr vorbei auf den Gang. »Ich hatte eine harte Woche.«

Sie rief ihm nach, aber er blieb nicht stehen. Als er sein Büro erreichte, zog er die Tür hinter sich zu und schloss ab. Er setzte sich hinter den Schreibtisch, machte die Augen zu und drückte die Daumen gegen die Schläfen. Als Bridget das Glas nach ihm geworfen hatte, hatte sie mehr getan, als ihn bloß niederzustrecken. Aber er musste wieder aufstehen. An den Punkt zurückkommen, an dem er sich letzten Freitag befunden hatte, vor dem Streit. Die Daten kamen nicht so schnell herein wie vom NIH erwartet, aber das, was kam, war gut. Bis zur Deadline würde er alles beisammenhaben und zumindest an diesem Punkt weiteren Schaden abwenden.

Joanne klopfte und rief seinen Namen. Als er nicht antwortete, versuchte sie es am Türknopf. Er ruckelte hoch und runter, drehte sich aber keinen Millimeter. Frustriert schlug sie gegen die Tür und verschwand.

Er wartete eine Weile, setzte sich dann auf und schaltete seinen Monitor ein. Es dauerte eine Stunde, ehe er sich richtig in Henrys Problem vertiefen konnte, aber als er einmal dabei war, brachte er es auch zu Ende.


Die Hostess führte Caleb an der Bar und an den Tischen im vorderen Bereich des Restaurants vorbei ins höhlenartige Hinterzimmer, wo Henry in einer halbkreisförmigen Nische wartete. Caleb rutschte in die Nische, die Hostess legte ihm die Serviette auf den Schoß.

»Tut mir leid«, sagte Caleb. »Ich musste noch nach Hause. Duschen und mich umziehen.«

Er hatte sich rasiert, einen besseren Anzug herausgesucht und sich die Zeit genommen, sich gründlich zu kämmen. Der Bluterguss auf seiner Stirn färbte sich inzwischen gelblich, fiel aber im dämmrigen Licht des Restaurants nicht weiter auf. Das Licht im Hinterzimmer des Farallon war so spärlich, dass es mehr oder weniger alles kaschierte.

»Ich habe Wein bestellt«, sagte Henry und betrachtete Calebs Stirn. »Ist das okay für dich?«

Caleb hob die rechte Hand wie zum Schwur.

»Ich werde es nicht übertreiben. Höchstens sechs oder sieben Flaschen vor dem Dessert.«

Henry lächelte.

»Gut. Er wird dir schmecken. Aber wenn wir noch sechs Flaschen brauchen, müssen wir billigere nehmen.« Mit einem besorgten Blick fügte er hinzu: »Ernsthaft, lass es ruhig angehen.«

Die Sommelière trat an den Tisch, entkorkte eine Flasche Cabernet Sauvignon, goss Henry einen Fingerbreit ein und wartete sein Nicken ab. Dann schenkte sie Caleb ein, füllte Henrys Glas und stellte die Flasche auf einen Untersetzer. Henry sah ihr nach, dann wandte er sich an Caleb.

»Ist Bridget immer noch …«

»Ja.«

»Willst du darüber reden?«

»Nein.«

»Okay.« Henry trank einen Schluck. »Was hast du herausgefunden?«

»Dein Toter ist ertrunken. Der Magnesiumgehalt im Blut seiner linken Herzkammer war erhöht. Er hat Meerwasser aspiriert, während sein Herz noch schlug, und ist gestorben, bevor das Blut einmal durch den ganzen Körper zirkuliert ist.«

»Dann ist Marcies Bericht korrekt? Sie hat nichts übersehen?«

»Marcies Kalibrierkurve ist falsch«, sagte Caleb. »Sie hat das Blut mit Natriumfluorid konserviert, was üblich ist, aber die Auswirkungen auf die Testergebnisse hat sie nicht korrekt berücksichtigt. Außerdem ist ihr Konservierungsmittel kontaminiert – offenbar hat jemand den Inhalt zweier Flaschen zusammengeschüttet, um Platz im Regal zu sparen, dabei aber versehentlich etwas anderes hineingemischt. Wahrscheinlich hat Marcie einige Auffälligkeiten in den Werten auf das Konservierungsmittel zurückgeführt. Datenrauschen. Ein paar andere Werte hat sie einfach übersehen. Dafür habe ich keine Erklärung. Sie waren nicht schwer zu finden.«

»Scheiße.« Henry schob sein Weinglas zur Seite. »Was hat sie übersehen?«

»Wenn du es wissen willst, brauchst du Stift und Papier. Außerdem solltest du schnell schreiben, denn die Liste ist lang. Aber die beiden auffälligsten Substanzen sind Thujon und Vecuronium.«

»Vecuronium ist ein Muskelrelaxans.«

»Ein schnell wirkendes.« Caleb nickte. »Spritz einem Kerl zehn Milligramm, und er geht binnen sechzig Sekunden zu Boden. Wirf ihn ins Wasser, und er hat keine Chance, zu überleben. Im Blut deiner Leiche war jede Menge von dem Zeug, noch nicht metabolisiert. Wäre er nicht gestorben, hätte seine Leber es innerhalb von achtzig Minuten abgebaut. Jedenfalls war er komplett außer Gefecht gesetzt, als er ins Wasser fiel.«

Henry griff nach dem Stiel seines Weinglases und ließ die Flüssigkeit langsam kreisen. Ein Kellner setzte sich in Bewegung, aber Henry schickte ihn mit einer Handbewegung weg.

»Also geht es um Mord.«

Caleb nickte. »Mit so viel Vecuronium im Körper wäre er niemals ohne Hilfe ins Wasser gelangt. Ja, es war Mord.«

»Wir müssen auch die sechs anderen überprüfen.«

»Wenn du willst, schick Marcie in mein Labor. Lass sie die Untersuchungen mit meiner Ausrüstung durchführen.«

Henry sah auf.

»Um ihr einen sauberen Weg aus dem Schlamassel anzubieten? Wenn sie das Zeug in deinem Labor findet, weiß ich, dass das Problem bei meiner Ausrüstung liegt, nicht bei meiner Toxikologin?«

»So ungefähr«, sagte Caleb. »Wer weiß? Du bist doch ein cleveres Kerlchen. Vielleicht kannst du die Sache nutzen, um ein höheres Budget herauszuschlagen.«

Henry lachte, aber seine Heiterkeit verschwand so schnell, wie sie gekommen war.

»Wenn die Polizei jemanden schnappt und die Sache vor Gericht kommt, wird der Verteidiger fragen, warum die ersten sechs Berichte Tod durch Ertrinken festgestellt haben. Und warum wir dann von vorn angefangen und plötzlich jede Menge anderes Zeug entdeckt haben.«

Mit diesem Problem sollte Henry sich herumschlagen. Caleb hatte sich nur um den wissenschaftlichen Aspekt zu kümmern. Aber Henry hatte noch eine weitere Sorge.

»Was ist mit den Blutergüssen am Schultergürtel?«, fragte er. »Wenn er ein Muskelrelaxans intus hatte, konnte er nicht um sich schlagen. Woher hat er dann die Blutergüsse?«

Caleb trank einen Schluck Wein und ließ sich die Frage durch den Kopf gehen.

Er wusste nicht mehr genau, wann und was er zuletzt gegessen hatte. Seit Samstagabend hatte er von Einsamkeit und Besessenheit gelebt. Jetzt, in Henrys Gesellschaft, war er abgelenkt, aber sobald er das Lokal verließ und wieder allein war, würden diese Gefühle zurückkommen. Das war in Ordnung. Es war, als würde man sich einen Stachel aus dem Fleisch ziehen. Besser, ihn herauszuholen und den Schmerz zu ertragen.

Zu bluten, bis es zu heilen begann.

»Caleb?«

»Tut mir leid«, sagte er. Erst als er sein Weinglas abstellte, merkte er, dass es leer war. »Ich glaube, bei den Blutergüssen an der Schulter kommt das Thujon ins Spiel.«

»Der Begriff sagt mir gar nichts.«

»Ich musste auch nachschlagen. Es ist ein organischer Stoff. Ein Keton, ein bisschen wie Zucker. Aber giftig. In hoher Dosierung bewirkt es, dass man um sich schlägt.«

»Das begreife ich nicht. Warum sollte man es dann zusammen mit einem Muskelrelaxans verabreichen?«

Caleb musste beinahe grinsen. Über diesen Aspekt hatte er sich am längsten den Kopf zerbrochen. Er liebte seine Arbeit immer noch genug, um erst zufrieden zu sein, wenn die Einzelteile perfekt zusammenpassten.

»Für mich hat es erst Sinn ergeben, als ich mir die Metaboliten angeschaut habe – die Abbaustoffe der Drogen in seinem Organismus. Und das Timing. Das ist entscheidend. Der Kerl hat zweimal Vecuronium bekommen. Man kann in den Metaboliten in der Leber lesen wie in den Jahresringen eines Baums. Die erste Dosis wurde ihm ungefähr vier Stunden vor seinem Tod verabreicht. Als seine Leber es abgebaut hatte, gab man ihm Thujon – eine hohe Dosis. Später, kurz bevor er ins Wasser geworfen wurde, noch einmal Vecuronium.«

Henry nickte.

»Ich verstehe, was du sagen willst. Jemand hat ihm das Muskelrelaxans gespritzt, um ihn unter Kontrolle zu bekommen. Dann hat er ihn an einen sicheren Ort gebracht, ihn gefesselt und drei Stunden lang was auch immer mit ihm angestellt. Zu guter Letzt hat er ihm das Muskelrelaxans noch mal gespritzt und ihn zum Sterben in die Bay geworfen.«

»So ungefähr dürfte es gelaufen sein. Aber da ist noch eine andere Sache«, sagte Caleb. »Ich habe über die physiologischen Auswirkungen von Schmerz geforscht. Wie er den Körper verändert, chemisch gesehen. Und inzwischen kenne ich mich immer besser damit aus – ich kämpfe immer noch um Gelder vom NIH, um meine Forschungen zu Ende bringen zu können. Ich will dahinterkommen, wie Schmerz sich messen lässt.«

»Das hast du mir erzählt«, sagte Henry. »Vor einer Weile. Aber ich dachte, du hättest nur nach den Giften gesucht, die Marcie übersehen hat.«

»Ich habe alles analysiert, was sein Hormonsystem in den letzten drei Stunden seines Lebens ausgestoßen hat. Und auch die Histamine. Die Werte sind völlig außer Rand und Band. Vor seinem Tod hat er das Maximum an Schmerzen durchgemacht, die ein Mensch ertragen kann. Drei Stunden lang, mindestens. Totales, unerträgliches Leiden.«

»Dann haben wir es nicht mit irgendeinem Nullachtfünfzehn-Mörder zu tun, stimmt's?«

»Ganz bestimmt nicht«, sagte Caleb. »Das ist wissenschaftliches Neuland, sodass du es vor Gericht wahrscheinlich nicht verwerten kannst. Aber ich dachte, du solltest Bescheid wissen.«

»Sollen wir jetzt bestellen?«, fragte Henry.

Nach dem Verlassen des Restaurants ging Caleb zum Parkhaus, in dem er den Wagen abgestellt hatte. Die Mappe mit seinen Zeichnungen lag im Kofferraum. Er nahm sie heraus und klemmte sie sich unter den Arm. Insgesamt hatte er fünf Zeichnungen angefertigt. Schon beim Gedanken daran spürte er, wie seine rechte Hand sich verkrampfte. Er hatte die Kanten mit einem Teppichmesser und einem Lineal beschnitten und die Blätter in extragroße Umschläge gesteckt. Weil er ihren Namen noch nicht kannte, hatte es nur eine Möglichkeit gegeben, sie zu adressieren. Er hatte eine der Zeichnungen eingescannt, das Bild auf seinem Computer beschnitten, bis ihr Kopf freigestellt war, und es fünfmal auf dickem Papier ausgedruckt. Zum Schluss hatte er die Gesichter ordentlich ausgeschnitten und wie Wachssiegel auf die Laschen der Umschläge geklebt.

Er ging die Post Street in westlicher Richtung hinunter, den Union Square im Rücken.

Im Schatten vergitterter Hauseingänge standen Männer, die ihn um Kleingeld anbettelten. Das war Henrys Klientel. Seine Kundschaft, die ihre Tage irgendwie herumbrachte, bis es Zeit war, in Henrys Keller an der Bryant Street vorbeizuschauen. Ein Mann trat aus seinem Eingang heraus und folgte Caleb mit einem zerknitterten Rezept für Oxycodon.

»Reich es für mich ein, wir können teilen«, sagte er hinter Calebs Rücken.

Caleb bog an der Jones Street links ab und ging den Hügel hinunter zur Kreuzung mit der O'Farrell Street. Hier lag das Bourbon and Branch, aber an der Hauswand hing nur ein einfaches weißes, von hinten beleuchtetes Schild:

ANTI-SALOON
<><><>
LEAGUE
Filiale San Francisco
Gegründet 1920

Er hatte sich für elf Uhr angemeldet und beschloss, bis dahin um den Block zu gehen. Er war zwar noch nie hier gewesen, wusste aber, dass die Regeln streng waren. Man durfte nicht einfach vor der Zeit klingeln. Für ihn war das in Ordnung. Es gab seiner Suche eine Struktur. Er wusste den Wert von Klarheit und Ordnung bei seinen Forschungen zu schätzen.

Nach fünfzehn Minuten erreichte er wieder die Kreuzung Jones und O'Farrell. Er drückte die Klingel und schaute auf die an der Wand montierte Gegensprechanlage. Der Messingrost war mit einer grünen Patina überzogen. Wer immer am anderen Ende sein mochte, ließ sich Zeit. Aber Caleb klingelte nicht noch einmal. Schließlich knackte es im Lautsprecher.

»Parole?«

»Bitters and Rye«, sagte er.

Die Tür öffnete sich mit einem Klicken. Er tastete sich durch einen dunklen Gang und betrat das eigentliche Lokal. Als er die Decke aus gepresstem Zinn wahrnahm, den mit Glasscherben geschmückten Kronleuchter, dessen Licht an ein Sammelsurium brennender Zähne erinnerte, die Schatten, die sich wie dichter

Samt über den Rest des Raums legten, wusste er, dass er die richtige Bar gefunden hatte. Sie konnte durch diesen dunklen Raum gleiten und plötzlich auf dem Hocker neben ihm auftauchen, so wie der Nebel sich in den Tälern zwischen den Hügeln niederließ, sich dort in die kühlen Schatten schmiegte und zu etwas Körperlichem wurde. Zu etwas, das real genug zum Anfassen war. Zum Schmecken. Er wusste, dass sie hier gewesen war, so sicher, wie er die Berührung ihrer Lippen gespürt hatte, als er über den Rand des Absinthglases im House of Shields gestrichen hatte. Er setzte sich an den Tresen und wartete, bis der Barkeeper zu ihm herüberkam.

»Ja, Sir?«

»Bringen Sie mir einen Martin Mills. Einen doppelten.«

Das würde ihn zweihundert Dollar kosten, wenn sie überhaupt eine Flasche davon hatten. Aber es würde ihm auch die Aufmerksamkeit des Barkeepers sichern.

»Pur?«

Caleb nickte.

»Irgendetwas dazu?«

»Ein Glas Eiswasser.«

Der Mann brauchte einen Tritthocker, um den Martin Mills aus einer Wandnische zu holen. Er goss ihn in ein altmodisches Glas und brachte es zusammen mit dem Eiswasser. Caleb nahm den Bourbon und schob einen der Umschläge zu dem Mann hinüber. Dabei deutete er auf das Porträt, das er auf die Lasche geklebt hatte.

»Sie kommt manchmal her«, sagte Caleb. »Bewahren Sie ihn irgendwo hinter dem Tresen auf, damit Sie ihn nicht vergessen. Und wenn Sie die Frau sehen, geben Sie ihn ihr.«

Der Mann zögerte, Caleb schob den Umschlag noch ein Stück näher zu ihm hin.

»Was ist das?«, fragte der Barkeeper.

»Ich muss sie wiedersehen. Ich kenne ihren Namen nicht.«

Der Mann warf einen langen Blick auf den Umschlag, seine Hände lagen auf dem Tresen. Dann nahm er ihn und verstaute ihn irgendwo, wo Caleb ihn nicht sehen konnte. Er nickte Caleb zu, holte noch einmal die Flasche Martin Mills und schenkte ein wenig nach.

»Das werden Sie brauchen.«

»Wem sagen Sie das.«

Er blieb noch zehn Minuten im Bourbon and Branch und trank in Ruhe aus. Der Bourbon schmeckte geschmeidig und rein, ein dunkles Feuer. Als er von seinem Hocker aufstand, legte er drei Hundert-Dollar-Scheine unter das leere Glas. Ausnahmsweise konnte er sich das leisten. Und in ein paar Monaten würden die neuen Zuschüsse kommen.

Er ging zurück zum Union Square, zog zum Schutz vor dem feuchten Wind den Mantel fester um sich und wich den Bettlern aus, die ihre Plätze mit plattgedrückten Kartons und alten Decken markiert hatten.

Bis drei Uhr morgens hatte er fünfzehn Kilometer zurückgelegt und alle fünf Umschläge abgeliefert. Er war an zwei Geldautomaten vorbeigekommen, an denen er das Geld abgehoben hatte, das er für die Barkeeper zurückließ. Er hatte Martin Mills und alte schottische Single Malts getrunken. Im letzten Laden, oben in North Beach, hatte er Berthe de Joux bestellt. In dieser Kellerbar hatte man ihm anstelle der Karaffe mit Eiswasser ein Kristallglas hingestellt, das von einer silbernen Venus-Statuette gehalten wurde. Damit das Wasser herauströpfelte, musste er nur einen kleinen Hahn an der Glaswand öffnen.

Der Barkeeper hatte diesen letzten Umschlag erst angenommen, als Caleb ihn so weit über den Tresen geschoben hatte, dass eine Ecke des darunterliegenden Geldscheins zu sehen gewesen war.

Jetzt ging er die Powell Street hinunter, wo er das Kabel in seiner Führung unter den Schienen in der Fahrbahnmitte rattern hörte. Dort, wo Straßen Richtung Osten abzweigten, konnte er – wenn der Nebel sich ein Stück lichtete – die Bögen der Lichter der Bay Bridge sehen, deren westlicher Teil sich hinüber nach Yerba Buena Island zog. Es waren noch zwanzig Blocks bis zu seinem Auto, aber er brauchte diesen Fußmarsch, bevor er sich hinters Steuer setzen konnte.

# SIEBEN

Caleb lag auf dem Sofa, einen feuchten Waschlappen auf den Augen. Als es an der Haustür klingelte, richtete er sich auf und warf einen Blick auf die Uhr. Drei Uhr nachmittags. Mittwochs um diese Zeit gab Bridget einen Malerei-Kurs an der Academy of Art University, sie konnte es also nicht sein. Andererseits hätte er selbst natürlich auch arbeiten müssen. Sollte ihr Leben genauso durcheinandergeraten sein wie seins, war es denkbar, dass sie vor seiner Tür stand.

Wieder klingelte es.

»Ich komme.«

Er warf den Waschlappen auf den Couchtisch und schaute auf dem Weg zur Tür kurz ins Esszimmer und die Küche. Das Haus war noch ziemlich aufgeräumt. Seit er am Sonntagnachmittag zurückgekommen war, hatte er den größten Teil seiner Zeit in Bars oder bei der Arbeit verbracht. Außerdem hatte er nicht zu Hause gegessen, sodass er kaum eine Chance gehabt hatte, irgendwelches Chaos anzurichten. Anders als das Haus sah er selbst allerdings ziemlich derangiert aus, was ihm auch ohne Blick in den Spiegel klar war. Um fünf Uhr morgens war er im Anzug auf dem Sofa eingeschlafen. Zwei Stunden später war er aufgewacht und hatte Andrea telefonisch erklärt, er werde erst am späten Nachmittag kommen. Wenn überhaupt. Dann war er gleich wieder eingedöst, das Telefon noch in der Hand.

Er öffnete die Haustür, ohne vorher durch den Spion zu schauen. Sein Besucher war gerade dabei, sich mit einer Hand die Regentropfen vom Mantel zu wischen. Er begrüßte Caleb mit einem Nicken.

»Ich war zuerst in Ihrem Büro«, erklärte er. »Dort hat man mir gesagt, ich solle es hier versuchen. Erinnern Sie sich? Sonntagnacht?«

»Detective Kennon«, sagte Caleb.

»*Inspector* Kennon«, korrigierte ihn der Mann. »Beim SFPD sind wir ein bisschen altmodisch.«

»Tut mir leid.«

Kennon warf einen Blick rechts neben die Tür und deutete mit der Hand, in der er seinen Hut hielt, auf die provisorisch angebrachten Bretter.

»Das ist wohl das Fenster, das Sie eingeschlagen haben?«

Caleb nickte.

»Ist die Freundin zurück, oder sind Sie allein?« Er betrachtete Calebs zerknitterten Anzug, sein aus dem Hosenbund gerutschtes Hemd, die schorfigen Stellen an seinen Fingern. Wahrscheinlich hätte er die Frage gar nicht zu stellen brauchen.

»Ich bin allein. Worum geht's?«

»Ich habe nur ein paar Fragen, weil mir noch nicht ganz klar ist, wer sich am fraglichen Abend in der Bar aufgehalten hat.«

»Nur Fragen.«

»Genau.«

»Also gut.«

Caleb zog weder die Tür weiter auf, noch trat er zurück, um Kennon ins Haus zu lassen. Der Polizist schaute zu Boden und lehnte sich dann ein Stück zur Seite, um an Caleb vorbei ins Haus sehen zu können.

»Es wäre einfacher, wenn wir drinnen reden«, sagte Kennon.

Caleb wollte ihn nicht hereinbitten. Als er die Tür geöffnet hatte, hatte der Detective ihn kurz gemustert und leicht genickt, als hätte er gerade den letzten Punkt auf einer inneren Liste abgehakt. Kennon wusste etwas über ihn – oder er glaubte, etwas zu wissen. Vielleicht wäre es das Einfachste, ihm seinen Willen zu lassen. Falls es überhaupt eine einfache Möglichkeit gab. Caleb trat beiseite und öffnete die Tür.

»Möchten Sie einen Kaffee oder so was?«

Die Kaffeemaschine hatte Bridget gehört, sodass auf der Arbeitsplatte zwischen dem Toaster und einem Messerhalter eine Lücke klaffte. Caleb schaltete den Herd ein, setzte den Wasserkessel auf und suchte im Schrank nach der Cafetière, die er vor Bridgets Einzug benutzt hatte.

»Wo ist Garcia?«, fragte er.

»Mit anderen Ermittlungen beschäftigt. Aber ich war so weit durch und habe mich entschlossen, noch mal von vorn anzufangen. Um zu sehen, ob ich beim Nachhaken auf etwas stoße, das mir beim ersten Mal entgangen ist.«

Kennon saß auf einem der Hocker und stützte die Ellbogen auf den Küchentresen, Caleb stand ihm gegenüber. Als der Kessel zu pfeifen begann, goss er Wasser in den Behälter, presste den gemahlenen Kaffee auf den Boden und füllte zwei Tassen. Eine schob er über die schwarze Granitplatte zu Kennon hinüber.

»Danke. Riecht gut.«

»Ich weiß nicht, was ich Ihnen noch erzählen könnte«, erklärte Caleb. »Alles, woran ich mich erinnern kann, habe ich Ihnen schon im Auto gesagt.«

Kennon hatte ihn entweder nicht gehört oder er machte sich einfach nicht die Mühe, darauf einzugehen. Stattdessen sah er sich in der Küche um, betrachtete die Arbeitsflächen und die Wände, drehte sich dann um und schaute ins Esszimmer und das dahinterliegende Wohnzimmer.

Schließlich wandte er sich wieder Caleb zu. »Geht es Ihrer Hand langsam besser?«

Caleb warf einen schnellen Blick auf seine Finger.

»Es geht schon. Eigentlich achte ich kaum darauf.«

»Waren Sie letzte Nacht wieder aus?«

»Ja.«

»Machen Sie das regelmäßig? Oder haben Sie erst damit angefangen, als Ihre Freundin Sie verlassen hat?«

»Es ist relativ frisch. Seit Bridget weg ist, war ich …«

Er konnte den Satz nicht zu Ende bringen. Jedenfalls nicht, ohne Kennon mehr zu verraten, als er eigentlich wollte. Er schaute zum Küchenfenster hinaus, in den Nebel, der über das Geländer der Terrasse strich.

»Was waren Sie? Seit Bridget fort ist?«

»Ich weiß nicht. Ich komme nicht gut damit zurecht.«

»Ihre Sekretärin sagt, Sie seien diese Woche mehrmals später zur Arbeit gekommen.«

»Sie haben mit Andrea gesprochen?«

»Natürlich.«

Kennon beließ es dabei. Er hob seinen Becher bis ans Kinn und sog mit geschlossenen Augen das Aroma des Kaffees ein. Dann trank er einen kleinen Schluck, stellte den Becher ab und drehte ihn ein Stück, um das Emblem besser sehen zu können.

»Stanford, hm?«

»Ja.«

»Als Student oder Doktorand?«

»Als Doktorand. Vorher war ich am Caltech.«

Kennon drehte die Tasse, sodass Caleb den Aufdruck sehen konnte.

»Gute Unis«, bemerkte Kennon. »Die nehmen nicht jeden.«

Caleb nickte.

»Hatten Sie Probleme, dort angenommen zu werden?«

»Nein.«

Der Inspector musterte Caleb und legte die Hand auf eine lederne Aktenmappe. Er öffnete sie ein Stück, warf einen Blick hinein, dann konzentrierte er sich wieder auf Caleb.

»Im Augenblick forschen Sie an der UCSF über Schmerz.«

Caleb hatte gerade den Becher angehoben, er stellte ihn ohne zu trinken wieder ab, wobei etwas Kaffee über den Rand schwappte.

»Sie haben offenbar länger mit Andrea zusammengesessen.«

»Nein. Machen Sie ihr bloß keinen Stress. Sie hat mir nur gesagt, dass Sie sich diese Woche nicht gut fühlen, dass ich Sie wahrscheinlich hier antreffe. Ich habe Sie gegoogelt. Dabei bin ich auf eine Ihrer Arbeiten gestoßen und habe die Inhaltsangabe gelesen.«

Caleb nickte. Alles in Ordnung. Andrea konnte nichts dafür, dass er nicht in seinem Büro war, als der Mordermittler ihn hatte sprechen wollen.

»Ich habe noch ein paar Freiexemplare, falls das Thema Sie interessiert.«

Kennon wischte das Angebot mit einer knappen Geste beiseite und nahm den Becher wieder fest in die Hand. In der Küche, deren sämtliche Fenster nach Westen hinaus gingen und dem Wind ausgesetzt waren, war es kühl.

»Ich würde es sowieso nicht verstehen. Aber es ist sicher interessant. Wie kommt man auf die Idee, Schmerzen zu erforschen? Ich meine, gibt es da einen persönlichen Hintergrund?«

Unwillkürlich wandte Caleb den Blick von Kennons Gesicht ab und beobachtete dessen auf die lederne Aktenmappe trommelnden Finger. Am liebsten hätte er sich die Mappe geschnappt, sie geöffnet und nachgesehen, was sie enthielt. Dieser Mann marschierte einfach in sein Labor und redete mit seiner Sekretärin. Er stellte Nachforschungen über Caleb an. Natürlich war im Internet noch mehr zu finden als akademische Artikel und seine Patente. Caleb war drauf und dran, die Hände zu verschränken, aber er bremste sich und ließ sie liegen. Er wollte auf keinen Fall seine Nervosität verraten.

»Eigentlich nicht«, sagte Caleb und sah aus dem Fenster. »Keinen Hintergrund oder wie immer Sie es nennen wollen. Es ist einfach eine interessante chemische und physiologische Fragestellung. In diesen Bereichen bin ich ganz gut.«

»Wie funktioniert das?«, fragte Kennon. »Sie untersuchen mit einem Massenspektrometer Blut und stellen fest, wie viel Schmerz jemand empfunden hat?«

»Das ist simple Chemie. Wenn jemand verletzt wird, reagiert sein Hormonsystem. Adrenalin, Endorphine. Beschädigte Zellen schütten verschiedene Histamine aus. Es kommt zu parakriner Sekretion – das ist die direkte Kommunikation zwischen einzelnen Zellen – durch Stoffe wie Prostaglandin und Thromboxan. Und eine Menge anderem Zeug. Schmerz hinterlässt bestimmte Marker, nach denen ich suche. Um ihn zu quantifizieren.«

»Dann können Sie also zum Beispiel sagen: ›Auf einer Skala von eins bis zehn liegt das Leiden irgendeines Menschen bei neun Komma fünf.‹«

Caleb nickte.

»Es würde Ärzten die Arbeit erleichtern. Wenn zum Beispiel ein Patient kommt und erklärt, er habe unbeschreibliche Schmerzen und brauche ein Narkotikum – Oxycodon oder Morphium, wo eigentlich ein Aspirin reicht. Und vielleicht erträgt die Großmutter im Nebenzimmer nonstop echte Qualen und will nicht darüber reden.«

»Für die Ärzte kann ich nicht sprechen«, sagte Kennon. »Aber Cops und Staatsanwälte fänden so etwas großartig.«

»Warum?«

»Wenn es zum Beispiel um das Strafmaß bei einem Mordprozess geht. Stellen Sie sich vor, im Zeugenstand kann ein Experte den Geschworenen exakt beschreiben, wie sehr das Opfer gelitten hat. Das wäre ein Wundermittel, um Todesurteile zu erreichen.«

»Daran hatte ich noch nicht gedacht.«

Kennon zuckte die Achseln.

»Das sind halt die Dinge, die mir zuerst einfallen.« Er hob den Becher und atmete ohne zu trinken das Kaffeearoma ein. »Und Schmerz ist nicht das einzige Thema, über das Sie im Augenblick forschen.«

»Ich bin mit verschiedenem befasst. Mit völlig unterschiedlichen Projekten.«

Kennon stellte seine Tasse ab.

»Ich habe noch einen Aufsatz entdeckt. Die Sache mit der DARPA und diesem Froschtypen.«

»Herpetologen. Dr. Reed-Giles.«

»Mit diesen Toxinen zu arbeiten, bedeutet sicher eine Menge Papierkrieg? Wie heißt das Zeug auch …?«

»Batrachotoxin.«

»Batrachotoxin, genau. Gar nicht so leicht auszusprechen. Aber ich meine, Sie lagern es sicher nicht hier im Haus, oder?«

Caleb warf einen Blick über die linke Schulter, um zu sehen, ob auf dem Küchenfußboden noch irgendwelche Blutflecke zu erkennen waren. Er fand keine. Dann wandte er sich wieder Kennon zu, der ihn nicht aus den Augen gelassen hatte und auf eine Antwort wartete.

»Die mittlere tödliche Dosis liegt bei neunzig Mikrogramm – ein paar Krümel Salz«, sagte Caleb. »Und man muss das Zeug bloß berühren.«

Er streckte den Arm aus, ergriff Kennons rechte Hand und drehte sie um, sodass sie mit der Fläche nach oben auf dem Küchentresen lag. Als er die Spitze von Kennons Zeigefinger berührte und sanft auf die Granitfläche drückte, spannte sich die Muskulatur des Polizisten an, aber er versuchte nicht, die Hand wegzuziehen.

»Da haben Sie sich an Papier geschnitten, stimmt's?«

»Ja.«

Er ließ Kennons Hand los.

»Das würde schon reichen. Es würde nach einem Herzinfarkt aussehen. Die Antwort auf Ihre Frage lautet also: Ja, die Arbeit ist mit einer Menge Papierkrieg verbunden. Und ich würde das Gift niemals hier im Haus lagern. Es ist im Labor. Dokumentiert und versiegelt. Im Safe.«

Kennon nickte, nahm die Hand vom Küchentresen, streifte mit dem Daumen über die Fingerspitzen und wischte sich die Hände am Mantel ab.

Caleb schenkte ihm den Rest des Kaffees ein und starrte hinaus in den grauweißen Nebel.

Für eine junge Frau, die unentdeckt bleiben wollte, war diese Stadt ideal. Bei Tageslicht lag sie die halbe Zeit im Verborgenen. Geheimnisvoll. Wenn nachts der Regen kam und die Straßenlaternen dem Dunst einen Bernsteinton verliehen, wenn man um drei Uhr früh allein und betrunken an einer Straßenbahnlinie entlangging, wenn man auf der Kuppe eines Hügels stehenblieb, Atem holte und auf die Bucht sah, deren schwarzes Wasser die Stadt spiegelte wie ein Laken aus zersplittertem Glas – in diesen Momenten war die Stadt eine Traumlandschaft. In diesem Traum bewegte sie sich frei wie der Nebel.

Kennon beobachtete ihn.

»Wollten Sie noch irgendetwas von mir wissen?«, fragte Caleb.

»Sie haben gesagt, Sie könnten möglicherweise einige der Barbesucher wiedererkennen, falls ich Ihnen Fotos zeige.«

»Haben Sie Fotos dabei?«

Kennon nickte und tippte auf die lederne Mappe neben seinem Kaffeebecher.

»Wir haben mit allen Barkeepern gesprochen und eine Liste der Stammkunden gemacht. Von denen haben wir Fotos aufgetrieben. Und von ein paar anderen, von Leuten, die das Opfer gekannt haben könnten.«

»Also gehen Sie nicht davon aus, dass alle diese Menschen in der betreffenden Nacht tatsächlich dort waren?«, sagte Caleb. »Es geht nur um Leute, die da gewesen sein *könnten*?«

»Genau.«

Trotz dieser Einschränkung spürte Caleb ein neugieriges Kribbeln. Er griff über den Küchentresen und legte eine Hand auf die Mappe.

»Darf ich?«

»Bitte.«

Caleb zog die Mappe zu sich heran, schlug sie auf und sah einen braunen Umschlag.

»Hier drin?«

Kennon nickte. Caleb bog die Kupferverschlüsse zurück, öffnete den Umschlag und nahm den zentimeterdicken Stapel von Fotos heraus, die auf Hochglanzpapier ausgedruckt waren. Schnell ging er die Aufnahmen durch und legte sie zu einem losen Stapel ab. Es war eine Mischung von Führerscheinfotos und aus dem Internet kopierten Schnappschüssen. Die meisten Stammkunden waren Männer, die wenigen Frauen sahen ihr nicht mal annähernd ähnlich. Als er mit dem Stapel durch war, ging er ihn ein zweites Mal durch, diesmal etwas gründlicher.

Mittendrin legte er ein Foto an die Seite.

»Ich glaube, der Mann hier hat am anderen Ende der Bar gesessen.«

»Okay. Sonst noch jemand?«

»Ich glaube nicht. Ich war schon einigermaßen betrunken, als ich ankam.«

»Beim ersten Mal sind Sie den Stapel ziemlich schnell durchgegangen. Haben Sie nach jemand Bestimmtem gesucht?«

Caleb spürte, wie sich die Haut um seine Augen herum anspannte. Er sah auf und bemerkte, dass Kennon ihn konzentriert musterte.

»Da war ein Glatzkopf. Er kam rein, trank ein Glas und verschwand wieder. Ich dachte, ich würde ihn vielleicht wiedererkennen, das war alles.«

»Tatsächlich?«

»Hat noch jemand anders ihn erwähnt? Den Glatzkopf?«

Kennon schaute ihn einfach an und ließ wieder eine dieser langen Pausen entstehen. Sicher hatte der Barkeeper sich an die junge Frau erinnert, die den Absinth bestellt hatte. Kennon musste mit ihm gesprochen haben, entweder in der Bar oder auf dem Revier, in einem der Befragungsräume. Falls Kennon also noch nichts von der Frau wusste, musste der Barkeeper den Mund über sie gehalten haben. Oder Kennon wusste, dass sie da gewesen war, wollte aber sehen, ob Caleb so weit gehen würde, ihretwegen zu lügen.

Als der Polizist wieder das Wort ergriff, überraschte er Caleb mit einem Themenwechsel.

»Maddox – so haben Sie nicht immer geheißen, oder?«

Caleb schüttelte den Kopf.

»Meine Mum hat wieder geheiratet, als ich vierzehn war. Sie hat einen neuen Namen angenommen.«

»Und Ihrer hat sich gleich mit geändert.«

»So ungefähr.«

Kennon nickte, trank seinen Kaffee aus und schob den leeren Becher über den Küchentresen zu Caleb. Dann tippte er bloß mit den Fingern auf die steinerne Platte und musterte Caleb aufmerksam.

»Mr Maddox« sagte er schließlich, griff nach den Fotos, steckte sie zurück in den Umschlag und setzte seinen Hut auf. »Danke für den Kaffee und für Ihre Zeit.«

Als Kennon gegangen war, stellte Caleb sich auf die Terrasse, lehnte sich gegen das Redwood-Geländer und blieb eine halbe Stunde lang im kalten Nebel stehen, bis sein Anzug durchnässt war. An dem Abend nachdem es mit Bridget zu Ende gegangen war, hatte er nur nach einem ruhigen Ort gesucht. Nach einem Platz, wo er sitzen, Whiskey trinken und über sie nachdenken konnte. Als ließe sich dadurch, dass er auf einem Barhocker saß und sich auf seine Erinnerungen an Bridget und ihre gemeinsame Zeit konzentrierte, alles wieder zurückholen. Sie hatte ihn so sehr geliebt, so leidenschaftlich, bevor ihre Hand schließlich zum Whiskeyglas gegriffen hatte. Sollte irgendetwas nicht gestimmt haben, sollte es einen kleinen Riss gegeben haben, der immer breiter geworden war, dann hatte er ihn nicht bemerkt. Und jetzt hatte er mindestens zweimal gelogen, gegenüber einem Polizisten der Mordkommission, der seinen richtigen Namen kannte. Er unterstützte Henry bei einer Untersuchung, von der er lieber die Finger lassen sollte, weil er ein Zeuge war. Er dachte weniger an Bridget als an die junge Frau, mit der er fünf Minuten im Halbdunkel verbracht hatte. Fünf Minuten, die seine Gedanken in einen unaufhörlichen Strudel gestürzt hatten.

Ihre Hand auf seinem Unterarm. Ihr flüsternder Atem an seinem Ohrläppchen. Ihr nackter Rücken, der auf seine Berührung wartete. Das seidene Kleid, das sie getragen hatte, war so hauchdünn gewesen, dass es, wenn sie den Träger in ihrem Nacken gelöst, wenn sie es über die Hüften nach unten hätte gleiten lassen, dort zerflossen wäre wie vergossenes Wasser.

Sie war wie ein Dunkler Stern, der über ihm dahinzog. Sie verfinsterte alles, an dem er sich orientieren konnte, und war selbst nicht zu sehen. Er schaute auf das Gitternetz der Straßen unterhalb des Hügels. Nach und nach flackerten die Straßenlaternen auf, obwohl es erst vier Uhr nachmittags war. Er ging ins Haus, zog seinen Anzug aus, duschte und kleidete sich wieder an. Als er zurück ins Wohnzimmer kam, setzte er sich aufs Sofa, griff nach dem Telefon und wählte Henrys Mobilnummer.

»Ich wollte nur mal hören, wie es läuft. Störe ich gerade?«

»Absolut nicht«, sagte Henry. »Ich wollte dich auch gerade anrufen.«

»Ist etwas passiert?«

Caleb hörte ein Knistern in der Leitung und malte sich aus, wie Henry sich in seinem Büro umsah und das Telefon mit der linken Hand abdeckte.

»Sie haben wieder einen gebracht«, sagte er. »Gerade eben.«

Caleb schwieg und starrte ins Feuer. Henry sprach mit leiser Stimme weiter.

»Zur Autopsie wird es hier richtig voll werden. Leute vom SFPD und vom Büro des Marin-County-Sheriffs. Aber wenn du Zeit hast, komm um acht vorbei.«

»Das schaffe ich. Diese neue Leiche, ist alles wie bei den anderen?«

»Auf den ersten Blick schon. Dieselben Blutergüsse am Schultergürtel. Der Mann ist noch nicht identifiziert, aber er dürfte eine ganze Weile im Wasser gelegen haben.«

»Was heißt das?«

»Mehr als acht Wochen. Bring deine Kühlbox mit, wenn das geht. Und iss nicht zu üppig.«

»Schon klar«, sagte Caleb. Nach einer kurzen Pause fiel ihm wieder ein, warum er angerufen hatte. »Die Männer, die zur Autopsie kommen, sind das die Detectives, die den anderen Fall untersuchen?«

»Ja. Wenn wir erst mal die Laborergebnisse haben und sich bestätigt, was wir vermuten, wird das SFPD ausflippen. Sicher richten sie eine Taskforce ein, und eine eigene Telefonnummer für Hinweise. Im Moment habe ich es nur mit zwei Inspectors zu tun.«

»Taugen sie was?«

»Der leitende Ermittler, Kennon, ist der beste in der Stadt. Vielleicht im ganzen Staat. Er ist schon so lange dabei, dass er alles mindestens zweimal gesehen hat. Seinen neuen Partner kenne ich nicht, aber wenn er mit Kennon zusammenarbeitet, ist er wahrscheinlich gut.«

»Wissen sie, dass wir in Verbindung stehen?«, fragte Caleb. Er legte die Füße auf den Couchtisch und lehnte den Kopf zurück.

»Himmel, nein. Und dabei soll es auch bleiben. Genau die Sorte Ärger kann ich nicht gebrauchen.«

»Okay, gut. Dann sehen wir uns um kurz nach acht.«


Caleb parkte einige Blocks von der Hall of Justice entfernt und kam auf dem Weg dorthin immer wieder an Betrunkenen vorbei, die in Hauseingängen lagen. Er wich einer Gruppe Straßenmädchen aus, die nach den abendlichen Kautions-Anhörungen auf dem Weg zu einer Bushaltestelle waren. Die Kühlbox unter einen Arm geklemmt, griff er mit der anderen Hand nach seinem Telefon und rief Henry an.

»Ich bin ganz in der Nähe. Sind alle anderen weg?«

»Nur die Toten und ich sind noch hier«, sagte Henry. »Komm an die Hintertür.«

Henry legte auf, Caleb steckte das Handy wieder ein. Er folgte dem Maschendrahtzaun, erreichte die Rückseite der Hall of Justice und drängte sich dicht an die Mauer, wo ihn niemand sah und er vor dem Regen geschützt war. Kurz fragte er sich, ob Kennon und Garcia hier im Gebäude arbeiteten. Wahrscheinlich standen ihre Schreibtische im Hauptquartier im Stadtzentrum. Aber sie tauchten hier sicher häufig auf, schon wegen der Leichen.

Die Stahltür öffnete sich, Licht fiel auf den rissigen Asphalt.

»Caleb?«

»Hier drüben.«

Sie schüttelten sich die Hände, Henry hielt ihm die Tür auf. Bevor sie die Räumlichkeiten der Gerichtsmedizin erreichten, sprachen sie kein einziges Wort. Im Sektionssaal zogen sie sich Kittel und Masken über.

»Nimm reichlich Wick«, sagte Henry. »Sonst wirst du es bereuen.«

»Ich bereue es jetzt schon.«

Caleb verteilte einen Klumpen der Creme in seiner Maske. Dann rieb er sich den Rest direkt unter die Nase. Der intensive Mentholgeruch ließ seine Augen tränen. Als er sich Handschuhe übergezogen hatte, ging Henry voran zur transportablen Kühlkammer. Er zog seine Schlüssel aus der Tasche und öffnete die Kammer neben der des letzten Opfers.

»Wir haben ihn möglicherweise identifiziert, geben aber nichts bekannt, bevor die Familie informiert ist«, sagte Henry mit einem Seitenblick auf Caleb. »Weißt du, wie man jemanden identifiziert, der acht Wochen im Wasser gelegen hat?«

»Nein. Und ich bin nicht sicher, ob ich es wissen will.«

»Wenn jemand so lange aufweicht, löst sich die Haut. Ein Schnitt am Handgelenk mit dem Skalpell, dann kannst du die Haut praktisch in einem Stück von der Hand abziehen. Samt Fingernägeln und allem. Dann drehst du sie wieder auf rechts und steckst deine eigene Hand hinein. Das dehnt die Mazerationsfalten, du trägst die Haut wie einen Handschuh. Dann brauchst du nur noch ein Stempelkissen und kannst Fingerabdrücke nehmen. Wie bei der Führerscheinstelle.«

»Das hast du tatsächlich so gemacht?«

»Es ist Standard.«

»Erinnere mich daran, dass ich bei dir zu Hause nichts mehr esse. Es sei denn, Vicki kocht.«

»Ich habe Handschuhe getragen.«

»Klar – zwei Paar.«

Henry öffnete die Tür der Kühlkammer und rollte die Trage heraus. Die Leiche war mit einem Laken bedeckt. Sie sah nach einem massigen Mann aus, schätzungsweise fünfunddreißig Kilo schwerer als Caleb.

»Ich habe schon Proben für dich. Als ich die für Marcie genommen habe, habe ich das in einem Aufwasch erledigt. Aber ich dachte, du würdest das hier gern mit eigenen Augen sehen.«

Er zog das Laken beiseite.

# ACHT

»Mein Gott«, sagte Caleb. »Ist das …«

Er wandte sich ab und drückte sich die OP-Maske fest aufs Gesicht.

»Was?«

»Ist das …« Er deutete auf die Leiche, brachte seinen Satz aber noch immer nicht zu Ende. »Ist das … normal?«

Henry nickte.

»Adipocire. Man spricht auch von Leichenwachs. Es entsteht, wenn ein Toter einen Monat im tiefen, kalten Wasser liegt. Bakterien dringen ein und hydrolisieren das Fett. Es verseift. Den Bauch dieses Kerls aufzuschneiden hat sich angefühlt, als würde ich mich durch Elfenbein arbeiten. Kannst du dich noch an die Pfadfinderzeit erinnern? Als wir die Seifenschnitzereien gemacht haben?«

Caleb nickte, wobei er sich die Maske mit den Fingern der linken Hand immer noch fest aufs Gesicht drückte.

»So hat es sich angefühlt«, sagte er. »Nur dass es damals besser gerochen hat.«

Die Leiche sah aus, als käme sie aus Madame Tussauds Gruselkabinett. Der Mann war aufgedunsen, und dort, wo kleine Haie und Krebse auf Beutezug gegangen waren, durchzogen tiefe Spalten sein Fleisch bis hinunter auf den Brustkorb. Durch die Verseifung war sein Körper hart und gelblich geworden, was ihm das Aussehen einer Wachsfigur verlieh. Es war grotesk und so anders als alles, was Caleb je gesehen hatte, dass es ihm beinahe unwirklich vorkam. Er warf einen Blick auf den rechten Arm des Toten. An der Hand fehlte die Haut komplett. Grau-rosafarbene Muskeln klammerten sich an weiße Knochen.

Caleb blinzelte die Tränen weg, die der Mentholgeruch ausgelöst hatte, und schluckte.

»Du wolltest mir etwas zeigen?«, fragte er.

»Ja. Sieh dir das mal an.«

Henry legte Zeige- und Mittelfinger an den Hals des Mannes, als wollte er ihm den Puls fühlen. In der Haut dort waren zwei rote Löcher im Abstand von gut zwei Zentimetern zu erkennen, deren Durchmesser in etwa dem eines kleinen Bleistiftradierers entsprachen.

»Heilige Scheiße«, sagte Caleb. »Das sieht aus wie …«

»Hautverbrennungen durch elektrischen Strom.«

»Wie bitte?«

»Punktuelle Verbrennungen durch einen Taser.«

Caleb beugte sich hinunter und sah sich die Verletzungen näher an. Er hielt die Luft an und presste hinter der OP-Maske fest die Lippen zusammen. Die Löcher waren nicht tief. Man hätte sie für Einstichstellen halten können, aber aus der Nähe waren flache Abschürfungen zu erkennen. Oberflächliche Verbrennungen.

»Ja«, sagte Caleb, nachdem er sich wieder aufgerichtet und einen sicheren Abstand zur Leiche eingenommen hatte. »Das ergibt Sinn. Sonst noch etwas?«

»Komm hier rüber, auf die andere Seite.«

Caleb ging um die Trage herum. Aus der offenen Kühlkammer drang kalte Luft, die sich am Boden sammelte und die Fliesen rutschig machte.

»Schau dir das an«, sagte Henry, der die andere Seite des Halses berührte.

»Ein Einstich?«

»Ich denke schon«, sagte Henry. »Ich schätze, ohne die Adipocire hätten wir ihn übersehen. Als das Fett sich zu Wachs verhärtet hat, ist das Loch erhalten geblieben, sogar noch etwas größer geworden.«

Henry nahm das Laken, deckte die Leiche wieder zu und schob die Trage zurück in die Kühlkammer. Er schlug die Tür zu und schloss sie ab.

»Waschen wir uns und setzen wir uns einen Moment in mein Büro. Bring deine Kühlbox mit, ich gebe dir die Proben.«

Henry hatte das Beste aus seinem Büro gemacht, was nichts daran änderte, dass es im Keller eines öffentlichen Gebäudes lag. Und in einem Leichenschauhaus. Caleb nahm auf dem abgewetzten Ledersofa Platz und betrachtete die Diplome an der Wand hinter dem Schreibtisch. Henry und er hatten zusammen das Caltech besucht, aber anschließend war sein Freund an eine medizinische Fakultät im Osten gegangen, während Caleb für seine Promotion einfach auf die andere Seite der Bucht gewechselt war. Henry schloss die Tür, ging um den Schreibtisch herum und setzte sich. Er hatte zwei Tiffany-Schreibtischlampen, die zwischen den Betonwänden dieses Kellerbüros auf fast groteske Weise fehl am Platz wirkten. Er schaltete sie ein, dann drückte er einen Schalter an der Wand hinter seinem Computermonitor, um das Licht der Neonröhren an der Decke zu löschen.

Eine fünf Zentimeter lange Kakerlake kroch an einer Stromleitung entlang, die knapp unter der Decke verlief. Caleb sah ihr zu.

»Willst du was trinken?«

»Mein Gott, ja«, sagte Caleb und riss sich vom Anblick des Insekts los.

Er hatte sich das Gesicht zweimal gewaschen, ohne den Mentholgeruch aus der Nase zu bekommen. Außerdem hatte das Wick nicht sämtliche anderen Gerüche überlagern können, sodass er sogar hier, auf dem Sofa, noch den Abflussgeruch der Leichenhalle wahrzunehmen glaubte.

Henry beugte sich zu einer tieferen Schublade seines Schreibtischs hinunter. An der Wand rutschte die Kakerlake aus irgendeinem Grund ab und landete auf dem Rahmen von Henrys Yale-Diplom. Schnell kletterte sie wieder hinauf zur Leitung und setzte ihren Weg fort. Henry tauchte mit zwei trüben Gläsern und einer Flasche Jim Beam wieder auf.

»Stilvoll wie immer«, bemerkte Caleb.

Henry schraubte den Deckel von der Flasche, hielt dabei aber inne und schaute auf.

»Heute Morgen habe ich ein zehnjähriges Mädchen obduziert. Ich hatte nur ihren Kopf. Ich arbeite also die üblichen Schritte ab und schreibe einen Bericht. Todesursache? Woher zum Teufel soll ich das wissen? Schließlich war da nur ihr Kopf. Marcie hat Proben genommen, aber ich weiß nicht mal, ob sie ihren Job ordentlich macht. Ist es da eine Frage des Stils, wenn ich mir hier einen Drink genehmige? Ich weiß nicht. Ich weiß nicht mal, ob mich das interessiert.«

»Für mich einen doppelten«, sagte Caleb.

Henry setzte sein typisches dünnes, tolerantes Lächeln auf.

»Caleb, wie er leibt und lebt. Wenigstens darauf ist Verlass.«

Henry schenkte ein und schob Caleb eins der Gläser hinüber. Dann streckte er den Arm aus, sie stießen an. Caleb trank einen kleinen Schluck des Bourbons und atmete durch die Nase aus. Die bunten Lampenschirme warfen ein Muster, das die Wasserflecke an der Wand noch betonte. Ein früherer Bewohner dieses Büros hatte die schlimmsten hinter einer gerahmten Lithografie von René Magritte verborgen. *Der Verrat der Bilder.* Caleb starrte sie an, die Pfeife mit den französischen Worten darunter. Dann schloss er die Augen und lehnte sich zurück, das Whiskeyglas in der Hand.

»Bei dem Kerl, den wir uns als Ersten angesehen haben, war die Haut am Hals ziemlich zerfetzt.«

»Das waren die Krebse.«

»Wenn er also auch solche Verbrennungen von einem Taser gehabt hätte, hätten wir sie nicht entdeckt?«

»Genau. So war es auch bei den sechs anderen – am Hals zerfetzte Haut. Krebse. Vielleicht gab es punktförmige Verbrennungen, aber wir hätten sie nicht gefunden.«

»Okay. Das gilt wohl auch für die Einstichstellen?«

»Ja.«

»Wo ist die letzte Leiche gefunden worden?«

»Es war wie bei der letzten. Sie ist bei fallendem Wasserstand unter der Brücke hergetrieben.«

»Sie ist acht Wochen durch die Bucht getrieben, ohne von irgendwem gesehen zu werden?«

»Die meiste Zeit dürfte sie nicht an der Oberfläche getrieben sein. Wenn eine Leiche ins Wasser fällt, sinkt sie – sie kommt erst wieder hoch, wenn durch die Verwesung genügend Gase entstanden sind. Das kann innerhalb von Stunden oder auch Tagen passieren. Aber unsere Leiche hat mehrere Abdrücke am Rücken. Eindellungen. Sieht fast aus wie von großen Sechskantmuttern – vier, fünf Zentimeter im Durchmesser. In einer Reihe an den Schulterblättern.«

Caleb öffnete die Augen und hob den Kopf.

»Glaubst du, der Kerl war irgendwo eingeklemmt?«

Henry nickte und trank einen Schluck Bourbon.

»Er treibt mit der Strömung über den Boden und bleibt unter irgendetwas hängen«, sagte Henry. »An der Stelle klemmt er dann acht, vielleicht auch zehn Wochen fest. Dann, irgendwann in den letzten Tagen, wird er losgerissen. Durch den Auftrieb kommt er an die Oberfläche und treibt mit der Gezeitenströmung.«

»Wie kommt es, dass die Krebse viel weniger von ihm gefressen haben als bei den anderen?«

»Ich weiß es nicht.«

»Sind bei dem Gewebe, das du für mich entnommen hast, auch Stücke der Haut dabei?«

»Ja.«

Caleb schloss wieder die Augen und lehnte den Kopf gegen das Polster.

»Was denkst du?«, fragte Henry.

Aber Caleb schüttelte nur den Kopf. Er konnte es noch nicht sagen. Er hatte bloß eine Ahnung.

Um Mitternacht, nachdem er die Proben ins Labor gebracht hatte, stellte er den Wagen in seine Garage. Er hatte die ersten Tests auf den Weg gebracht und eine Stunde lang E-Mails beantwortet.

Jetzt trat er ins Haus und starrte ins Dunkel. Lauschte. Er hörte ein leises Knarren, als würde irgendwo jemand auf Socken über die Holzdielen gehen. Dann schien das Geräusch aus einer anderen Ecke des Hauses zu kommen. Schließlich herrschte Stille.

»Bridget?«

Er wartete, bekam aber keine Antwort. Natürlich war sie nicht hier. Es war nur das Haus, das sich auf seinen Stützpfeilern setzte. Das passierte ständig, aber in der nächtlichen Stille war es zu hören. Caleb trat ins Wohnzimmer, wo er eine Lampe einschaltete und den Gaskamin zum Brennen brachte. Sein Herz hatte einen Moment gerast, als er geglaubt hatte, Bridget wäre im Haus, aber jetzt fühlte er sich wieder schläfrig. Er wollte etwas essen, schreckte aber vor der Mühe zurück, sich etwas aus dem Kühlschrank zu holen, es in den Mund zu stecken und zu kauen. Stattdessen ließ er sich aufs Sofa fallen. Kaum hatte er die Schuhe abgestreift und die Füße auf die Armlehne gelegt, klingelte sein Handy.

Er zog es aus der Tasche und schaute aufs Display. Eine Nummer aus San Francisco, kein Name. Vielleicht eine Telefonzelle. Er wischte über den Bildschirm und hielt sich das Gerät ans Ohr.

»Caleb«, sagte er.

Einen Moment herrschte Stille. Aber plötzlich war er sicher, wessen Stimme er gleich hören würde. Sein ganzer Körper versteifte sich. Die Welt unter ihm war aus Papier, das straff über einen Abgrund gespannt war. Bei der geringsten falschen Bewegung konnte er den Boden unter den Füßen verlieren. Er schloss die Augen und regte sich nicht, fast wie im Schlaf.

»Caleb«, sagte sie.

Ihre Stimme war, wie er sie aus dem House of Shields in Erinnerung hatte: ein Flüstern, so kühl wie eine nächtliche Brise, ohne erkennbaren Akzent. Bei der zweiten Silbe seines Namens schien ihre Zunge fast über ihre obere Zahnreihe gestrichen zu sein. Dann musste sie die Lippen geschlossen haben, als würde sie ihm einen Kuss zuwerfen.

Er sagte nichts, weil er nichts sagen konnte. Sie hatte ihn mit einem bloßen Flüstern gelähmt.

Als er nicht antwortete, fuhr sie fort.

»Es war so wunderbar. Was du gemacht hast. So etwas hat noch nie jemand für mich getan.«

Er rollte sich vom Sofa und bewegte sich auf Knien zur steinernen Umrandung des Kamins. Dort neigte er sich den Flammen entgegen, suchte ihr Licht und ihre Wärme.

»Ich musste dich finden«, sagte er.

»Weil du meinen Namen wissen wolltest?«

»Ja.«

»Soll ich ihn dir jetzt sagen?«

»Bitte«, flüsterte Cal.

»Emmeline.«

»Emmeline«, wiederholte er. Der Klang schien wie drei sanfte Wellen über ihn hinwegzuschwappen. »Wo bist du?«

»Es geht nicht darum, wo ich bin. Sondern darum, wo ich um drei sein werde. Willst du mich treffen?«

»Ja. Gott, ja.«

»Gut. Komm ins Spondulix. Ich weiß, dass du pünktlich sein wirst. Aber sei keine Minute zu früh da.«

»Ich komme.«

»Nicht vor drei.«

Er wollte etwas sagen, aber sie war nicht mehr da.


Als er geduscht und einen frischen Anzug angezogen hatte, war es gerade halb eins. Seit seinem Gespräch mit Kennon waren neun Stunden vergangen, aber es hätte auch ein Jahrzehnt her sein können, auf einem anderen Kontinent. Dasselbe galt für sein Treffen mit Henry im Leichenschauhaus oder den Moment beim Nachhausekommen, als er gehofft hatte, Bridget wäre heimgekehrt.

*Emmeline*, dachte er.

Und indem er den Namen dachte, konnte er sie auch riechen.

Einen Moment lang versank er in ihrem Duft. Es war, als betrete man einen mitternächtlichen Garten. Er dachte an Geißblatt, das von einem Spalier hing, kühle Regentropfen auf den Blättern und den weißen Blüten. Er riss sich von den Bildern los und schaute auf seinen Computer.

Das Spondulix lag wenige Blocks von der Grace Cathedral entfernt, in einer Seitengasse der Powell Street. Mehr konnte er nicht in Erfahrung bringen. Von einem simplen Stecknadelkopf auf dem Stadtplan abgesehen, schien das Spondulix im Internet nicht zu existieren. Das war ihm egal. Sie hatte den Ort ausgewählt und würde dort sein. Also war es der richtige Ort.

Für die zehn Kilometer Autofahrt blieben ihm mehr als zwei Stunden. Aber so erschöpft er seit Samstag sein mochte, spürte er auf einmal so viel Energie, dass er nicht zu Hause bleiben konnte. Er nahm Schlüssel und Mantel und ging in die Garage. Er fuhr den Hügel hinunter und durch Inner Sunset, auf den breiten Straßen war niemand unterwegs. Manche Häuser hatten Weihnachtsbäume in den Fenstern, weiße Lichterketten an den Geländern der Veranden oder unter den Dachvorsprüngen. Als er den Golden Gate Park durchquerte, setzte der Regen wieder ein, dann fuhr er zum langsamen Rhythmus der Scheibenwischer den Geary Boulevard entlang. Die Heizung hatte gerade angefangen, warme Luft ins Wageninnere zu blasen, als er um ein Uhr vor Mel's Drive-in parkte. Er stellte den Motor ab und betrachtete die weißen, blauen und roten Neonlichter vor dem Diner. Zum ersten Mal seit Samstagabend hatte er nicht nur Hunger, sondern würde tatsächlich auch etwas essen können.

Caleb hatte sein Omelett verspeist und wartete darauf, dass die Kellnerin ihm Kaffee nachschenken würde. Plötzlich klingelte sein Telefon. Er zog es aus der Tasche, schaute aufs Display und rechnete wieder mit der Nummer einer Telefonzelle.

Aber es war Bridget.

Zwei Uhr morgens, aber es war Bridget. Er wischte übers Display, hob das Gerät ans Ohr und schirmte den Mund mit der linken Hand ab.

»Caleb.«

»Wo bist du?«

»Ich bin aus. Zu einem späten Abendessen. Wo bist du?«

»Am Haus – deinem Haus. Ich bin draußen. Ich wollte dir etwas vorbeibringen. Etwas, was ich gemacht habe. Aber das Garagentor stand offen, dein Wagen war nicht da, vorne war eine Scheibe eingeschlagen. Ich habe mir Sorgen gemacht.«

Als die Kellnerin sich über den Tisch beugte, um seine Tasse nachzufüllen, lehnte Caleb sich zur Seite und hielt das Handy noch dichter ans Ohr. Er nickte der Kellnerin zum Dank zu und flüsterte hinter vorgehaltener Hand.

»Wahrscheinlich habe ich einfach vergessen, das Garagentor zuzumachen. Ich hatte … viel um die Ohren. Henry ist mit einer wichtigen Sache beschäftigt, ich war in seinem Büro. Und im Labor.«

»Ist alles in Ordnung? Caleb?«

»Ja.«

»Gut«, sagte sie. Er stellte sich vor, wie sie in der Einfahrt stand, an ihren Volvo gelehnt. Wie sie das kaputte, vernagelte Fenster betrachtete und sich fragte, wie viel er ihr nicht erzählte.

Er hätte sagen können, sie solle ins Haus gehen und auf ihn warten. Er sei nur bei Mel's und könne in zehn Minuten bei ihr sein. Fast hätte er es getan, aber letztlich sagte er nichts. Nach einer Weile brach Bridget das Schweigen. Sie war immer diejenige, die es brach, die tief durchatmete, den Kopf senkte und die Kluft zwischen ihnen überbrückte.

»Wie auch immer. Ich habe etwas für dich«, sagte sie. »Ich wollte es dir vor die Tür legen, damit du es morgen findest, wenn du die Zeitung reinholst. Aber um die hast du dich schon länger nicht gekümmert. Sie stapeln sich hier draußen. Also bringe ich es in die Garage, und die Zeitungen auch. Und ich mache das Tor für dich zu.«

»Okay, danke.«

»Es ist keine große Sache. Ich meine, doch … das stimmt nicht ganz. Es ist *eine Sache*. Ich habe eine ganze Weile daran gearbeitet. Schon vor … du weißt schon … der Sache am Samstag. Weil ich dich kenne. Weil ich wusste, dass du es mögen würdest, dass du gern davorsitzen und es anschauen würdest. Vielleicht können wir morgen, nachdem du einen Blick darauf geworfen hast, versuchen, miteinander zu reden.«

»Okay.«

»Du hast mich neulich etwas gefragt, kurz bevor ich aufgelegt habe …«

»Nicht«, sagte er zu schnell. Er wollte es nicht wissen. Nicht jetzt.

»Aber …«

»Ist schon gut, Bridget. Vergiss es. Okay?«

»Okay«, sagte sie. »Aber … Caleb?«

»Ja?«

In der nachfolgenden Pause hatte er das Gefühl, der Boden würde sich unter ihm bewegen, als hätten die tektonischen Platten sich verschoben.

»Es tut mir wirklich leid, dass ich das Glas geworfen habe«, sagte sie. »Das hätte ich nicht tun dürfen. Es war mein gutes Recht, wütend zu sein. Das ist es immer noch. Trotzdem hätte ich es nicht tun sollen.«

»Schon gut«, sagte er.

»Nein, es ist nicht gut. Weder, was du getan hast, noch, was ich getan habe. Aber lass uns bitte morgen früh darüber sprechen, okay? Oder lieber nachmittags?«

»Okay.«

»Gut«, sagte sie.

Wieder schwiegen sie sich an, wieder ergriff sie die Initiative.

Er hasste es, dass er sie dazu bringen konnte, dass er es immer schaffte, sie den ersten Schritt machen zu lassen.

Ihre Stimme war kaum mehr als ein tränenerfülltes, warmes Flüstern. »Bis dann, Caleb, ich liebe dich.«

Sie legte sofort auf, so als wolle sie sich seine Reaktion ersparen.

## NEUN

Bis zum Treffen mit Emmeline blieb ihm eine halbe Stunde Zeit. Er parkte an der Taylor Street, vor der untersten von vier Treppen, die zum Haupteingang der Grace Cathedral hinaufführten. Er stieg aus, schloss den Wagen ab, stieg die nassen Stufen bis zur Mitte hoch. Dort blieb er stehen und warf einen Blick auf die dunkle Fensterrosette. Er begann einen langsamen Rundgang um die Kathedrale, betrachtete die Schatten ihrer Strebepfeiler und die mattglänzenden polierten Bronzefriese der Ghiberti-Türen vor dem Baptisterium. Schon als kleines Mädchen hatte Bridget die Kathedrale regelmäßig mit ihrer Familie besucht. Als ihre Eltern aus Frankreich eingewandert waren, wählten sie diese Kirche aus, weil sie sich an Notre-Dame erinnert fühlten – auch wenn die Grace Cathedral keine römisch-katholische Kirche war. Was für sie zählte, war das Gebäude. Inzwischen lag die Asche der beiden im Kolumbarium im Glockenturm. Caleb bog um die Ecke und ging hügelaufwärts, entlang der Cathedral School, durch die noch dunkleren Schatten unter den nackten Ästen der Platanen.

Für Bridget bedeutete dieses Gebäude eine Insel in der Zeit. Es verband die Vergangenheit und die Zukunft. Sie konnte im Kirchenschiff stehen und sich daran erinnern, wie sie genau dort vor dem Altar in ihrem Kommunionkleid gestanden hatte. Damals wie heute hatte sie gewusst, dass sie in der Zukunft bei einer anderen Zeremonie wieder dort stehen wollte. Als wären alle drei Stränge der Zeit durch ihre Verbindung zu diesem speziellen Ort miteinander verflochten. Das alles hatte sie Caleb erklärt, als sie ihn an einem Samstagabend mit in die kaum besuchte Kirche genommen und herumgeführt hatte.

Trotzdem hatte er getan, was er getan hatte, und ihr monatelang nichts davon erzählt.

Und in zwanzig Minuten würde er tun, was ihn hierhergeführt hatte. Er senkte den Kopf, bog um die nächste Ecke und ging langsam die Sacramento Street entlang Richtung Osten. Als er den Rundgang beendet hatte, sah er nach seinem Auto und warf einen weiteren Blick auf die Fensterrosette. Dann wandte er ihr den Rücken zu und machte sich auf den Weg die California Street entlang. Zum Spondulix. Zu Emmeline.

Ein paar Nächte zuvor war er an dieser Gasse vorbeigegangen, ohne sie überhaupt zu bemerken. Er war zu betrunken gewesen, um mehr zu sehen als seine Füße auf dem Bürgersteig. Aber auch jetzt, fast nüchtern und nachdem er den Stadtplan studiert hatte, wäre er fast vorbeigelaufen. Sie war extrem eng. Er blieb an der Einmündung stehen, mit dem Rücken zur Fowell Street, und schaute nach vorn.

Dreißig Meter weiter nahm ein geparktes Auto fast die ganze Breite der Gasse zwischen den Gebäuden ein. Zwischen der Beifahrerseite und einer Ziegelwand war nicht mal ein Zentimeter Platz. Auf der Fahrerseite konnte man, mit einiger Mühe, die Türe öffnen und sich nach draußen quetschen. Hier im Dunkeln war die Farbe des Wagens schwer auszumachen. Trotzdem glaubte Caleb, das geistergraue alte Coupé vor sich zu haben, das er Sonntagnacht im Regen und Nebel an der Grace Cathedral hatte vorbeifahren sehen. Das Auto parkte in seine Richtung. Caleb registrierte die verchromten Scheinwerfer und die silberne Statuette auf der Motorhaube. Es war zu dunkel, um es mit Sicherheit erkennen zu können, aber der Kofferraum schien offen zu stehen.

Das Spondulix, wenn es denn existierte, musste ein Stück weiter in der Gasse liegen, hinter dem Auto. Er schaute auf die Uhr, es war noch nicht ganz drei. Sie hatte sich klar ausgedrückt: Er durfte sich verspäten, aber auf keinen Fall zu früh kommen.

Er steckte die Hände in die Taschen und ging weiter über die Powell Street. Dann bog er links in die Pine Street und ging um den Block. In den Lichtkegeln gegenüber der mit Marmorsäulen verzierten Fassade des Ritz-Carlton blieb er kurz stehen, um sein Handy zu checken und es dann auszuschalten.

Als er zurück an seinen Ausgangspunkt gelangte, war es fünf Minuten nach drei. Er blieb in der Einmündung zur Gasse stehen. Das graue Auto war verschwunden, der Weg in die Gasse frei.

»Hallo, Caleb.«

Er drehte sich um, da stand sie. Drei Meter entfernt im dunklen Eingang zu einem verrammelten Delikatessenladen. Er war an ihr vorbeigegangen, ohne sie zu sehen, weil er völlig auf die Gasse fixiert gewesen war.

»Emmeline.«

Sie trug ein schulterfreies schwarzes Kleid. Es war ärmellos, aber ihre schwarzen Seidenhandschuhe reichten bis über die Ellbogen. Ihre Haare waren schwarz wie Obsidian. Sie fielen locker über ihre Schultern und wellten sich unter dem Kinn, in Höhe des Brustbeins, nach innen, sodass sie ihr Gesicht rahmten. In den feinen Regentropfen, die sich in ihren Haaren verfangen hatten, glitzerte das Licht der Straßenlaternen.

»Soll ich dir den Weg zeigen?«

»Bitte.«

Sie trat an seine Seite und nahm ihre schwarze Clutch aus der rechten in die linke Hand, sodass sie seinen Arm halten konnte. In der Berührung lag keine Spur von Schüchternheit. Er spürte ihren Körper an seiner Seite. Durch diese Nähe und die Art, wie sie ging, als sie ihn in die Gasse führte, war ihm die Linie ihres Körpers von der Schulter bis zu den Hüften nur zu bewusst.

»Wir sind da«, sagte sie.

Sie standen unter einer kleinen Segeltuchmarkise, die über einer lackierten Holztür angebracht war. Ein an der Tür angebrachter Messingschriftzug bildete wahrscheinlich das Wort SPONDU-LIX, aber es war zu dunkel, als dass man es hätte richtig lesen können. Beiderseits der Tür hingen Gaslaternen, die aber nicht brannten. Das einzige Licht stammte von den Straßenlampen der Powell Street, die ein gutes Stück entfernt waren.

»Ist es geöffnet?«, fragte Caleb.

»Für uns.«

Sie legte die Hand auf das Türblatt und drückte leicht. Die Tür schwang auf, Caleb schaute eine Treppe hinunter. Was immer das Spondulix sein mochte, es lag unter der Erde. Vom Fuß der Treppe drang flackerndes Kerzenlicht herauf.

»Geh weiter«, flüsterte sie. »Ich schließe die Tür.«

Sie ließ Calebs Arm los, kurz spürte er ihre Fingerspitzen in seinem Kreuz. Er ging vier Stufen hinunter und hörte, wie sie sich hinter ihm bewegte. Sie schloss die Tür, jetzt sorgte nur noch das Kerzenlicht von unten für ein wenig Licht. Er hörte, wie sie das Türschloss verriegelte und Schlüssel klirrten. Dann nahm er den wunderbaren Nachtschattenduft ihres Parfüms wahr, sie kam die Stufen herunter. Ihre Hände legten sich auf seine Schultern, die Fingerspitzen berührten sanft die Schlüsselbeine.

»Geh weiter«, sagte sie. »Es ist in Ordnung.«

Die Treppe war zu schmal, um nebeneinander zu gehen, aber sie blieb dicht bei ihm, bis sie das Ende erreicht hatten. Dann wurde der Gang ein Stück breiter, sie trat wieder neben ihn, nahm seinen Arm und führte ihn durch einen gewölbten Durchgang in die Bar.

Sie bestand aus einem einzigen Raum, der wie ein Schmuckkästchen wirkte: exquisit ausgestattet mit Plüsch sowie rotem und schwarzem Samt. Glanzvoll. Und menschenleer. Der Ebenholzboden war frisch gewischt, die feuchten Spuren noch zu erkennen. Auf einem kleinen Podest in der Ecke stand ein Stutzflügel. Zwei Votivkerzen flackerten an einem Ende des Tresens, ein weiteres halbes Dutzend stand auf dem Tisch in der geräumigsten Nische. Das Kerzenlicht fing sich in den Prismen der ausgeschalteten Kronleuchter. Sie führte ihn an den Tisch mit den Kerzen. Dort standen eine halbvolle Flasche Berthe de Joux, eine Karaffe mit

Eiswasser und zwei Reservoirgläser, auf denen schon die geschlitzten Löffel lagen. Dazu eine kleine Silberschale mit mehreren Zuckerwürfeln.

»Machst du die Drinks?«, fragte sie.

»Ja.«

»Weißt du noch, wie es geht?«

»Ja. Man könnte sagen, ich habe es studiert. Als ich dir zugeschaut habe.«

Sie lächelte und ließ seinen Arm los. Dann rutschte sie in die Nische, schaute zu ihm hoch und klopfte auf den Samtüberzug der Sitzbank.

»Du musst frieren«, sagte er. »Kann ich dir meinen Mantel anbieten?«

»Kannst du?«

Sie beugte sich vor, damit er den Mantel um ihre Schultern legen konnte. Sie steckte die Arme nicht in die Ärmel, zog aber von innen die Aufschläge zusammen, sodass sie ihn wie einen Umhang trug.

»Danke.«

»Nicht der Rede wert«, sagte er. Dann sah er sich in der leeren Bar um. »Gehört der Laden dir?«

»Nein.«

»Bist du die Managerin?«

»Nein, ich arbeite hier nicht«, sagte sie. »Aber es ist in Ordnung, Caleb, wirklich.«

»Gut.«

Wieder klopfte sie auf den Platz neben ihr, diesmal setzte er sich. Sie rückte heran, um die Lücke zu schließen, die er gelassen hatte. Dann lehnte sie das Kinn an seine Schulter.

»Schenk uns ein.«

Er griff nach der Flasche und entkorkte sie. In jedes Glas goss er einen Fingerbreit der Flüssigkeit, dann schob er den Korken wieder in die Flasche und stellte sie ab. Er legte Zuckerwürfel auf die Löffel, nahm die Karaffe und tröpfelte Eiswasser über den Zucker, so wie sie es ihm im House of Shields gezeigt hatte. Langsam und von hoch oben.

»Ich bin froh, dass du mich gefunden hast«, sagte sie, ohne den Kopf von seiner Schulter zu nehmen. »Ich fände es schön, wenn wir Freunde würden. Ich habe sonst keine. Glaubst du mir das?«

Er hielt in seiner Prozedur inne und schaute zu ihr hinunter.

»Nein«, sagte er. »Das tue ich nicht.«

»Aber es stimmt«, sagte sie. »Schenk weiter ein. Dann stoßen wir an.«

Als der zweite Zuckerwürfel geschmolzen und durch den Löffel in den Absinth getropft war, rührte er beide Drinks um und legte die Löffel auf eine Untertasse. Emmeline setzte sich auf und rutschte auf der samtüberzogenen Sitzbank ein Stück zurück, sodass sie ihren Drink nehmen und ihn ansehen konnte.

»Zuerst der Trinkspruch«, sagte sie. »Es ist ein Versprechen. Zwei Versprechen. Wenn ich deine Freundin bin, lüge ich dich nie an. Und ich tue dir nie weh. Glaubst du mir das?«

»Ja.«

»Und was ist mit dir? Versprichst du mir diese beiden Dinge?«

»Ja.«

»*Versprichst* du sie?«

»Ja.«

»Also gut.«

Sie streckte ihm ihr Glas entgegen, sie stießen mit den schweren Kristallrändern an. Dann hob sie ihr Glas an die Lippen, schloss die Augen und nippte an dem Absinth. Er machte es ihr nach. Es war eine Mischung so unterschiedlicher Sinneswahrnehmungen, dass es ihm wie ein Balanceakt erschien. Die Bitterkeit von Wermut und Steppenraute, dazu die Süße von Zucker und Anis, die Kühle des Eiswassers, die sich an der Wärme des Alkohols rieb. Sie stellte ihr Glas auf den Tisch und hielt die Augen einen Moment geschlossen. Dann sah sie ihn an.

»Nur weil ich versprochen habe, nicht zu lügen, werde ich dir nicht jede Frage beantworten. Aber wenn ich antworte, ist es die Wahrheit. Verstehst du?«

»Ich glaube schon.«

»Gut.« Sie nahm ihr Glas und trank es aus. »Trink auch aus, dann nehmen wir noch einen. Oder willst du keinen?«

»Doch.«

Er nahm das Glas, ließ den Absinth darin kreisen und atmete die Aromen ein.

»Hast du lange dafür gebraucht? Für die Zeichnung?«

Er nickte und trank. Ihr Blick folgte den Fingern seiner rechten Hand. Die Wunden waren inzwischen mit einer festen Kruste überzogen. Als er das Glas auf den Tisch stellte, nahm sie seine Hand und drückte die Finger mit der immer noch im Handschuh steckenden Hand flach auf die schwarze Tischdecke. Mit den Fingerspitzen fuhr sie an den Rändern der Verletzungen entlang. Im House of Shields hatte sie es mit seiner Stirn ganz ähnlich gemacht. Damals hatte sie, kaum dass sie sich eine oder zwei Minuten kannten, sein Blut an ihre nackten Finger bekommen.

»Die hattest du beim letzten Mal noch nicht.«

»Nein.«

»Du musst aufpassen, Caleb.«

»Das werde ich.«

Sie schob eine Hand unter seine und legte ihre andere Hand darüber. Jetzt spürte er auf beiden Seiten seiner Finger die kühle Seide ihrer Handschuhe.

»Stell mir eine Frage. Ich weiß, dass du das willst. Du hast eine Menge Fragen.«

Tatsächlich hatte er so viele, dass er nicht wusste, wo er anfangen sollte. Das, was sie in ihm auslöste, machte ihn völlig ratlos. Es war wie in einem von Henrys Fällen – eine Mischung aus interagierenden Komponenten und Kräften, die so komplex waren, dass er in seinem Labor eine Woche brauchen würde, um sie zu sortieren. Er trank sein Glas aus und schenkte ihnen beiden nach. Dann legte er die geschlitzten Löffel auf die Ränder, fügte die Zuckerwürfel hinzu und fing an, das Eiswasser in Emmelines Glas tröpfeln zu lassen.

»Es ist kein Test, Caleb. Du kannst mir ruhig eine Frage stellen.«

»Okay.«

»Gieß langsam«, sagte sie und legte ihm eine Hand aufs rechte Knie. »Genau so.«

»Du sagst, du hast keine Freunde. Warum?«

Sie nahm die Hand von seinem Knie und zog beide Arme unter den Mantel, sodass er sie nicht sehen konnte. Dann zog sie den Mantel wieder fest um sich.

»Es war nicht immer so. Ich hatte einen. Einen Freund, meine ich. Einen Mann. Wir sind zusammen gereist, von Ort zu Ort. Er hat mich aufgezogen, aber er war nicht mein Vater. Als ich alt genug wurde, haben wir …«

Sie hielt inne und schaute ihn an. Als sie blinzelte, sah er den Lidschatten aus zerstoßenem Malachit.

»Aber ich muss dir nicht alles erzählen, oder?«

»Nein«, sagte er. »Nur wenn du willst.«

Caleb war mit ihrem Glas fertig und zog die Karaffe herüber, um sein eigenes zu füllen. Er spürte schon die Wirkung des ersten Drinks, der sein Blut erreichte und dort zum Leben erwachte. Das zweite Glas würde noch besser sein und ihn umhüllen, wie ihr Parfüm und die Berührung ihrer Wange an seiner Schulter ihn umhüllten. Ihn trugen.

Als sie nichts sagte, stellte er eine andere Frage.

»Was ist mit ihm passiert?«

»Eines Nachts ging er weg. Das war nicht ungewöhnlich. Wenn er ging, musste ich auf ihn warten. Das war die Regel, schon als ich noch klein war. Ich musste dort bleiben, wo wir gerade schliefen. In dem Motel oder der Wohnung. Früher, als wir kaum Geld hatten, musste ich manchmal im Auto schlafen, irgendwo im Wald. Als er das letzte Mal fortging, kam er nicht zurück. Ich wartete eine Woche lang. Dann machte ich, was wir immer gemacht hatten.«

»Nämlich?«

»Ich zog weiter.«

Als er mit dem Absinth fertig war, streckte sie den Arm aus dem Mantel und griff nach dem Stiel ihres Glases. Wieder stießen sie an, Kristall auf Kristall, dann trank sie das ganze Glas in einem einzigen Schluck.

»Wie lange ist das her?«, fragte Caleb.

»Einen Monat. Vielleicht zwei«, sagte sie und sah Caleb an. »Ich glaube, er ist tot.«

Caleb schaute durch seinen Drink hindurch in eine Kerzenflamme. Durch den Absinth wirkte sie dunkler und grün getönt. Er hob das Glas und leerte es in einem Zug, wie sie.

»Du glaubst, das ist schlecht«, sagte sie. »Es beunruhigt dich.«

Er schaute ihr ins Gesicht, in die breiten grünen Augen inmitten des Kerzenscheins und der Schatten dieser leeren, geschlossenen Bar. Er hatte versprochen, sie nicht anzulügen. Also nickte er.

»Ja. Es ist … Ich weiß nicht, was ich denken soll. Über all das.«

»Du kannst gehen, wenn du willst. Ich würde dir keinen Vorwurf machen.«

»Nein. Ich will nicht gehen.«

»Gut«, sagte sie und drückte die Wange wieder gegen seine Schulter. Ihre linke Hand lag auf ihrem Schoß, die rechte auf seinem Bein, gleich über dem Knie. »Es gibt etwas, das ich tun muss, bevor wir hier weggehen. Ich möchte dir etwas geben, damit wir quitt sind. Du hast mir das Bild geschenkt. Aber ich kann nicht so gut zeichnen wie du. Also mach uns noch einen Berthe de Joux. Ich glaube, ich brauche den dritten, um es richtig zu machen.«

Er nahm die Flasche und zog den Korken heraus. Er mochte das feuchte, hohle *Plop*, mit dem er sich löste.

»Schenk ihn ein, als wären wir zu Hause«, sagte sie. Ihr Kinn lehnte immer noch an seiner Schulter. »Als wären wir nicht in einer Bar, sondern zu Hause, in einem Zuhause, in dem wir für immer bleiben können. Als würden wir gleich ins Bett gehen. Es ist der letzte Drink.«

Er folgte ihren Anweisungen, füllte langsam das Reservoir ihres Glases und ließ den Spiegel der Flüssigkeit über die Wölbung des Reservoirs steigen. Am Ende waren beide Gläser zwei Fingerbreit gefüllt. Er legte die Zuckerwürfel auf die Löffel; dank des Alkohols, den er schon getrunken hatte, waren seine Hände ruhig und sein Blick klar. Als er fertig war, setzte Emmeline sich auf und rückte ein Stück von ihm ab. Er hatte noch viele Fragen, aber jetzt war nicht der richtige Zeitpunkt. Sie war so schön, dass er, wenn diese Nacht vorbei war und er allein in sein Haus zurückkehren würde, mit geschlossenen Augen auf dem Sofa liegen und versuchen würde, sich daran zu erinnern, wie sie in diesem Augenblick ausgesehen hatte. Er wollte den Moment nicht mit seinen Fragen kaputtmachen. Sie hob das Glas an die Lippen und trank, dann schaute sie ihm in die Augen und lächelte ihn schief an.

»Steh auf, Caleb«, sagte sie. »Damit ich vorbeikann.«

Er rutschte aus der Nische und blieb am Rand des Tisches stehen, beim Licht und der rauchigen Hitze des Feuers. Emmeline stellte ihr Glas auf den Tisch und hob die rechte Hand zum Mund. Nacheinander nahm sie die seidenen Fingerspitzen ihres Handschuhs zwischen die Zähne und zog die Hand heraus. Dann legte sie den Handschuh auf den Tisch und machte es mit der linken Hand genauso. Sie blickte zu ihm hoch und sah, dass er sie beobachtete.

»Mit Handschuhen kann ich nicht spielen«, sagte sie. Sie ließ die Handschuhe auf dem Tisch liegen, nahm ihr Glas und schaute Caleb an. »Nimm eine Kerze mit. Ich brauche ein bisschen Licht.«

Er nahm eine der Votivkerzen samt ihrer warmen, gläsernen Hülle. Emmeline griff nach seinem Arm und führte ihn über den Ebenholzboden zu dem kleinen Podest. Sie ließ ihn los, stieg die

Stufe hoch, zog die Klavierbank zurück und setzte sich an das Instrument – das alles in einer einzigen fließenden Bewegung aus Seide und Schatten. Ihr Glas stellte sie auf den schmalen Notenständer über der Tastatur.

»Komm rüber und stell dich mit dem Licht hierher«, sagte sie. »An die Seite, sodass kein Schatten auf die Tastatur fällt.«

Als er um die Bank herumging, schlug sie die ersten Noten an. Ihr Anschlag war so leicht, dass er hören konnte, wie die hölzernen Hämmer auf die Saiten schlugen und die filzüberzogenen Dämpfer die Vibrationen wieder stoppten. Er hörte das Knarren des rechten Pedals, wenn ihr Fuß es berührte. Die ersten Noten perlten wie Regentropfen auf einem Fenster mit Blick aufs Meer. Warm und intim.

Als sie zu singen begann, erkannte er das Stück sofort.

Ihre Stimme war bloß ein Flüstern, deshalb funktionierte es. Er hatte diesen Song nie von einer Frau gehört. Tom Waits, der ihn geschrieben und gesungen hatte, hatte eine Stimme wie Kieselsteine. Der Song war deshalb so schön, weil man nicht damit rechnete, dass diese Stimme etwas so Zärtliches ausdrücken konnte. Emmelines Stimme war glatt und geschliffen wie der Stiel des Glases, das vor ihr stand. Aber wenn sie in diesem Flüsterton sang und ihr der Atem stockte, weil sie sich mühte, ihre Stimme so leise wie möglich zu halten, wenn Teile der Worte sich in Stille verloren – dann hatte es fast denselben Effekt.

Es war ein Song für das Ende des Tages. Für das Ende von allem.

Emmeline legte vor der vorletzten Zeile eine Pause ein und ließ den Fuß auf dem rechten Pedal, sodass die letzten Töne, die sie angeschlagen hatte, weiterklangen, während sie ihr Glas nahm und es leerte, bis nur noch eine dünne zuckrige Spur zurückblieb. Dann stellte sie das Glas ab und brachte den Song atemlos zu Ende. Bei den letzten Tönen glitten ihre Finger leicht ab. Sie nahm den Fuß vom Pedal, Caleb hörte die Dämpfer auf die Saiten fallen.

Nach diesem vom Filz gedämpften Geräusch füllte sich der Raum mit Stille. Als Caleb wieder atmete, zuckte die Kerzenflamme in seiner Hand kurz auf.

Sie sah ihn an.

»Ich denke, das war's.«

Caleb wusste nicht, was er sagen sollte. Sie hatte es schon wieder geschafft, ihn zu lähmen.

»Du solltest gehen«, sagte sie. »Ich räume hier auf.«

»In Ordnung.«

Er trat näher an den Flügel heran, stellte die Kerze auf den Deckel und ging zum Rand des Podests.

»Warte.«

Sie erhob sich, kam auf ihn zu, nahm ihm das leere Glas aus der Hand und stellte es neben ihres. Sie küssten sich nicht. Es war noch besser. Sie schälte sich aus seinem Mantel und legte ihn um seine Schultern. Dann umschlang sie ihn, presste die Wange an eine Stelle gleich unterhalb seines Schlüsselbeins. Er drückte sein Gesicht in das dunkle Nest ihrer Haare. Sie waren noch feucht vom Regen, und kühl, obwohl seine eigenen Haare längst getrocknet waren.

»Danke«, sagte sie, ohne ihn loszulassen. »Wir halten unsere Versprechen, nicht wahr?«

»Das tun wir.«

»Geh nach Hause. Wir sehen uns.«

»Rufst du mich an?«

»Bald.«

Sie ließ ihn los und setzte sich wieder auf die Klavierbank, mit dem Rücken zu ihm. Er betrachtete sie noch einen Moment lang, ihre nackten weißen Schultern und die pechschwarzen Haare im Kerzenschein. Dann drehte er sich um und ging hinaus.

## ZEHN

Er fuhr nicht nach Hause. Das wäre unmöglich gewesen.

Stattdessen schlenderte er die California Street entlang zur Grace Cathedral. Er kam sich vor, als hätte er ein zweites Herz, das eine Art Gegentakt zu seinem normalen Puls schlug, wodurch er sich zur gleichen Zeit völlig durcheinander und ungewohnt lebendig fühlte. Zum Teil war der Absinth verantwortlich, natürlich. Aber überwiegend lag es an Emmeline. Er hätte bis zum Ende der Zeiten mit ihr in dieser unterirdischen Bar bleiben, Absinth trinken und ihrem Gesang zum Klavier lauschen können. Ohne auf den Verkehr zu achten, überquerte er die California Street und stolperte weiter Richtung Westen, auf die Kirche und sein Auto zu. Zwischendurch blieb er stehen und lehnte sich mit der Schulter an einen schmiedeeisernen Laternenpfahl, die Arme verschränkt. Er versuchte, zur Ruhe zu kommen und auf der Haut noch einmal ihre Umarmung zu spüren. Dann ging er weiter.

Er fuhr in die Tenderloin Street und hielt vor einer rund um die Uhr geöffneten Bodega, die nur zu dem einen Zweck existierte, sämtliche in San Francisco geltenden Vorschriften zum Alkoholverkauf zu verhöhnen. Er ging hinein und fragte nach Absinth. Berthe de Joux. Als der Mann ihn nur stumpf ansah, kaufte er eine Flasche Jim Beam. Dann ging er zurück zu seinem Wagen, fuhr durch Inner Sunset und hinauf zum Parnassus-Campus, wo er den Wagen auf seinem Parkplatz vor dem Medical Center abstellte. Er zog den Mantel aus, wickelte ihn um die Flasche Jim Beam und blieb neben seinem Auto stehen, um die Augen zu schließen und den Geruch von Emmelines Parfüm in sich aufzunehmen. Sie war ihm so lange so nahe gewesen, dass er durchtränkt war von diesem Duft. Als wäre er durch einen Fluss geschwommen, um zu ihr zu gelangen.

Als er sich um fünf Uhr morgens an seinen Schreibtisch setzte, war er hellwach. Er trank den Bourbon direkt aus der Flasche und spülte mit schwarzem Kaffee nach, den er im Pausenraum aufgebrüht hatte. Am Computer arbeitete er einen Plan für die Tests aus, die er mit dem Material durchführen wollte, das Henry ihm gegeben hatte, den Gewebeproben des verseiften Mannes.

Was die Haut betraf, hatte er eine Vermutung.

Der erste Mann, den er gesehen hatte, war von Schlamm und Algen überzogen gewesen, der zweite war wochenlang an derselben Stelle am Meeresboden festgeklemmt gewesen. Der Sand – mit allem, was sich darin befand – musste sich in seiner Haut festgesetzt haben. Er musste in die mikroskopisch kleinen Risse und die Poren gelangt sein. Vielleicht lag darin eine Chance. Er trank noch einen Schluck und begann, eine Kalibrierkurve zu erstellen.

Wenn er Henry das nächste Mal anrief, hatte er vielleicht mehr zu bieten als eine Todesursache. Vielleicht sogar einen Plan, der sie dem Mörder näher bringen würde.


Um acht Uhr morgens klopfte Andrea an seine Tür und steckte den Kopf herein. Er hatte gerade genug Zeit, die Flasche auf den Boden zu stellen, außerhalb ihres Blickfelds. Aber ihm war klar, welchen Anblick er bieten musste.

»Alles in Ordnung, Caleb?«

»Ja.«

»Kann ich Ihnen irgendwas bringen?«

»Nein, ich brauche nichts.«

»Darf ich heute zur Mittagszeit gehen? In Maggies Schule fangen heute schon die Ferien an, ich habe niemanden, der auf sie aufpasst. Nick kümmert sich bis eins um sie, aber danach muss er arbeiten.«

Als er ihre besorgte Miene sah, winkte Caleb ab.

»Schon in Ordnung, nehmen Sie sich alle Zeit, die Sie brauchen.«

»Danke, Caleb.«

»Kein Problem. Im Moment ist sowieso nicht viel los.«

Andrea betrachtete ihre Finger, die noch auf der Türklinke lagen. Sie machte einen verwirrten Eindruck. Vielleicht schämte sie sich seinetwegen. Er hatte diese Woche zu wenig Zeit im Labor verbracht, um beurteilen zu können, wie viel tatsächlich los war. Schließlich hatte er gerade ein Drittel seiner ungelesenen E-Mails abgearbeitet.

»Joanne hat nach Ihnen gesucht«, sagte Andrea. »Gestern, den ganzen Tag. Ich glaube, sie macht sich Sorgen wegen der Fördergelder. Sie hatte eine Telefonkonferenz mit irgendjemandem aus Bethesda.«

Dieser Punkt weckte Calebs Aufmerksamkeit. Er rückte den Stuhl näher an den Schreibtisch und stieß dabei mit einem Fuß gegen die Bourbonflasche. Sie geriet ins Taumeln, fiel aber nicht um.

»Wenn sie etwas besprechen will, hat sie ja meine Mailadresse.«

»Sind Sie den ganzen Tag über hier?«

»Nein, ich war die ganze Nacht hier. In ein oder zwei Stunden bin ich weg. Ich muss nur eine Sache zu Ende bringen.«

Andrea nickte, zog sich zurück und schloss die Tür.

Als er nach Hause kam, stand die Sonne gerade mal eine Stunde am Himmel. Er wartete, bis das Garagentor nach oben gerollt war, und fuhr hinein. Neben der Durchgangstür zum Haus lehnte ein in Papier gewickeltes Paket, davor lag ein Stapel feucht gewordener, gewellter Zeitungen. Ehe er sich entschließen konnte, den Motor abzustellen, betrachtete er beides einen Moment lang. Er verspürte den Impuls, den Rückwärtsgang einzulegen, den Hügel wieder hinunterzufahren und die Stadt zu verlassen. Weiter nach Norden, Süden oder Osten zu fahren – ganz egal, Hauptsache weg von allem, was von außen auf ihn einstürmte: Bridget und Emmeline, Henry und Kennon, Joanne und das NIH. Stattdessen drückte er auf den Knopf an der Sonnenblende und sah im Rückspiegel zu, wie das Garagentor sich schloss. Als es unten war, schaltete er die Scheinwerfer aus und blieb mit geschlossenen Augen im Dunkeln sitzen. Nach ungefähr einer Minute merkte er, dass der Motor noch lief. Er stellte ihn ab, stieg aus und hielt wegen der Abgase die Luft an. Dann nahm er Bridgets Paket und trug es ins Haus.

Er legte das Geschenk auf den Esstisch, packte es aber nicht aus. Es war ein Gemälde, sicher ein wunderschönes. Aber er war noch nicht bereit, es anzusehen. Selbst jetzt, wo Bridget praktisch im Esszimmer stand, musste er ständig an Emmeline denken. Der Geruch ihres Parfüms hing in seinem Mantel, die Erinnerung an ihre Hände lag auf seiner Haut.

»Mein Gott, Caleb«, sagte er. »Komm zu dir!«

Er legte den Mantel über eine Stuhllehne und ging zum Telefon an der Wand. Er zog das Kabel heraus, nahm sein Handy und schaltete den Klingelton aus. Er musste Entscheidungen treffen, und zwar bald, aber solange keine der beiden Frauen ihn erreichen konnte, schien es ihm möglich, sich alle Optionen offenzuhalten. Er griff nach der Flasche Jim Beam, nahm einen letzten langen Schluck und beugte sich über das Spülbecken, um kaltes Wasser aus der Leitung hinterherzutrinken. Seit er am Samstagmorgen aufgestanden war, hatte er nicht mehr in seinem eigenen Bett gelegen, aber auch jetzt war dafür nicht der richtige Zeitpunkt. Wieder einmal musste das Sofa reichen. Wenigstens stand es nahe am Kamin, das brauchte er jetzt.

Er streifte die Schuhe ab, entzündete das Kaminfeuer und legte sich unter die karierte Decke.

Es fing an, sobald er die Augen schloss.

Das Sofa begann sich zu drehen, und sein Gehirn gleich mit. Die Bilder der letzten vierundzwanzig Stunden tanzten umher wie Laub auf einem Whirlpool. Er sah Kennon in seiner Küche sitzen. Dann die verweste und verseifte Leiche. Henry, der die Hand hob und demonstrierte, wie er die Haut des Mannes wie einen Handschuh abgezogen hatte, um die Fingerabdrücke zu nehmen. Er hörte Bridgets Stimme am Telefon und sah die Augen der Kellnerin, als sie ihm Kaffee nachschenkte. Andrea senkte den Blick, weil sie sich für ihn schämte, sich für seinen Zustand schämte.

Er sah die flackernden Schatten im Spondulix, als er mit einer Kerze neben Emmeline stand, damit Licht auf die Tastatur fiel, während sie spielte. Dann wieder Kennon, der ihn fragte, nach wem er gesucht hatte, als er in der berauschten Hoffnung, Emmeline zu entdecken, in atemberaubendem Tempo die Fotos durchgeblättert hatte. Er spürte wieder, wie er rot anlief, als er sich bei einer Lüge ertappt fand, er roch den Gestank der Leichenhalle, hörte, wie die Kakerlake über die Wand von Henrys Büro lief, ihre harten Füße auf dem feuchten Beton.

Seine Erinnerungen zogen noch weitere Kreise.

Er sah Bridget – sah, wie sie zum ersten Mal nur in ihrem Slip vor ihm stand, die anderen Kleidungsstücke auf dem Fußboden verstreut, dort, wo sie sie hatte fallen lassen. Ihr Unterarm lag über den gebräunten Brüsten, sie trat vorsichtig auf ihn zu, damit ihre Wunde sich nicht öffnete. Sie verringerte den Abstand zwischen ihnen, weil es ihr bei diesem ersten Mal zu unangenehm war, weiter weg zu stehen und seinen Blicken ausgesetzt zu sein. Er erinnerte sich, wie perfekt ihr blutender Fuß eine knappe Stunde vor diesem Moment in seine Hände gepasst hatte.

Emmeline drückte seine verletzten Finger zwischen ihre in Seide gehüllten Hände. Ihr kühles Flüstern: *Du musst aufpassen, Caleb.* An der Wand hinter ihr hing ein Gemälde. In der Dunkelheit konnte er es nicht erkennen, aber es ließ ihn frösteln.

Emmelines Atem streifte sein Ohr. *Wir halten unsere Versprechen, nicht wahr?*

Schließlich kreisten seine Gedanken nur noch um Emmeline, in immer dichteren Bahnen. Auf diese Weise fand sein Verstand einen Halt, denn er drohte, in diesem Tag zu ertrinken. Es fühlte sich an, als hielte man sich an einem Baum fest, um nicht von der

Gewalt einer Flut davongeschwemmt zu werden. Er hängte sich an sie, klammerte sich an die Erinnerung, wie sie ihn zum Abschied umarmt hatte, wie jede Distanz zwischen ihnen verschwunden war. Sein Gesicht in ihren Haaren, die kühlen Regentropfen an seiner Haut. Er hielt sich an ihr fest, bis die Flut sich zurückzog, bis die umherwirbelnden Bilder des Tages schließlich zur Ruhe kamen. Dann folgte er ihr noch einmal die Stufen hinunter in die Dunkelheit der versteckten Bar in Nob Hill. Der Bar, von der niemand wusste. Der Bar, die für sie geöffnet hatte, und nur für sie, während der Rest der Stadt ein in Regen gehüllter Traum war.

In diesem Schatten begraben, fand er endlich Schlaf.

Er konnte sich nicht daran erinnern, aufgestanden oder ins Esszimmer gegangen zu sein, um den Mantel von der Stuhllehne zu nehmen. Aber er musste es wohl getan haben. Als er weit nach Einbruch der Dunkelheit aufgewacht war, lag der Mantel jedenfalls zum Kissen zusammengerollt in seiner Armbeuge. Caleb blieb eine Weile liegen, seine Wange auf dem weichen Wollstoff des Mantels, und beobachtete das Feuer. Er vermied den Blick auf die Uhr.

Schließlich stand er auf und ging in die Küche. Die Uhr an der Mikrowelle zeigte eine Minute nach Mitternacht. Er drehte die Gasflamme unter dem Wasserkessel auf und spülte die Cafetière, die seit seinem Gespräch mit Kennon im Becken lag. Als das Wasser zu brodeln begann, checkte er sein Handy.

Ein entgangener Anruf von Bridget, vor acht Stunden. Keine Nachrichten, keine SMS. Und kein Anruf aus einer Telefonzelle.

Er legte das Handy auf die Arbeitsplatte, mit dem Display nach unten, damit er nicht bemerkte, wenn es aufleuchtete. Dann ging er hoch ins Arbeitszimmer, holte seinen Laptop, eine gebundene Ausgabe des *Physicians' Desk Reference* und einen spiralgebundenen Atlas der Bay Area. Als er in die Küche zurückkehrte, pfiff der Kessel. Er fuhr den Laptop hoch und loggte sich ins Netzwerk des Labors ein. Nach ein paar Schlucken Kaffee begann er dort, wo er aufgehört hatte: mit der Analyse der Daten, die die ersten Tests mit den Hautproben des saponifizierten Mannes geliefert hatten. Er interpretierte Resultate des Gaschromatographen und des Massenspektrometers, indem er von den Metaboliten ausging und versuchte, die letzten Stunden des Mannes vom Ende her zu rekonstruieren.

Sie konnten nicht angenehm verlaufen sein, diese letzten drei oder vier Stunden. Als Caleb bis sechs Uhr morgens durchgearbeitet hatte, konnte er zumindest das mit Sicherheit sagen.

Bei Sonnenaufgang saß er geduscht, rasiert und in frischer Kleidung in derselben Nische bei Mel, in der er am Morgen zuvor gesessen hatte. Er bestellte ein Omelett und einen kleinen Stapel Pancakes. Kaffee und Orangensaft. Während der Wartezeit nahm er sein Handy und wählte.

»Habe ich dich geweckt?«

»Weihnachtsferien – die Kinder sind nicht in der Schule. Sie haben mich um Viertel vor fünf geweckt. Vicki schläft mit Ohrstöpseln«, sagte Henry. »Glück für sie. Was ist los?«

»Wäre es möglich, dass du heute nicht zur Arbeit gehst?«

»Ja, schon.«

Im Hintergrund hörte Caleb einen Fernseher. Vielleicht ein Zeichentrickfilm. Henrys Kinder schafften es, die Sendung zu übertönen.

»Es lohnt sich, so viel kann ich versprechen. Was macht die *Toe Tags*?«

»Sie ist gut in Schuss.«

»Hast du den Motor reparieren lassen?«

»Vor drei, vier Wochen. Ich habe einen neuen Wärmetauscher einbauen lassen.«

»Das Leichenschauhaus kann dich einen Tag entbehren. Treffen wir uns am Anleger – ist halb neun in Ordnung?«

»Okay«, sagte Henry. »Das schaffe ich. Willst du mir vielleicht erzählen, was wir vorhaben?«

»Wir finden raus, wo die Leichen ins Wasser geworfen wurden«, sagte Caleb.

Er nahm eine Bewegung wahr und blickte auf. Auf der anderen Seite des Tischs stand die Kellnerin mit einer Kaffeekanne. Caleb schirmte das Mikrofon mit einer Hand ab und senkte seine Stimme: »Okay. Ruf mich an, wenn du es nicht rechtzeitig schaffst.«

Caleb fand einen Stellplatz in einem öffentlichen Parkhaus in der Nähe von Fisherman's Wharf und ging von dort zum Pier. An sämtlichen Parkuhren klebten Handzettel. Er beugte sich vor einem hinunter, um ihn sich näher anzusehen.

*HABEN SIE JUSTIN HOLLAND GESEHEN?*

Unter dem Text befand sich das Foto eines gut aussehenden Dreißigjährigen in einem Business-Anzug. Caleb drehte sich um und ließ den Blick über die menschenleere Straße schweifen. Das Flugblatt hing an jeder vertikalen Fläche hier und überall sonst, soweit er es sehen konnte. Aber niemand hatte die Telefonnummer abgerissen.

In einem Restaurant auf Pier 39 besorgte er Sauerteigbrötchen und Behälter mit Muschelsuppe und ließ sich alles in eine braune Papiertüte packen. Er entdeckte Henry auf einer Bank in der Nähe des abgeschlossenen Tors, durch das man die Liegeplätze des Jachthafens erreichte.

»Du bist früh dran«, stellte Caleb fest.

»Weil ich weiß, dass du immer überpünktlich bist. Was hast du da?«

Caleb hob die braue Papiertüte hoch.

»Mittagessen.«

»Ich meinte den Rucksack«, sagte Henry und deutete mit dem Kinn auf den schwarzen Riemen über Calebs linker Schulter.

»Ein paar Geräte, um Proben zu nehmen. Karten. Lesestoff für dich.«

»Sind wir so lange auf dem Wasser, dass wir Mittagessen mitnehmen müssen?«, fragte Henry. Er stand auf und ging voran zum Tor.

»Wir müssen fünfzig Seemeilen zurücklegen. Das könnte den ganzen Tag dauern.«

»Gut, dass ich letzte Woche vollgetankt habe.«

»Den Diesel bezahle ich dir«, sagte Caleb. »Schließlich war es meine Idee.«

»Wenn es um die Morde geht, zahle ich. Wenn es uns weiterbringt, bekomme ich die Kosten erstattet.«

Henry schloss das Tor auf und ließ Caleb den Vortritt. Sie gingen den Steg zu den Liegeplätzen hinunter und dann zwischen Segelbooten und Kabinenkreuzern hindurch, bis sie die *Toe Tags* erreichten. Henry hatte sie einem in Rente gegangenen Gerichtsmediziner aus Los Angeles abgekauft. Nicht nur wegen des Namens – obwohl Caleb sicher war, dass die »Zehenmarken« bei Henrys Entscheidung eine wichtige Rolle gespielt hatten –, sondern auch, weil die Motorjacht perfekt in Schuss war: zwölf Meter geöltes Teakholz und polierte Bronze vom Bug bis zum Heck, mit Steuerständen sowohl im geschützten Ruderhaus als auch oben auf der Brücke.

Caleb hatte das Boot seit dem Sommer, als er mit Bridget an Bord gewesen war, nicht mehr betreten. Henry und Vicki, deren Kinder für ein paar Tage bei Vickis Eltern waren, hatten sie übers Wochenende mit nach Angel Island genommen. Zu viert hatten sie abends am Tisch der Essecke gesessen, Wein getrunken, ein von Caleb zubereitetes Abendessen genossen und sich beim Schein der auf Messingständer montierten Öllampen noch lange unterhalten.

Bridgets Dankeschön für diesen Ausflug hing jetzt am Teakschott im Salon. Als Caleb die Tür zum Steuerhaus mit Henrys Schlüsseln öffnete und in die Kabine trat, schaute er als Erstes darauf. Sie hatte es in der Morgendämmerung gemalt, nachdem sie allein an Land gerudert war, während alle anderen noch schliefen. Dann hatte sie sich auf den Anleger gestellt und von dort auf das Boot in der Ayala Cove geschaut, im Hintergrund das Städtchen Tiburon. Der warme Widerschein der Lichter aus der Bootskabine schimmerte auf dem gekräuselten Wasser der ruhigen Bucht.

Für Caleb enthielt dieses Bild alles Wichtige, was es über Boote zu sagen gab, und über Bridget. Da war das dunkle Wasser, die noch dunkleren Hügel weit im Hintergrund, und der morgendliche Himmel hatte den an einen Bluterguss erinnernden violettgrauen Farbton, der Wind und Regen ankündigte. Und trotz alldem lag das Boot im Zentrum so anmutig auf dem Wasser. Behaglich und ganz bei sich in seiner dunklen Bucht, unter dem unsicheren Himmel.

Das Boot – und Bridget – würden einen warm und wohlbehalten an jedes Ziel bringen.

»Spricht sie wieder mit dir?«, fragte Henry, der im Türrahmen lehnte.

Caleb wandte sich von dem Bild ab.

»Sie hat angerufen. Gestern, glaube ich. Und sie hat mir ein Bild vorbeigebracht.«

»Dann sieht es also besser aus?«

Caleb zuckte die Achseln. »Schwer zu sagen.« Er gab Henry den Schlüsselbund zurück.

»Erzähl mir nicht, deine Freundin wäre kompliziert. Das glaubt dir keiner.«

»Stimmt.«

»Vielleicht war ich bei unserem letzten Gespräch ein bisschen streng mit dir.«

»Wahrscheinlich nicht.«

Henry schob sich an Caleb vorbei und nahm auf dem breiten Rudersitz in der Steuerbordecke der Kabine Platz. Er steckte den Schlüssel ins Zündschloss und ließ den Motor an. Die Zylinder reagierten sofort mit einem trägen Tuckern.

»Wir müssen sie eine Weile warmlaufen lassen, bevor wir losfahren. Setz dich. Erzähl mir, was wir vorhaben.«

## ELF

Sie saßen am Tisch in der kleinen Essecke auf der Steuerbordseite der Kabine. Hier drin war es kalt, die Fenster beschlugen von ihrem Atem, aber das würde sich bald ändern. Henry hatte zwei kleine Heizgeräte eingeschaltet, die schon zu glühen anfingen. Caleb spürte die Vibrationen des Schiffsmotors in seinen auf den Tisch gestützten Ellbogen. Draußen peitschte der Regen über das Deck.

»Habt ihr den Seifenmann identifiziert?«, fragte Caleb.

Er wollte ihn als Person sehen, nicht als schreckliche Skulptur. Dazu war ein Name hilfreich.

»Die Familie hat ihn identifiziert. Er hieß Charles ...«

»Charles Crane?«, fragte Caleb.

»Woher zum Teufel weißt du das?«

»Der Name stand in den Zeitungen. Und an der Haight Street hingen jede Menge Flugblätter.«

Henry neigte den Kopf, ehe er die Erklärung mit einem Nicken akzeptierte.

»Ich dachte, die Familie und die Polizei hätten es nicht an die große Glocke gehängt«, sagte Henry. »Jedenfalls war er Software-entwickler. Zum letzten Mal lebend gesehen wurde er in der Bar des Drake Hotels. Netter, gehobener Laden.«

»Und die erste Leiche, die du mir gezeigt hast?«

Caleb kannte den Namen des Mannes schon von seinem Gespräch mit dem Barkeeper im House of Shields, aber das durfte er Henry nicht sagen. Er wollte seinem Freund gern helfen und hatte auch kein Problem damit, Kennon zu helfen, aber im Geiste hatte er um Emmeline eine schützende Mauer errichtet. Eine Mauer, die sie und die Beziehung zwischen ihnen umschloss. Er begriff selbst nicht, warum er das tat. Vielleicht hatte Emmeline mit ihren Versprechen von seinen Gedanken Besitz ergriffen, vielleicht hatte sie mit ihrem Song im Dunkeln selbst diese Schutzmauer gebaut und sie noch einmal bekräftigt, als sie sich an seinen Körper geschmiegt hatte. Eher würde er seinen besten Freund anlügen, als das Risiko einzugehen, sie zu verlieren.

»Richard Salazar«, sagte Henry. »Partner in einer Anwaltskanzlei an der Market Street.«

»Die Namen zu kennen, macht es leichter.«

»Man gewöhnt sich daran, Namen oder nicht.«

Caleb verzichtete auf einen Kommentar. Auch Henrys Schutzwall bekam hin und wieder Risse. Er hatte es mit eigenen Augen gesehen. Die Arbeit setzte ihm zu, machte ihn nervös. Zum Beispiel, wenn er den Kopf einer Zehnjährigen obduzieren sollte. Henrys eigene Tochter war in diesem Alter. Weil das so war, wollte Caleb seinem ältesten Freund gern unter die Arme greifen. Er wollte ihm Fakten liefern, damit er wenigstens einen schwierigen Fall zu den Akten legen konnte. Ihm war nicht ganz klar, wie er dieses Bedürfnis am besten in Worte fassen konnte.

Er fuhr mit den Fingern über die Holzmaserung des Tischs. Draußen landete eine Möwe auf der Reling und zog einen Fuß zwischen die Federn hoch, heraus aus dem Regen. Caleb betrachtete die Möwe durch das beschlagene Fenster und schaute dann wieder auf den Tisch.

»Der Mörder von Richard Salazar hat auch Charles Crane auf dem Gewissen«, sagte Caleb. Er sah auf und merkte, dass Henry ihn aufmerksam musterte. »Bei Crane war es schwieriger zu finden, aber die chemischen Signaturen waren identisch – Vecuronium, dann eine hohe Dosis Thujon. Drei oder vier Stunden Folter. Heftigste Schmerzen. Dann wieder Vecuronium, um ihn ins Wasser werfen zu können.«

Henry nickte.

»Das bedeutet, dass die anderen Fälle wahrscheinlich demselben Muster folgen.«

»Ja.«

Eine Weile lauschten sie dem Regen, der aufs Deck fiel und an den schrägen Fenstern des Steuerhauses herunterlief.

»Also müssen wir dieselben Tests auch bei den anderen durchführen. Entweder schicke ich Marcie in dein Labor, oder du kommst zu uns und schaust ihr über die Schulter. Aber was wollen wir hier auf dem Boot?«, fragte Henry. »Wie sollen wir die Stellen finden, an denen sie ins Wasser geworfen wurden?«

»Die Proben von Cranes Haut.«

»Was ist mit ihnen?«

»Du hast gesagt, an seinem Rücken wären Abdrücke von Sechskantschrauben gewesen, stimmt's?«

Henry nickte.

»Das deutet darauf hin, dass er im Wasser ziemlich schnell unter irgendetwas eingeklemmt wurde«, stellte Caleb fest.

»Richtig. Bevor die Leichenstarre einsetzte. Dann wurde sein Körper steif, noch während die Schrauben sich in seinen Rücken drückten. Wie bei einer Wachsfigur, die abkühlt. Außerdem hatte er Totenflecke, das heißt, sein Blut hat sich in der Körperpartie gesammelt, die am tiefsten lag. Bei Wasserleichen kommt das nicht häufig vor. Sie bleiben in Bewegung, sodass das Blut sich nicht setzen kann. Die Totenflecke bedeuten also, dass er sehr früh irgendwo feststeckte. Schon während der ersten Stunde.«

Caleb holte einen Stapel Blätter aus seinem Rucksack und legte sie auf den Tisch. Computerausdrucke aus seinem Labor.

»Wenn wir also herausfinden, wo er eingeklemmt war«, sagte Caleb, »wissen wir, dass er in der näheren Umgebung ins Wasser geworfen wurde. In der Bucht treten Strömungen auf, aber nicht willkürlich. Wenn wir sie mit einrechnen, können wir auf die Stelle rückschließen. Der Ort, an dem die Leichen ins Wasser geworfen wurden, dürfte außerdem nicht weit von der Stelle entfernt liegen, wo man die Opfer vorher gefoltert hat. Der Mörder muss sich dort sicher fühlen. Vielleicht ist es sein Haus. Oder ein Gebäude, das er nur zu diesem Zweck nutzt.«

Henry schaute auf die Blätter, die überwiegend mit Diagrammen und Grafiken bedruckt waren, mit Tabellen voll chemischer Symbole.

»Was hast du entdeckt?«

»Hohe Konzentrationen von Natriumhydroxid und reinem Aluminium. Du weißt, wo die beiden Stoffe zusammen vorkommen?«

Henry schüttelte den Kopf.

»Es sind die Hauptbestandteile von Abflussreinigern«, sagte Caleb.

»Okay.«

»Es wird noch besser. In seiner Haut beziehungsweise dem Schlamm, der in die Poren eingedrungen ist, finden sich Spuren von synthetischem Östrogen und Progestogen. Dazu die Metaboliten von Paracetamol, Fluoxetin und Citalopram. Und jetzt sag mir, wo man Abflussreiniger, Antibabypillen, Paracetamol und die beiden beliebtesten Antidepressiva der Amerikaner gleichzeitig findet. Plus hundert andere Medikamente und Haushaltsreiniger.«

»Ich … ich weiß nicht.«

»Ganz einfach«, sagte Caleb. »In Kläranlagen und deren Abflusskanälen.«

Caleb griff in seinen Rucksack und zog einen Atlas der Bay Area heraus. Er legte ihn auf den Tisch, öffnete ihn aber nicht.

»Die Abwässer werden gereinigt, aber nur biologisch«, erklärte Caleb. »Nicht chemisch. Nach der Behandlung sind sie weitgehend steril. Aber stell dir vor, du nimmst jeden Morgen die Pille und ein Paracetamol, dein Freund ist auf Prozac, ab und zu schüttest du in der Küche ein bisschen Drano ins Rohr – dieses ganze Zeug landet mehr oder weniger so in der Bucht, wie es bei dir in die Toilette oder den Ausguss gekommen ist. Was auch der Grund dafür sein könnte, dass sich keine Krebse an Crane zu schaffen gemacht haben. Er hing in einer biologisch toten Zone fest.«

Henry nahm die Ausdrucke und blätterte sie durch. Dann legte er sie zurück und sah zu Caleb hinüber.

»Also machen wir eine Kreuzfahrt zu den Kläranlagen?«
Caleb nickte.

»Ich habe sie auf der Karte markiert. Im Umkreis von fünf-zehn Kilometern um die Golden Gate Bridge gibt es fünf, alle im Bereich der Gezeitenströmung. Wenn wir dort Proben vom Schlamm nehmen, kann ich herausfinden, wo die Zusammensetzung dem entspricht, was ich bei Crane gefunden habe. Jede Stelle hat ihre eigene Signatur, ganz sicher.«

»Weil die Leute am anderen Ende des Rohrs anderes Zeug in den Abfluss spülen.«

»Genau«, sagte Caleb. »Stell dir vor, in den Häusern, deren Abwässer in der Anlage von South San Francisco landen, nehmen hunderttausend Frauen die Pille. Das Abwasser weist also eine hohe Östrogenkonzentration auf. An der Anlage von Treasure Island könnten wir weniger als ein Hundertstel davon finden, dafür schlucken dort alle Zoloft. Solange wir keine Proben haben, können wir nur spekulieren. Aber ich wette, eine der fünf Proben stimmt mit den Rückständen überein, die ich in Cranes Haut gefunden habe.«

Henry nahm den Atlas und öffnete ihn auf der Seite, die Caleb mit einem Post-it markiert hatte. Er studierte sie eine Weile und schob den Atlas über den Tisch.

»Kläranlagen«, sagte Henry. »An meinem freien Tag. Großartig. Was hast du zum Essen besorgt?«

»Muschelsuppe. Sauerteigbrötchen.«

Henry zeigte ein nachsichtiges Lächeln.

»Stell es in den Kühlschrank.«

Es war zu kalt und zu nass, um an Deck zu gehen, sodass Henry das Boot aus dem Ruderhaus steuerte. Er kuppelte ein, gab leicht Voraus, sie bahnten sich mit gerade mal drei Knoten den Weg aus dem Jachthafen hinaus. Sie kamen an einem leeren Kai vorbei, auf dem Seelöwen dösten, fuhren dann am Pier 39 entlang, bis sie die Hafenmole hinter sich ließen und die offene Bucht erreichten.

»Wohin?«, fragte Henry.

»Wir fangen mit Southeast San Francisco an und arbeiten uns dann gegen den Uhrzeigersinn vor.«

»Also runter zum Islais Creek?«

»Genau.«

Der Islais Creek lag südlich von China Basin und dem AT&T Ballpark, fünf Seemeilen südlich vom Pier 39. Als sie den Bereich hinter sich hatten, in dem eine Geschwindigkeitsbegrenzung galt, beschleunigte Henry die *Toe Tags* auf sechs Knoten. Er steuerte Richtung Südosten, parallel zum Embarcadero Drive.

»Wie willst du an die Bodenproben kommen?«, fragte Henry.

Caleb nahm seinen Rucksack von der Sitzbank und öffnete ihn. Er hatte eine leere Suppendose an ein siebzig Meter langes Stück Fallschirmleine gebunden und mit Klebeband mehrere Bleigewichte am Dosenrand befestigt.

»Wenn sie am Boden aufkommt, sorgen die Gewichte dafür, dass sie umkippt. Sobald ich anfange, an der Leine zu ziehen, müsste sie sich mit Schlamm füllen. Wenn ich sie dann schön langsam nach oben hole, sollte genug Schlamm drinbleiben.«

Henry wandte den Blick für einen Moment vom Fenster ab und betrachtete Calebs Konstruktion.

»Hast du das ganz allein hingekriegt, oder hat dir die NASA geholfen?«

»Ganz allein.«

»Unglaublich.«

»Ich weiß. Soll ich uns einen Kaffee machen?«

»Klingt nicht schlecht.«


Yerba Buena Island lag rund einen Kilometer vom Hafen entfernt, aber Caleb konnte die Insel nur auf dem Radarschirm erkennen. Inzwischen regnete es heftig, die *Toe Tags* schaukelte in den von

Süden kommenden Wellen. Ein Kormoranpaar, das sich auf der vom Regen gezeichneten Wasseroberfläche treiben ließ, tauchte unter, sobald es das Boot entdeckte.

»Wenn wir in die Nähe der Anlage kommen, woher wissen wir dann, wo genau das Abflussrohr liegt?«

»Es sollte direkt an der Mündung des Bachs ungefähr dreihundert Meter in gerader Linie vom Ufer wegführen und nicht zu tief liegen, vielleicht fünfundzwanzig Meter.«

»Ich versuche, das Boot an einer Stelle zu halten. Stell dich an den Bug, um die Proben zu nehmen. Am Heck ist das Wasser wegen der Schraube zu aufgewühlt.«

Caleb nickte. Sie würden noch zwanzig Minuten bis zu der Stelle brauchen, an der der Bach in die Bucht mündete. Henry schaute durch die Steuerbordfenster, dann durch die Heckfenster, an das von Industrieanlagen gesäumte Ufer in Richtung Brücke.

»Die Leiche müsste ziemlich weit getrieben sein«, stellte er fest.

»Hier verläuft der Gezeitenstrom. Direkt nach Norden, dann weiter in einer Kurve zwischen North Beach und Alcatraz und raus Richtung Golden Gate.«

»Trotzdem ist es eine ziemliche Strecke.«

»Ein paar von den anderen Kläranlagen liegen nicht so weit entfernt. Aber ich dachte, wir sollten besser alle mit einbeziehen.«

»Damit ich, falls es so weit kommt, aussagen kann, dass wir alle überprüft und ausgeschlossen haben.«

Caleb nickte. Genau das war seine Überlegung gewesen. Er wusste, wie sorgfältig Henrys Auftritte im Zeugenstand vorbereitet waren. Er demonstrierte den Geschworenen gern seine Methodik und versuchte, sie mit dem Wissen und den Fähigkeiten zu beeindrucken, die seinen Entdeckungen zugrunde lagen.

Die Mündung des Bachs lag in einer Industriebrache und wurde von grauem Beton und rostigem Eisen eingezwängt. Am Ufer stand ein riesiges, zur Bucht ausgerichtetes Schild mit einer Aufschrift aus roten Druckbuchstaben: ANKERN VERBOTEN – UNTERWASSERROHR. Henry legte den Leerlauf ein, sie trudelten noch eine Weile gegen den Wind aus. Dann versuchte er, die Position zu halten, indem er mit minimalem Schub die Strömung ausglich.

»Wie tief ist es?«, fragte Caleb.

Henry schaute auf die Anzeige des Echolots.

»Fünfundzwanzig Meter.« Er legte einen Finger auf den Farbmonitor und zeichnete eine Linie blassgrüner Punkte nach. »Sieht nach einem weichen Boden aus.«

»Kein Wunder, wenn man bedenkt, dass da unten Schlamm ist.«

»Schau mal«, sagte Henry und deutete auf einen roten Flecken auf dem Monitor des Echolots. »Das ist das Rohr. Sieht so groß aus, dass man mit einem Bus durchfahren könnte.«

»Sind wir genau darüber?«

Henry nickte und hob den Blick. »Hast du Latexhandschuhe dabei?«

»Ja.«

»Pass bitte auf, das nichts von dem Zeug auf mein schönes sauberes Deck kommt.«

Der Wind peitschte den Regen diagonal, sodass er ihn trotz der Kapuze ins Gesicht bekam. Er trat an den Bug und beugte sich über die Reling. Henry hatte das Boot in den Wind gedreht und hielt es an seiner Position. Caleb wickelte die Leine auf und warf die Büchse so, dass sie drei Meter vor dem Bug im Wasser landete. Während die beschwerte Dose sank, gab Caleb immer mehr Leine. Als sie begann, sich in Schleifen auf die Wasseroberfläche zu legen, wusste er, dass die Dose den Boden erreicht hatte. Jetzt begann er, langsam und vorsichtig zu ziehen, in der Hoffnung, dass der Rand in den Schlamm kippen und über den Grund schleifen würde, bevor die Dose wieder nach oben gezogen wurde.

Eine Minute später sah er sie im dunklen Wasser unter dem Bugkorb auftauchen, dann baumelte sie in der Luft. Er hob sie über die Reling, goss das Wasser aus und schaute hinein. Auf dem Boden hatte sich eine zwei Zentimeter dicke schwarze Schlammschicht abgesetzt. Es roch nach totem Fisch. Caleb nahm ein Probengläschen aus der Tasche, zog den Gummistöpsel heraus und füllte einen Teelöffel des Schlicks hinein. Dann verschloss er das Gläschen, steckte es wieder in die Tasche, warf die Büchse ins Wasser und zog mehrmals ruckartig am Seil, um sie auszuspülen.

»Hat es funktioniert?«, fragte Henry, als Caleb in die warme Kabine trat und die Tür hinter sich schloss.

»Ja.« Er zog die Probe aus der Tasche und zeigte sie Henry.

»Ich rufe Jacques Cousteau an und erzähle ihm, was wir hier geleistet haben.«

»Vergiss das Patentamt nicht.«

»Du solltest das Gläschen beschriften.«

»Ich habe Aufkleber mitgebracht.«

Er setzte sich an den Tisch und streifte die Handschuhe ab. Dann nahm er Stift und Aufkleber aus dem Rucksack. Henry hatte die *Toe Tags* wieder Fahrt aufnehmen lassen und drehte bei.

»Wohin jetzt?«

»Zur Nordwestseite von Treasure Island.«

»Gut.«

»Falls wir rauskriegen, wo diese Leichen ins Wasser geworfen wurden, was glaubst du, können Kennon und Garcia mit der Information anfangen?«, fragte Caleb.

»Keine Ahnung. Nicht mein Fachgebiet. Aber ich schätze, sie sind froh über alles, was sie kriegen können. Als wir zuletzt über den Fall geredet haben, klang es, als hätten sie sich festgefahren.«

»Wie kommt's?«

»Solche Fälle sind undankbar – Täter, die Leute ermorden, die sie nicht kennen«, sagte Henry. »Die Opfer verbindet nichts miteinander, es scheint kein Motiv zu geben, keine Zeugen.«

»Jedenfalls keine, die den Mund aufmachen.«

»Ja«, sagte Henry. »Wenn der Mörder die Männer in Bars kennenlernt, muss irgendjemand etwas beobachtet haben. Aber Kennon hat bisher niemanden aufgetrieben.«

»Das Vecuronium ist eine handfeste Spur. Gehen sie der Sache nach?«

Henry nickte.

»Ja, aber es ist mühsam. Sie überprüfen jedes einzelne Krankenhaus, jede Apotheke. Fragen, ob etwas fehlt. Oder ob jemand sich ohne triftigen Grund etwas besorgt hat.«

»Glauben sie, dass ein Arzt dahintersteckt?«

»Glaubst du das?«

Caleb hatte noch nicht weiter darüber nachgedacht. Aber er nickte.

»Ärzte kämen als Verdächtige infrage. Oder Krankenschwestern. Apotheker. Nicht weil man spezielle Kenntnisse bräuchte …«

»Kenntnisse spielen keine große Rolle. Jeder könnte sich die entsprechenden Informationen beschaffen«, sagte Henry. »Aber man muss Zugang zu dem Zeug haben.«

»Genau.«

»Vecuronium wird nicht mehr häufig verwendet«, sagte Henry. »Für Operationen gibt es inzwischen bessere Medikamente.«

»Es ist noch erhältlich.«

»Aber du bekommst es nicht einfach auf der Straße. Es gibt keinen Schwarzmarkt dafür oder so was. Also hat der Täter vermutlich Zugang zu einem Krankenhaus oder einer Apotheke. So muss es sein.«

Calebs Handy klingelte in seiner Tasche.

»Willst du rangehen?«, fragte Henry.

Caleb zog das Gerät heraus und schaute aufs Display.

»Es ist Bridget. Ich gehe besser ran. Draußen.«

Er stand auf dem Achterdeck, hinter der Rückwand der Kajüte, wo er vor Wind und Regen geschützt war. Die grün-weiße Schaumspur des Kielwassers zog sich über das dunkle Wasser mit den flachen Wellen.

Bridget weinte.

Er musste sich das Gerät dicht ans Ohr halten, um mitzubekommen, ob zwischen ihren Schluchzern einzelne Worte auszumachen waren. Aber seit er den Anruf angenommen hatte, hatte sie ununterbrochen geweint, ohne irgendetwas zu sagen. Inzwischen waren fast zwei Minuten vergangen.

»Bridget?«

»Ich … Ich will nicht … Caleb …«

»Bridge?«

»Ich *vermisse* dich.«

»Schatz«, flüsterte er.

»Ich kann das nicht.«

»Du musst es auch nicht«, sagte er, ohne genau zu wissen, worüber sie gerade sprachen. Er schaute auf die Bucht, deren Wasser die Farbe von feuchtem Schiefer hatte, und fragte sich, wie tief es war, über wie viele Leichen sie hinwegfuhren. Menschen, nach denen niemand mehr suchte.

»Ich tue es aber. Ich muss … Ich kann einfach nicht. Ich vermisse dich.«

»Bridget, ich weiß nicht …«

»Sag mir, dass du mich liebst. Lass mich nicht darauf warten. Sag es mir.«

»Ich liebe dich. Das weißt du doch.«

»Wirklich?«

Sie stieß eine lange Reihe von Schluchzern aus. Ihm fiel etwas ein, das er irgendwann gelesen hatte. In den Tränen von Frauen war ein Pheromon enthalten, ein chemisches Signal, das seit den Zeiten überdauert hatte, in denen die Menschen in Höhlen gelebt hatten, und das anziehend auf die Männer wirkte, die mit ihm in

Berührung kamen. Der Stoff musste jetzt auf ihrem Gesicht verteilt sein, auf dem Hörer, auf ihren Fingern, sobald sie sich über die Wangen wischte. Jeder, der jetzt mit ihr in Kontakt kam, würde von dem unsichtbaren Ruf ihrer Einsamkeit angerührt werden. So würde er sich verbreiten, von einer Hand zu anderen, durch die ganze Stadt. Wie ein einzelner Tropfen Tinte, der sich im klaren Wasser ausbreitet, bis der komplette Inhalt des Glases schwarz wird.

»Bridget«, flüsterte er. »Es tut mir so leid.«

»Ich kann das nicht, Caleb. Ich kann es wirklich nicht.«

»Was kannst du nicht?«

»Das hier. Was wir jetzt machen – was *ich* mache. Als ich gegangen bin, dachte ich, ich könnte es. Aber jetzt weiß ich, dass es nicht funktioniert.«

Er wusste nicht, was er sagen sollte, also blieb er still. Er legte die Hände um das Telefon, damit der Wind sein Schweigen nicht übertönte.

»Caleb«, flüsterte sie. »Ich habe darüber nachgedacht. Über das, was du getan hast. Vielleicht hast du es auf die falsche Art und Weise gemacht. Vielleicht hättest du es mir früher sagen sollen. Aber ich könnte darüber hinwegkommen, weil ich glaube, ich weiß, warum du es getan hast, wovor du uns schützen wolltest. Ich glaube ... Bist du überhaupt noch da?«

Schließlich dehnte sich das Schweigen so lange aus, dass nicht mal sie es überbrücken konnte. Sie legte auf.

Caleb steckte das Handy wieder in die Tasche, ging aber nicht zurück in die Kajüte. Er trat auf das Seitendeck und wandte sich dem Regen entgegen, ließ sich von seiner kalten Berührung reinigen. Aber er wusste, dass nichts je würde abwaschen können, was er gerade getan hatte. Sie hatte ihm die Hand entgegengestreckt, aber selbst jetzt, wo sie ihm diese Chance gegeben hatte, hatte er an Emmeline gedacht.

»Alles klar mit dir?«

»Ich glaube schon«, sagte er. Er zog den Regenmantel aus und hängte ihn an einen Haken neben der Tür. »Es ist … Ich weiß nicht.«

»Kompliziert?«

»Mehr als kompliziert. Es ist eine verdammte Katastrophe. Ich weiß einfach nicht mehr, was los ist.«

Er setzte sich. Jeden Moment würden sie unter dem östlichen Teil der Bay Bridge hindurchfahren. Der weiße Pfeiler, der sich hundertsechzig Meter über dem Wasser erhob, verschwand in den tiefhängenden Wolken.

»Wenn du willst, kann ich Vicki bitten …«

»Nein«, sagte Caleb. »Ich meine, das ist nett von dir. Und ich weiß, dass sie es versuchen würde. Aber ich glaube nicht, dass es hilft.«

»Wahrscheinlich hast du recht.«

Henry trank seinen Kaffee aus und deutete voraus. Teile des alten Marinestützpunkts auf Treasure Island ragten aus dem grau-weißen Dunst heraus.

»An der nordwestlichen Ecke, hast du gesagt?«

»Ja. Hier«, sagte Caleb. »Ich hole die Karte.«

Ihr letztes Ziel, nachdem sie Proben vor Oakland und Tiburon genommen hatten, war die Sausalito-Marin-Aufbereitungsanlage, eine Seemeile südlich des Fähranlegers von Sausalito. Als sie das Ende des Abwasserrohrs entdeckt hatten, war es halb vier am Nachmittag, es blieb ihnen nur eine Stunde Tageslicht.

»Ich versuche wieder, uns an einer Stelle zu halten«, sagte Henry. »Die Strömung ist hier ziemlich stark, außerdem geht der Wind gegen den Strom.«

Caleb schaute durchs Fenster ans Ufer. Es ragte steil aus dem Wasser auf und war mit Zypressen und Lorbeerbäumen bewachsen. Im Süden näherte sich von der Brücke her eine dichte Nebelschwade. Über dem Pazifik musste eine undurchdringliche Nebelwand liegen, die sich langsam auf die Stadt zubewegte.

»Wir sind nur gute zwei Kilometer von der Brücke entfernt«, sagte er.

Henry nickte.

»Bei dieser Stelle habe ich ein gutes Gefühl«, sagte Henry. Er versuchte, die Leistung des Motors an die Kraft der Gezeitenströmung anzupassen. Mit zwei Fingern tippte er so lange an den Gashebel, bis er die geeignete Stellung fand.

»Mal sehen, ob die Proben übereinstimmen«, sagte Caleb. Aber er war sich schon ziemlich sicher. Die Stelle lag nahe an der Brücke, und Henry hatte mit seiner Bemerkung über die starke Strömung recht gehabt. Das fließende Wasser zeichnete sich als relativ glatte Spur in der ansonsten gekräuselten Oberfläche ab, eine mäandernde Bahn, die auf beiden Seiten von Schaum und treibenden Abfällen gesäumt war, die bei den häufigen Regenfällen der letzten Zeit in die Bucht gespült worden waren.

Caleb zog den Regenmantel und neue Latexhandschuhe über. Er nahm das letzte Gläschen aus seinem Rucksack, ging an Deck und kniete sich hin, um seine an der Reling befestigte Blechbüchse loszubinden. Weil die Strömung so stark war, musste er die Dose dreimal auswerfen und wieder einholen, bis sie sich endlich in den Meeresboden grub und sich mit Schlamm füllte. Er goss den wässrigen Schlick in das Gläschen und drückte den Stöpsel fest.

Als er wieder in der Kajüte war und die Regenjacke ausgezogen hatte, setzte er sich nahe an eines der Heizgeräte. In Sausalito war es kälter als in den anderen Regionen der Bucht, entweder weil es näher am offenen Pazifik lag oder weil das Tageslicht beinahe verschwunden war. Caleb hielt beide Hände über die Heizung, er zitterte leicht.

»Wo wir schon mal hier sind, was hältst du von einem kleinen Experiment?«, fragte Henry. »Ich würde uns gern der Strömung überlassen. Mal sehen, wo wir landen.«

»Von mir aus gern.«

Henry steuerte die *Toe Tags* mitten in die Strömung und ließ den Motor dann im Leerlauf. Während er langsam vor sich hin tuckerte, verlor das Boot an Fahrt. Es schaukelte träge in den flachen Wellen und fing an, langsam seitwärts zu treiben. Der Bug deutete in Richtung Sausalito, über die Backbordreling war San Francisco zu erahnen. Caleb schaute auf den GPS-Monitor. Sie trieben mit zwei Knoten Geschwindigkeit Richtung Süden.

»Willst du noch einen Kaffee?«, fragte Caleb.

»Klar.«

Caleb ging in die Kombüse. Mit seinen kalten Fingern dauerte es länger als üblich. Die Wunden an seiner rechten Hand heilten langsam ab.

»Die Strömung wird stärker«, sagte Henry, der sich nicht von seinem Platz am Ruder entfernt hatte. »Ein halber Knoten mehr.«

Caleb beugte sich zum Gefrierschrank hinunter und nahm das Päckchen Kaffeebohnen. Er füllte die Mühle, schaltete sie ein, das Mahlwerk machte sich über die Bohnen her. Als er die Kaffeemaschine angestellt hatte, ging er zur Toilette, schloss die Tür und füllte das Becken mit heißem Wasser. Er wusch sich Hände und Gesicht, zog das Handy aus der Tasche und warf einen Blick aufs Display. Nach Bridgets Anruf hatte er es auf stumm geschaltet, aber sie hatte es kein zweites Mal versucht und keine SMS geschickt. Auch sonst waren keine Nachrichten oder Anrufe eingegangen. Emmeline hatte versprochen, ihn bald anzurufen – bei diesem Gedanken spürte er eine Enge in der Brust. Er wollte, dass sie sich meldete. Er wollte auch Bridget sehen und sie wieder glücklich machen. Er wollte alles loslassen und sich einen dunklen Raum mit einem Gemälde suchen, wo er sitzen und die Leinwand anstarren konnte, bis die Welt zu einem unbedeutenden Farbklecks im Hintergrund wurde.

»Caleb«, sagte er zu dem winzigen Spiegel über dem Metallbecken.

Es gab einen Ausweg, das war ihm klar. Aber er sah keine Chance, alle seine Wünsche erfüllt zu bekommen.

»Du verdammtes Arschloch.«

Er sah sich im Spiegel und nickte. Wenigstens seinem Spiegelbild gegenüber konnte er aufrichtig sein. Das war besser als nichts.

Caleb goss Kaffee in saubere Becher, nahm sie mit ins Ruderhaus, reichte Henry einen davon und schaute aus dem Fenster. Sie waren etwa hundert Meter vom Ufer entfernt und trieben an der Landspitze zwischen der Horseshoe Bay und dem nördlichen Pfeiler der Golden Gate Bridge entlang.

Er hob die Tasse und nahm den ersten Schluck.

Noch eine Minute, dann würden sie in die Nebelwand treiben, die sich von der Brücke her näherte, aber im Augenblick war die Sicht zwischen dem Vorschiff und dem felsigen Ufer klar.

Deswegen konnte er die Leiche mühelos entdecken.

# ZWÖLF

»Verdammte *Scheiße*«, sagte Caleb. »Henry, siehst du das?«

Er stellte seinen Kaffeebecher auf ein Regalbord und deutete durchs vordere Fenster. Die nackte Leiche trieb mit dem Gesicht nach unten keine zehn Meter vor einer Klippe. Das Wasser war düster und mit Schaum und treibenden Holzstücken übersät. Die Gezeitenströmung musste hier einen Wirbel verursacht haben.

Henrys Blick folgte Calebs ausgestrecktem Finger. Er nickte, drehte sich zur Wand und nahm ein Fernglas aus einem Teakholzbehälter. Er hielt es sich vor die Augen, stellte es mit Zeige- und Mittelfinger scharf. Dann bot er es Caleb an, stellte es aber weg, als der den Kopf schüttelte.

»Ich kann die *Toe Tags* nicht so nah an die Felsen bringen«, sagte Henry. »Da ist kein Platz zum Manövrieren. Wie wäre es, wenn du das Dingi nimmst? Das Dingi und ein Seil.«

»Soll ich ihn hierherziehen?«

»Ja. Ich bleibe auf dem Boot und halte die Position im tieferen Wasser. Du ziehst die Leiche her, dann legen wir sie auf die Badeplattform am Heck.«

»Das kriege ich hin.«

»Gut«, sagte Henry. »Ich fahre ein Stück gegen die Strömung, dann lassen wir uns hierher zurücktreiben, während ich das Dingi bereitmache.«

»Was soll ich tun?«

»Geh raus und halte vom Bug Ausschau. Pass auf, dass die Leiche nicht wegtreibt. Hier, nimm das.«

Caleb nahm das Fernglas und zog seinen Regenmantel wieder über. Er trat aus der Kajüte und ging über das Seitendeck bis zum Bug. Er spürte, wie das Deck unter seinen Füßen vibrierte, als Henry den Motor wieder auf Touren brachte. Caleb hob das Fernglas und schaute zu der Leiche hinüber, aber nach kürzester

Zeit perlten Regentropfen über das Glas. Er wischte das Fernglas an seinem Hemd trocken und versuchte es noch einmal, diesmal legte er die Hände schützend über die Linsen.

Trotz der Vergrößerung ließ sich nicht viel erkennen. Außerdem wurde es langsam dunkel. Die Bewegungen des Boots wurden sachter – Henry hatte wieder den Leerlauf eingelegt. Caleb hörte, wie die Kabinentür sich öffnete und schloss, er drehte sich um und sah Henry auf dem Seitendeck. Er hatte eine orangefarbene Rettungsweste, ein Plastikruder und ein langes weißes Seil dabei.

»Kann ich dir mit dem Dingi helfen?«

»Geht schon. Lass die Leiche nicht aus den Augen.«

Das Dingi hing an einem Paar Davits über dem Heck. Caleb hörte, wie Henry sich an die Arbeit machte, wie er die Regenschutzplane löste und sich am Außenbordmotor zu schaffen machte. Schließlich hörte er das Quietschen der Flaschenzüge, als Henry das kleine Boot ins Wasser ließ.

»Bist du bereit?«

»Ich komme.«

Caleb trat aufs Achterdeck und schaute über die Reling. Das Dingi schaukelte sanft im Wasser und stieß dabei gegen die an den Heckspiegel montierte Badeplattform.

»Leg besser die Rettungsweste an«, sagte Henry.

Caleb nahm sie, zog sie sich über den Kopf, legte sich die Gurte um und ließ die Plastikschnalle zuschnappen.

»Ich gebe dir auch ein Paddel mit, für den Fall, dass du Probleme mit dem Motor bekommst.«

»Muss ich damit rechnen?«

Henry warf einen Blick auf den Außenborder.

»Ich habe ihn länger nicht benutzt. Aber wenn er anspringt, sollte er auch funktionieren. Wenn du die Leiche erreichst, schling ihr das Seil um die Brust. Versuch erst gar nicht, sie ins Dingi zu ziehen, du würdest kentern. Mach einfach das Seil fest und zieh sie hier rüber.«

»Okay.«

»Hier, nimm die.«

Henry zog eine kleine wasserdichte Taschenlampe aus der Hosentasche.

»Danke.«

Henry öffnete die Hecktür, Caleb trat auf die Badeplattform. Dann ließ er sich so schnell wie möglich auf der hölzernen Sitzbank des wackligen Dingis nieder, um seinen Körperschwerpunkt nach unten zu verlagern.

Keinen Kilometer entfernt stieß eins der Nebelhörner am Fuß der Golden Gate Bridge sein langes, tiefes Warnsignal aus.

»Lass es uns möglichst schnell hinter uns bringen«, sagte Henry. »Bevor es dunkel wird oder wir richtig in den Nebel geraten.«

Caleb nickte und wandte sich zum Heck des Dingis um. Bei dem Außenbordmotor handelte es sich um einen kleinen Mercury-Zweitakter. Caleb drückte den roten Gummiknopf, stellte den Choke ein und riss am Seilzug, bis der Motor ansprang. Er ließ ihn einen Moment im Leerlauf, dann sah er zu Henry hoch.

»Okay«, sagte er. »Ich bin bereit.«

Henry warf Caleb die Leine zu, der legte den Gang ein. Langsam tuckernd entfernte er sich von der Badeplattform, dann gab er mehr Gas und steuerte Richtung Ufer. Er war zu dicht über der Wasseroberfläche, um die Leiche sehen zu können, aber er hatte zuvor eine Kliffhöhle entdeckt, in deren Richtung sie trieb. Die Höhle konnte er sehen, also hielt er darauf zu.

Er war noch rund fünfzehn Meter von der Klippe entfernt, als er den blassen Umriss der Leiche entdeckte, die in den Wellen trieb. Er schaltete den Motor in den Leerlauf, nahm das Paddel, um mit kräftigen Zügen das letzte Stück zurückzulegen, ohne das kleine Boot aus dem Gleichgewicht zu bringen. Er war völlig aufs Paddeln und darauf konzentriert, das Dingi vor dem Kentern zu bewahren. Als er zwischendurch aufsah, war die Leiche verschwunden.

Er legte das Paddel quer über seinen Schoß und richtete sich auf der Sitzbank auf. Zitternd vor Kälte ließ er den Blick übers Wasser schweifen. Die Wellen liefen auf die Höhle zu, trafen auf ihre Öffnung und verschwanden mit einem tiefen Grollen. Er spürte die kalte Luft, die jedes Mal, wenn eine Welle in der Höhle verschwand, aus ihr herausdrang. Es roch nach Salz und Seetang, aber da war noch etwas anderes. Vielleicht bildete er es sich nur ein, aber er glaubte, die Leiche riechen zu können.

Er drehte sich auf der Bank und hielt weiter Ausschau, wobei er sich mit einer Hand am Dollbord abstützte. Die *Toe Tags* war sechzig bis achtzig Meter hinter ihm, ihre Silhouette zeichnete sich vor den glitzernden Hügeln von San Francisco ab. Einige Bereiche der Stadt waren unsichtbar, verschwunden im heftigen Regen. Henry stand oben an Deck hinter dem Steuerrad. Gerade als Caleb ihn entdeckte, schaltete er einen leistungsstarken Scheinwerfer ein. Caleb blinzelte und wandte sich von dem grellen Licht ab. Wieder ertönte das Nebelhorn, Caleb spürte erneut den kalten Atem der Höhle.

Dann entdeckte er sie. Kurz darauf musste auch Henry sie gesehen haben, denn er strahlte sie mit dem Scheinwerfer an. Sie befand sich zwischen Caleb und der *Toe Tags*.

Sie musste in den Wellen ein Stück vom Ufer weggetrieben sein, während er mit gesenktem Kopf gepaddelt war. Er wendete und hielt beim Paddeln einen Moment inne, um nach der Taschenlampe zu greifen. Er nahm sie zwischen die Zähne, kniete sich auf den Boden und paddelte weiter, bis er den dumpfen Aufprall spürte. Er bückte sich nach dem Ende des Seils, das Henry ihm mitgegeben hatte, band es um das T-förmige Ende des Paddels, kroch dann auf Knien zum Bug und riskierte einen Blick.

Da war die Leiche, gleich unter ihm.

Irgendetwas hatte ein riesiges Stück aus dem Oberschenkel des Mannes gerissen und die Muskeln bis auf den weißen Knochen entfernt. Durch jede Bewegung der Wellen warf der Lichtkegel von Henrys Scheinwerfer neue Muster auf die Wasseroberfläche. Die Wunde war dunkelrot und im Wasser nicht ausgebleicht. Caleb hatte eine Idee, was das zu bedeuten haben konnte, er trieb sich zur Eile an.

»Alles klar?«

»Das Licht blendet mich«, sagte Caleb. »Hier, fang.«

Er warf Henry die Leine zu und stellte den Motor ab. Als Henry das Dingi dicht ans Heck heranzog, trat Caleb auf die Badeplattform und kletterte schnell aufs Achterdeck. Plötzlich erschien ihm die *Toe Tags* unter seinen Füßen so solide wie Alcatraz.

»Lass uns das Dingi hochhieven, dann heben wir den Kerl auf die Badeplattform.«

»Wir müssen uns beeilen. Ich glaube, da ist etwas im Wasser.«

Henry nickte, sie arbeiteten zügig. Als sie das Dingi aus dem Wasser geholt hatten, breitete Henry auf der Badeplattform ein Laken aus. Caleb zog an der Leine, aus der Dunkelheit tauchte die Leiche auf. Henry hatte die Unterwasserlichter des Bootes eingeschaltet, sodass das Wasser von unten in einem kühlen Absinthgrün leuchtete. Sie zogen gemeinsam, jeder an einem Ende der Leiche, und hoben sie schließlich auf das Laken.

»Ich glaube, dieser Biss ist frisch, gerade ein paar Minuten alt. Es muss drüben bei den Felsen passiert sein.«

Henry richtete seine Taschenlampe auf den Mann, der immer noch mit dem Gesicht nach unten lag. Außerhalb des Wassers wirkte die Wunde noch breiter. Der Knochen war angeschlagen und eingekerbt, wo sich Zähne zu schaffen gemacht hatten.

»Ein großer, jede Wette – ganz sicher keine Heringe«, sagte Henry und legte die Hand aufs Calebs Schulter. »Hast du ihn gesehen?«

»Ich habe gar nichts gesehen. Aber die Leiche war plötzlich weg. Dann ist sie an einer anderen Stelle wiederaufgetaucht«, sagte Caleb.

»Vielleicht hast du Glück gehabt.«

Caleb schaute ins Wasser hinter dem Heckspiegel. Es war immer noch von unten erleuchtet, immer noch im selben kalten Grün. Aber das Blut war verschwunden, von den Wellen und der stetigen Strömung verteilt.

»Hast du unseren Fund schon gemeldet? Bei Kennon und Garcia, meine ich?«

Henry schüttelte den Kopf.

»Erst mal wollte ich sehen, womit wir es zu tun haben. Aber wie es aussieht, sollte ich sie informieren. Siehst du das da?«

Henry ließ den Strahl seiner Taschenlampe in einem engen Kreis über den bleichen Rücken des Mannes wandern. An drei Stellen entlang der Wirbelsäule waren Verletzungen durch einen Taser zu erkennen. Das Muster der kleinen Verbrennungen schien denen zu entsprechen, die sie bei den anderen Opfern gesehen hatten. Caleb spürte, wie seine Muskeln sich entspannten und er vor Kälte eine Gänsehaut bekam. Er war vom Regen völlig durchnässt.

»Hast du etwas Stärkeres als Kaffee?«

»Eine Flasche fünfundzwanzig Jahre alten Laphroaig. Du hast sie mir geschenkt.«

»Genehmigen wir uns einen Drink. Ich muss dir etwas sagen, bevor du Kennon informierst.«

Henry sah ihn kurz an, dann nickte er.

Er trat hinunter auf die Badeplattform, hockte sich unter das aufgehängte Dingi, deckte die Leiche mit der anderen Hälfte des Lakens zu und band sie mit Seilen fest, damit sie nicht hinunterrutschte, wenn sie wieder Fahrt aufnahmen. Sie trieben Richtung Golden Gate Bridge und näherten sich der undurchdringlichen Nebelbank. Plötzlich ertönte das Nebelhorn, nah und laut. Caleb spürte es im ganzen Körper.

## DREIZEHN

Henry schaltete die Deckenbeleuchtung der Kabine aus. Das einzige Licht kam jetzt vom Glühen der Heizgeräte, von den Instrumenten und LCD-Anzeigen. Er legte den Gang ein, gab Gas und ließ die *Toe Tags* mit zwei Knoten Geschwindigkeit auf San Francisco zuhalten. Er saß am Steuerrad und ließ den Radarschirm nicht aus den Augen, bis sie aus dem Nebel heraus waren.

»Weißt du, wo du den Scotch findest?«

»Ja.«

»Ich nehme so viel wie du«, sagte Henry.

Caleb holte Flasche und Gläser und goss ihnen jeweils einen Fingerbreit ein. Er reichte Henry ein Glas und setzte sich ihm gegenüber.

»Kennon hat mit mir geredet«, sagte Caleb. »Zweimal.«

Henry warf ihm einen scharfen Blick zu.

»Was?«

»Ich war in der Nacht, in der Richard Salazar ermordet wurde, im House of Shields. Ich muss einer der Letzten gewesen sein, die ihn lebend gesehen haben.«

»Moment mal, du willst … Du willst mir sagen, dass du ein Zeuge bist?«

»Ich war nur in der Bar. Ich habe kein Wort mit ihm gesprochen. Und nichts Auffälliges gesehen.«

Henry knallte sein Glas auf den Kartentisch. Whiskey schwappte über den Rand und wurde von einer Papierkarte der Bucht aufgesaugt.

»Du bist ein Zeuge, den der Detective der Mordkommission *zweimal* befragt hat, und arbeitest mit mir zusammen an diesem Fall? Mein Gott, Caleb, was sollen wir machen, wenn du in den Zeugenstand gerufen wirst? Du warst an Ort und Stelle, als Richard Salazar zuletzt gesehen wurde. Du hast ihn in der Leichenhalle berührt. Du hast Tests mit seinem Gewebe durchgeführt und bist auf die mögliche Todesursache gestoßen. Du hast noch eine *andere* Leiche angefasst und sie in Verbindung mit diesem Fall gebracht. Dann bist du mit mir hier rausgefahren, hast eine dritte Leiche entdeckt und eine Viertelstunde mit ihr allein zugebracht. Jeder Verteidiger würde vor Glück ausflippen, wenn er dich in die Finger bekommt.«

»Henry ...«

»Und wenn sie noch tiefer schürfen, Caleb? Hast du schon mal darüber nachgedacht?«

»Ich glaube nicht, dass Kennon das tun müsste«, sagte er. »Tiefer schürfen, meine ich.«

Caleb trank einen Schluck Whiskey.

»Was willst du damit sagen?«, fragte Henry.

»Dass er vielleicht dabei war«, sagte Caleb. »Er ist knapp sechzig. Damals könnte er Streifenpolizist gewesen sein. Vielleicht einer von denen, die als Erste vor Ort waren.«

»Als es um deinen Dad ging?«, fragte Henry. »Oder später?«

Caleb schüttelte den Kopf. Dazu konnte er nichts sagen.

»Ich weiß ja, es ist ...«

»Du weißt ja? Du weißt gar nichts! Wann zum Teufel wolltest du es mir sagen?«

»Ich habe nur ... Ich dachte, es ist nicht wichtig. Wenn ich dir zuarbeite, hängen wir das grundsätzlich nicht an die große Glocke. Also habe ich gedacht, es ist kein besonderes Problem.«

»Das galt vielleicht früher mal«, sagte Henry. »Aber jetzt haben wir ein riesiges Problem. Wir sitzen auf einem Boot mit einer Leiche. Wir können sie schlecht ins Wasser werfen und hoffen, dass jemand anders sie findet. Ich bin der zuständige Gerichtsmediziner. Ich muss es melden. Und wenn wir in den Hafen kommen, wartet Kennon schon am Anleger.«

Caleb warf einen Blick auf die noch ein ganzes Stück entfernte Stadt. Für einen Moment spielte Henry keine Rolle. Irgendwo da drüben war Bridget, in diesem Spiel von Licht und Dunkelheit an den steilen Hügeln. Und auch Emmeline. Er hätte nicht mal sagen können, welcher Wochentag heute war. Wie hatte alles derart außer Kontrolle geraten können? So schnell? Noch am Samstagmorgen war er mit einem guten Gefühl aufgewacht. Er hatte sich auf die freien Tage gefreut, auf das Weihnachtsfest mit Bridget.

»Es tut mir leid«, sagte er leise.

»Scheiße.«

»Und wenn ich nun nicht mehr an Bord bin, wenn du anlegst?«

»Was?«

»Wenn ich nicht mehr an Bord bin?«, schlug Caleb vor. »Ruf Kennon an und sag ihm, du wärst allein unterwegs gewesen. Du bist auf dem Rückweg und willst dich im Jachthafen mit ihm treffen.«

»Und wo bist du?«

»Es gibt ein Tankdock im Gashouse-Cove-Jachthafen. Auf dem Weg zum Pier 39 kommen wir daran vorbei. Du musst nicht mal anhalten. Fahr einfach so nahe ran, dass ich auf den Anleger springen kann. Dann fährst du das letzte Stück allein und machst an deinem Liegeplatz fest.«

Henry trommelte mit den Fingern aufs Steuerrad, nahm sein Glas und trank es in einem Zug halb leer.

»Himmel, Caleb«, sagte er. Dann schwieg er eine Weile und konzentrierte sich nur aufs Steuern. Caleb war klug genug, ihn nicht zu unterbrechen. Henry brauchte Zeit, um alles zu durchdenken. Schließlich nickte er.

»Ich glaube, das könnte funktionieren«, sagte er. »Auf jeden Fall ist es die bessere Alternative.«

»Es funktioniert. Bring mich auf anderthalb Meter an den Anleger heran, und ich verschwinde.«

Henry sah ihn an, trank sein Glas leer und stellte es wieder auf den Kartentisch.

»Eins will ich wissen. Und sag mir die Wahrheit. Betrachtet Kennon dich als Verdächtigen?«

»Als Verdächtigen? Als *Verdächtigen*? Henry! Ich bin ein Zeuge!«

»Hat Kennon dir das bestätigt?«, hakte Henry nach. Seine belegte Stimme klang eindringlich. »Hat er dir explizit gesagt, dass du nicht unter Verdacht stehst?«

»Er hat mir nur Fragen gestellt. Wo ich gewesen sei und ob ich ihm helfen könne, ein paar Leute zu identifizieren.«

Henry wandte den Blick von ihm ab.

»Scheiße«, murmelte er. Dann schaute er Caleb geradewegs in die Augen. »Wenn er noch mal mit dir reden will, sei auf der Hut. Verstehst du, was ich sage? Überleg dir sehr genau, was du ihm sagst. Und lüg ihn niemals an.«

»Nachdem Bridget mich verlassen hat, bin ich einfach ins Haus of Shields gegangen. Ich habe im Palace übernachtet und wollte in Ruhe etwas trinken. Ich war zur falschen Zeit am falschen Ort. Kennon ist der beste Detective in Kalifornien? Hast du das nicht gesagt? Wenn er tatsächlich so gut ist, habe ich keinen Grund zur Sorge.«

Henry drosselte die Geschwindigkeit des Boots noch weiter. Fünfhundert Meter vor ihnen dampfte ein Tanker auf die Golden Gate Bridge und den offenen Pazifik zu. Sie sahen ihm nach, einer Lichterstadt mit einer Geschwindigkeit von zehn Knoten. Als er vorbei war, schaukelte die *Toe Tags* im Kielwasser. Henry drehte sich auf seinem Stuhl und sah Caleb wieder an.

»Caleb, du bist Wissenschaftler, also denkst du in Kategorien von Richtig und Falsch«, sagte er mit leiser, ruhiger Stimme, die keine Spur von Ärger mehr verriet. »Du verstehst nichts von Polizeiarbeit, also lass mich etwas erklären. Für einen Detective ist es nicht immer dasselbe, gut zu sein und recht zu haben. Es muss auch nicht in jedem Fall dasselbe sein. Kennon ist gut. Sehr gut. Das bedeutet aber nicht, dass er immer richtigliegt. Also sei verdammt vorsichtig, falls du noch mal mit ihm zu tun bekommst.«

»Jetzt machst du mir langsam Angst.«

»Dann hast du mich wahrscheinlich verstanden.«

Caleb sprang vom Deck der *Toe Tags* auf das feuchte Holz des Tankdocks im Gashouse-Cove-Jachthafen. Er rutschte aus und landete auf den Knien. Sofort stand er auf, strich seine Kleidung glatt und zog seinen Rucksack zurecht. Seine Kniescheiben und Handflächen brannten. Er sah der *Toe Tags* nach, die davonglitt und eine weiße Spur im schwarzen Wasser hinterließ. Der Wind hatte das über die Leiche gebreitete Laken ein Stück weit gelöst. Ein steifer Fuß schaute heraus. Caleb sah sich um, aber der Jachthafen war menschenleer. Er ging den Steg hinauf und trat ans Ufer.

Er durchquerte den Fort Mason Great Meadow Park, ging am Ghirardelli Square vorbei und einen knappen Kilometer die Beach Street entlang, bis er das Parkhaus erreichte, in dem er seinen Wagen abgestellt hatte. Fünf Minuten später fuhr er aus dem Parkhaus heraus und weiter über die Beach Street bis zum Embarcadero. Der Pier 39 lag auf der anderen Straßenseite. Ein weißer Transporter der Gerichtsmedizin stand auf dem gepflasterten Vorplatz des Aquarium of the Bay, die gelben Lichter blinkten, die Hecktüren standen offen. Er wurde flankiert von einem Streifenwagen auf der einen und einem schwarzen SUV auf der anderen Seite. Ein uniformierter Polizist bewachte die drei Autos, aber bei der Kälte und dem Regen waren nicht viele Schaulustige vor Ort. Caleb bog auf den Embarcadero Richtung Südosten. Obwohl er langsam fuhr und den Kopf nach links drehte, konnte er weiter nichts erkennen. Nur die drei Fahrzeuge, ihren einsamen Bewacher und die gelben Blinklichter vor dem Aquarium.

Ein paar Minuten später, als er am Pier 15 vorbeikam, rasten ihm zwei Streifenwagen mit hoher Geschwindigkeit entgegen. Ihre Blinklichter waren eingeschaltet, aber sie fuhren ohne Sirenen. Er hörte die Motoren und das Zischen der Reifen in den Pfützen. Die anderen Autos wichen an den Bordstein aus, um sie vorbeizulassen.

Das Labor lag im Dunkeln, aber Joanne Tremonts Büro war hell erleuchtet, Licht fiel unter ihrer Tür hindurch aufs graue Linoleum. Caleb stellte den Rucksack in sein Büro, ging wieder hinaus auf den Gang und klopfte an Joannes Tür.

»Ja?«

Er öffnete und lehnte sich an den Metallrahmen.

»Caleb.«

»Du hast mich gesucht?«

»Alle haben dich gesucht. Ich war schon ziemlich frustriert, aber dann habe ich es gehört.«

»Was gehört?«

»Im August, als ich hier angefangen habe, hast du mir mehrere Kontaktnummern gegeben«, sagte Joanne. »Weißt du noch? Als ich dich überhaupt nicht erreichen konnte, habe ich es auf der zweiten Handynummer probiert.«

»Du hast mit Bridget gesprochen?«

»Ja.«

»Es tut mir leid. Du hättest nicht in diese Geschichte reingezogen werden dürfen.«

»Sie hat nichts gesagt, was ... du weißt schon ... persönlich gewesen wäre. Nur dass sie nicht wüsste, wo du bist. Dass sie dich seit Samstag nicht gesehen hat. Da habe ich eins und eins zusammengezählt.«

»Tut mir leid.«

»Hör auf, dich zu entschuldigen. Seit ich dahintergekommen bin, habe ich dich gedeckt.«

»Beim NIH?«

Sie nickte und schaute einen Moment auf ihren Computermonitor. Er konnte nicht sehen, was sie gerade aufgerufen hatte.

»Wir haben noch bis Ende Januar Zeit, um die zusätzlichen Daten zu liefern, die sie brauchen. Keine große Sache«, sagte Joanne.

»Das erleichtert mich wirklich.«

»Ich meine ... Es ist doch keine große Sache, oder? Dir ist klar, was sie genau wollen?«

»Ja. Und bis dahin habe ich alles beisammen.«

Sie lehnte sich zurück und gähnte.

»Gut, denn das ist der Teil, von dem ich nicht viel verstehe. Ich kann die Theorie und die Abläufe erklären. Aber sämtliche Datensätze hast du. Immer wenn sie danach fragen, stehe ich auf dem Schlauch.«

»Ich kümmere mich darum«, sagte Caleb. »Ich weiß, dass sie eine Menge Datensätze wollen ...«

»Zwanzig?«

»Aber das ist machbar. Wir haben fast die Hälfte. Alle paar Wochen liefert das Veteranenkrankenhaus uns neue Gewebeproben. Du weißt ja, welche Art Patienten sie haben ... Kerle, die nicht nur unter starken Schmerzen leiden und schlimme Verwundungen haben, sondern sich trotzdem freiwillig melden.«

»Genau die Leute, die wir brauchen.«

Caleb nickte.

»Ich mache die Tests, sobald sie eintreffen. Die Proben, meine ich. Je eher, desto besser. Dann kommt alles so hin, wie wir es von Anfang an geplant haben.«

»Die Zeit reicht?«

»Wie du schon sagst, wir haben bis Ende Januar.«

»Bis zum letzten Freitag im Januar.«

»Das ist erst nächstes Jahr«, sagte Caleb. »Also Zeit ohne Ende.«

Sie lächelte. Beiden war klar, dass sie nur wenige Wochen hatten. Er drückte sich vom Türrahmen ab und wandte sich zum Gehen.

»Caleb?«

»Ja?«

»Es tut mir wirklich leid wegen Bridget. Ich weiß, wie wichtig sie dir war.«

Er nickte und zog die Tür leise hinter sich zu. Ehe er sein Büro wieder betrat, machte er im Labor Licht und schaltete das gaschromatographie-gekoppelte Massenspektrometer ein. Er sah auf das Gerätelogbuch. Das einzige Kürzel in der letzten Woche stammte von Joanne. Er selbst hatte sich nicht eingetragen, als er die Geräte benutzt hatte. Joanne war akribisch und folgte streng den Anweisungen. Trotzdem ging er die volle Wartungs-Checkliste durch, um sicherzustellen, dass sämtliche Komponenten des Messgeräts ordentlich gereinigt und betriebsbereit waren.

Seine Geräte lagen am oberen Ende des Qualitäts- und Preisspektrums. Verglichen damit schien Marc es kleines Toxikologielabor im Keller der Gerichtsmedizin eher auf ein Forschungsprojekt für Mittelschüler zugeschnitten zu sein. Nicht umsonst galten Veröffentlichungen aus Calebs Labor bei Kongressen und in Fachzeitschriften als Goldstandard. Er hatte das Geld, das er mit seinen ersten Patenten verdient hatte, in seine Infrastruktur investiert, sodass sein Labor, schon bevor er an die UCSF berufen worden war, seinesgleichen gesucht hatte. Aber wichtiger als die Qualität seiner Geräte war noch etwas anderes: Caleb arbeitete, wo immer möglich, mit Checklisten. Und die hakte er jedes einzelne Mal gewissenhaft ab.

»Hey, Caleb?«

Er sah auf. Joanne stand in der Tür am anderen Ende des Labors.

»Ja?«

»Hast du die Anzeige am USF-Gerät abgelesen?«

»Noch nicht.«

»Schau es dir an, bevor du irgendetwas startest. Als ich reinkam, stand die Tür zum Stromschrank offen. Als ich sie geschlossen habe, ist mir aufgefallen, dass auch der Versorgungstunnel offen war.«

Er nickte.

»Ich weiß nicht, ob jemand drin war«, sagte sie.

»Ich prüfe das«, sagte Caleb. »Bevor ich die Geräte benutze.«

»Ich kann allen Labortechnikern eine E-Mail schicken und sie daran erinnern, immer alles abzuschließen.«

»Gute Idee«, sagte er. »Mach das. Wir haben ein paar neue Leute hier.«

»Und ein paar alte, die sich nicht an die Regeln erinnern«, fügte sie hinzu.

»Vielleicht setzt du gleich das ganze Personal auf die Liste.«

Er sah ihr nach, wie sie im dunklen Gang verschwand. Während der GC-Ofen vorheizte, ging er zurück in sein Büro, um den Ablauf der Tests zu planen.

Als er das Labor um Mitternacht verlassen hatte und gerade in sein Auto steigen wollte, vibrierte das Handy in seiner Tasche. Er zog die Autotür zu und griff nach dem Telefon. Henry hatte eine SMS geschickt.

*Ruf mich an.*

Er deponierte das Telefon im Getränkehalter zwischen den Sitzen, ließ den Motor an und fuhr aus dem Parkhaus hinaus auf die Parnassus Avenue. An der ersten roten Ampel entschied er sich um und legte das Handy auf seinen Schoß. Er wählte Henrys Mobilnummer und schaltete das Gerät auf Lautsprecher.

»Ich habe deine SMS bekommen«, sagte er, als Henry abnahm. »Passt es dir jetzt?«

»Ja. Mittlerweile sind alle weg.«

»Bist du noch in der Bryant Street?«, fragte Caleb.

Die Ampel wurde grün, er legte den ersten Gang ein und ließ die Kupplung kommen. Er wusste nicht, wohin er fahren wollte, jedenfalls nicht den Hügel hinauf. Nicht nach Hause.

»Ich räume gerade auf. Bin mit der Autopsie fertig.«

»Was ist los?«

»Großer Abend heute. Und nicht nur wegen dem, was wir im Wasser gefunden haben. Du hattest recht mit Marcie. Sie ist eine gute Wissenschaftlerin. Ich hätte nicht an ihr zweifeln sollen.«

Caleb bog rechts ab und fuhr durch die stillen Straßen Richtung Lincoln Way, der parallel zum Golden Gate Park bis zum Ozean verlief.

»Was ist passiert?«

»Während wir uns in der Bucht umgesehen haben, hat Marcie den Tag im Labor verbracht. Sie hatte ihre Geräte schon zweimal auseinandergenommen und keine Hardware-Probleme entdeckt. Also hat sie diesmal einen Software-Typen von Hewlett-Packard dazugeholt.«

»Und?«

»Er hat einen Virus gefunden.«

»Mein Gott, wo?«

Fast hätte Caleb ein Stoppschild überfahren. Er sah es gerade noch rechtzeitig und kam auf dem feuchten Asphalt schlingernd zum Halten. Das Handy rutschte in den Fußraum. Als das Auto stand, bückte er sich und fand es mit tastenden Fingern.

»Alles in Ordnung?«, fragte Henry.

»Ja.«

»Bist du mit dem Auto unterwegs?«

»Ja. Der Virus, wo steckte er?«

»Im Softwarepaket des Massenspektrometers. Der Kerl von Hewlett-Packard hat die Festplatte ausgebaut und mit nach San Jose genommen, um festzustellen, um welchen Virus es sich handelt.«

Caleb legte den Gang wieder ein und fuhr das letzte Stück bis zum Lincoln Way. An der Ampel bog er links ab Richtung Westen, zum Ozean.

»Ist ihr Arbeitsplatz – der Computer, der mit dem Spektrometer verbunden ist – in euer Netzwerk eingebunden?«

»Nein, das ist es ja«, sagte Henry. »Sie hat einen Einzelrechner.

Um ihn zu infizieren, muss jemand ins Labor gekommen sein und den Virus per Hand aufgespielt haben. Hast du so was schon mal gehört?«

»Viren in Spektrometersoftware? Nein.«

»Ich auch nicht«, sagte Henry.

»Glaubst du, das hat etwas mit den Morden zu tun?«

»Ich weiß nicht«, sagte Henry. »Vielleicht sind wir schlauer, wenn wir wissen, mit welchem Virus wir es zu tun haben. Was er macht.«

An der Kreuzung Lincoln Way und Sunset Boulevard fuhr Caleb in eine Nebelwand. Er bremste von vierzig Stundenkilometern auf zwanzig herunter, dann auf knapp fünfzehn. Die dreizehn Blocks bis zum Ozean würde er sich blind durchs allgegenwärtige Grau vorantasten müssen.

»Wie war die Autopsie?«, fragte er.

»Alles wie bei den anderen.«

»Habt ihr ihn identifiziert?«

»Die Führerscheinstelle hat seinen Fingerabdruck gespeichert. Er hieß Justin Holland – Architekt oder so was. Wird seit vorletzter Nacht vermisst. Ich habe mit seinem Lebensgefährten gesprochen.«

»Ist er auch nach einem Barbesuch verschwunden?«, fragte Caleb.

»Das weiß die Polizei noch nicht, aber vermutlich schon«, sagte Henry. »Falls er im Gegensatz zu den anderen keine Kreditkarte benutzt hat, werden wir es vielleicht nie erfahren. Sein Freund wusste nur, dass er irgendwo in Nob Hill mit einem Kunden zum Essen verabredet war und nicht zurückgekommen ist.«

Caleb musste einem Auto ausweichen, das mit eingeschalteter Warnblinkanlage seine Spur blockierte. Es tauchte so plötzlich aus dem Nebel auf, als hätte ein Magier es unter einem schwarzen Umhang hervorgezaubert. Caleb riss das Lenkrad herum und verfehlte die Stoßstange um Zentimeter. Er fuhr noch einen Block weiter, setzte den Blinker und kehrte auf die rechte Spur zurück, er fuhr jetzt noch langsamer. Plötzlich fiel ihm ein, dass Henry noch in der Leitung war.

»Weißt du schon was über die Todesursache?«

»Der Typ von HP hat Marcie eine neue Festplatte eingebaut, sodass sie die toxikologischen Tests durchführen konnte. Ungefähr vor einer Stunde hat sie mir das bestätigt, was du auch gesagt hast.«

»Vecuronium?«

»Ja«, sagte Henry. »Und Thujon. Sie ist nicht so weit gegangen wie du, mit der Reihenfolge der Medikamente. Aber das grobe Bild stimmt.«

»Ich habe noch ein bisschen mehr für dich«, sagte Caleb.

Er warf einen Blick in den Rückspiegel. Als er auf den Lincoln Way gebogen war, hatte er hinter sich einen Wagen bemerkt, der aber bald im Nebel verschwunden war.

»Hast du die Abwasserproben schon analysiert?«, fragte Henry.

»Du kannst dir sicher ausrechnen, was ich gefunden habe. Wenn man bedenkt, wo wir auf die Leiche gestoßen sind.«

»Die Sausalito-Kläranlage, stimmt's?«

»Sausalito. Kein Zweifel.«

Henry seufzte. Caleb war klar, dass sein Freund angestrengt überlegte. Dass er nach einem Weg suchte, Kennon die Information zukommen zu lassen, ohne Caleb ins Spiel zu bringen.

»Du solltest folgendermaßen vorgehen«, half Caleb ihm auf die Sprünge. »Lass Marcie die Hautproben von Charles Crane untersuchen. Jetzt, wo ihr Spektrometer wieder funktioniert, wird sie das Natriumhydroxid finden, kein Problem. Wahrscheinlich auch das synthetische Östrogen. Sobald sie das sieht, wird ihr klar sein, dass Crane in der Nähe einer Kläranlage war. Sag Kennon, er soll einen Labortechniker mit einem Polizeiboot rausfahren lassen, um Proben zu nehmen. Und lass die dann von Marcie testen. Sie wird die Überstimmung mit Sausalito finden, dann bin ich raus aus der Sache.«

»Das könnte klappen«, sagte Henry. »Und jetzt, wo Marcies Geräte wieder funktionieren, lasse ich sie auch die Proben von den anderen möglichen Opfern analysieren.«

»Ich weiß, dass du mich raushalten musst«, sagte Caleb. »Aber es wäre schön, wenn du mich auf dem Laufenden hältst.«

»Ich versuche es. Jedenfalls steht uns ein Riesentheater ins Haus.«

»Und Kennon?«, fragte Caleb. »Was hat er jetzt vor?«

»Nimm dich einfach vor ihm in Acht. Vergiss nicht, was ich …«

Henry hielt mitten im Satz inne, Caleb hörte im Hintergrund ein Telefon. Henry nahm ab und sprach leise, sodass Caleb kein Wort verstehen konnte. Dann war Henry wieder in der Leitung.

»Hey. Ich muss Schluss machen.«

Er legte auf. Caleb deponierte sein Handy wieder im Getränkehalter und fuhr das letzte Stück bis zum Strand. Er stellte den Wagen am Uferdamm gegenüber der Dutch Mill ab und stieg aus. Dann ging er an der Betonmauer entlang, bis er die Treppe hinunter zum Strand fand. Dort setzte er sich auf die Stufe, auf der Bridget gesessen hatte, als er ihr die Glasscherbe aus dem Fuß gezogen hatte. Es war so neblig, dass er nicht mal die Wellen sehen konnte, aber er hörte, wie sie sich am Ufer brachen. Mit der Kuppe des Zeigefingers berührte er die Stelle auf dem rauen Beton, auf die Bridgets Blut getropft war. Der Fleck war durch Sand und Regen längst verblasst, aber Caleb wusste genau, wo er gewesen war.

Als die Kälte den Regenmantel und den Pullover darunter durchdrang, stand er auf, ging zurück zum Wagen und ließ Motor und Heizung laufen. Er war inzwischen so lange wach, dass sein Gesicht sich taub anfühlte. Schließlich setzte er aus der Parklücke zurück und fuhr in nördlicher Richtung am Ozean entlang, dann im Zickzackkurs durch die nummerierten Avenues jenseits des Golden Gate Parks bis zum Geary Boulevard. Er hielt vor einem Spirituosenladen, den er schon einige Male besucht hatte – hier hatte er auch den Laphroaig gekauft, den sie auf Henrys Boot getrunken hatten –, und sah durch die erleuchteten Fenster, dass er noch geöffnet hatte.

Er stieg aus, ging in den Laden und fragte nach einer Flasche Berthe de Joux.

## VIERZEHN

Er besaß weder einen geschlitzten Silberlöffel noch ein anständiges Reservoirglas. Stattdessen behalf er sich mit einem Küchensieb, das er über den Rand eines hohen Whiskeyglases legte, und goss das Eiswasser aus einem gläsernen Krug. Der Zuckerwürfel schmolz im Alkohol, das grüne Getränk wurde nach und nach milchig weiß. Caleb ließ sein improvisiertes Zubehör auf dem Küchentresen liegen, trat mit dem Drink und einem Schälmesser an den Tisch. Dort lag immer noch Bridgets ungeöffnetes Paket. Er schob das Messer zwischen die Ränder des Packpapiers, durchtrennte das Klebeband und wickelte das Papier ab.

Unter der Verpackung war die ungerahmte Leinwand noch mit einer dünnen Schaumstofffolie umhüllt. Er entfernte sie und trat einen Schritt zurück, um das Gemälde zu betrachten. Er wusste genau, welchen Augenblick und welchen Ort es darstellte, denn von dort kam er gerade. Sowieso hatte er nie zugelassen, dass dieser Moment sich mehr als eine Armeslänge vom Zentrum seiner Gedanken entfernte. Sie hatte den Strand gegenüber dem westlichen Ende des Golden Gate Parks gemalt. Den Strand an einem nebligen Tag, sodass der Sand mit den brechenden Wellen zu verschmelzen und die dunstige Luft, die der Wind vom Ozean heranwehte, sanft in den tiefen Himmel überzugehen schien. Das Bild war in der Mitte scharf, an den Rändern aber verschwommen, der Blick wurde auf eine einzige Stelle am Strand gelenkt, ganz unten in der Bildmitte, wo eine gezackte, blaugrüne Glasscherbe im Sand lauerte wie ein Haifischzahn. Dahinter, auf der linken Bildseite, schnitt die Treppe durch den Uferdamm.

Hinter der Leinwand befand sich noch eine zweite. Er hob sie an und entfernte die Schaumstofffolie.

Das Gemälde war in weichem, baumwollartigem Weiß gehalten, das von grauen Schattenlinien durchzogen wurde, sodass die

Leinwand nicht flach wirkte. In die Mitte war ein rotes S-förmiges Zeichen geschmiert, als habe Bridget im Nachhinein die Hand in rote Farbe getaucht und sei mit ihr über die Leinwand gefahren. Man hätte dieses Gemälde leicht für abstrakt halten können, aber Caleb sah es als das, was es war – ein Stillleben. Obwohl sie ihm keinen Titel gegeben hatte, wusste er, was auf der Tafel stehen würde, wenn er das Bild in einer Galerie entdeckt hätte anstatt auf seinem Küchentisch.

*Bettlaken, mit Blut.*

Bridget Laurent, Öl auf Leinwand

Jedes der beiden Gemälde konnte für sich stehen, aber zusammen erzählten sie eine geheime Geschichte. Sie wollte, dass er sie in sein Büro hängte oder irgendwo ins Haus, wo Gäste sie sehen konnten. Damit Außenstehende ihre Arbeit betrachten konnten, ohne die damit verbundene Geschichte zu erfassen. Die Verletzung und die darauffolgende Intimität. Die Schnittwunde und wie sie sich danach für ihn geöffnet hatte.

Caleb setzte sich auf einen der Stühle und trank den Absinth in einem Zug aus.

Als er auf dem Sofa erwachte, war es zehn Uhr morgens. Er ging ins Bad und duschte heiß. Dann schaute er auf seine Armbanduhr, sah das Datum und versuchte sich zu erinnern, welcher Wochentag es war. Am Mittwochnachmittag hatte er in seiner Küche mit Inspector Kennon gesprochen, danach war er in die Leichenhalle gefahren und hatte sich die an eine Seifenskulptur erinnernde Leiche von Charles Crane angesehen. Am frühen Donnerstagmorgen, kurz nachdem Justin Holland das letzte Mal lebend gesehen worden war, hatte er mit Emmeline in der Kellerbar in Nob Hill gesessen. Den größten Teil des darauffolgenden Tages hatte er mit wild durcheinanderwirbelnden Gedanken auf dem Sofa verbracht.

Am Freitag war er mit Henry auf der *Toe Tags* rausgefahren und abends im Labor gewesen.

Heute war Samstag. Es war eine Woche her, dass Bridget ihn verlassen hatte.

Die sieben Tage seitdem waren ein einziger dichter Nebel. Seit dem letzten Wochenende war er vielleicht zehn Minuten wach und richtig nüchtern gewesen. Es gab nur drei Dinge, an die er sich klar und deutlich erinnerte, sie alle hatten mit Emmeline zu tun. Ein paar Augenblicke im House of Shields. Etwa eine Stunde im Spondulix. Eine halbe Minute in seinem Wohnzimmer, gelähmt von ihrer Stimme am Telefon. Emmeline kam ihm wie etwas vor, das von einem dunklen Ort am Himmel zur Erde geschwebt war. Fesselnd und unwiderstehlich. Jedes Mal, wenn er versuchte, sie aus seinen Gedanken zu verbannen und sich in den Zustand zurückzuversetzen, in dem er vor einer Woche gewesen war, fiel ihm ihre Stimme ein, als sie bei Kerzenlicht für ihn gesungen hatte. Dieses verzweifelte, einsame Flüstern.

*Ich habe keine Freunde.*

Er versuchte, sie sich als kleines Mädchen vorzustellen, wie sie auf dem Rücksitz eines im Wald geparkten Autos schlief und allein auf einen Mann warten musste, der nicht ihr Vater war. Im Spondulix hatte es einen Moment gegeben, in dem sie kurz davorstand, ihm das Geheimnis dieses Mannes und ihres Lebens mit ihm anzuvertrauen. Aber sie hatte sich gebremst, war davor zurückgeschreckt. Er dachte an die Versprechen, die sie sich gegenseitig gegeben hatten. Selbst jetzt, nach allem, was inzwischen passiert war, erschienen ihm diese Versprechen nicht trivial. Sie hatten ein Gewicht, sie hatten Konsequenzen.

Im Park Chow auf der Ninth Avenue gab es bis vierzehn Uhr Brunch. Und einen Kamin. Er parkte einen Block entfernt an der Straße und ging das restliche Stück zu Fuß, die Hände in den Taschen, den Wind im Gesicht.

Er setzte sich an einen Tisch am Kamin, trank Kaffee und wartete auf sein Essen. Von der Seite seines Mantels, die dem Kamin am nächsten hing, stieg Dampf auf. Er roch das Lanolin in der Wolle, das aber von Emmelines Parfüm überlagert wurde. Er fühlte sich, als würde er nachts in einem dichten Wald auf eine Lichtung stolpern und sich plötzlich in Mondlicht getaucht wiederfinden. Unwillkürlich berührte er das Handy in seiner Tasche, die einzige Verbindung zu ihr. Genau in diesem Moment begann es zu klingeln.

Schnell zog er das Gerät aus der Tasche und warf einen Blick auf die Nummer des Anrufers. Eine Telefonzelle möglicherweise. Ein elektrisches Kribbeln lief von seinen Schultern bis in die Fingerspitzen. Mit dem Daumen drückte er auf das Display, um den Anruf anzunehmen, und hob die linke Hand, um seinen Mund abzuschirmen. Sie meldete sich, noch ehe er etwas sagen konnte.

»Hallo, Caleb.«

Er schloss die Augen und blendete das Restaurant ringsum aus. Er wollte nirgendwo sonst sein als in Gesellschaft ihrer Stimme.

»Emmeline.«

»Hat es dir gefallen? Bei unserem Date?«

»Ja.«

»Es war doch ein Date, oder?«

»Ja.«

»Ich habe versprochen, dass ich anrufe. War es schnell genug?«

Caleb beugte sich zum Tisch vor, um das Gespräch so privat wie möglich zu halten. Ein eisiges Gefühl unter seiner Haut sagte ihm, dass er sie verlieren würde, falls irgendjemand das Gespräch mithörte, falls es irgendwelche Zeugen gab.

»Für mich hätte es noch früher sein dürfen. Aber ich bin froh, dass du angerufen hast. Ich wollte, dass du anrufst.«

»Hast du an mich gedacht?«

»Jeden einzelnen Moment, seit ich dich zum ersten Mal gesehen habe.«

»Möchtest du mich wiedersehen?«

»Bitte.«

»Dann heute Abend. Wir können uns um Mitternacht treffen.«
Es war keine Frage, so viel war deutlich. Sie ließ es wie ein Geschenk klingen.

»Danke«, flüsterte er. »Ich werde kommen. Sag mir nur, wo.«

»Nein«, sagte Emmeline. »Deswegen rufe ich heute Abend
noch mal an. Aber um Mitternacht werde ich hungrig sein. Kannst
du kochen, Caleb?«

»Ja.«

»Wirst du mir ein Abendessen kochen?«

»Mit Vergnügen«, sagte er. Er fragte sich, ob sie vorhatte, ihm
zu zeigen, wo sie wohnte, oder ob sie sich wieder in einer geschlossenen Bar treffen würden. »Soll ich an unserem Treffpunkt kochen
oder etwas Fertiges mitbringen?«

»Ich will dir zusehen. Du wirst eine nette Küche vorfinden, mit
allem, was du brauchst. Du kannst dir Zeit lassen – ich hetze dich
nicht und stehe dir auch nicht im Weg. Ich schaue nur zu.«

»Was soll ich machen?«, fragte Caleb. »Was isst du gern?«

»Was du willst. Ich werde hungrig sein. Und ich bringe den
Wein mit.«

»Okay«, sagte er. »Mir fällt schon etwas ein.«

»Natürlich fällt dir etwas ein«, flüsterte sie.

Er glaubte, ihren Atem an seinem Ohr zu spüren. Er wusste,
dass sie, wenn sie jetzt hier wäre, ihre Wange an seine Schulter legen würde. Außerdem würde sie gern am Kamin sitzen, weil ihr
kalt wäre.

»Ich rufe dich heute Abend an«, sagte sie.

Als er die Augen öffnete, stand sein Teller vor ihm. Die Kellnerin war gekommen und wieder verschwunden, ohne dass er sie
bemerkt hatte.

Die erste Etage im Parkhaus des Krankenhauses war fast leer. Caleb fuhr auf seinen reservierten Platz, stellte den Motor ab und blieb noch eine Weile mit geschlossenen Augen sitzen. Ihm war klar, warum er sich solche Mühe gab, Emmeline vor der Außenwelt zu verbergen. Warum er am Telefon flüsterte und sie Kennon gegenüber mit keinem Wort erwähnte. Es lag an seinen Schuldgefühlen. Wie er mit Bridget umging, war beschämend. Sie hatte ihn verlassen, aber vielleicht war das in Wirklichkeit ein Versuch, bei ihm bleiben zu können. Eine Art, ihm ihre Gefühle zu zeigen. Trotzdem führte er sich auf, als wären sie schon ein Jahr getrennt. Niemand sollte davon etwas mitbekommen. Eigentlich wollte er sich selbst nicht so sehen, aber die Scham war nicht so stark, dass er sein Verhalten deswegen ändern würde. Denn wenn Emmeline ihn heute Abend anrief, würde er rangehen. Wenn sie ihm sagte, wohin er fahren sollte, würde er dort mit klopfendem Herzen erscheinen.

Zu arbeiten war im Augenblick das Beste, was er tun konnte.

Er würde sich auf etwas anderes konzentrieren können. Er würde sich in das NIH-Projekt vertiefen, damit beginnen, die Datensätze für das Komitee vorzubereiten. Er öffnete die Augen und stieg aus dem Wagen. Irgendwo im Parkhaus hörte er das Zuschlagen einer Tür und den doppelten Piepton, mit dem die Türschlösser verriegelt wurden. Er trat auf die Fahrbahn zwischen den Parkplätzen und ging Richtung Treppenhaus.

»Mr Maddox.«

Er blieb stehen und drehte sich zu dem Mann um, der gerade zwischen zwei Autos hervortrat.

»Inspector«, sagte er. »Wo ist Garcia?«

Kennon schwieg, während er auf Caleb zutrat. Dann machte er eine wegwerfende Handbewegung, als wollte er irgendwo in die Ferne deuten.

»Es ist Samstag«, sagte er. »Bei seiner Familie, würde ich sagen.«

»Leute wie Sie haben tatsächlich freie Tage?«

»Er schon«, sagte Kennon. Wegen seines grau melierten Schnurrbarts war schwer zu erkennen, ob er dabei lächelte. »Können wir uns für einen Augenblick in Ihr Büro setzen?«

»Worum geht es?«

»Marcie Hensleigh.«

Caleb nickte und griff nach der Schlüsselkarte in seiner Tasche.

»Natürlich, Inspector«, sagte er. »Folgen Sie mir.«

Im Pausenraum fand Caleb Kaffee. Er war nicht sicher, wann und von wem er gemacht worden war, denn das Labor war leer. Immerhin war der Kaffee noch halbwegs warm und roch nicht übel. Er schenkte zwei Tassen ein, erhitzte sie in der Mikrowelle und führte Kennon in sein Büro.

»Nehmen Sie ruhig das Sofa.«

Caleb ging um seinen Schreibtisch herum und setzte sich. Kennon legte sich den Mantel über den Arm und seinen Hut auf den Mantel. Als er sich setzte, zog er ein kleines spiralgebundenes Notizbuch aus seiner Gesäßtasche. In der Spirale steckte ein Bleistiftstummel, aber Kennon zog ihn nicht heraus.

»Sie kennen sie«, stellte er fest. »Oder?«

»Marcie?«

Kennon nickte.

»Wir haben uns in Stanford kennengelernt. Sie war Doktorandin, ich Postdoc. Wir haben uns einen Laborplatz geteilt und zusammen einen Artikel veröffentlicht.«

»Sind Sie noch auf dem Laufenden, was sie angeht?«

»Sie meinen, ob wir noch in Verbindung stehen?«

»Genau.«

»Nicht regelmäßig. Ich sehe sie bei wissenschaftlichen Kongressen. Wenn wir uns über den Weg laufen, tauschen wir uns aus. Daher weiß ich, dass sie jetzt für die Stadt arbeitet«, sagte Caleb und warf Kennon einen fragenden Blick zu. »Was ist denn überhaupt los?«

»Was können Sie mir über Massenspektrometer sagen?«, fragte Kennon.

Stirnrunzelnd sah Caleb auf seine lederne Schreibtischunterlage hinunter, als gewöhne er sich langsam daran, im Dunkeln gelassen zu werden. Er hatte eine ziemlich genaue Vorstellung davon, warum Kennon hergekommen war, wollte das aber nicht durchblicken lassen.

»Was genau wollen Sie wissen?«

»Für den Anfang, wie diese Geräte funktionieren. Was sie machen.«

»Hätten Sie es gern detailliert? Oder lieber einen Überblick aus zehn Kilometern Höhe?«

»Fangen wir mit dem größeren Bild an«, sagte Kennon. »Tun Sie so, als hätte ich keinen Doktortitel aus Stanford, sondern bloß einen Bachelor in Kriminologie und ein Semester an der juristischen Fakultät.«

Caleb erinnerte sich an Henrys Worte, als sie nach ihrer Tour durch die Bucht auf dem Rückweg nach San Francisco waren. *Sei verdammt vorsichtig*, hatte er gesagt. Kennon hielt jetzt den Bleistift in der Hand, die Spitze dicht über dem linierten Papier des Notizbuchs.

»Stellen Sie sich vor, Sie stehen mitten auf der Golden Gate Bridge«, sagte Caleb. »Vom Ozean her weht ein kräftiger Wind direkt in die Bucht. Sie haben eine Bowlingkugel und einen Volleyball dabei. Beide lassen Sie von der Brücke fallen. Wo trifft die Bowlingkugel aufs Wasser?«

Kennon blickte auf.

»Direkt unter mir, mehr oder weniger«, sagte er. »Sie würde senkrecht nach unten fallen.«

»Richtig. Und der Volleyball?«

»Ein Stück entfernt. Weiter weg von der Brücke. Der Wind würde seine Flugbahn ein bisschen ablenken.«

Caleb nickte.

»Damit wissen Sie im Prinzip schon alles über Massenspektrometrie. Ich nehme eine Probe und erhitze sie in einer Kammer. Die Moleküle werden mit Hilfe einer Elektronenquelle ionisiert – sie werden elektrisch geladen – und dann durch ein Magnetfeld über eine Flugbahn geschickt. Sie werden von einem Elektromagneten ebenso abgelenkt wie die Bälle vom Wind unter der Brücke. Die leichteren Partikel werden stärker beeinflusst als die schwereren. Am Ende der Flugbahn treffen sie auf eine Ionenfalle, ein Teilchendetektor zeichnet auf, wo sie ankommen.«

»Und dann?«

»Dann haben Sie eine unglaubliche Datenmenge. Ein breites Spektrum von Molekülmassen. Wenn Sie sich das Diagramm ansehen, erinnert es an das EKG eines Mannes auf Kokain – irrsinnige Spitzen und Zickzack-Linien. Die Daten lassen Sie dann von einer Computersoftware analysieren, die ganze Bibliotheken von bekannten Proben durchsucht. Auf diese Weise können Sie die molekularen Bestandteile von praktisch allem bestimmen. Natürlich ist es in der Praxis ein bisschen komplizierter, aber jetzt haben Sie das grundlegende Bild.«

Kennon schrieb eifrig mit und balancierte das Notizbuch dabei auf seinen Knien. Als er fertig war, sah er zu Caleb auf.

»Die Software, wo kommt sie her?«

»Das hängt vom Labor und dem Gerät ab. Es gibt drei Möglichkeiten. Sie können ein Produkt von der Stange kaufen, das irgendetwas zwischen fünfhundert und zehntausend Dollar kostet. Sie können Shareware benutzen, die gratis ist. In der Schweiz gibt es ein Labor im Besitz der öffentlichen Hand, das ein gutes Gratisprogramm namens SpecServe herausgibt.«

»Und der dritte Weg?«, fragte Kennon.

»Einige von uns benutzen maßgeschneiderte Software.«

»Sie zum Beispiel?«

Caleb lächelte. Die ganze Welt beneidete sein Labor. Mindestens einmal im Monat führte er Wissenschaftler und ausländische Delegationen durch sein 4600 Quadratmeter umfassendes Reich.

»Ich benutze ein kommerzielles Programm von der Stange, es heißt Spectral Wave. Aber ich habe hier drei Cray-Cluster, sodass ich parallel auch andere Programme einsetzen kann. Ich arbeite mit einer modifizierten Version des Schweizer Programms und außerdem noch mit einem speziell für uns entwickelten.«

Kennon schrieb schnell. Als er fertig war, blickte er auf.

»Was ist ein Cray-Cluster?«

»Ein modularer Supercomputer. Man kauft so viele Pods, wie man möchte, und vernetzt sie miteinander.«

»Wer hat das Schweizer Programm modifiziert, mit dem Sie arbeiten?«

»Ich.«

»Dann nehme ich an, Sie haben das speziell für Sie entwickelte Programm auch geschrieben?«

Caleb nickte.

»Ich dachte, Sie wären Chemiker oder Toxikologe oder so etwas«, sagte Kennon. Er musterte Caleb eindringlich, ohne dass die grauen Augen hinter seiner Drahtgestellbrille ein einziges Mal blinzelten.

»Im Grundstudium habe ich Informatik studiert. Die meisten Naturwissenschaften überlappen sich inzwischen sowieso mit Informatik«, sagte Caleb. »Man kann ihr nicht entkommen.«

»Also arbeiten Sie parallel mit drei verschiedenen Programmen. Warum? Damit sie sich gegenseitig kontrollieren?«

»Damit ich die Ergebnisse meiner Analysen in einem einzigen Durchgang verifizieren kann. Aber ich verstehe immer noch nicht, was Marcie mit alldem zu tun hat. Ist sie … Ich meine, ich verstehe nicht, worum es geht. Steckt sie in irgendwelchen Schwierigkeiten?«

Kennon schob den Bleistift wieder in die Spirale seines Notizbuchs. Er zog das Revers seines Sakkos zurück, sodass Caleb das

Schulterhalfter seiner Waffe sehen konnte, und ließ das Notizbuch in der Innentasche verschwinden.

»In Schwierigkeiten? Nein«, sagte er. »Wären Sie so nett, mir Ihr Labor zu zeigen? Ihre Geräte?«

»Natürlich«, sagte Caleb. »Ich führe Sie gern herum. Die Geräte sind im Moment nicht eingeschaltet. Wenn Sie also eine Vorführung möchten, dauert es ein bisschen, bis alles auf Betriebstemperatur ist.«

»Ich möchte es mir nur ansehen.«

»Es unterscheidet sich deutlich von Marcies Labor«, sagte Caleb. Er stand auf, ging um den Schreibtisch herum und blieb an der Tür stehen, um Kennon den Vortritt zu lassen. »Ihr Labor ist eine Werkstatt, eine kleine. Hier betreiben wir eine Forschungseinrichtung.«

Kennon stand auf. Für einen kurzen Augenblick, während er den Inspector im Profil sah, registrierte Caleb ein rötliches Aufblitzen in der Hosentasche des Polizisten. Etwas blinkte durch den Stoff hindurch und war im nächsten Moment verschwunden. Caleb entdeckte eine rechteckige Ausbuchtung in der Tasche. Schnell schaute er weg, Richtung Labor. Er glaubte, dass Kennon seinen Blick nicht bemerkte hatte.

»Dann waren Sie schon in ihrem Labor?«

Caleb ging durch die Tür, sodass er Kennon den Rücken zuwandte. *Lüg ihn niemals an.* Er betätigte die Schalter für das Deckenlicht und die Lüftung. Er antwortete, ohne sich umzudrehen, gerade laut genug, dass Kennon ihn über das Dröhnen der Lüftung hinweg hören würde.

»Natürlich«, sagte er. »Ich bin mit Henry befreundet.«

»Henry *Newcomb*? Der Gerichtsmediziner?«

»Ja, wir sind zusammen aufgewachsen«, sagte Caleb. Er drehte sich um und sah Kennon an. »Was ist?«

»Nichts«, sagte Kennon. »Bloß dass ich häufig mit ihm rede und er Sie nie erwähnt hat.«

»Das ist komisch.«

»Finden Sie?«, fragte Kennon. »Sie kennen ihn also schon Ihr Leben lang?«

»Ja.«

»Sie standen also mit Ausnahme der zwei Monate, die Sie und Ihre Mutter im Langley Porter verbracht haben, und den beiden Wochen danach, als Sie verschwunden waren, in regelmäßigem Kontakt?«

Caleb hatte gewusst, dass das Thema zur Sprache kommen würde. Seit er mit Kennon auf dem Rücksitz des SUVs vor dem House of Shields gesprochen hatte, hatte er damit gerechnet. Jetzt war Kennon also damit herausgerückt, hatte es sozusagen auf den Tisch gelegt, damit sie beide es gründlich betrachten konnten.

»Habe ich das richtig verstanden, Mr Maddox?«

Caleb zuckte die Achseln und führte ihn ins Labor. Er ging voran, sodass Kennon sein Gesicht nicht sehen konnte.

## FÜNFZEHN

Er verließ das Labor vor siebzehn Uhr, aber es war schon dunkel. Er fuhr zum Lincoln Way hinunter und schlängelte sich dann durch den Park hindurch nach Richmond. Mehrmals bog er willkürlich ab und ließ den Rückspiegel nicht aus den Augen. Kennons Besuch machte ihn nervös. Als er zufrieden feststellte, dass ihm niemand folgte, fuhr er kurz an den Straßenrand und zog sein Handy aus der Tasche. Er wählte Henrys Nummer, stellte das Gerät auf Lautsprecher und fuhr wieder an.

»Ja.«

»Caleb hier. Bist du allein?«

»Einen Augenblick.«

Das Stimmengewirr im Hintergrund schwoll an, als Henry von dort, wo er gesessen hatte, aufstand und sich einen etwas privateren Ort suchte. Kurz darauf war es plötzlich still.

»Tut mir leid«, sagte Caleb. »Ich wollte dich nicht stören.«

»Schon gut«, antwortete Henry. »Ich bin noch in der Bryant Street und war im Konferenzraum. Aber wir warten sowieso noch auf Kennon. Was ist los?«

»Wenn Kennon noch nicht da ist, liegt es daran, dass er bei mir war.«

»Er ist zu dir gekommen?«, fragte Henry, jetzt flüsternd. »Schon wieder?«

»Er hat mich über Massenspektrometer ausgefragt. Und über die Software. Er wollte sich mein Labor ansehen. Angeblich ging es um Marcie.«

Henry seufzte.

»Marcie und ich haben ziemlichen Ärger für unser Vorgehen gestern bekommen.«

»Wegen dem Virus?«

»Wir hätten dem Typen von Hewlett-Packard nicht einfach die

Festplatte geben dürfen. Schließlich ging es um einen Tatort, wir haben Kennons Beweiskette ruiniert. Er ist nach San José gefahren, hat die Festplatte geholt und heute früh dem FBI übergeben. Die haben eine eigene Abteilung für Cyberkriminalität. Dort wird die Festplatte jetzt untersucht.«

Caleb entdeckte einen freien Parkplatz und hielt an. Er stellte den Lautsprecher ab und nahm das Handy ans Ohr. Auch er sprach jetzt leiser.

»Haben sie irgendetwas entdeckt?«

»Behältst du es für dich?«

»Henry ...«

»Tut mir leid. Ich weiß, dass du nichts weitererzählst.«

»Das will ich hoffen«, sagte Caleb. »Jetzt sag schon.«

Während er auf Henrys Antwort wartete, schaute er in den Rückspiegel. Etwa dreißig Meter entfernt hielt ein Auto am Straßenrand. Die Scheinwerfer waren eingeschaltet, aber es hatte sich seit mindestens zehn Sekunden nicht vom Fleck bewegt. Dann sah Caleb ein größer werdendes Rechteck aus Licht auf der anderen Straßenseite, ein Garagentor öffnete sich. Das Auto bog scharf nach links und verschwand in der Garage. Beruhigt wandte Caleb den Blick vom Spiegel ab.

»Bist du noch da, Henry?«

»Ja.«

»Was hat das FBI gefunden?«

»Der Virus und die Morde hängen miteinander zusammen. Er hat Marcies Spektralanalyse manipuliert. Er saß zwischen dem Messgerät und dem Algorithmus für die grafische Ausgabe.«

»Du meinst, er hat die Messwerte verändert?«, fragte Caleb. »Sodass Marcie falsche Resultate zu sehen bekam?«

»Der Virus hatte ein klar umrissenes Ziel. Sobald das Messgerät auf ein Molekulargewicht von 637,73 stieß, wurde die Anzeige unterdrückt. In der ausgedruckten Grafik war an der entsprechenden Stelle nichts zu sehen, als wäre einfach nichts da.«

»Ein blinder Fleck im Spektrum«, sagte Caleb.

»Genau. Eine Art Schwarzes Loch.«

Caleb schnaufte und sah an die Wagendecke. Er addierte im Kopf Atomgewichte, bis er das passende Molekül gefunden hatte.

»Das ist Vecuronium, stimmt's? Der blinde Fleck – 673,73 –, das ist Vecuronium.«

»Du sagst es.«

»Verdammte Scheiße.«

»Das ist richtig übel«, sagte Henry. »Ich meine, Himmel, derjenige, der dahintersteckt, hat Zutritt zu meinem Labor. Im Keller des Polizeigebäudes.«

Caleb schaltete das Telefon auf Lautsprecher und fuhr wieder an.

»Er war in meinem verdammten *Labor*«, wiederholte Henry.

»Gibt es Verdächtige?«

Henry hustete. »Jeder, der eine Zugangskarte hat, ist verdächtig.«

»Über wie viele Personen reden wir?«

»Wir wissen es nicht«, sagte Henry. Obwohl er flüsterte, war seine Wut unüberhörbar. »Offiziell müsste jede Karte eine individuelle Codenummer haben, damit man weiß, wer kommt und geht. Aber in der IT-Abteilung hat jemand Mist gebaut, die Karten fürs Labor haben alle denselben Code. Und es gibt keine Liste der Leute, die eine Karte bekommen haben.«

»Habt ihr keine Überwachungskameras?«

»Natürlich haben wir die. Aber es muss vor Monaten passiert sein, vor den ersten Morden. Die Aufnahmen werden auf einer Festplatte gespeichert und alle dreißig Tage überschrieben, es sei denn, jemand will vorher darauf zugreifen.«

»Das alles hast du heute Abend erfahren?«

»Wie gesagt«, flüsterte Henry. »Ich stecke bis zum Hals in der Scheiße. Das FBI hat mir zwei Stunden lang den Arsch aufgerissen. Jedes Mal, wenn sie mich kurz in Ruhe gelassen haben, hat Garcia weitergemacht.«

»Kennon hat mich nicht nach Viren gefragt«, sagte Caleb. »Aber es könnte sein, dass ich deine Lage unfreiwillig verschlimmert habe.«

Henry stieß hörbar den Atem aus.

»Was«, fragte er langsam, »hast du gesagt?«

»Du hast mir eingeschärft, ich soll ihn nicht anlügen«, sagte Caleb.

»Oh, Scheiße, Caleb.«

»Ich habe erwähnt, wie Marcies Labor aussieht, verglichen mit meinem. Aber da wusste er schon, dass Marcie und ich keinen privaten Kontakt haben. Natürlich hat er gefragt, woher ich ihr Labor kenne.«

»Dann hast du ihm gesagt, dass wir Freunde sind?«

»Dass wir uns schon ewig kennen. Und ... Henry ... Ich glaube, er hat das Gespräch aufgenommen.«

»Du meinst, er war verdrahtet?«

»Ich glaube schon. Aber das ist noch nicht alles. Ich bin sicher, dass er dabei war – als sie wegen meines Dads kamen und auch, als sie mich gefunden haben. Ich weiß nicht, ob das irgendetwas ändert.«

Es war das erste Mal seit über fünfundzwanzig Jahren, dass er so direkt über die Ereignisse von damals sprach. Trotzdem fühlte es sich nicht wie etwas völlig Neues an, denn bei jedem Gespräch, das er in all dieser Zeit mit Henry geführt hatte, und bei jedem gemeinsamen Schweigen, hatten diese Untiefen gleich unter der Oberfläche gelauert.

Am Geary Boulevard bog Caleb rechts ab. Er schaffte es über zwei Kreuzungen, bevor er an der dritten vor einer roten Ampel halten musste. Er schaltete die Scheibenwischer ein und sah zu, wie sie die Regentropfen beiseite wischten und kleine Bäche am Rand der Scheibe herunterliefen, die das Rot der Ampel einfingen.

»Ich dachte, die Akte wäre unter Verschluss«, sagte Henry

schließlich. »Oder dass sie wenigstens deinen Namen rausgehalten hätten. Zumindest im Zusammenhang mit der Klinik.«

»Das bedeutet nicht, dass niemand darüber redet. Die Zeitungsartikel sind allgemein zugänglich, außerdem gibt es Leute, die Bescheid wissen. Aber wenn Kennon derjenige ist, für den ich ihn halte, ist es sowieso egal. Weil er damals dabei war.«

»Kannst du dich noch an irgendetwas anderes erinnern?«, fragte Henry.

»Was die Klinik angeht, schon. Langley Porter.«

»Ich meine die Zeit davor. Und direkt danach.«

»Nein«, sagte Caleb mit ausdrucksloser Stimme. »Und jetzt?«

»Keine Ahnung«, sagte Henry. »Falls Kennon mich direkt fragt, was wir vorhatten, muss ich es ihm sagen. Vielleicht werde ich von dem Fall abgezogen. Vielleicht … Aber das ist nicht dein Problem. Und wenn er mich nach der alten Sache fragt … Ich weiß nicht.«

»Wenn er dich fragt, erzähl es ihm einfach«, sagte Caleb.

»Was denn genau?«

»Was du glaubst, was passiert ist«, sagte Caleb.

»Na prima.«

»Es tut mir leid.«

»Ich weiß«, sagte Henry. »Ich muss jetzt Schluss machen. Garcia und die FBI-Typen warten da drin auf mich. Kennon wird jeden Augenblick auftauchen. Ähm … Ruf mich eine Weile nicht an, okay? Diese Art Ärger kann ich nicht gebrauchen.«

Henry legte auf. Caleb fuhr noch fünf Blocks. Das Handy lag auf seinem Schoß, das Licht des Displays beleuchtete noch eine Weile sein Gesicht, dann erlosch es.

An der Stanyan Street gab es einen guten Lebensmittelladen, gegenüber dem östlichen Ende des Golden Gate Parks. Er erreichte ihn, nachdem er eine Stunde lang ziellos durch Seitenstraßen gefahren war. Seine Gedanken waren von einem Thema zum anderen gewandert – von Henry über Kennon zu Bridget – und schließlich bei Emmeline gelandet. Er erinnerte sich, wie sie für ihn Klavier gespielt hatte, wie sie die Stimme gesenkt hatte, als sollten die Worte ihr gemeinsames Geheimnis bleiben. Wenn sie miteinander schlafen würden, wenn sie ihm in die Schulter beißen würde, um die Schreie ihrer Lust zu dämpfen, würde ihre Stimme genauso klingen.

Die Erinnerung reichte aus, um ihn bei der Stange zu halten, um zu verhindern, dass seine Gedanken wieder zu Kennon zurückkehrten. Zu Bridget. Er brauchte diesen Fixpunkt. Einen Ort, an dem seine Gedanken sich festhalten, auf den er sich konzentrieren konnte. Etwas, von dem er sich davontragen lassen konnte. Jameson und Berthe de Joux waren gut, aber Emmeline war so viel besser. Er dachte an ihre Arme, die ihn umschlangen, an ihren schlanken Körper eng an seinem. Kaum etwas war zwischen ihnen passiert.

Als er den Laden erreichte, fand er einen Parkplatz und stellte den Motor ab. Er blieb mit geschlossenen Augen sitzen, lauschte dem Regen auf dem Metalldach und dachte an das Essen, das er für sie kochen wollte. Er ließ sich Zeit, um in Ruhe zu planen, ging jeden einzelnen Schritt durch, bis er alles vor sich sah. Dann stieg er aus und knöpfte sich zum Schutz vor dem leichten Regen die Jacke zu.

Er hatte den Halbkreis des durchs Schaufenster fallenden Lichts fast erreicht, als ein Grüppchen von drei lebhaften, graziösen Frauen heraustrat. Sie trugen schwarze Cocktailkleider unter ihren langen Mänteln, jede hatte eine Flasche Wein in der Hand. Als er sie erkannte, war er schon zu weit ins Licht getreten, um ausweichen zu können, ohne noch mehr Aufmerksamkeit auf sich zu ziehen. Er roch schon die Mischung ihrer Parfüms, sah das Schimmern der Straßenlaternen in ihren Haaren und ihrem Schmuck. Sie bemerkten ihn, ihr Gespräch endete abrupt. Sie blieben stehen und sahen ihn an. Die Frau in der Mitte ergriff das Wort.

»Caleb? Erinnerst du dich an mich?«

Mit ihrer freien Hand griff sie nach den Aufschlägen ihres Mantels und zog sie am Hals dicht zusammen. Dann sah sie ihre Freundinnen an und warf einen schnellen Blick auf das Auto, in das sie einsteigen wollten. Die beiden anderen sahen zwischen ihr und Caleb hin und her, dann ging eine von ihnen widerwillig auf den Wagen zu. Die andere Frau folgte ihr nach einem letzten langen Blick auf Caleb.

Als sie allein waren, nickte Caleb ihr zu.

»Wie geht's dir, Paula?«

Sie zuckte die Achseln.

»Wir fahren zu Bridget«, sagte sie und hielt kurz die Weinflasche hoch. »Eine kleine Party in ihrem Atelier.«

»Das ist gut.«

»Dass sie ein bisschen Gesellschaft hat? Weil sie zu fertig ist, um rauszugehen? Ja. Das ist gut.«

»Paula …«

»Ich weiß, was passiert ist, dass ihr euch gestritten habt, okay? Sie hat es mir erzählt. Vielen Frauen hätte es nichts ausgemacht. Aber Bridget ist anders. Für sie war es ein schwerer Schlag.«

Er schob die Hände in die Taschen und trat einen Schritt zurück.

»Sie kann dir nicht alles erzählt haben«, sagte er. »Weil sie nicht alles weiß. Sie hat es mich nicht erklären lassen.«

Paula schüttelte den Kopf.

»Es geht nicht nur darum. Es geht um das Ganze.«

»Wovon redest du?«

»Dass sie aufwacht, und du liegst nicht neben ihr? Weil du ins Labor gegangen bist? Dass du manchmal selbst dann, wenn du mit ihr zusammen bist, nicht bei ihr bist … Du weißt, wovon ich spreche, also sieh mich nicht so an. Wage es bloß nicht, mich so anzusehen.«

»Ich sehe dich nicht irgendwie an, Paula.«

Sie trat einen Schritt zurück und richtete den Boden der Weinflasche auf seine Brust.

»Und es geht nicht nur um das, was *sie uns* erzählt hat, sondern auch darum, was *wir ihr* erzählen mussten.«

»Was musstet ihr Bridget erzählen?«

»Komm schon, Caleb. Wir leben nicht im Jahr 1950. Wenn man bei einer Vernissage einen Fremden kennenlernt, zieht man nicht gleich bei ihm ein. Erst recherchiert man ein bisschen. Und wenn man es nicht selbst tut, tun es die Freundinnen.«

Sie starrte ihn an, stieß langsam den Atem aus und nahm den Arm mit dem Wein herunter, hielt die Flasche aber weiterhin am Hals gepackt.

»Wenn du diese Geschichten gelesen hast«, sagte er, »weißt du, dass du nicht das ganze Bild kennst. Es gibt Lücken, das geben sie auch zu.«

Auch hier, von Paula zur Rede gestellt, gingen ihm die blinden Flecken im Spektrum nicht aus dem Kopf. Ein Virus im Massenspektrometer der Gerichtsmedizin von San Francisco war einfach unfassbar. In der ganzen Stadt konnte es nur ein paar Dutzend Menschen mit den dazu nötigen Fähigkeiten geben, er kannte sie praktisch alle. Sowohl Marcie Hensleigh als auch Joanne Tremont standen auf dieser Liste.

Paula beugte sich zurück, um an ihm vorbeizuschauen. Er drehte sich um und folgte ihrem Blick. Ihre beiden Freundinnen hatten sich einige Meter entfernt. Sie standen unter einer trüben Straßenlaterne vor ihrem Auto. Im schwachen Lichtkegel der Lampe war der Regen zu sehen, die jungen Frauen standen in ihre Mäntel gehüllt da und beobachteten Caleb. Ihre Gesichter wurden von den Displays ihrer Handys beleuchtet. Sie filmten ihn, als würden sie damit rechnen, dass er auf Paula losging. Er trat einen Schritt zurück, um ihre Erwartungen zu enttäuschen.

An ihre Namen konnte er sich nicht erinnern. Aber er war ziemlich sicher, dass beide schon nach einer von Bridgets Vernissagen die Nacht vor seinem Kamin zugebracht hatten. Betrunken und in die Decken gewickelt, die er neben der Couch liegen hatte.

Damals waren sie nicht der Ansicht gewesen, dass mit ihm etwas nicht stimmte, obwohl sie ihre Recherchen angestellt hatten. Obwohl sie wussten, dass sie beim Sohn des verstorbenen Caleb Ellis Sr. zu Gast waren.

Er nickte ihnen zu und wandte sich wieder an Paula.

»Abgesehen davon«, fuhr er fort, »sagen diese Geschichten nichts über mich aus, sondern darüber, was mir zugestoßen ist.«

»Ich habe nicht gesagt, dass du irgendetwas falsch gemacht hast«, sagte sie. Sie sprach leise und ruhig, ihre Miene wurde weicher. »Du warst ein Kind. Dein Dad … Er hat getan, was er getan hat. Aber Bridget hatte ein Recht darauf, es zu erfahren, okay? Also habe ich es ihr erzählt.«

»Okay.«

Er war froh über den Abstand zwischen ihnen.

»Wenn so etwas heute passieren würde, wäre es etwas anderes«, sagte sie. »Verstehst du, was ich meine? Man hätte dich nicht aus den Augen gelassen. Und vielleicht wäre dann wenigstens die andere Sache nicht geschehen.«

»Klar.«

»Trotzdem musste Bridget es wissen.«

»Mein Gott, Paula.«

Er ging auf den Eingang des Ladens zu, aber sie machte einen Schritt nach links und stellte sich ihm in den Weg.

»Was soll ich Bridget sagen?«, fragte sie. »Wir werden uns in zwanzig Minuten sehen.«

»Erzähl, was du willst. Ganz einfach.«

Er machte einen Bogen um sie und betrat den Laden.

Als er in sein Haus zurückkam, stellte er die Lebensmittel ab, nahm Bridgets Gemälde, brachte sie ins Schlafzimmer und stellte sie in ihren leeren Kleiderschrank. Als könnte er diesen Teil seines Herzens abtrennen, indem er die Bilder versteckte. Dann ging er in die Küche, entkorkte einen Sauvignon Blanc aus dem Loiretal, schenkte sich ein Glas ein und ließ die Flasche offen auf dem Küchentresen stehen. Er würde sie bald wieder brauchen.

Vor einem Schrank kniete er sich hin und nahm zwei Schneidebretter aus Ahornholz und einen Suppentopf heraus. Emmeline wollte ihm beim Kochen zusehen, dazu würde sie um Mitternacht auch reichlich Gelegenheit haben. Aber vorher wollte er einen Fond zubereiten und einreduzieren, um später Zeit zu sparen. Dazu hackte er grob Möhren, Sellerie, Schalotten und eine Zwiebel. Aus dem Laden hatte er achtzehn lebendige Austern mitgebracht, von denen er jetzt sechs für den Fond heraussuchte, die anderen bewahrte er für später auf. Er löste die Austern über dem Topf aus der Schale, sodass ihr Fleisch mitsamt der Flüssigkeit aufgefangen wurde. Dann gab er das Gemüse dazu, warf einen Beutel mit Lorbeerblättern und Pfefferkörnern hinein und übergoss alles mit einer Tasse Weißwein und einem Schluck kaltem Wasser.

Während der Fond zu kochen begann, spülte er die Schneidebretter und Messer. Dann stellte er sich mit dem Weinglas ans Fenster und schaute hinaus in die Nebelschwaden unterhalb des Hügels, die bis zum Erdboden hinabreichten und deren Grau von darunterliegenden Lichtquellen aufgehellt wurde, wahrscheinlich von Straßenlaternen und Weihnachtsdekorationen an den Dachvorsprüngen von Reihenhäusern. Sicher saßen hinter erleuchteten Fenstern Familien beim Abendessen, drängten sich Gäste in den Wohnzimmern. Aber all das war Calebs Blick entzogen, er sah nur dieses leuchtende Grau.

*Morgen ist Heiligabend*, dachte er.

Bridget würde kurz vor Mitternacht in die Grace Cathedral gehen. Wenn die letzte Woche anders gelaufen wäre, hätte er sie begleitet. Es würde einen Gottesdienst bei Kerzenlicht geben, er hätte zugesehen, wie das Licht von Docht zu Docht durch die Kirche weitergegeben wurde, bis Bridget ihre Kerze an der ihrer Banknachbarn entzündet und sich ihm zugewandt hätte. Ihm – wie immer – Wärme und Licht geschenkt hätte. Dann hätte er ihre rechte Hand mit seiner linken gehalten, von ihren weißen Kerzen wäre heißes Wachs auf das Papier des Handschutzes getropft. Die Flammen hätten zum Gesang der Gemeinde geflackert und gequalmt. Auf dem Heimweg den Nob Hill hinunter hätten sie die meiste Zeit über das Mitternachtsläuten gehört und bei jeder Kirche, an der sie vorbeikamen, die Schwingungen der Glocken in ihren Körpern gespürt.

Er wusste nicht, wie er Bridget nahekommen konnte, nicht mal in Gedanken.

Genau an dieser Stelle hatte er gestanden, als sie vor einer Woche das Glas nach ihm geworfen hatte. Jetzt trat er so nah an die dunkle Fensterscheibe heran, dass er das transparente Spiegelbild seines Gesichts sehen konnte. Die Verletzung an seiner Stirn war fast abgeheilt. Über der Wunde hatte sich eine Kruste gebildet, die Ränder der zerschnittenen Haut krochen langsam aufeinander zu, Zellen knüpften eine neue Matrix. Der Bluterguss ringsum war erst zu einem Gelbton verblasst und dann auf seiner gebräunten Haut unsichtbar geworden.

Aber eine Wunde an der Oberfläche war niemals die ganze Geschichte. Nach einer halben Stunde mit Henry in dessen Keller-Leichenschauhaus hatte man diese simple Lektion begriffen. Er fragte sich, ob die vergangenen sieben Tage sich mit einer Handvoll physikalischer Regeln erklären ließen, ob das, was er seit Bridgets Glaswurf getan hatte – seine nächtliche Jagd nach Emmeline, die Stunden, die er mit Henrys Ertrunkenen zugebracht hatte –, sich als natürliche Gegenreaktion betrachten ließ. Vielleicht ging sein Verhalten weit über eine solche Reaktion hinaus.

Als er hörte, wie der Fond aufkochte, wandte Caleb sich um, ging zum Herd, drehte die Flamme herunter und schöpfte den Schaum ab. An der Lünette seiner Armbanduhr stellte er die Kochzeit ein und ging ins Bad, um zu duschen.

Um zehn klingelte sein Telefon. Er sprang auf und schaute aufs Display. Aber mit der Nummer, die dort aufleuchtete, hatte er nicht gerechnet.

Es war Bridget.

Er legte das Handy auf den Küchentresen, trat einen Schritt zurück und beobachtete es. Jedes Klingeln stieß ihn ein Stück weiter in eine zunehmende Dunkelheit, ein steiler Abstieg bis in tiefstes Schwarz. Er wollte nicht darüber nachdenken, was in diesem Schatten verborgen lag, bis unten am tiefsten Punkt. Gleichzeitig war ihm klar, dass er diesen Absturz aufhalten und alles in helles Licht tauchen könnte, wenn er nur das Gespräch annahm, wenn er ihren Namen aussprach. Aber er tat es nicht, denn das hätte das Ende einer anderen Art von Hoffnung bedeutet.

Einer dunkleren Sehnsucht.

Nach fünf Klingeltönen wurde der Anruf auf die Mailbox geleitet. Er ging zum Kühlschrank, goss sich noch ein Glas Wein ein und verfluchte sich.

Emmeline rief um Viertel nach elf an, er ging sofort ans Telefon.

Zuerst sagte sie nichts, er hörte nur das leise Summen der Verbindung. Wo immer sie sein mochte, war es windig, er hörte Verkehrsgeräusche. Autos auf nassen Straßen, die quietschenden Bremsen von Lastwagen, die sich die steileren Hügel der Stadt hinabmühten. Caleb ging vor seinem Kühlschrank in die Hocke, drückte sich das Handy fest ans rechte Ohr und legte die andere Hand aufs linke, sodass er nur noch bei ihr war.

Sie atmete ein, er lauschte.

»Bist du bereit?«, fragte sie.

»Ja.«

»Franklin Street, Nummer 2007. Findest du das?«

»Ich werde kommen«, flüsterte er.

»Bring kein Telefon mit, okay?«

»Okay«, sagte er. Er hätte allem zugestimmt. Er befand sich in absoluter Dunkelheit, ihre Stimme war ein kühles Leuchten. Auf der ganzen Welt gab es nur diese Stimme, er wurde magnetisch von ihr angezogen. Ganz egal, was sie trennen mochte.

»Erinnerst du dich an unsere Versprechen?«

»Ja.«

»Dann sag sie noch einmal.«

Sie flüsterte, aber in ihrer Stimme schwang ein neuer Tonfall mit. Es war mehr als Sehnsucht, mehr als Bedürftigkeit. Verzweiflung vielleicht.

»Ich werde dich nie anlügen«, sagte Caleb. »Ich werde dir nie wehtun.«

»Weil du mein Freund bist?«

»Ja.«

»Dann komm zu mir. Finde mich.«

## SECHZEHN

Die Adresse an der Franklin Street, die sie ihm genannt hatte, lag im nördlichen Teil der Stadt. Er hatte jede Menge Zeit. Genügend Spielraum, um noch bei einer der beiden anderen Adressen vorbeizufahren, die er recherchiert hatte.

Joanne Tremont wohnte in Cathedral Hill, Marcie Hensleigh mit ihrem Mann in Pacific Heights, nur ein paar Blocks von seinem Treffpunkt mit Emmeline entfernt. Er wollte die beiden Frauen nicht persönlich aufsuchen, sondern in der Anonymität der Nacht an ihren Wohnungen vorbeifahren, sehen, ob ihre Fenster erleuchtet waren, und in der Nähe ein wenig Zeit totschlagen. Er wollte nur beobachten. Joanne kannte sich mit Spektrometersoftware aus, und mit Schmerz. Außerdem war sie wegen der Zuschüsse nervös, ihrer einzigen Einkommensquelle. Sie stand also unter Druck.

Marcies mögliche Motive waren weniger klar. Als Verdächtige wirkte sie weit hergeholt. Es würde schwierig werden, Henry oder Kennon für diese Vorstellung zu erwärmen. Aber Marcie besaß die nötigen Fähigkeiten, um die Software zu manipulieren. Außerdem hatte sie etwas, das Joanne fehlte.

Sie hatte Zugang zu ihrem Labor.

Von allen, die für die Programmierung des Virus infrage kamen, war Marcie die Einzige, die ihn problemlos hätte installieren können. Also fuhr er zu ihrem Haus.

Er wusste nicht, wie lange er schon im Auto saß, das er im Schutz einer Reihe von Eukalyptusbäumen geparkt hatte. Er hatte das Licht ausgemacht, den Motor aber laufen lassen, im Leerlauf, den Fuß auf der Kupplung. Über Marcies schmaler Garage befand sich eine Reihe von Erkerfenstern, aber er sah sie nicht hinter einem dieser Fenster vorbeigehen.

Kurz spielte er mit dem Gedanken, auszusteigen und die Straße zu überqueren. Die Stufen zu ihrer Haustür hinaufzugehen, die Finger in den schmalen Briefschlitz zu schieben und einen Blick durch den Spalt zu riskieren. Aber das ergab keinen Sinn. Auf diese Weise würde er nichts über sie erfahren. Schließlich sah er auf seine Uhr und stellte fest, dass es Zeit wurde. Marcie konnte warten, Emmeline nicht.

Kurz bevor er die Adresse erreichte, die sie ihm genannt hatte, verlangsamte er auf Schritttempo. Durchs linke Seitenfenster hielt er Ausschau nach dem Haus. Es war ein großes Gebäude im viktorianischen Stil, drei oder vier Stockwerke hoch, mit bemalten Giebeln und spitzen Kuppeln. Es stand in der Mitte des Blocks, hatte aber einen seitlichen Hof und einen Garten. Alle Fenster waren dunkel und die Vorhänge geschlossen. Er fuhr um den Block und fand einen Parkplatz in einer Nebenstraße.

Mit zwei Lebensmitteltüten in jeder Hand ging er zum Haus zurück und sah ein Licht, das sich hinter den Vorhängen bewegte. Er stieg die beiden kurzen Treppen zur Haustür hinauf und betrachtete die an der Wand angebrachte Bronzetafel. Das Licht der Straßenlaternen war gerade hell genug, um die Aufschrift lesen zu können:

SAN FRANCISCO BAUDENKMAL

HAAS-LILIENTHAL-HAUS

1886

Das Haus und der Name auf der Tafel kamen ihm vage bekannt vor, aber er wusste nicht, woher. Es musste irgendetwas mit Henry zu tun haben, und es löste in ihm eine Mischung von Gefühlen aus, so ausbalanciert wie ein Glas Absinth: einen Anflug von Erregung, durchdrungen vom Schrecken der Dunkelheit. Darunter lag Scham, unauslöschlich, wie unter die Haut gespritzte Tinte. Er wusste, dass seine Mutter vor fünfundzwanzig Jahren in einem

Haus wie diesem in einen Ausbruch von Raserei verfallen war, dass sie einen Polizisten am Hemdärmel gepackt und Calebs Namen geschrien hatte. Sie hatte den metallenen Gehstock, den sie benutzen sollte, fallen gelassen und war unbeholfen weitergehinkt. Dabei hatten sich die meisten Verbände gelöst, aber die Stiche waren noch da, sie schlängelten sich über ihre Wangen und die Stirn.

Er war bei diesem Vorfall nicht dabei gewesen. Das Bild seiner Mutter war keine Erinnerung, sondern etwas, das er sich aus dem zusammensetzte, was sie ihm später erzählt hatte. Aber jetzt war sie nicht mehr da. Er konnte sie nicht fragen, ob es dieses Haus gewesen war oder ob er bloß einmal mehr ein falsches Echo hörte, in einer Stadt, die für ihn voller falscher Echos war.

Es konnte an den beiden Gläsern Wein liegen. Und an der Art, wie die Straße unter ihrer Decke aus Nebel schlief, die an den Rändern alles weichzeichnete, Vertrautes und Unbekanntes durcheinanderwirbelte. Er streckte die Hand nach dem Türklopfer aus, aber ehe er ihn zu fassen bekam, öffnete sich die Haustür. Emmeline hielt eine Sturmlaterne aus Messing, mit kurzgeschnittenem Docht.

»Du hast mich gefunden«, sagte sie. »Willst du reinkommen?«

Sie hielt ihm die Tür auf, er betrat die alte Villa. Sie schloss die Haustür und legte den schweren Riegel vor. Sie trug ein Kleid in einem so dunklen Purpurton, dass es beinahe schwarz wirkte. Es war ärmellos, ihre Arme wirkten in der dunklen Eingangshalle blass und weiß. Sie trug weder Schuhe noch Strümpfe und trat geräuschlos auf ihn zu. Als ihre Fußspitzen sich berührten, blieb sie stehen. Die Laterne befand sich zwischen ihnen, so nahe an seinem Bauch, dass er die Hitze spürte. Sie streckte die Hand aus und strich mit der Rückseite ihres Zeigefingers unter seinem Kinn entlang.

»Danke fürs Kommen«, sagte sie. Ihr Parfüm, so zart wie ein einziger Spinnwebfaden, hüllte ihn ein. »Folgst du mir?«

»Gern.«

Sie führte ihn durch das dunkle Haus, durch Zimmer mit hohen Decken. Die Laterne warf einen Lichtkreis um sie beide. Die Küche befand sich in der rechten hinteren Ecke des Hauses. Sie hatte Kerzen auf einen marmornen Serviertisch und auf die Arbeitsplatten rund um den Herd gestellt. Der Herd selbst war riesig und kompliziert, ein mindestens hundert Jahre altes Gas-und-Elektro-Wunder. Er hatte sechs schmiedeeiserne Gasbrenner und drei verschiedene emaillierte Backofenfächer. In die Dunstabzugshaube war eine Glühbirne integriert, das einzige elektrische Licht, das er im Haus hatte brennen sehen. Sie warf warmes bernsteinfarbenes Licht auf die Herdplatten und rückte sie optisch in den Mittelpunkt.

»Meinst du, du kannst hier kochen?«, fragte Emmeline. Sie stand neben ihm, zwei ihrer Finger berührten seinen Arm gleich über dem Ellbogen.

Caleb schaute sich um.

Sie hatte Töpfe und Pfannen aus den Schränken geholt und sie abgewaschen. Jetzt lagen sie zum Trocknen auf Geschirrtüchern, die über die steinernen Arbeitsflächen gebreitet waren. Wunderschöne alte Kupfertöpfe, einige handgemachte Messer aus unlegiertem Stahl, deren glänzende Klingen offenbar vor Kurzem an einem Schleifstein geschärft worden waren. Es gab ein schweres Hackbrett, das aus ineinandergreifenden Endstücken von altem Hartholz gefertigt war, und eine gusseiserne Grillpfanne, die vom regelmäßigen Einölen glänzte. Darin würde er die Austern zubereiten, und in dem dazugehörigen Stieltopf würde er das Salz erhitzen.

»Ja, hier komme ich gut zurecht«, sagte er.

Emmeline trat zu dem marmornen Serviertisch und stellte die Sturmlaterne ab. Sie benutzte das Rädchen an der Seite, um den Docht ein Stück höher zu drehen. Die Flamme leckte und wurde größer, sodass mehr Licht in den Raum fiel. Sie wandte sich zu Caleb um, lehnte sich an den Tisch und stützte sich mit den Händen ab.

»Verrat mir, was es gibt«, sagte sie. »Dann kann ich den Wein aussuchen.«

»Ich hoffe, du magst Meeresfrüchte«, sagte er.

»Ich mag alles.«

»Wir fangen mit gegrillten Austern an«, sagte Caleb. »Snow-Creek-Austern, die kleinen.«

Sie nickte.

»Etwas Prickelndes«, sagte sie. »Ich habe einen Prosecco aus Treviso. Den trinken wir dazu.«

»Danach in der Pfanne sautierte Jakobsmuscheln mit Wildpilzen«, sagte Caleb. »Und Trüffelrisotto.«

»Ich habe einen guten Pinot Grigio mitgebracht. Der passt zu den Muscheln. Und ein Burgunder zum Risotto.«

»Zum Nachtisch gibt es nichts Besonderes«, sagte Caleb. »Nur gekühlte Himbeeren, ein bisschen dunkle Schokolade.«

Sie lächelte.

»Dazu nehmen wir den Rest vom Prosecco.«

»Soll ich anfangen?«

»Bitte«, sagte sie. »Ich bin hungrig.«

An der gegenüberliegenden Wand stand ein altmodischer Eisschrank. Caleb öffnete ihn, unsicher, was er dort vorfinden würde. Der Innenraum war zweigeteilt. Oben lag ein Eisblock, unten mehrere Flaschen Weißwein und der Prosecco.

»Hast du das Eis mitgebracht?«

»Ja.«

»Darf ich ein paar Dinge hier reinlegen?«

»Natürlich«, sagte Emmeline. »Ich bin gleich wieder da. Ich suche die Weingläser. Und spüle sie. Wahrscheinlich sind sie verstaubt.«

Sie nahm die Laterne und verließ die Küche. Im Haus war es so still, sie bewegte sich auf ihren nackten Füßen so anmutig leise, dass er das seidige Rascheln hörte, mit dem das Kleid über ihre Beine strich. Er sah ihr nach und legte einen Teil des Gemüses in den Eisschrank. Dann trat er zum Herd und versuchte herauszufinden, wie er den Ofen in Gang bringen konnte.

Das Haus war eine Zeitkapsel, ein Geist der Stadt San Francisco, die vom Erdbeben des Jahres 1906 ausgelöscht worden war. Heute war das Haus ein Museum, gut genug instandgehalten, um bewundert zu werden, aber die meisten Küchengeräte waren schon lange nicht mehr benutzt worden. Er drehte einen der Knöpfe am Herd, beugte sich zum Brenner hinunter und roch das ausströmende Gas. So weit, so gut, aber es gab keine Zündflammen. Von einer der Tüten aus dem Lebensmittelladen riss er ein Stück Papier ab, brachte es an einer Kerze zum Brennen und zündete das Gas in zweien der Backofenfächer an. Dann wedelte er die Flamme aus und legte das Papier ins Spülbecken. Als er sich umdrehte, stand Emmeline mit sechs langstieligen Gläsern hinter ihm. Zwei für jeden der Weine.

»Du hast diesen Gesichtsausdruck«, sagte Emmeline.

»Welchen Gesichtsausdruck?«

»Du hattest ihn, als ich dir von dem Mann erzählt habe, mit dem ich zusammen war. Als ich dir erzählt habe, dass er verschwunden ist«, sagte sie und stellte die Gläser auf die Arbeitsplatte neben der Spüle. »Ich habe dir erzählt, dass er tot ist ... höchstwahrscheinlich. Als ich dir das alles erzählt habe, hast du dir Sorgen gemacht. So siehst du jetzt auch aus. Es liegt daran, dass wir hier sind, stimmt's? In diesem Haus.«

Er nickte. Aber er schuldete ihr eine genauere Antwort. Ihm ging mehr durch den Kopf als nur dieses Haus, und er hatte versprochen, ihr die Wahrheit zu sagen. Er dachte an den Gestank in Henrys Leichenschauhaus, an den Geruch des Leichenwachses, als Henry das Laken vom Körper des Toten gezogen hatte. Er dachte an Kennon, der in seinem Labor stand, die Hände in den Taschen des Trenchcoats, und Caleb aus seinen tiefliegenden Augen musterte.

Und an Bridget.

Selbst hier, zusammen mit Emmeline im Kerzenlicht dieser Küche, war Bridget präsent.

»Ich …«

Sie trat dicht an ihn heran, legte die linke Hand auf sein Brustbein und den Zeigefinger der rechten auf seine Lippen.

»Schsch, Caleb«, sagte sie.

Ohne zu blinzeln sah sie zu ihm auf. Hielt seinen Blick gefangen. Anscheinend zufrieden, dass er nicht weitersprach, als sie den Finger von seinem Mund nahm, schlang sie die Arme um ihn. Ihre Wange drückte sich an seine linke Schulter.

»So ist es besser«, sagte sie. »Wir sind hier sicher. Das verspreche ich dir. Glaubst du mir?«

»Ja.«

»Ich wohne hier nicht. Es ist nicht mein Haus. Das weißt du. Aber wir sind hier sicher. Es ist in Ordnung, dass wir hier sind.«

»Aber wie …«

»Frag nicht, wie«, sagte sie und drückte ihn noch fester. »Es ist nicht immer gut, das Wie zu kennen. Noch nicht.«

Sie hielt ihn so fest, dass er ihren Herzschlag spürte. Er legte seine Hände auf ihre nackten Arme, dann ließ er sie über ihre Schultern bis hinunter in ihr Kreuz gleiten. Er presste sie an sich.

»Ich bringe dich dorthin, wo ich wohne. Das will ich«, flüsterte sie. »Am liebsten würde ich dich jetzt dorthin bringen. Aber ich bin noch nicht bereit. Noch nicht ganz.«

»Okay.«

»Und du willst mich mit in dein Haus nehmen. Du willst mich dort haben, willst alles über mich wissen. Aber ich glaube, dazu bist auch du noch nicht bereit, oder?«

Er nickte, dann wurde ihm klar, dass sie ihn nicht sehen konnte.

»Wahrscheinlich nicht.«

»Deswegen ist es gut, wie es ist. Es ist sicher. Für uns beide.«

Sie löste sich ein Stück weit von ihm, ohne die Hände von seinen Hüften zu nehmen, und hob ihr Gesicht zu seinem. Der Kuss fühlte sich so selbstverständlich an, als würde man in einem vertrauten Schloss den Schlüssel drehen, eine Tür öffnen und nach Hause kommen. Ihre Lippen waren kühl. Und süß wie das Glas Berthe de Joux, das sie getrunken haben musste, ehe sie ihn ins Haus gelassen hatte. Sie ließ die Hände unter dem Sakko an seinem Rücken hinaufgleiten und das Hemd auf seiner Haut glattstreichen. Nach dem Kuss ließ sie ihn los, drehte sich um, stützte sich auf die Arbeitsplatte und blieb dort stehen, mit dem Rücken zu ihm.

»Soll ich dir ein Glas Prosecco einschenken, während du die Austern machst?«

Er betrachtete ihren Nacken und ihre Silhouette unter dem purpurnen fließenden Stoff des Kleids. Noch nie zuvor hatte er jemanden so sehr gewollt. Auf seinem Rücken spürte er immer noch ihre Berührung, die Erinnerung war so real, als hätte sie ihre Hände vorher in rote Farbe getaucht. Als hätte sie ihn markiert, ihren Besitzanspruch auf seinem Körper hinterlassen. Hätte er kein Hemd angehabt, hätten sie sich nackt am Fuß seines Betts stehend geküsst, dann hätte sie wahrscheinlich ihre Fingernägel benutzt. Die Finger gekrümmt und sich mit den Nägeln von oben bis unten in seinen Rücken eingegraben.

Zehn parallele Linien, von den Schultern bis zur Hüfte.

»Caleb?«, fragte sie ohne sich umzudrehen. »Wein?«

»Gern«, sagte er. »Ich habe eine Weile zu tun.«

»Darf ich zusehen?«

»Ich bestehe darauf.«

Hinter dem Messinggitter des Gaskamins im Esszimmer brannte eine orange-blaue Flamme, außerdem hatte Emmeline noch mehr Kerzen gebracht und auf dem langen Tisch aus Walnussholz verteilt. Er brachte die vorgewärmten Teller, die er mit Geschirrtüchern halten musste. Die Austern lagen auf einem Bett aus heißem

Steinsalz, drei auf jedem Teller, auf jeder Halbschale ein Löffel des buttrigen Fumets, darauf Kerbel und ein Teelöffel goldener Kaviar.

Emmeline hatte den Prosecco schon eingeschenkt.

Sie saß auf der rechten Seite des Tisches und hatte am Kopfende für ihn gedeckt. Er stellte erst ihren Teller ab, dann seinen, zog seinen Stuhl unter dem Tisch hervor und setzte sich. Emmeline nahm ihre Sektflöte und hob sie an. Er stieß mit ihr an, beide tranken einen Schluck. Der Prosecco schmeckte so frisch wie ein grüner Apfel, so rein wie Frühlingsgras.

»Danke«, sagte sie.

»Es ist …«

»Nein, Caleb. Red es nicht klein. Hör dir an, was ich zu sagen habe. Niemand hat je so etwas für mich getan.«

Emmeline stellte ihr Glas vorsichtig ab. Mit der Gabel hob sie eine der Austern aus ihrer Schale, ließ sie in den Mund gleiten und schloss die Augen. Er sah ihr zu, sah ihre lustvolle Freude, als die Geschmacksnoten miteinander verschmolzen. Sie schluckte, legte die Gabel auf den Rand ihres Tellers und öffnete die Augen.

»Caleb.«

»Wirklich, es …«

»Du weißt nicht, wie es gewesen ist. Wie ich gelebt habe«, sagte Emmeline. Er sah, wie nahe sie dem Weinen war, wie ihre Tränen sich anschickten, über die weiße Wölbung ihrer Wangen zu laufen.

Caleb legte die Gabel ab und griff nach ihrer Hand. Sie nahm seine Finger und drückte sie.

»Er hat mich *besessen*. Wie man einen Hund besitzt. Glaubst du, ich wäre in dem Wagen geblieben, draußen im Wald – *tagelang* war er weg … Glaubst du, ich wäre geblieben, wenn er mein Halsband nicht festgebunden hätte? Mit einer Eisenkette? Ich habe ihn geliebt, aber hatte ich eine Wahl? Ich war ein *Kind*. Als ich die Entscheidung treffen musste – als ich mich dazu bringen musste, ihn zu lieben – war ich ein kleines *Mädchen*.«

»Emmeline …«

»… O Gott, Caleb, es tut mir leid.«

»Nein.«

»Caleb, es tut mir so leid.«

Er wandte sich ihr zu, ergriff ihre linke Hand und nahm sie zwischen seine Hände. Ihre Finger waren so kalt wie der durch die Straßen treibende Nebel. Mit ihrer freien Hand trocknete sie sich die Augen.

»Ich hätte das alles nicht sagen sollen.«

»Schon gut.«

»Nein, es ist nicht gut.«

»Wir haben uns gegenseitig etwas versprochen«, sagte Caleb und strich mit den Fingerspitzen über ihre. »Uns niemals wehzutun. Nie zu lügen. Es ist alles in Ordnung.«

Sanft drückte er ihre Hand, bis sie den Blick hob.

»Also gut«, sagte sie.

»Er hat dich genommen, stimmt's?«

Sie nickte.

»Ja, das hat er.«

»Aber jetzt ist er tot.«

»Ich hoffe es«, sagte sie. »Gott, ich hoffe es.«

Sie befreite ihre Hand aus seinem Griff und nahm ihr Weinglas. Noch einmal stießen sie an, dann trank sie ihren Prosecco aus. Am Boden des Glases blieb ein dünner Schaum aus Bläschen zurück, in denen sich das Kerzenlicht fing.

»Es tut mir leid. Die Austern … Sie sind so gut. So etwas Gutes habe ich noch nie gegessen.«

»Dann lass uns beginnen«, sagte Caleb. »Sie schmecken am besten, wenn sie richtig heiß sind.«


Anschließend stellte er die Teller ins Spülbecken und bereitete den Risotto vor. Emmeline öffnete den Pinot, dann lehnte sie sich in den Türrahmen und sah ihm zu. Sie hielt die Flasche am Hals, in Höhe ihrer Hüfte. Er spürte ihre Blicke auf seinen Händen, spürte, wie sie sich leicht vorbeugte, als er ein langes Messer nahm und die Klinge mit der Kuppe des Daumens prüfte, ehe er auf dem Holzbrett die Wildpilze hackte.

Einmal drehte er sich zu ihr um. Ihre Augen waren dunkel, im Kerzenlicht glänzten feuchte Schlieren auf ihren Wangen. Er wollte auf sie zugehen, aber sie hielt ihn mit erhobener Hand zurück.

»Mach weiter, Caleb!«

»Gut.«

»Ich gehöre jetzt dir«, sagte sie und lehnte den Kopf gegen den Türrahmen.

»Wirklich?«, fragte er. Nichts fühlte sich sicher an.

Sie nickte.

»Du hast mich. Ich gehöre dir. Also mach weiter. Denn ich bin auch nachher noch hier.«

Irgendwo über ihnen war ein dumpfer Aufprall zu hören. Er schaute zur Decke, dann zu ihr. Vielleicht hatte das Haus sich gesetzt. Das Gebäude war alt, aus Redwoodholz gebaut. In einer Nacht wie dieser war damit zu rechnen, dass es knarrte und ächzte. Der Wind und der Nebel streiften ums Haus und drückten es in seine Fundamente. Aber das, was er gehört hatte, klang nach einem Menschen, der sich bewegte.

»Bleib hier«, sagte Emmeline.

»Soll ich nicht …«

»Bleib. Koch.«

Sie lächelte ihn an, aber ihr Lächeln erreichte die Augen nicht, änderte nichts an der Traurigkeit in ihrem Blick. Sie verließ das Zimmer. Er hörte, wie sie die Weinflasche auf den Esstisch stellte und kurz darauf die Treppe in den ersten Stock hinaufstieg. Er gab die Pilze und den gehackten Knoblauch in eine heiße eiserne Pfanne. Die dünne Schicht Olivenöl zischte auf. Wieder stellte er sie sich als kleines Mädchen vor, allein gelassen in einem Auto im Wald. Er hatte sich dieses Bild seit jenem Abend im Spondulix immer wieder vor Augen geführt. Irgendetwas daran hatte ihn nicht losgelassen, jetzt hatte sie ihm genug erzählt, dass er den Grund begriff.

Jetzt kannte er die Einzelheiten.

Er sah das Hundehalsband – ein Würgehalsband mit nach innen gerichteten Stacheln – um ihren Hals, die Kette daran, die zu einer in den Boden des Wagens montierten Öse führte. Das dunkelhaarige kleine Mädchen kratzte verzweifelt an den geschlossenen Fenstern und hinterließ blutige Streifen. Auf der Motorhaube und dem Dach lag Herbstlaub. Mehr, als sich an einem einzigen Tag angesammelt haben konnte. Feuchte Blätter klebten an der Windschutzscheibe und den Seitenfenstern. Die dunkleren Blätter hatten dieselbe Farbe wie die blutigen Schlieren auf der Innenseite der Scheibe.

Aus dem ersten Stock hörte er ein Rutschen und einen Knall. Die Geräusche rissen ihn aus dem feuchten Wald zurück in die Gegenwart. Er schaute zur Decke hoch und hörte einen leisen, gedämpften Schrei. Ein Schluchzen, das gleich darauf von einer überraschten Hand auf dem Mund abgeschnitten wurde.

Dann kam Emmeline die Treppe herunter. Er drehte sich um, sie stellte sich wieder an ihren Platz im Türrahmen.

»Alles in Ordnung?«

»Ein Fenster. Ich hatte oben ein Fenster offen gelassen. Als ich auf dich gewartet habe.«

Er nickte.

»Es riecht gut«, sagte sie.

»Ich hoffe, es schmeckt auch.«

Emmeline sah auf ihre Fingerspitzen und hob sie zum Mund.

»Hast du dir wehgetan?«

»Ich bin mit dem Nagel hängengeblieben. Nichts Schlimmes.«

Auf der Fingerspitze war ein Blutstropfen zu sehen gewesen, aber jetzt war er weg. Sie hatte ihn abgeleckt, ein schneller Kuss auf die Wunde.

»Ich kann dir etwas Eis holen«, sagte Caleb.

Sie schüttelte den Kopf.

»Koch nur«, sagte sie. »Ich trinke ein Glas Wein. Mehr brauche ich nicht. Es ist nur ein winziger Schnitt.«

Sie verschwand ins Esszimmer und kam kurz darauf mit einem Glas Pinot zurück.

»Das Essen ist jeden Moment fertig.«

»Soll ich die Teller holen?«

»Ich habe sie schon bereitgestellt. Auf dem Serviertisch.«

Mit einem hölzernen Pfannenwender wendete er die Scallops ein letztes Mal und betrachtete sie prüfend. Sie hatten einen appetitlichen, leicht goldbraunen Ton. Als er sich hinunterbeugte, roch er, dass sie das Aroma der Pfifferlinge und der Morcheln angenommen hatten. Er nahm die Pfanne von der Flamme und richtete die Teller an, die er schon mit gehacktem Thymian und Trüffelöl garniert hatte. Als er die Teller ins Esszimmer brachte, zog Emmeline ihm den Stuhl zurück und schenkte ihm Wein ein.

»Das sieht wunderbar aus«, sagte sie.

»Danke.«

Er stellte ihren Teller ab und setzte sich. Einen Moment lang blieb sie hinter ihm stehen, ihre Hand seitlich an seinem Hals. Er dachte, sie wolle vielleicht etwas sagen, aber das tat sie nicht. Sie strich ihm mit der rechten Hand über den Rand des Ohrs, dann zog sie ihren eigenen Stuhl zurück und setzte sich in einem seidigen Rauschen und einem Hauch von Parfüm.

## SIEBZEHN

Der Abend hätte auf so viele unterschiedliche Arten zu Ende gehen können.

Aber als er zu seinem Wagen zurückging, mit den Schlüsseln in seiner Manteltasche klirrte und darüber nachdachte, war er sicher, dass es keinen schöneren Abschluss hätte geben können. Nach dem Risotto hatten sie sich auf den Boden vor dem Kamin im Wohnzimmer gesetzt, Kissen vom Sofa genommen und sich mit dem Rücken an den schweren Couchtisch gelehnt. Sie hatten die gekühlten Himbeeren mit geraspelter dunkler Schokolade gegessen, Emmeline hatte ihnen den restlichen Prosecco eingeschenkt und sich dicht an ihn gelehnt. Sie hatte ihm die Hand auf die Brust gelegt, zwei Finger durch den Schlitz zwischen den Perlmuttknöpfen geschoben, dicht an sein Herz heran. Sie aßen den Nachtisch, tranken den Wein. Als nichts mehr übrig war, hatte sie sich wieder zu ihm hochgebeugt und ihn geküsst.

Ihre Lippen waren kühl und süß gewesen.

Emmeline rückte dicht an seinen Körper, als er hart wurde, legte sie eine Hand auf den unteren Teil seines Rückens und zog ihn fest an sich. Sie unterbrach den Kuss und flüsterte in sein Ohr.

»Es wäre ganz leicht, nicht wahr?«

»Ja.«

»Hier vor dem Kamin.«

»Ich weiß.«

»Du könntest mich nehmen«, sagte sie. »Auf jede Art, die du willst.«

Er ließ seine Hand ihren Rücken hinuntergleiten. Der mitternächtliche Duft ihrer Haut, das Aroma von Mondlicht und Schatten, umfing und trug ihn.

»Aber jetzt noch nicht. Wir können noch nicht«, sagte sie. »Verstehst du?«

»Ja.«

Er war benommen. Es lag auch am Wein, aber wirklich berauscht war er von Emmeline. Sie war in ihm, strömte durch seine Adern und durchbrach seine Blut-Hirn-Schranke. Die glatte Seide ihres Kleids, ihre nackte Haut darunter.

Sie drückte ihre Lippen auf seine und legte die Hände um seinen Hinterkopf. Als er endete, dieser lange und innige Kuss, legte sie ihre Stirn an seine. Immer noch strichen ihre Finger durch seine Haare. Ihre Augen waren geschlossen.

»Du siehst mich nicht mehr an«, sagte sie, immer noch mit geschlossenen Augen.

»Ich habe in den Kamin geschaut.«

»Siehst du es?«

»Sehe ich …?« Er hielt mitten im Satz inne, als sein Blick an etwas hängenblieb. »Warte.«

Aufmerksam betrachtete er die linke Seite der Kaminumrandung.

»Sie lässt sich ausklappen, stimmt's?«

Sie nickte. Ihre Augen blieben geschlossen.

»In vielen alten Häusern gab es solche Dinge«, sagte sie. »Und wenn erst genügend Leute gestorben sind, hat das Haus ein Geheimnis.«

Er war nicht ganz sicher, woran er es gemerkt hatte. Aber er hatte sein Leben lang gelernt, Dinge zu entdecken, die andere Menschen nicht sahen. Vielleicht war das sein wesentlicher Charakterzug. Wieder musterte er den Kamin. Irgendetwas stimmte mit den Dimensionen nicht. Die Umrandung war auf der linken Seite dicker als nötig, wirkte aber trotz der Ausmaße ziemlich leicht. Das Haus war zu schön, zu liebevoll ausgestattet, als dass solche Anomalien auf falsch berechnete Proportionen oder schlechten Geschmack zurückzuführen sein könnten.

Und wenn es einen Grund dafür gab, musste dort ein versteckter Durchgang sein.

»Ist es in Ordnung?«, fragte er. »Ich meine …«

Wieder legte sie den Finger auf seine Lippen.

»Es ist schon gut, Caleb«, flüsterte sie. »Schau es dir an.«

Er zögerte, sich von ihr zu lösen. Seine Fingerspitzen lagen unten an ihrer Kehle, er spürte ihre Schulter und ihren Rücken an seiner Brust.

»Sieh nach«, sagte sie und schob ihn an. »Du wirst es herausfinden.«

»Und du?«

»Ich nicht«, sagte sie. »Ich mag solche Orte nicht. Ich bleibe lieber am Feuer.«

Er stand auf und ließ seine Finger von ihrer Schulter bis zur Hüfte gleiten. Dann stieg er über sie hinweg, kniete sich vor die Umrandung und umfasste sie von beiden Seiten. Mit den Fingerspitzen tastete er den Winkel zwischen der Wand und dem Kaminrand ab, fand aber nichts. Aber damit hatte er auch nicht gerechnet.

Etwas so Simples wie einen versteckten Riegel hätten ein Hausmädchen beim Reinigen des Kamins oder ein spielendes Kind entdecken können. Dann wäre es kein Geheimnis mehr gewesen. Er lehnte sich gegen die Umrandung und drückte sie mit den Handflächen nach unten, in den Boden. Irgendwo hörte er ein Klicken, als er aufstand und zog, schwang sie an innenliegenden Scharnieren auf.

Sie gab einen Durchgang frei, der höchstens dreißig Zentimeter breit und anderthalb Meter hoch war. Dahinter lag Dunkelheit.

»Siehst du?«, sagte Emmeline. »Du weißt, wie man etwas findet.«

»Wie kommst du darauf?«

»Du hast mich gefunden.«

Jetzt öffnete sie die Augen und sah ihn an. Sie lag auf den Kissen und strich mit einem Finger über den Rand ihres Prosecco-Glases. Ihre Wangen waren von der Wärme des Feuers gerötet. Eine Röte, die sich noch verstärken könnte, wenn er zurückgehen und sich neben sie legen würde, das wusste er. Aber er roch den Schimmel und den Staub in der abgestandenen Luft, spürte die Kälte aus dem geheimen Raum herausdringen und wusste, dass er hineingehen musste.

Sie wollte es so – auch das wusste er. Es gab tausend Orte, an die sie ihn heute Abend hätte bringen können, aber sie hatte sich für diesen entschieden. Für dieses Haus der Echos.

»Du wirst eine Kerze brauchen«, sagte Emmeline.

Auf dem Couchtisch gleich neben ihr stand ein halbes Dutzend Kerzen. Er nahm eine, schirmte die Flamme mit der Hand ab und stellte sich vor den Durchgang. Noch einmal blickte er zu Emmeline zurück, dann duckte er sich in den Tunnel.

Der Durchgang war nur einen guten Meter lang, dann öffnete er sich in einen Raum, der so klein und karg war wie die Zelle eines Mönchs. Boden und Wände aus Stein, über seinem Kopf waren nur die Redwood-Balken, die das erste Stockwerk trugen. Er hielt die Kerze über seinen Kopf und schaute sich langsam um.

In einer Ecke befand sich eine Pritsche. Die letzte Person, die hier geschlafen hatte, hatte die Decken auf einen großen Haufen geworfen. Aber das musste vor langer Zeit gewesen sein, denn sowohl die Decken als auch die Pritsche waren voller Spinnweben und dunkler Schimmelflecken. Auf dem Boden stand ein verstaubtes Wasserglas, daneben lag ein Silberlöffel, der mit einer schwarzen Kruste überzogen war. Unter der Pritsche und auf der dünnen Matratze waren Blätter von Zeichenpapier verstreut. Caleb ging in die Hocke, um ein Blatt zu betrachten, aber es war zu verdreckt mit Schimmel und den Hinterlassenschaften von Insekten, als dass er etwas darauf hätte erkennen können. Was immer diese Kohlezeichnung einmal dargestellt hatte, war verloren. Die anderen schaute er sich gar nicht erst an.

Caleb stand auf und drehte sich noch einmal um die eigene Achse, um sicherzugehen, dass er nichts übersehen hatte, dann trat er den Rückzug an.

Emmeline war dort, wo er sie zuletzt gesehen hatte.

Nachdem er die Geheimtür geschlossen hatte, stellte er die Kerze zurück auf den Couchtisch und kniete sich neben sie. Sie rollte sich zu ihm herum, öffnete die Augen, nahm seine Hand und hob sie an die Lippen. Als sie seine Fingerknöchel küsste, gleich unterhalb seiner Schnittwunden, spürte er die sanfte Berührung ihrer Zähne.

»Hallo«, sagte sie schließlich. »Wie war es?«

»Wie war was?«, fragte er.

»Ich weiß nicht.«

»Ob es mit der Prohibition zu tun hat?«, vermutete er. »Eine Art Versteck?«

Sie schüttelte den Kopf.

»Ich weiß nicht. Es ist ein Geheimnis.«

»Aber du wusstest davon.«

»Ich habe es entdeckt«, sagte sie. »Auf dieselbe Weise wie du. Das heißt, dass es jetzt unser Raum ist – unser geheimer Raum. Er wird uns gehören, bis wir beide nicht mehr da sind, dann ist dort wieder nur eine Leerstelle. Dunkelheit.«

Sie ließ seine Hand los, legte ihre Handfläche in seinen Nacken, zog ihn zu sich hin.

»Jetzt wirst du mir sagen, dass ich gehen soll«, sagte Caleb.

»Es ist Zeit.«

Er hatte zu viele Fragen. Warum dieses Haus mit seinem toten Raum und den seltsamen Echos? Und warum von allen Männern in der Stadt ausgerechnet er, wo sie doch nur seinen Vornamen und seine Telefonnummer kannte? Als er ihr schon mal eine ähnliche Frage hatte stellen wollen, hatte sie ihn mit einem Finger auf den Lippen zum Schweigen gebracht. Und mit einem Kuss. Es sei besser, nichts zu wissen, hatte sie gesagt. Also hatte er auch nicht gefragt.

»Fahr nach Hause«, sagte sie. »Ich räume auf.«

»Und du rufst mich an?«

»Bald«, sagte sie. »Dann wirst du mich wiedersehen. Und, Caleb?«

»Emmeline.«

»Ich gehöre dir. Vergiss das nicht.«

Er nickte, lehnte seine Stirn gegen ihre. Dann stand er auf, strich seine Hose und sein Sakko glatt und sah auf sie hinab. Sie lag immer noch auf den Kissen vor dem Kamin, einen Arm auf den Couchtisch gestützt. Der Saum ihres Kleids war auf den Oberschenkel hochgerutscht, knapp über das Knie. Sie schob ihn hinunter und sah ihn an.

»Bald«, sagte sie.

Wieder nickte er.

Dann drehte er sich um und verließ das Haus.

Er überquerte die Straße, die Hände in den Manteltaschen, den Schlüsselbund in der Hand. Zweimal hatte sie seine sämtlichen körperlichen Funktionen kurzzeitig zum Aussetzen gebracht: *Ich gehöre dir.* Nie war ihm eine Frau begegnet, die so etwas schaffte, die mit ganz wenigen Worten die Zeit anhalten konnte. Wahrscheinlich könnte sie die Zeit auch dazu bringen, rückwärtszulaufen.

Er trat auf den Bürgersteig gegenüber und warf einen Blick zurück auf das Haas-Lilienthal-Haus. Wieder hatte er für einen Moment das verschwommene Bild vor Augen, seine Mutter, die mit einem Polizisten im Schlepptau über diesen Bürgersteig lief. Dann lösten die beiden Gestalten sich in Luft auf und wurden vom Wind fortgeweht, ehe er sich klarmachen konnte, ob es sich um eine echte Erinnerung oder um den Nachhall eines Traums handelte.

Caleb stützte sich an einer Straßenlampe ab und starrte hinüber zum Haus.

Das Erdgeschoss lag immer noch im Dunkeln, aber hinter den Vorhängen im ersten Stock bewegte sich ein Licht. Die Flamme der Sturmlaterne zog hinter den drei Bogenfenstern des Eckturms vorbei, verharrte einen Moment und verschwand.

Sie ging tiefer ins Haus hinein, die Fenster wurden dunkel. Aber Caleb wandte sich nicht zum Gehen. Noch nicht. Er wusste nicht, worauf er wartete, aber er wusste, dass etwas geschehen würde. Ein Zeichen, ein Hinweis.

An den feuchten metallenen Mast der Straßenlaterne gelehnt, blieb er einfach stehen.

Hinter den Vorhängen war ein blaues Aufblitzen zu erkennen, wie von einer alten Kamera. Zu hören war nichts.

Dann war es wieder dunkel. Vom Pazifik drängte Nebel in die Bucht und legte sich über den nördlichen Rand der Stadt. An der Ecke Franklin Street und Jackson Street flackerte kurz eine Straßenlampe auf und erlosch. Dort drüben hatte er sein Auto abgestellt, im Schatten unter dem dunklen Auge der Laterne. Er wandte sich wieder zum Haus und beobachtete eine weitere Minute lang die Fenster im ersten Stock mit den geschlossenen Vorhängen. Dann schloss er die Faust um seine Schlüssel und machte sich auf den Weg.

Um halb elf am Morgen klingelte es an der Tür. Caleb rollte sich vom Sofa, nahm den Bademantel von der Lehne und warf ihn sich über. Weil er das zerbrochene Fenster neben der Tür verrammelt hatte, konnte er nicht sehen, wer draußen stand. Kennon, vermutete er. Möglicherweise Bridget. Oder jemand aus dem Labor.

Er öffnete die Tür.

»Henry. Was zum Teufel machst du hier?«

Sein ältester Freund starrte ihn an. Seine Schuhe waren feucht und lehmig. Caleb vermutete, dass er ein Stück weiter weg geparkt hatte und dann über einen der Fußwege durch den Eukalyptuswald gekommen war.

»Komm besser rein, bevor dich jemand vor meiner Haustür sieht.«

»Lass mich die erst ausziehen.«

Henry beugte sich hinunter, löste die Schnürsenkel und streifte die Schuhe ab. Caleb trat beiseite und ließ seinen Freund ins Haus. Dann schloss er die Tür und folgte Henry in die Küche.

»Kaffee?«

»Gern.«

Caleb nahm die Tüte gemahlenen Kaffee aus dem Kühlschrank und holte die Cafetière vom Abtropfbrett neben der Spüle.

»Was ist mit der Kaffeemaschine passiert?«

»Bridget.«

»Tut mir leid.«

Caleb zuckte die Achseln.

»Mein geringstes Problem. Ist dir jemand hierher gefolgt?«

»Nicht dass ich wüsste.«

»Weiß Vicki, was los ist?«

»Teilweise. Aber, Caleb …«

Caleb fiel ihm ins Wort.

»Solltest du nicht besser bei ihr und den Kindern sein? Es ist Heiligabend, oder?«

Er stellte die Flamme unter dem Wasserkessel an, wandte Henry den Rücken zu und gab mehrere Löffel Kaffeepulver in die Cafetière.

»Sie hat mich gebeten, zu dir zu fahren.«

»Was?«

Caleb drehte sich um. Henry saß auf einem der Hocker auf der anderen Seite des Küchentresens, genau dort, wo auch Kennon gesessen hatte.

»Um ehrlich zu sein, wollte ich es nicht«, sagte Henry.

»Das kann ich mir vorstellen.«

»Aber es gibt Dinge, die wichtiger sind als die Arbeit. Wichtiger als Karrieren. Zum Beispiel, für seine Freunde da zu sein, wenn sie einen brauchen.«

»Das hat Vicki dir gesagt?«

»Genau.«

»Nett von ihr.«

Henry zeigte den Anflug eines Lächelns, dann senkte er den Blick auf die Arbeitsplatte. Nur das leise Rauschen der Gasflamme und das tickende Geräusch des Kessels waren zu hören.

»Was ist los, Caleb? Ich meine, was ist *wirklich* los? Es geht nicht nur um Bridget, oder?«

»Ach, komm schon, Henry.«

»Ernsthaft, Caleb. Ist es die Arbeit? Oder etwas anderes?«

»Nichts ist los.«

Caleb setzte sich Henry gegenüber und stützte die Ellbogen auf den steinernen Küchentresen.

»Schau dich doch an«, sagte Henry. »Und sieh dich mal um.«

Mit dem Kopf deutete er auf die viertelvolle Flasche Berthe de Joux am Kopf des Esstischs, auf die fast leere Flasche Jim Beam, die neben dem Spülbecken stand. Caleb hatte einen Teil der Nacht mit Zeichnen verbracht. Nach seiner Rückkehr hatte er Emmeline so gezeichnet, wie er sie zuletzt gesehen hatte, auf den Kissen vor dem Kamin. Ihre traurigen Augen sagten, er solle nach Hause fahren, aber die Silhouette ihres Körpers bat ihn zu bleiben. Er erinnerte sich an den Geheimraum, die Luft schwer von Staub und toten Erinnerungen. Und daran, wie es sich angefühlt hatte, als Emmeline sich an ihn geschmiegt hatte, ihre kühle und lebendige Haut. Ihr Puls war gerast wie bei einem Rehkitz, als sie zusammen vor dem Kamin gelegen hatten, nicht weit von der Geheimtür, von der sie gehofft hatte, er werde sie finden. Inzwischen begriff er, dass ihre Begegnung mehr als ein bloßer Zufall gewesen sein musste, mehr als eine flüchtige Berührung im House of Shields.

»Ich finde es hier nicht chaotisch«, sagte Caleb, womit er recht hatte.

»Nein. Aber wie viel hast du getrunken?«

»Davon? Nicht viel. Letzte Nacht nur einen. Ich habe an etwas gearbeitet.«

»Fürs Labor?«

»Nein, etwas anderes.«

»Na schön.«

»Mit dem Labor geht alles klar. Ich habe bis Ende Januar Zeit, die Datensätze ans NIH zu schicken. Alles ist auf dem richtigen Weg.«

»Machen sie dir immer noch Ärger?«, fragte Henry. »Ende September hast du dir deswegen ziemliche Sorgen gemacht.«

»Alles bestens. Ich habe es unter Kontrolle.«

»Im September hatte ich den Eindruck, es ginge hauptsächlich um die Auktion.«

»Christie's darf verkaufen, was es will.«

»Ja,« sagte Henry. »Aber du behältst die Verkäufe im Auge.«

Caleb zuckte die Achseln. Dann nickte er.

»Es war das erste Mal, dass eines seiner Werke für mehr als eine Million weggegangen ist«, sagte er. »Natürlich habe ich es verfolgt. Na und? Das ist das übliche Hin und Her im Kunsthandel. Jedes Mal geht der Preis ein bisschen höher. Das hat nichts mit mir zu tun.«

»Nur dass sie niemals so hohe Preise verlangen könnten, wenn dein Vater ein ganz normaler Mann gewesen wäre«, sagte Henry. »Oder ein normaler Mann geblieben wäre. Ich weiß nicht … Ich meine, ich kann nicht beurteilen, wie es wirklich war. Ich habe es nur von außen mitbekommen. Und von außen wirkte alles in Ordnung, bis es das plötzlich nicht mehr war.«

»Jedes Mal, wenn eines der Gemälde bei einer Auktion versteigert wird, bringt die *Times* eine Geschichte«, sagte Caleb. »Alles kommt wieder hoch, ich muss mit dir darüber sprechen. Oder versuchen, um den heißen Brei herumzureden. Es muss gesagt werden, wie ekelhaft die Menschen sind, wenn sie Geld ausgeben, um eines der Werke zu kaufen. Also lass es uns aussprechen und hinter uns bringen. Die Menschen sind böse. Sie sind pervers. Können wir jetzt das Thema wechseln?«

»Ich sage ja gar nicht, dass wir darüber reden sollen.«

»Prima.«

Der Kessel begann zu dampfen, Caleb stand auf und goss das Wasser in die Cafetière. Als der Kaffee fertig war, füllte Caleb zwei Becher und schob Henry einen hinüber. Dann setzte er sich wieder hin, nahm einen Schluck und wartete.

»Die Patienten, mit deren Daten du arbeitest, was fehlt ihnen?«

»Die meisten haben Krebs im Endstadium«, sagte Caleb. »Dazu postoperative Patienten. Je mehr Stiche, desto besser. Und Leute, die verletzt in die Notaufnahme kommen.«

»Wie kommst du an ihre Einwilligung?«

»Das ist nicht leicht.«

»Sagst du so etwas wie: ›Hallo, was halten Sie davon, statt Morphium zweihundert Dollar zu bekommen und mir zu erzählen, wie weh es tut?‹«

»Das kommt der Sache relativ nahe.«

»Und die Batrachotoxin-Studie? Arbeitest du noch daran?«

Caleb nickte.

»Wir entwickeln ein 3-D-Modell. Es soll anderen Labors helfen, mit Computersimulationen zu forschen.«

»Dann müssen sie sich keine Sorgen machen, das ganze Gebäude zu kontaminieren«, sagte Henry. »Ein Gläschen fallen zu lassen und das komplette Personal umzubringen.«

»Genau.«

»Willst du heute Abend zum Essen kommen? Vicki hat mich gebeten, dich zu fragen. Deswegen bin ich eigentlich hier.«

»Nein«, sagte Caleb. »Ich meine … Nein, aber vielen Dank. Ich will lieber hierbleiben.«

»Warum?«

»Ich muss einfach hier sein«, sagte Caleb, wobei er es vermied, Henry in die Augen zu sehen, und stattdessen auf den Küchentresen starrte. »Für den Fall, dass sie kommt.«

»In Ordnung.«

Henry schaute sich um, sein Blick blieb am Esstisch hängen.

»Was ist das eigentlich?«

»Was ist was?«

Henry schob seine Brille hoch und kniff die Augen zusammen, um das Etikett auf der Flasche zu lesen. »Berthe de Joux.«

»Französischer Absinth.«

Henry stützte die Ellbogen wieder auf die Arbeitsplatte. Er hob den Becher zum Mund, trank einen kleinen Schluck und stellte ihn wieder ab.

»Ein kleines Experiment mit Thujon, um dich in die Gedanken unseres Mörders hineinzuversetzen?«

Er sagte es leichthin, wie einen Witz, aber Caleb spürte die plötzliche Enge in seiner Brust, er kniff die Augen zusammen.

»Du hast gesagt … Moment mal, was?«

»Thujon. Das Zeug, das der Mörder seinen Opfern gegeben hat, als die Wirkung des Vecuroniums nachgelassen hat.«

»Was ist damit?«

»Ein Hauptbestandteil von Absinth, oder? Die Chemikalie, die in Wermut enthalten ist. Früher dachte man, es läge am Wermut – am Thujon –, dass Menschen wie van Gogh verrückt geworden sind. Ich glaube, es ist ein GABA-Rezeptor-Antagonist. Bei näherem Nachdenken eigentlich eine gute Wahl, wenn man vorhat, jemanden zu foltern.«

Caleb sah erst Henry an, dann die grün schimmernde Flasche auf dem Tisch.

»Thujon«, sagte er.

Mehr brachte er nicht heraus, obwohl seine Gedanken rasten. In einem Punkt hatte Henry recht: Die GABA-Rezeptoren eines Menschen zu hemmen, wäre der perfekte erste Schritt, wenn man ihm starke Qualen zufügen wollte. Auf diese Weise könnte Schmerz sich ungehindert im ganzen Körper ausbreiten.

»Ja«, sagte Henry. »Thujon. Erzähl mir nicht, dass du nicht wusstest, dass es in Absinth enthalten ist.«

»Nein«, sagte Caleb. »Das wusste ich nicht.«

»Kaum zu glauben. Da kann der große Chemiker vom kleinen

Gerichtsmediziner noch etwas lernen«, sagte Henry und deutete ein freudloses Lächeln an. »Wer hat dich überhaupt dazu gebracht, dieses Zeug zu trinken? Bridget?«

Caleb schüttelte den Kopf.

»Nein, nicht Bridget. Es war nur … Ich weiß nicht. Ich hatte diese Idee. Ich wollte etwas Neues probieren.«

»Sieht aus, als hätte es dir geschmeckt.«

»Ja, schon.«

Als Henry schließlich aufbrach, goss Caleb seinen Kaffee ins Spülbecken und ging zum Esstisch. Er zog einen Stuhl heraus, setzte sich vor die Flasche Absinth und drehte sie so, dass er das Etikett lesen konnte. Dort fand er nichts Hilfreiches, keine Liste der Inhaltsstoffe. Aber das leise Flüstern, das er während der ganzen letzten Woche gehört hatte, war zu einem immer lauter werdenden Brüllen angeschwollen. Er vermutete, dass er unweigerlich auf diesen Punkt zumarschiert war, dass er es auf Dauer nicht hätte ignorieren können. Seine Arbeit bestand darin, aus vorliegenden Fakten Schlüsse zu ziehen, Brücken zwischen dem Bekannten und unkartiertem Gelände zu bauen. Er war nicht wie Kennon – gut zu sein und recht zu haben waren in Calebs Beruf untrennbar miteinander verbunden. Er betrachtete die Flasche und wusste, was er zu tun hatte.

Er ging ins Bad, duschte und zog sich in aller Eile an. An Heiligabend würde er im Labor niemandem über den Weg laufen, sodass er sich nicht die Mühe machte, sich zu rasieren. Er holte eine lederne Aktentasche aus seinem Arbeitszimmer, ging zum Esstisch und packte die Flasche Berthe de Joux ein. Ehe er die Garage betrat, hielt er einen Moment inne, um seinen Plan zu überdenken. Seine Rolle in alldem. Er betrachtete den Schorf an seinen Fingern und tastete nach der Schwellung auf seiner Stirn. Er dachte an Emmelines um ihn geschlungene Arme, an die wächserne Leiche eines Mannes, der gefoltert und dann von der Gezeitenströmung unter einem Abflussrohr eingeklemmt worden war. Er dachte an Bridget, die in der einsamen Kälte ihres Studios an der Bush Street ins Telefon geweint hatte.

Da war noch mehr.

Da waren zweihundertfünfzig unbeantwortete Mails von Joanne Tremont mit Fragen zu den Zuschüssen vom NIH. Da war die Art, wie Henry ihm traurig zugenickt hatte, als er auf den Gehweg getreten war und sich zum Schutz vor dem Regen vornübergebeugt auf den Weg zu seinem Auto gemacht hatte.

## ACHTZEHN

Das Labor war leer, aber nicht ruhig. Geräusche drangen aus den Lüftungsschächten und hallten durch dunkle Versorgungstunnel aus anderen Abteilungen des Krankenhauses herüber. In einem Krankenhaus herrschte niemals Stille. Über das Summen der hochfahrenden Geräte hinweg hörte Caleb den Lärm aus den Lüftungsöffnungen in der Decke. Auch durch die zum Versorgungstunnel führende Fußbodenluke unter dem Arbeitstisch eines Labortechnikers drang das dumpfe Dröhnen von Stimmen und Geräten. Der entfernte Schrei einer Frau. Schritte in einem gefliesten Gang. All das ergab eine ganz eigene Mischung, eine Art Fahrstuhlmusik der besonderen Art.

Er gab einen Tropfen Absinth in ein Probengläschen und stellte es in den Autosampler des Massenspektrometers. Das Gerät war so eingestellt, dass es seinen Zyklus begann, sobald es einsatzbereit war. Caleb blieb noch eine Weile stehen und ging dann in sein Büro.

Er hatte mehrere E-Mails von Bridget bekommen, allein vier in der letzten Stunde. Die Betreffzeilen waren eindeutig: *Bitte.*

*Bitte, Caleb.*

*Ich verstehe dich.*

Er öffnete keine der Mails, las sie nicht. Stattdessen öffnete er eine Datenbank mit organischen Stoffen und suchte nach Thujon. Er notierte die Strukturen der beiden wichtigsten Isomere auf einem Block, zeichnete Keile und gestrichelte Linien, um die dreidimensionale Ausrichtung ihrer Kohlenstoffbindungen unterscheiden zu können. Schließlich betrachtete er die Linien und tippte sich mit dem Bleistiftradierer nachdenklich gegen das Kinn.

Später konnte er, wenn nötig, noch weitergehende Analysen durchführen, um die Molekülstruktur der Proben zu untersuchen.

Damit wäre er in der Lage festzustellen, ob das Thujon im Gewebe der Opfer dem isomerischen Fingerabdruck von Berthe de Joux entsprach. Zunächst wollte er allerdings nur herausfinden, wie viel Thujon, in welcher isomerischen Gestalt auch immer, in einem Tropfen von Emmelines Absinth enthalten war. Er rief die Untersuchungsergebnisse der Gewebeproben von Richard Salazar auf und betrachtete die Spektrallinien. Der Mann war mit der Chemikalie geradezu vollgepumpt worden, bis auf annähernd sechzig Milligramm pro Kilogramm Körpergewicht. Das war genug, um seine sämtlichen Nervenbahnen in einen Schockzustand zu versetzen und schmerzhafte Krämpfe in seiner Muskulatur auszulösen.

Caleb schaute auf den Computermonitor. Das blinkende Fenster in der Ecke verriet ihm, dass die Analyse seiner ersten Probe abgeschlossen war.

Er erhob sich, betrat das Labor und ging durch den abgedunkelten Raum zum Drucker. Er nahm die einzelnen Blätter heraus und stellte sich in den rötlichen Schein einer »Exit«-Lampe, um sie studieren zu können. Sein Kopf warf einen Schatten auf das Papier, sodass er es hochhalten und den Oberkörper zurücklehnen musste, um genug Licht zu bekommen. Verschiedene organische Bestandteile des Absinths wurden angezeigt, aber nur eine Linie interessierte ihn wirklich.

Er fand sie, folgte ihr mit der Fingerspitze bis zum Ende und warf dann einen Blick auf den entsprechenden Wert. Während der ganzen Zeit, seit er von zu Hause aufgebrochen war, hatte er beinahe panisch gezittert. Aber als er die Zahlen las, hielt er das Papier ganz ruhig.

Mit dem Ausdruck kehrte er ins Büro zurück und verglich die Daten mit Richard Salazars Testergebnissen, indem er die beiden Grafiken nebeneinanderhielt. Er hatte die Werte schon beim ersten Mal richtig gelesen. Die Tabellen waren eindeutig. Er hatte sämtliche Tests persönlich durchgeführt, und zwar mit Geräten, wie sie in keinem anderen Labor zur Verfügung standen. Ein Fehler war ausgeschlossen. Richard Salazars Körper war voller Thujon gewesen, aber es konnte nicht durch das Trinken von Berthe de Joux in seinen Organismus gelangt sein. Dazu war die Konzentration im Absinth einfach zu niedrig. Ehe er so viel Thujon hätte aufnehmen können, wäre er längst an Alkoholvergiftung gestorben.

Caleb setzte sich hin und schloss die Augen.

Das Alarmsignal, das in seinem Inneren zu einem Brüllen angewachsen war, reduzierte sich wieder auf ein Flüstern. Natürlich verschwand es nicht vollständig. Es gab noch immer zu viele Ungereimtheiten, zu viele lose Enden. Aber mit diesem Flüstern konnte er leben. Sie hatten sich gegenseitig etwas versprochen, und Versprechen besaßen ihr eigenes Gewicht. Ein Gewicht, das sich nicht messen ließ. Könnte er die Worte in ihren Herzen isolieren und durch seine Maschinen laufen lassen, wäre er in der Lage, ihren tatsächlichen Wert zu bestimmen.

*Ich lüge dich niemals an*, hatte sie gesagt. *Ich tue dir niemals weh.*

Heute Morgen war ein neues Versprechen dazugekommen. *Ich gehöre dir.*

Sein Computer gab einen leisen Glockenton von sich, Caleb sah auf den Monitor. Wieder hatte Bridget eine E-Mail geschickt. Es war alles zu viel. Er schaltete den Bildschirm aus und stand auf.

Es war dunkel, er fühlte sich wieder nüchtern und kehrte noch einmal zum Krankenhaus zurück. Er war kurz vor Sonnenuntergang vom Uferdamm aufgebrochen, zu Fuß durch die Straßen gegangen und hatte die allgegenwärtige Weihnachtsbeleuchtung und – in den Wohnzimmern einzelner Häuser – die eine oder andere flackernde Menora gesehen. Dann stieg er den steilen Hügel zum Krankenhaus hinauf, hinter ihm arbeitete die Straßenbahn der N-Judah-Linie sich mit lautem Kreischen Richtung Osten vor, von den Oberleitungen spritzten blaue Funken auf.

Er blieb stehen und schaute über die Straße zum Haupteingang des Krankenhauses. Weit und breit kein einziges fahrendes Auto. Ganz in der Nähe waren zwei Straßenlaternen ausgefallen, sodass der mittlere Abschnitt des Blocks im Dunkeln lag. Eine im Halbkreis verlaufende Zufahrt führte zum Eingang. Dort stand ein geistergraues Coupé im Leerlauf und stieß eine Abgaswolke aus. Ein Modell aus den Dreißigern oder Vierzigern, das blankpoliert im weichen Licht des Vorplatzes glänzte. Die Lichtkegel seiner Scheinwerfer fingen den fallenden Regen ein. Calebs Blick glitt über die lange Motorhaube und den Weißwandreifen bis zu der Frau, die an der Tür auf der Fahrerseite lehnte, einen Fuß auf dem schmalen Trittbrett.

Emmeline.

Über ihrem Kleid trug sie einen schwarzen Kaschmir-Umhang, der herunterrutschte und ihren nackten weißen Arm entblößte, als sie die Hand hob und ihm winkte.

Den Pfützen ausweichend überquerte er die Parnassus Avenue und trat auf sie zu. Mit beiden Händen griff sie nach seiner freien Hand, zog ihn an sich und küsste ihn. Er hatte drei Stunden im Regen zugebracht, trotzdem fühlten ihre Hände sich kalt an.

»Hallo, Caleb«, sagte sie. Sie ließ seine Hand nicht los und zog ihn näher an sich.

»Emmeline.«

»Ich habe gesagt, es würde nicht lange dauern, stimmt's?«

»Ja, das stimmt.«

»Ich konnte nicht länger warten«, sagte sie.

»Ich auch nicht.«

Mit zusammengepressten Lippen sah sie zu ihm auf. Das hatte er sie schon einmal tun sehen, als sie den Pied Piper betreten, das Gemälde von Maxfield Parrish und sämtliche Männer im Raum gemustert hatte, um dann wieder hinauszugehen.

»Hast du Lust auf ein Spiel?«

»Warum nicht?«

»Vertraust du mir?«

»Ja.«

»Erinnerst du dich an alles, was ich dir versprochen habe?«

Er nickte, sie lächelte. Ihre Wangen waren von der Kälte gerötet, in ihren Haaren und Augenbrauen hingen kleine Dunsttropfen. Sie ließ seine Hand los, griff in die Falten ihres Umhangs und zog einen schwarzen Seidenschal hervor, den sie ihm reichte.

»Steig ein, Caleb. Und dann binde ihn dir um.«

»Über die Augen?«

Sie nickte.

»Dein Handy. Hast du es dabei?«

»In meiner Tasche.«

»Schalt es aus«, sagte sie. »Zeig es mir. Ich will dir dabei zusehen.«

Er folgte ihren Anweisungen, sie griff wieder nach seiner Hand und drückte sie, wodurch seine Finger sich fester um die Augenbinde schlossen. Dann ging er um die Motorhaube herum, spürte die Hitze des Kühlers und sah, wie von den vier verchromten Scheinwerfergehäusen Dampf aufstieg. Die Kühlerfigur stellte einen Ritter mit Rüstung, Schwert und Schild dar. Caleb trat an die Beifahrertür dieser Zeitmaschine aus der ersten Hälfte eines anderen Jahrhunderts und zog am massiven silbernen Türgriff. Die Tür schwang auf. Er stellte seinen Aktenkoffer in den Fußraum, zog den Mantel aus, schüttelte die Regentropfen ab, stieg ein und schloss die Tür. Emmeline saß schon hinter dem Lenkrad. Im Auto roch es nach ihrem Parfüm und nach gut geöltem Leder. Die Karosserie wirkte so neu, als wäre der Wagen gerade erst vom Fließband gerollt. Unter seinen Füßen spürte er den Motor, der schnelle Druckwellen durch seine Schuhsohlen sandte.

»Wir machen die Heizung an«, sagte sie. »Aber zuerst der Schal.«

»Okay.«

Er faltete den Schal auseinander, legte ihn der Länge nach doppelt, schloss die Augen, band ihn sich um den Kopf und machte hinten einen Knoten.

»Sitzt er schön fest?«, fragte sie. Ihr Flüstern war so nahe, dass er am Hals ihren Atem spürte.

»Fest genug. Ich kann jedenfalls nichts sehen.«

»Nicht gucken. Das ist gegen die Regeln. Klar?«

»Okay.«

»Weißt du, warum?«, fragte sie.

»Nein.«

»Rate mal, Caleb. Es ist nicht schwierig.«

Ihre Fingerspitzen fuhren über seine Lippen, glitten am Hals hinunter. Dann strich sie mit der flachen Hand über das Brustbein, seine Rippen und weiter nach unten. Die Idee mit der Augenbinde hatte ihm widerstrebt, eigentlich hatte er nicht mitspielen wollen. Aber ihre Berührung nahm ihm jede Angst, wischte sie weg wie Staub.

»Du bist bereit, mir zu zeigen, wo du wohnst«, sagte Caleb. »Aber ich soll noch nicht wissen, wie ich dorthin komme.«

Ihre Hand hielt an seiner Gürtelschnalle inne, dann flüsterte sie wieder in sein Ohr.

»Mach es dir bequem, Caleb. Wir haben ein gutes Stück zu fahren.«

Sie nahm die Hand von seinem Gürtel, dann hörte Caleb, wie sie den Gang einlegte. Das alte Coupé, schwer und wuchtig, glitt mit den gleichmäßigen Bewegungen eines Schiffs dahin. Er hatte noch nie in einem solchen Wagen gesessen. Trotz der Augenbinde kam es ihm vor, als würde er in eine andere Zeit fallen. Hier im Auto, mit Emmeline an seiner Seite, fühlte er sich sicher. Es war ein warmes, gutes Gefühl, wie auch die Heizung, die warme Luft auf seine Knie und in seinen Schoß blies. Er legte die Hände über dem Mantel zusammen und lehnte sich auf der Sitzbank zurück.

Emmeline bog links in die Parnassus Avenue und fuhr eine oder zwei Minuten Richtung Westen, bis sie erneut links abbog. Er vermutete, dass sie auf der Ninth oder Tenth Avenue waren, aber dann bog Emmeline mehrmals links und rechts ab, sodass Caleb jede Orientierung verlor. Fünf Minuten lang fuhr sie durch die stillen Straßen, zickzack und im Kreis, Block für Block.

»Falls du dich fragst, ob ich noch weiß, wo wir sind, kannst du dich entspannen«, sagte er. »Ich habe nicht die geringste Ahnung.«

»Gut.«

Sie bog noch einmal ab, dann spürte er ihre Finger auf seinem Knie und legte seine Hand darauf.

»So ein Auto habe ich noch nie gesehen«, sagte er.

»Ein Invicta«, sagte sie.

»Ein britisches Modell?«

»Ich glaube schon. *Er* hat es gekauft. Als wir in Virginia waren, oder vielleicht in Vancouver. Wir haben es mit der Fähre nach Seattle gebracht. Da war ich noch klein.«

»Also hat der Wagen ihm gehört.«

»Aber jetzt gehört er mir«, sagte sie mit fröhlicher Stimme. »Gefällt er dir?«

»Er ist wunderschön«, sagte Caleb. »Vielleicht darf ich ihn mir irgendwann sogar mal ansehen.«

Sie lachte leicht und schob die Finger sein Bein hinauf, malte eine Acht auf dem Khakistoff.

»Eines Tages«, sagte sie. »Und das heißt bald.«

Jetzt fuhr sie durchgängig in eine Richtung, blieb längere Zeit auf derselben Straße, sodass Caleb vermutete, dass sie entweder am Golden Gate Park entlangfuhren oder Glück mit den Ampeln hatten und kein einziges Mal bei Rot halten mussten. Vielleicht fuhr sie aber auch einfach bei Rot, ohne anzuhalten. Das konnte heute Abend nicht besonders schwierig sein. Ehe er in den Wagen gestiegen war und die Augenbinde angelegt hatte, war die Stadt so dunkel und leer gewesen wie der Anfang eines Traums. Wie eine Bühne vielleicht. Ein Bühnenbild für Emmeline, in dem sie alles geschehen lassen konnte. Er stellte sich die Häuserreihen als bloße

Kulissen vor, die hinten von Stützbalken gehalten und künstlich beleuchtet wurden. Kabel und Bodenluken halfen, die Illusion aufrechtzuerhalten.

»Irgendetwas bringt dich zum Lächeln«, stellte Emmeline fest.

»Behältst du mich oder die Straße im Blick?«

»Dich«, sagte sie. »Ich habe dich immer im Blick.«

Jetzt fuhren sie durch eine Reihe von Kurven. Caleb spürte, dass die Straße zur Außenseite dieser Kurven hin anstieg. Das Auto lag auf dem Asphalt wie auf Schienen und bewegte sich so majestätisch voran, dass er kein Gefühl für die Geschwindigkeit bekam.

»An dieser Stelle musst du fragen: ›Sind wir bald da?‹ Und ich sage: ›Bald, Caleb.‹«

»Sind wir bald da?«

»Noch lange nicht«, sagte sie. »Entspann dich.«

Sie drosselte das Tempo, er merkte, dass sie auf eine andere Straße bogen. Dann mussten sie in ein Viertel mit rechtwinkligem Grundriss gekommen sein, wo Emmeline einmal mehr so häufig abbog, dass die Route vollkommen willkürlich sein musste. An einer Stelle bremste sie ab, wendete um hundertachtzig Grad und hielt, ehe sie wieder beschleunigte, kurz an, um sich zu Caleb hinüberzubeugen und seinen Hals zu küssen, gleich unter dem Ohrläppchen.

Nach zehn Minuten scheinbar ziellosen Umherirrens nahmen sie wieder Fahrt auf und fuhren ohne Unterbrechung in eine Richtung. Caleb hörte den Regen auf der Windschutzscheibe, dann das rhythmische Arbeiten der Scheibenwischer. Emmeline beschleunigte in einer Kurve, dann verlief die Straße wieder gerade und flach. Plötzlich veränderten sich die Geräusche des Motors und der Reifen abrupt. Es klang wie eine Gesangsstimme ohne jegliche Bässe. Jede Sekunde ertönte ein doppelter dumpfer Schlag, als erst die vorderen, dann die hinteren Reifen einen neuen Straßenabschnitt erreichten. In ganz San Francisco gab es nur eine Strecke, die so klang.

So sicher, als hätte sie ihm die Augenbinde abgenommen, wusste Caleb, dass sie ihn über die Golden Gate Bridge brachte. Sie konnte nicht wissen, wie gut er diese Strecke kannte, wie oft er sie gefahren war.

Aber als sie die Brücke verließen, verlor er wieder die Orientierung. Emmeline fuhr noch weitere zwanzig Minuten. Steile gewundene Straßen in den Marin Headlands. Dann fuhren sie längere Zeit bergab. Nach einem letzten Rechtsabbiegen hielt sie an.

»Warte hier.«

Sie stieg aus dem Wagen, ließ die Tür aber offen. Er hörte, wie ein Rolltor auf einer Schiene beiseitegeschoben wurde. Dann war sie wieder im Auto, sie fuhren einige Sekunden im Schritttempo und hielten erneut.

»Bleib hier und behalt die Augenbinde auf, ja?«

»Okay.«

Sie stellte den Motor ab und stieg aus, diesmal schloss sie die Tür. Einen Moment lang war er allein und hörte nicht das geringste Geräusch von draußen. Dann wurde die Tür auf seiner Seite geöffnet, er spürte ihre Hand auf der Schulter.

»Ich helfe dir raus«, sagte sie. »Pass auf deinen Kopf auf.«

Er stieg aus, sie hielt die Hand auf seinem Hinterkopf, bis er durch den Türrahmen war. Als er sich zu voller Größe aufrichtete, ließ sie ihn zwei Schritte zurücktreten, damit sie die Tür zuwerfen konnte. Dann klemmte sie seinen rechten Arm unter ihren, sie entfernten sich langsam vom Auto.

Er hörte das Nebelhorn an der Brücke, ein langer, tiefer Ton, rechts von ihm und weit entfernt. Die Luft war salzig und feucht.

»Jetzt kommt eine Treppe«, sagte Emmeline. »Hier. Merkst du es?«

»Ja.«

»Vorsicht. Die Stufen sind hoch.«

Sie stiegen eine hölzerne Treppe mit lockeren, wackligen Stufen hinauf. Rechts von ihm ertastete er eine Wand. Er fuhr mit der Hand über Schindeln. Sechzehn gerade Stufen, dann erreichten sie einen Absatz.

»Bleib stehen. Du kannst dich am Geländer festhalten.«

Sie legte seine Hand auf ein raues Holzgeländer. Er hörte das Klimpern von Schlüsseln, dann schrammten Türriegel über rostige Schließbleche. Drei insgesamt.

Sie drückte die Klinke, er hörte die Türangeln, spürte einen Luftzug im Gesicht, als die Tür vor ihm aufschwang.

»Macht es dir viel aus? Das alles für mich zu tun?«, fragte Emmeline. Wieder klimperte es, als sie den Schlüsselbund aus dem letzten Schloss zog und einsteckte. »Du willst es doch immer noch, oder?«

»Mein Gott, ja. Ich will es.«

»Dann komm rein«, sagte sie. Wieder nahm sie seinen Arm und führte ihn die ersten Schritte in ihr Zuhause.

»An der Schwelle ist eine kleine Stufe. Aber wir sind fast da.«

»Okay.«

»Bleib hier stehen.«

Leicht schwankend blieb er stehen, inmitten der Dunkelheit hinter der Augenbinde.

Hinter ihm wurde die Tür zugezogen und abgeschlossen. Hier drin war es so kalt wie draußen, aber nicht mehr windig. Er hörte, wie sie um ihn herum und weiter ins Zimmer ging. Der Raum musste riesig ein. Er hörte ihre Schritte mehr als zehn Meter entfernt. Keine Türen wurden geöffnet oder geschlossen, keine Trennwände dämpften ihre Schritte. Sie zündete ein Streichholz an der rauen Seite der Schachtel an. Gleich darauf nahm er den Rauch wahr. Ansonsten roch es im Raum nach sauberen Laken und Parfüm. Nach Schnittblumen und Holzpolitur. Irgendwo links von ihm tickte eine Uhr. Eine Standuhr möglicherweise. Er glaubte, das Schwingen des Pendels zu hören.

»Gut, Caleb«, sagte sie. »Nimm die Augenbinde ab. Ich will, dass du mich siehst.«

## NEUNZEHN

Drei Kerzen erleuchteten den Bereich um ihr Bett herum. Ansonsten gab es kein Licht. Über beide Seiten des langen Raums zog sich je eine Reihe Fenster, aber irgendjemand hatte grob gesägte, nicht zueinanderpassende Bretter vor die Rahmen genagelt. Zwei der Kerzen standen in gläsernen Windlichtern auf einem schmalen Nachttisch am Bett. Die dritte befand sich in einem eisernen Vogelkäfig, der am Fußende des Betts an einem Gestell hing. Diese Kerze war so dick und hatte so lange gebrannt, dass die Flamme nicht mehr zu sehen war und den wächsernen Zylinder von innen zum Leuchten brachte. Sie warf die Schatten des Vogelkäfigs durch den ganzen Raum. Auf die freiliegenden Dachbalken ebenso wie auf den weißen Bettbezug.

Emmeline stand neben der Kerze, am Fußende des Betts.

Sie hatte ihren Umhang abgelegt und über die gewundenen schmiedeeisernen Weinranken des Bettgestells geworfen. Sie stand mit unter den Brüsten verschränkten Armen und gesenktem Kopf da, sodass ihr Gesicht teilweise von den dunklen Haaren verdeckt wurde.

Emmeline sah zu ihm hoch und schob sich eine Haarsträhne hinters Ohr.

Ihr transparentes schwarzes Kleid wurde von einem langen purpurroten Band zusammengehalten, das ihn an den Spitzenschuh einer Ballerina erinnerte. Sie neigte den Kopf zur Seite, schloss die Augen, löste die Schleife auf ihrer rechten Schulter und wickelte das Band langsam von ihrer Taille und der Hüfte ab. Dann ließ sie es zu Boden fallen. Jetzt glitt das Kleid an ihrem Körper hinunter und bildete um ihre Füße herum eine seidene Lache. Sie trat heraus, auf ihn zu, ihre Absätze klackten ganz leicht auf dem alten Holzboden. Ihr Korsett war schwarz, aber so dünn und durchscheinend, dass er die weißen Kurven ihrer Brüste sehen konnte, die dunklen Höfe um ihre Brustwarzen.

»Caleb?«

»Ja?«

»Ich friere.«

Zum zweiten Mal an diesem Abend musste er an Träume denken, an ihre subtilen Signale, die unbewusst gesendeten Zeichen, die Chimären als solche zu erkennen gaben. Als er auf sie zutrat, waren die Hinweise überall. Das Kerzenlicht war zu schwach. Die Luft war so dicht, dass er sie geradezu durchschwimmen musste, um zu Emmeline zu gelangen. Die Bodendielen dehnten sich aus, als er sie überquerte, die Schatten verbargen die tatsächliche Entfernung zwischen ihnen. Die Zeit blieb stehen. Aber es war kein Traum. Er überbrückte die Distanz – anderthalb Meter, ein Meter. Er trat in ihre Reichweite, sie zog ihn an sich, als würde sie ihm aus tiefem Wasser heraushelfen. Er strich mit beiden Händen über ihre Hüften, zeichnete ihre Konturen nach, schob die Daumen zwischen ihre Haut und die Strumpfbänder. Als sie ihn küsste, entdeckte er die Clips, die ihre Strümpfe festhielten, und öffnete beide auf einen Schlag. Er hob sie hoch, formte mit verschränkten Fingern eine Sitzfläche für sie. Sie schlang die Beine um seine Hüften, als er ihre Brüste küsste. Dann trug er sie zum Bett und legte sie nieder.

»Als ich dich am Krankenhaus abgeholt habe, habe ich gesagt, es wäre ein Spiel«, sagte sie zwischen zwei Küssen. »Ich habe dich gefragt, ob du mitspielen willst. Erinnerst du dich?«

»Ja.«

»Es war falsch, so etwas zu sagen.«

Er kniete auf dem Bett, sie hatte die Fußgelenke hinter seinem Rücken verschränkt und schaute zu ihm hoch. Ihr rechter Arm hielt seinen Nacken, mit der linken Hand knöpfte sie sein Hemd auf. Ihre Lippen berührten beim Sprechen seinen Hals.

»Es ist kein Spiel, oder?«

»Nein, das ist es nicht.«

»Ich will dich zu sehr«, flüsterte sie. »Wenn ich es mir nicht leisten kann, zu verlieren, ist es kein Spiel.«

»Es ist kein Spiel«, sagte Caleb. »Das weiß ich.«

»Versprich es mir.«

»Das habe ich schon. Ich werde dir niemals wehtun.«

»Mehr brauche ich nicht.«

Sie zerrte sein Hemd aus dem Hosenbund, schob es über seine Schulter und seine Arme hinunter, bis es hinter ihm zu Boden fiel. Er griff nach seinem Unterhemd, zog es sich über den Kopf und ließ es fallen. Dann packte sie seinen Gürtel, löste die Schnalle, ließ seinen Hals los und knöpfte mit beiden Händen seine Hose auf.

Er schob die Hände in ihre Haare und schaute einen Moment auf, um sich zu orientieren.

Emmelines Zuhause war ein riesiger Loft, dreißig Meter lang und halb so breit, der größte Teil lag im Schatten. Der Raum war komplett offen, von einer Nische in der Ecke abgesehen, die eine Küche sein konnte, und einem kleineren Alkoven gegenüber, bei dem es sich vermutlich um das Bad handelte. Die meisten Möbel standen in der Nähe des Betts. Es gab einen großen Kleiderschrank aus Zedernholz und zwei Seekisten. Rings um einen sehr alt aussehenden Tisch standen Stühle mit hohen Lehnen. Ein Porzellanschrank mit silbrigen blinden Spiegeln an der Rückwand. In den dunklen Bereichen jenseits des Kerzenscheins waren mit Laken behängte Umrisse zu erkennen. Von der Bettdecke abgesehen, die neu und weich war, schien es im ganzen Raum keinen Gegenstand zu geben, der nicht mindestens zweihundert Jahre alt war.

Sanft fuhr Emmeline mit den Fingernägeln über seine Brust, um seine Aufmerksamkeit auf sich zu lenken. Er wollte sich ihr wieder zuwenden, aber dann begann die Uhr, die er schon beim Hereinkommen gehört hatte, zu schlagen. Er entdeckte sie am gegenüberliegenden Ende des Raums, hinter dem Tisch. Sie war größer als er, die herrlichen Kurven ihres im Comtoise-Stil gehaltenen Gehäuses erinnerten an ein Cello. Auf den goldenen Zeigern schimmerte das Kerzenlicht.

Sechs Uhr.

Er wandte sich Emmeline zu. Sie hatte den Reißverschluss seiner Hose geöffnet und arbeitete sich von seiner Brust abwärts mit Küssen vor. Er legte ihr die Hände auf die Schultern und drückte sie vorsichtig zurück auf die Decke. Ihre Haare flossen in einer dunklen Bahn auf den weißen Stoff. Er löste ihre Beine von seiner Hüfte, nahm beide Fußgelenke in eine Hand und zog die hochhackigen Schuhe von ihren Füßen. Sie begegnete seinem Blick, dann hob sie das Fußgelenk und legte es auf seine linke Schulter.

Sie verzog einen Mundwinkel zu einem angedeuteten Lächeln. Dann zeigte sie auf ihren Strumpf.

Er nickte, griff nach dem oberen Rand und rollte ihn vom Oberschenkel bis zu den Zehen auf. Die Haut an ihren Waden war weich und überzog sich mit einer Gänsehaut, als er mit den Fingern darüberstrich. Sie veränderte ihre Haltung ein wenig, sodass er auch den anderen Strumpf herunterstreifen konnte.

Der Seidenstoff leistete kaum Widerstand, glitt über ihre alabasterglatte Haut.

»Beeil dich, Caleb«, flüsterte sie. »Es ist so kalt.«

»Willst du unter die Decke?«

»Ja.«

Sie rutschte vom Bett herunter und stellte sich auf den Boden. Ohne die hochhackigen Schuhe reichte sie ihm gerade mal bis knapp unters Kinn. Sie beugte sich hinunter, streifte den Slip und den Strumpfhalter ab und wandte sich wieder an Caleb.

»Hilf mir.«

Er brauchte einen Moment, um zu begreifen, was sie meinte.

Der Rücken ihres Korsetts wurde von einer Reihe kleiner Haken und Ösen zusammengehalten. Er stieg vom Bett, öffnete sie und fragte sich, wie sie das Kleidungsstück überhaupt hatte anziehen können. Dann ließ er das Korsett auf ihre übrige Kleidung fallen. Sie wandte sich ihm zu, nackt, ihre rechte Hand bedeckte die linke Brust, der linke Arm lag quer über dem Bauch, die Hand umklammerte ihre Seite. Sie zitterte.

»Schnell«, sagte sie.

Sie schlug die daunengefüllte Decke zurück, kroch darunter und zog sich zur Mitte des Betts zurück. Caleb kniete sich hin, löste die Schnürsenkel und zog die Schuhe beim Aufstehen aus. Er setzte sich auf die Bettkante und entledigte sich in einer einzigen Bewegung seiner Hose und der Socken. Dann hob er die Decke hoch und kroch darunter.

Sie begegneten sich in der Mitte des Betts.

Emmeline stützte sich auf, sodass er seinen Arm unter sie schieben konnte. Sie hielten sich fest, nichts war mehr zwischen ihnen. Ihr ganzer Körper zitterte, er hätte nicht sagen können, ob vor Kälte oder vor Begehren.

»Wärm mich«, sagte sie.

Sie hielt ihn fest und rollte sich auf den Rücken, sodass er über ihr war. Sie musste ihn nicht führen, musste ihm nicht sagen, was er tun oder wie er sich bewegen sollte. Sie hob die Knie und streckte ihm die Hüften entgegen. Dann plötzlich, als wäre er nie woanders gewesen, war er in ihr. Im Moment, in dem er in sie eindrang, merkte er …

… dass nicht ihr ganzer Körper kalt war. Ganz und gar nicht.

Er dachte an ein Feuer – ein Feuer in einem Ring von Steinen, das man über Nacht sich selbst überlassen hatte. Noch im kältesten Augenblick des Morgengrauens waren die glühenden Kohlen da, unter der Asche verborgen. Sie warteten darauf, wieder angefacht zu werden. Während er sich in ihr bewegte, sie festhielt und den Rhythmus ihrer Hüften aufnahm, konzentrierte er sich genau darauf: das Feuer wieder anzufachen. Es baute sich langsam, aber sicher auf, bis ihre Brüste und Wangen vor Hitze glühten und selbst ihre Füße in seinen Kniekehlen warm wurden. Schließlich ging sie unter ihm in Flammen auf.

Sie waren nicht im Spondulix, wo sie in leisem Flüsterton gesungen hatte.

Jetzt hätte sie unmöglich flüstern können. Ihre Finger gruben sich tief in seinen Rücken, sie biss ihm in die Schulter und schrie seinen Namen. Er näherte sich seinem eigenen Höhepunkt, er wurde unausweichlich, Caleb versuchte sich zurückzuziehen. Nicht in ihr zu kommen. Aber sie spürte es in dem Moment, als es sich in ihm aufzubauen begann, und hielt ihn in sich, mit ihren Händen und den um seinen Körper geschlungenen Beinen.

»Bleib bei mir«, keuchte sie. »Bleib in mir. Es ist in Ordnung, wenn du in mir bleibst.«

Ihre Hüften drängten ihm entgegen, dann entspannte sie sich in seinem Rhythmus und zerfloss schließlich auf der weichen Daunenmatratze. Er blieb noch eine ganze Weile in ihr. Auch die Hitze, die sie gemeinsam erzeugt hatten, blieb. Als er sich schließlich aus ihr zurückzog, schob er eines der Kissen gegen das eiserne Kopfteil und bettete seine Schultern darauf. Sie ließ den Kopf auf seine Brust sinken, seine Lippen berührten den dunklen Kranz ihrer Haare.

Er schaute quer durch den Raum, am Vogelkäfig und dem alten Tisch vorbei, zu der Standuhr an der gegenüberliegenden Wand. Er musste die Augen ein Stück zusammenkneifen, um die Zeit ablesen zu können. Als er es endlich geschafft hatte, setzte er sich ein Stück weiter auf.

Sie zeigte Viertel nach fünf. Was natürlich nicht stimmen konnte.

»Was ist?«, flüsterte sie.

»Diese Uhr. Läuft sie rückwärts?«

»Ja«, sagte sie mit schläfriger Stimme. »Hier drin gibt es seltsame Dinge.«

»Seltsam wie das Auto. Der Invicta.«

»Genau. Er hat Sachen gesammelt. Es gefiel ihm, wenn er etwas sah, das anders war. Das Auto, die Uhr … ich.«

Er hielt sie fest, hob aber den Kopf und sah sich um. Die Flammen der Kerzen waren größer geworden, als das Wachs um sie herum geschmolzen war. Der Lichtkreis erstreckte sich ein Stück weiter in den Raum. Er konnte die Umrisse einiger der mit Laken bedeckten Gegenstände erkennen und fragte sich, worum es sich handeln mochte. Holzkisten und Koffer, hohe Spiegel auf drehbaren Sockeln. Eine Idee ging ihm durch den Kopf, etwas, das ihm plötzlich fast greifbar erschien. Ein tanzendes Licht, gerade außerhalb seiner Reichweite.

»Er war ein Bühnenmagier oder so etwas Ähnliches, stimmt's?«, sagte Caleb. »Jemand, der aufgetreten ist.«

»Nein«, widersprach Emmeline. Ihre Hände glitten über seine Brust, suchten einen besseren Halt. Dann spürte er, wie ihre Muskeln sich entspannten. Mit ruhiger Stimme sagte sie: »Aber das kommt der Sache schon nahe.«

Er sah sich weiter um und entdeckte Dinge, die er beim ersten Mal übersehen hatte. Auf dem Kleiderschrank thronte ein verstaubter ausgestopfter Adler mit offenem Schnabel und gewellter Zunge, wie mitten in einem Schrei. Kristallprismen und Goldamulette hingen an dünnen Ketten von den Stielen der Weingläser im Porzellanschrank. Auf einer kristallenen Kuchenplatte auf einem Beistelltisch an der Tür lagen eine einzelne getrocknete Rose und ein Kartenspiel.

»Ein Hypnotiseur«, sagte er.

Sie nickte.

»Und du warst seine Assistentin«, flüsterte er. »Als du alt genug warst, hat er dich zur Helferin gemacht. Bei seinen Shows.«

»Ja«, sagte sie. »Hast du uns mal gesehen?«

»Nein. An so etwas habe ich nie geglaubt.«

»Woher wusstest du es dann?«

Er schüttelte den Kopf. Er wusste nicht, woher der Gedanke gekommen war. Sich diese Geschichte auszumalen, war fast wie eine reale Erinnerung. Vielleicht war die Idee irgendwo in diesem Raum verborgen – ein Zaubertrick auf dem Boden der Seekiste. Aber es hatte einige Hinweise gegeben. Da war die Art, wie Emmeline ging und sich bewegte. Jenseits von Ort und Zeit. Oder der

Umstand, dass sie seinen Herzschlag mit einem Wort zum Stocken bringen konnte, mit einem Blick ihrer dunklen Augen.

»Kannst du dich an irgendetwas aus der Zeit vor ihm erinnern?«

»Natürlich nicht«, sagte sie. »Nach dem, was er gemacht hat.«

Darauf konnte er nichts entgegnen. Er konnte sich nur zu gut vorstellen, was er ihr angetan hatte, was sie für ihn hatte tun müssen. Caleb fing an, sich die Einzelheiten auszumalen, sich vorzustellen, was außerhalb von Emmelines Reichweite geschehen war, wenn sie tagelang allein und durch die Kette in ihrer Bewegungsfreiheit eingeschränkt gewesen war.

Er war ein Sammler. Also hatte er auf die Jagd gehen müssen.

Er hob ihr Kinn an und küsste sie. Sie hielten sich unter der Decke fest, die Hitze war immer noch da. Wieder legte sie den Kopf auf seine Brust, er sah nach links, entdeckte noch etwas anderes, das ihm entgangen war, weil er es so eilig gehabt hatte, mit ihr ins Bett zu kommen. Eine Kohleskizze, eine der fünf, die er wie im Rausch vor dem Kamin in seinem Wohnzimmer gemacht hatte. Er sah die Zeichnung an, die Art, wie ihre Hand an seiner entlangstreifte, als sie ihm zeigte, wie er das Wasser in den Absinth tröpfeln lassen sollte. Er betrachtete ihr wunderschönes Gesicht in der weichen Dunkelheit des House of Shields und erinnerte sich, wie es gewesen war, ihr zu begegnen.

Er strich mit den Fingern durch ihre Haare und ihren Rücken hinunter. Sie streckte sich ihm entgegen.

»Hast du mich gesucht, an dem Abend im House of Shields?«

Sie antwortete nicht.

Der Rhythmus ihres Atems auf seiner Brust blieb warm und konstant, der Zeiger der Standuhr beschrieb weitere fünf Minuten auf seinem Weg zurück durch die Zeit. Da begriff er, dass sie eingeschlafen war. Er sank mit ihr in die Kissen und ließ sich von ihr forttragen. Wohin auch immer.

Er war sich nicht sicher, wer zuerst aufgewacht war oder was sie geweckt hatte. Er wusste nicht, wie es diesmal angefangen hatte, dieses zweite Mal. Aber sie war auf ihm, die Decke war bis zu ihren Hüften heruntergerutscht, die beiden kleineren Kerzen auf dem Nachttisch mussten eben erst erloschen sein, denn der Rauch hing noch in der Luft. Die Kerze im Vogelkäfig flackerte noch, warf Gitterschatten. Emmeline ritt ihn langsam, ihre Fingerspitze lag zwischen seinen Zähnen.

Sie wusste, wohin sie wollte, kannte den Weg gut und brachte ihn sanft ans Ziel. Sie führte, ruhte aus, führte wieder, sodass sie zur gleichen Zeit ankamen. Dann hielten sie sich wieder fest, lagen aneinandergeschmiegt, ihre Brust in seiner Hand.

»Schlaf, Caleb«, sagte sie. »Es ist in Ordnung.«

Er war außerstande, ihr zu antworten, das Gewicht des Schlafs war zu groß, also hielt er sie einfach fest. Zum zweiten Mal war er derjenige, der sie durch die Tür zur Nacht trug.

Er wurde dadurch geweckt, dass sie nicht mehr im Bett war. Die Stelle, an der sie gelegen hatte, war noch warm, aber sie war nicht dort. Er tastete jeden Winkel der Matratze ab und fand nur Leere. Im Dunkeln setzte er sich auf und ließ die Decke auf seinen Schoß fallen. Auch die letzte Kerze war erloschen. Er schaute auf seine Armbanduhr: fünf Uhr morgens.

Weihnachten.

Er hörte, wie am anderen Ende des Raums ein Streichholz angezündet wurde. Er drehte den Kopf und sah Emmelines nackte Silhouette, die Flamme in ihrer hohlen Hand verborgen. Sie kniete sich hin und zündete erst eine, dann eine zweite Kerze an. Dann schüttelte sie das Streichholz aus, nahm die Kerzen in ihren Windlichtern und wandte sich in seine Richtung.

»Du bist wach.«

»Und jetzt mache ich mir Sorgen«, sagte er.

»Worüber?«

»Dass es Zeit zum Gehen ist.«

»Aber morgen wird es Zeit zum Wiederkommen sein. Wenn du willst.«

»Das will ich.«

Sie stellte die Kerzen auf den Tisch und ging zum Kleiderschrank. Es war wunderbar, ihr zuzuschauen, wie sie, durch die beiden Kerzen von hinten beleuchtet, vor dem offenen Schrank stand. Sie stellte sich auf die Zehenspitzen und griff hinein. Dann trat sie zurück und hielt einen langen pelzbesetzten Mantel in der Hand, den sie anzog, ohne etwas darunter.

»Es wird noch dunkel sein, wenn ich zurückkomme«, sagte sie. »Mehr brauche ich also nicht. Du solltest dich auch anziehen.«

Er nickte, schwang die Beine unter der warmen Decke hervor, kniete sich neben das Bett und sammelte seine Kleidung auf.

»Hast du ein Bad?«

Sie deutete auf den schmalen Alkoven am Ende des Raums.

»Da drüben. Es gibt fließendes Wasser, aber nur kaltes.«

»Okay.«

Er ging Richtung Bad, aber sie hielt ihn auf, eine Kerze in der Hand.

»Die wirst du brauchen.«

»Danke.«

Was das Wasser betraf, hatte sie nicht übertrieben. Aus der Leitung kam flüssiges Eis. Er füllte das Waschbecken damit, rieb sich mit einem Waschlappen ab und trat, um sich warm zu halten, von einem Fuß auf den anderen. Die Kerze warf flackerndes Licht auf den steinernen Waschtisch, wo Emmelines persönliche Gegenstände verstreut lagen. Er sah eine Bürste mit Griff aus Horn und einen kleinen Schminkkoffer mit Perlmuttintarsien im Deckel.

Hinter dem Waschtisch war ein Regalbord mit Gegenständen aus Glas. Er sah ein Destilliergefäß mit seinem wulstigen Kolben und dem nach unten geneigten Rohr. Ein Gegenstand, mit dem ein Alchemist oder ein Parfümeur über einer niedrigen Flamme Essenzen destillieren könnte. Daneben standen kristallene Parfüm-phiolen, die mit einer goldenen Flüssigkeit gefüllt waren.

Er legte den Waschlappen hin und griff nach einer der Phiolen.

Sie war schwer und fühlte sich kalt an. Er zog den länglichen Pfropfen heraus und hielt sich die Öffnung unter die Nase.

Es war kein Parfüm.

## ZWANZIG

»Du kannst den Schal jetzt abnehmen«, sagte sie.

Er setzte sich auf, versuchte zu antworten und merkte, dass er nicht mitbekommen hatte, was sie gesagt hatte.

»Wie bitte?«

»Die Augenbinde. Du kannst sie jetzt abnehmen.«

Er ließ ihre Hand los und griff hinter seinen Kopf, um den Knoten zu lösen. Der Schal fiel auf seine Schultern. Es war noch dunkel. Im Scheinwerferlicht sah er einen wie ausgestorben daliegenden Abschnitt der Judah Street, auf der sie in östlicher Richtung fuhren, hügelaufwärts Richtung Krankenhaus. Er faltete den Schal, reichte ihn ihr.

Sie nahm ihn, legte ihn auf den Schoß, griff nach seiner Hand und küsste sie.

»Fast da«, sagte sie.

»Wann werde ich dich wiedersehen?«, fragte er.

»Bald.«

Auf beiden Straßenseiten lagen jetzt Gebäude, die zum Krankenhauskomplex gehörten. Gleich neben einem Hydranten hielt sie am Straßenrand, legte den Leerlauf ein und zog die Handbremse.

»Komm her, Caleb.«

Sie rutschten in die Mitte der Sitzbank, küssten sich, er schob die Hand unter ihren Mantel und berührte ihre nackte Hüfte.

»Eher, als du denkst.« Sie zog sich zurück und küsste ihn dabei auf den Mundwinkel. Als er die Hand zurückzog, strich sie sich den Mantel glatt.

Caleb nahm seinen Mantel und den Aktenkoffer, öffnete die Tür und stieg aus. Nachdem er die Tür geschlossen hatte, lehnte sie sich hinüber und drückte die Handfläche von innen gegen die Scheibe. Er hatte dieses Bild schon vor sich gesehen, wenn schon nicht mit den Augen, dann zumindest in seiner Vorstellung. Aber diesmal war es keine Kinderhand, und er nahm in dieser Geste mindestens so sehr Begehren wie Verzweiflung wahr. Er beugte sich hinunter und begegnete ihrem Blick. Sie nahm die Hand von der Scheibe, drückte die Finger an ihre Lippen und legte den Gang ein. Mit dem Mantel über dem Arm stand er neben dem Hydranten und sah zu, wie sie losfuhr. Er ließ sie nicht aus den Augen, bis die Rücklichter nur noch rote Punkte im Dunkeln waren, dann zog er den Mantel an, nahm seinen Aktenkoffer und machte sich auf den Weg zum Labor.

Im hinteren Teil der Räumlichkeiten gab es eine Umkleide, die er betrat, während der Kaffee durch die Maschine lief. Die Dusche wurde selten benutzt, aber es war gut, eine zu haben. Manchmal sogar notwendig, wenn man bedachte, welche Stoffe ins Labor kamen und es verließen. Gifte und Nervengas, Teile von Kadavern. Im Kühlsafe lagerten dreieinhalb Probengläschen Batrachotoxin.

Er ging zu seinem Spind und öffnete die Tür. Hier hatte er immer saubere Kleidung bereitliegen, für den Fall, dass er etwas verschüttete, das durch die Haut absorbiert werden konnte. Er zog sich aus, nahm sein Handtuch vom Haken und trat unter die Dusche.

Danach dauerte es nicht lange.

Während das Massenspektrometer hochfuhr, räumte er einen Arbeitstisch frei und nahm sein Portemonnaie aus der Tasche. Zwischen die Geldscheine hatte er eine alte Quittung vom Geldautomaten gesteckt, fest zusammengerollt und an den Enden plattgedrückt wie eine selbstgedrehte Zigarette. Er rollte sie auseinander und nahm mit einer Pinzette das zusammengeknüllte erbsengroße Stück eines Papiertaschentuchs heraus. Es hatte einen bernsteinfarbenen Fleck, weil er es in die Phiole in Emmelines Bad getunkt hatte.

Er hielt sich das Papier mit der Flüssigkeit unter die Nase. Sie roch aromatisch und flüchtig, wie bittere Pfefferminze, wie eine

Mischung aus Menthol und Beifuß. Er bereitete das Gerät für die Probe vor, setzte sich an den Arbeitstisch und programmierte den Testlauf so, dass er auf allen drei Cray-Clustern laufen würde. Anschließend würden die Ergebnisse direkt auf den Drucker geschickt, ohne irgendwo gespeichert zu werden. Papier ließ sich schreddern oder verbrennen. Elektronische Dateien waren zwar schwerer zu finden, aber unmöglich zu vernichten. Er ging in den Pausenraum, schenkte sich einen Kaffee in eine fremde Tasse ein, gab ein wenig von Andreas Kaffeesahne aus dem Kühlschrank dazu, lehnte sich an die graue Wand und trank mit geschlossenen Augen.

Er hatte jedes Wort, das er zu Emmeline gesagt hatte, ernst gemeint. Aber dann hatte er die Phiolen entdeckt.

Er ließ sich an der Wand heruntergleiten, bis er auf dem Fußboden saß. Unter dem Kühlschrank entdeckte er einen alten Kronkorken und eine tote Kakerlake. Aus einer der Belüftungsöffnungen drang einige Sekunden lang Musik aus irgendeinem anderen Teil des Gebäudes. Wahrscheinlich ein Kirchenchor, der Weihnachtslieder sang.

Falls er etwas fände, würde das nicht zwangsläufig etwas ändern. Er könnte es ignorieren. Aber vielleicht würde er ja gar nichts finden. Er könnte auch auf der Stelle ins Labor gehen, solange noch Zeit war, und den Stecker des Spektrometers ziehen. Die Probe nehmen, sie in den Verbrennungsofen werfen und niemals etwas Genaueres erfahren.

Immer noch auf dem Fußboden sitzend, ging er die Möglichkeiten durch, bis er hörte, wie der Drucker sich in Bewegung setzte und die Seiten ausspuckte wie Spielkarten, mit der bedruckten Seite nach unten. Sobald er sie umdrehte, würde er Bescheid wissen. Noch konnte er sie in den Schredder stecken. Stattdessen nahm er sie aus dem Fach und brachte sie zum nächstbesten Arbeitstisch, auf dem eine Halogenlampe mit Gelenkarm stand. Er schaltete sie ein, dann drehte er die Seiten um. Es war nicht nötig, aus vielen

Linien die richtige herauszusuchen, ihr mit der Fingerspitze zu folgen und an der y-Achse einen Prozentwert abzulesen.

Denn es gab nur eine Linie.

Wie immer Emmeline es bewerkstelligt hatte, ob mit ihrem Destilliergefäß oder auf irgendeine andere Weise, sie hatte reines Thujon hergestellt.

Und auf dem Bord hinter ihrem Waschbecken hatte sie noch mindestens zehn Phiolen. Genug für dreißig weitere ...

»Caleb?«

Er fuhr herum und stieß mit dem Ellbogen gegen den Arm der Lampe. Als sie auf den Tisch stürzte, zerplatzte der Glaskolben mit einem scharfen Knall, Scherben übersäten seine Ausdrucke.

»Mein Gott, Joanne.«

Als ihre Blicke sich trafen, trat Joanne Tremont einen Schritt zurück.

»Ich wollte dich nicht erschrecken«, sagte sie.

»Schon gut, es tut mir leid«, sagte Caleb. »Ich dachte, ich wäre allein.«

»An Weihnachten, so früh am Morgen?«, sagte sie. »Ich dachte, *ich* wäre allein.«

»Du solltest nach Hause fahren.«

»Es gibt zu viel zu tun.« Sie trat von einem Fuß auf den anderen und redete schnell, als wäre sie die ganze Nacht wach gewesen, angetrieben von Kaffee und Sorgen. »Und wenn hier sonst nichts los ist, bekomme ich normalerweise eine Menge erledigt. Arbeitest du an den Datensätzen?«

»Ich kümmere mich darum.«

»Okay. Ich bin noch eine Weile hier. Hast du gesehen, dass eine neue Probe gekommen ist?«

»Nein.«

»Noch eine Box aus dem Veteranenkrankenhaus. Muss gestern gekommen sein. Ich weiß nicht, wie diese Dinger immer wieder plötzlich im Kühlschrank auftauchen, aber es ist gut für uns, stimmt's?«

Sie ging durch den hinteren Teil des Labors in den Pausenraum. Als sie weg war, wischte er die Glasscherben mit dem Handrücken in einen Mülleimer. Dann griff er sich die Ausdrucke vom Tisch und ging in sein Büro. Auf dem Weg dorthin blieb er vor dem Probenkühlschrank stehen und schaute hinein. Die Box stand auf der mittleren Ablage und war mit orangefarbenen Klebestreifen versiegelt. Die dazugehörigen Unterlagen steckten in einem an die Vorderseite geklebten Plastikumschlag. Caleb nahm die Box und las durch das Plastik hindurch, welche Verletzungen diese anonyme siebenunddreißigjährige Frau erlitten hatte, welche Schmerzen sie hatte durchmachen müssen.

Er schob die Box in den hinteren Teil des Kühlschranks und schloss die Tür.

Es war fünfzehn Uhr, als er das Labor verließ und zur Sicherheit noch einmal überprüfte, ob die Türen sich fest hinter ihm geschlossen hatten. Er schaute über die Parnassus Avenue hinweg zum Haupteingang des Krankenhauses. In der Zufahrt – dort, wo Emmeline am Abend zuvor auf ihn gewartet hatte – stand ein Krankenwagen. Caleb war übel, als hätte ihm jemand etwas in den Kaffee getan. In seinem Kopf ging alles durcheinander. Er war aus einem Traum erwacht, in dem er Emmeline zum zweiten Mal geliebt und über ihre Schulter hinweg die rückwärts laufende Uhr beobachtet hatte. Es kam ihm vor, als wäre er aus einem Traum nahtlos in den nächsten geglitten. Er konnte sich genau an ihre Brustwarze in seinem Mund erinnern, daran, wie sie innegehalten und auf ihn gewartet hatte, sodass sie gemeinsam ihr Ziel erreichten.

Da waren so viele Phiolen gewesen.

»Caleb!«

Er sah auf. Auf dem Bürgersteig war kein Mensch zu sehen, aber ein Stück vor ihm am Straßenrand stand ein Auto mit heruntergelassenem Beifahrerfenster. Hinter der nassen Windschutzscheibe sah er eine Hand, die ihm zuwinkte. Er ging weiter und beugte sich zum offenen Fenster hinunter.

»Steig ein«, sagte Henry. »Und mach schnell.«

»Wem gehört das Auto?«

»Vicki. Du musst schon einige Mal mitgefahren sein.«

»Solltest du heute nicht besser bei ihr sein?«

»Hör auf zu quatschen und steig einfach ein.«

»Na schön.«

Caleb öffnete die Tür. Als er eingestiegen war, drückte Henry einen Knopf an seiner Armlehne und ließ das Fenster wieder hoch.

»Was ist los?«, fragte Caleb. »Und woher wissen ständig alle, wo ich bin?«

»Wen meinst du mit ›alle‹?«

»Dich. Kennon.«

»Wenn du nicht gerade durch die Bars ziehst, gibt es nur zwei Orte, an denen man dich finden kann. Dein Haus und das Labor. Ich habe es zuerst hier versucht.«

»Worum geht's?«

»Das weißt du nicht?«, fragte Henry. »Seit gestern sind die Zeitungen voll davon. Es kam im Fernsehen und im Radio.«

»Ich habe nichts gehört oder gelesen.«

Henry nahm den Fuß von der Bremse und fuhr an.

»Es gibt eine neue Leiche«, sagte er.

»Alles wie bei den anderen?«

»Nicht ganz. Diesmal wurde sie nicht ins Wasser geworfen. Aber es gibt punktuelle Hautverbrennungen ...«

»Von einem Taser.«

»Genau. Und Einstichstellen am Hals. Anzeichen für Folterung.«

Sie fuhren den Hügel hinunter nach Inner Sunset. Die Parnassus Avenue ging in die Judah Street über, in Höhe der Ninth Avenue überholten sie eine Straßenbahn.

»Was war die Todesursache, wenn die Leiche nicht aus der Bucht gezogen wurde?«

»Das versuche ich gerade herauszufinden. Aber spontan würde ich auf Herzversagen tippen.«

»Infolge eines Schocks oder drogeninduziert?«, fragte Caleb.

»Ich weiß es nicht.«

»Hat Marcie die toxikologische Analyse noch nicht durchgeführt?«

»Das ist es ja«, sagte Henry. »Sie kann nicht.«

Er hielt an der Kreuzung Judah Street und Tenth Avenue. Die Straßenbahn kam ratternd neben ihnen zum Stehen. Henry griff nach einem Umschlag und legte ihn auf Calebs Schoß.

»Was ist das?«

»Der Autopsiebericht, den ich heute Morgen geschrieben habe. Der Bericht über die Autopsie *von Marcie*.«

»O Scheiße, Henry – Marcie? Es war Marcie?«

Henry nickte, Caleb schloss die Augen und umklammerte den Griff der Armlehne. Der Umschlag mit dem Bericht war dick und schwer. Henry war gründlich, auch wenn es um das Aufschneiden von Freunden und Kollegen ging. Caleb öffnete den Umschlag und zog einen Papierstapel heraus. Die erste Seite fasste Henrys äußerliche Inspektion zusammen.

Es handelt sich um die nicht einbalsamierte Leiche einer Weißen, deren körperlicher Gesamtzustand dem angegebenen Alter von siebenunddreißig Jahren entspricht. Die Identifizierung wurde vom Obduzenten selbst vorgenommen, der die Verstorbene persönlich kannte. Captain Gladstone vom Oakland Coroner's Bureau hat bei der Untersuchung assistiert, um die Objektivität des Obduzenten sicherzustellen … In den äußeren Gehörgängen und der Eustachischen Röhre ist frisches Blut zu erkennen, was zu wiederholten, nicht tödlichen Stromstößen passt. Nadelstiche im Hals und im Gesicht scheinen keinen medizinischen Zwecken gedient zu haben. Um die Einstiche herum sind Schwellungen zu erkennen. Deutlich ausgebildete Leichenflecken am Rücken, die bei festem Druck nicht verblassen. Zahlreiche Hautverbrennungen an Gesicht und Brustkorb …

Der Rest konnte nur noch schlimmer werden. Kühl formulierte sachliche Beschreibungen von Verletzungen und den Stellen, an denen sie gefunden worden waren. Caleb dachte daran, was sie vor ihrem Tod erlitten haben musste, stundenlang, mit Drogen im Körper, die ihr Leiden auf die Spitze trieben.

»Der Todeszeitpunkt liegt irgendwo zwischen elf und drei«, sagte Henry. »Also am späten Abend des Dreiundzwanzigsten oder am frühen Morgen des Heiligabends.«

»Wo war sie?«, fragte Caleb. »Wo ist sie gefunden worden?«

Mit zitternden Fingern ließ er die Fotos aus dem Umschlag in die rechte Hand gleiten.

»In irgendeinem alten Gebäude in Pacific Heights. Nicht bei ihr zu Hause. Ich war nicht am Tatort, also kenne ich die genaue Adresse nicht.«

»Wer hat sie gefunden?«

»Ein Hauswart.«

Caleb drehte den Stapel um und betrachtete das erste Schwarz-Weiß-Foto. Es war von einer an der Decke von Henrys Sektionssaal angebrachten Kamera aufgenommen worden und zeigte Marcies komplette Leiche. Henry hatte den Y-Schnitt schon durchgeführt, hatte ihr Brustbein mit der Heckenschere durchtrennt, sodass der Brustkorb geöffnet und die darunterliegenden Organe freigelegt waren. Ihr Gesicht war mit Schnittwunden und Blutergüssen übersät. Für Fotos aus genau dieser Kameraperspektive hatte Henry einen speziellen Namen: die Ich-will-Gerechtigkeit-Einstellung.

Caleb betrachtete das Foto genau, die Leiche der Frau, die er in Stanford kennengelernt hatte. Er rief sich den Geruch von Pfefferminz in Erinnerung, den Geruch von Nachtschatten. Tödliche

Blüten, die im Dunkel der Abenddämmerung Tau sammelten. Irgendwie gelang es ihm, den Kaffee unten zu behalten, aber sein Magen machte einen Sturm auf hoher See durch, sein Gleichgewichtssinn signalisierte, dass er sich im freien Fall befand.

»Warum?«, fragte er Henry. »Warum erzählst du mir das? Du wolltest, dass ich außen vor bleibe. Wegen Kennon.«

»Ich wollte mit dir sprechen, bevor Kennon es tut.«

»Was redest du da?«

»Gestern Morgen, nachdem ich von dir weggefahren bin, habe ich meine Mailbox abgehört. Ich hatte zwei Nachrichten. Eine von Kennon, der mich bat, in die Bryant Street zu kommen, weil gerade eine neue Leiche aufgetaucht wäre. Die Nachricht war gerade fünf Minuten alt.«

»Und?«

»Die andere war etwas älter. Vom Abend des Dreiundzwanzigsten. Ein Anruf von Marcie.«

Caleb hielt den Autopsiebericht in beiden Händen. Die Straßenbahn neben ihnen nahm auf der Kreuzung Fahrt auf, von ihrem Stromabnehmer sprühten beim Kontakt mit der Oberleitung Funken, die blaue Blitze in den grauen Nachmittag schickten. Er hatte gegenüber dem Haas-Lilienthal-Haus gestanden, an einen Laternenpfahl gelehnt, als solche elektrisch-blauen Blitze die Fenster im zweiten Stock erleuchtet hatten. Er hatte eine Hochspannungs-Entladung beobachtet.

Caleb schloss die Augen und senkte den Kopf.

»Sie muss die Nachricht eine oder zwei Stunden vorher aufgesprochen haben. Bevor es losging«, sagte Henry. »Mit ihrer Ermordung, meine ich.«

»Was hat sie gesagt?«, fragte Caleb, obwohl er nicht sicher war, dass er die Antwort hören wollte.

»Sie war stinksauer – wegen dem Virus. Sie wollte mit dem einzigen Menschen sprechen, dem sie beim Thema Spektrometersoftware vertraute, also fragte sie nach deiner Telefonnummer.

Sie wollte dich besuchen, aber nicht, ohne sich vorher anzumelden.«

»Fahr mal rechts ran.«

»Was?«

»Halt einfach an!«

Henry fuhr an den Straßenrand und stoppte den Wagen. Er schaute in den Rückspiegel, dann sah er Caleb fragend an. Caleb hatte die Hand vor den Mund gelegt und hantierte am Türgriff herum. Er stieg aus, ging auf dem Bürgersteig vor der katholischen St. Anne's Church in die Knie und erbrach Kaffee mit Sahne. Dabei kippte er vornüber und schürfte sich beim Abstützen die Hände auf. Er rang nach Luft, Tränen verschleierten seine Sicht. Schließlich stand er auf und wischte sich mit dem Unterarm über den Mund. Als er aufblickte, sah er eine Frau und ein kleines Kind auf dem Bürgersteig näher kommen. Dann plötzlich überlegte die Frau es sich anders und drehte auf der Stelle um, die Hand des Kindes fest in ihrer.

Caleb stieg wieder ein und zog die Tür zu.

»Sie hat mich nicht angerufen«, sagte er und erkannte seine eigene flüsternde Stimme kaum wieder. »Sie war nicht bei mir – ich habe sie seit Juli nicht gesehen.«

»Wo warst du an dem Abend?«

»Zuerst war ich zu einem späten Brunch im Park Chow. Dann habe ich im Labor gearbeitet. Mit Kennon gesprochen. Danach bin ich ein bisschen rumgefahren, habe mit dir telefoniert. Ich war in dem Lebensmittelladen auf der Stanyan Street, bin nach Hause gefahren und habe gekocht.«

Henry schaute wieder in den Rückspiegel und fuhr an, Richtung Westen. Von der Straßenbahn abgesehen, die jetzt zwei Blocks Vorsprung hatte, war die Straße leer.

»Als ich am nächsten Morgen bei dir war«, sagte Henry, »hast du behauptet, du hättest gearbeitet. Aber es hätte nichts mit dem Labor zu tun gehabt. Also, worum zum Teufel ging es?«

»Was soll das? Spielst du jetzt Kennon?«

»Verdammt, Caleb! Wenn du es mir nicht sagen kannst, was willst du dann ihm erzählen? Glaubst du, er fragt nicht danach?«

»Ich habe Absinth getrunken und gezeichnet.«

»Gezeichnet?«

»Ja, gezeichnet.«

»Hast du das von deinem Vater gelernt?«

»Mein Gott, Henry. Wann hörst du auf zu fragen? Ich habe es mir selbst beigebracht. Und Bridget hat mir noch eine Menge Tipps gegeben.«

»Warst du abends noch unterwegs?«

»Nein.«

»Bist du sicher?«

»Ja, ich bin sicher«, sagte Caleb. Eigentlich war seine Kehle zu empfindlich zum Schreien, aber er tat es trotzdem. »Ich bin sicher, dass ich nirgendwo war. Ich bin sicher, dass ich nicht mit Marcie gesprochen habe. Und ich weiß ganz genau, dass ich sie nicht umgebracht habe. Okay?«

»Wie betrunken warst du?«

»Halt's Maul, Henry.«

Caleb schob den Autopsiebericht wieder in den Umschlag und legte ihn auf Henrys Schoß. Sein schlechtes Gewissen, weil er Henry belogen hatte, spielte keine Rolle mehr.

»Hast du Kennon die Mailboxnachricht vorgespielt?«

»Noch nicht, aber das werde ich tun.«

»Mein Gott!«

»Was erwartest du denn? Dass er ihre Telefondaten nicht überprüft, um herauszufinden, wen sie an dem Abend angerufen hat? Meinst du, er könnte sich keinen richterlichen Beschluss besorgen und bei Verizon damit herumwedeln, falls ich mich weigere? Hältst du mich für so dumm, dass ich glaube, man könnte so etwas wirklich verschweigen?«

Caleb zuckte die Achseln.

»Dieser Safe, den du hast«, sagte Henry. »Gib mir doch einfach die Kombination. Ich könnte ihn für dich ausräumen.«

»Was willst du damit sagen?«

»Dass man dieses Zeug im Moment besser nicht bei dir findet. Vielleicht sollte ich es in Verwahrung nehmen.«

»Das hat Kennon dir eingeredet, stimmt's?«, fuhr Caleb auf. »Weil er weiß, dass er nicht einfach bei mir aufkreuzen und irgendwelche Sachen mitnehmen kann. Aber wenn ich dir etwas gebe, darf er es sich natürlich ansehen.«

»Das ist nicht …«

»Und dabei wolltest du mitspielen? Trotz allem, was du gesagt hast?«, fragte Caleb. »Dass es ihm nicht darum geht, was wahr und was falsch ist – sondern nur darum, was er mir anhängen kann?«

»Caleb, du …«

»Hört er unser Gespräch mit? Das tut er, stimmt's?«

Wieder sah Henry in den Rückspiegel, dann blinkte er. Kurz bevor sie nach rechts auf die Sixteenth Avenue bogen, schaute Caleb in den Seitenspiegel und entdeckte einen Block hinter ihnen einen schwarzen Suburban. Er wandte den Blick ab.

Henry wollte etwas sagen, aber Caleb fiel ihm ins Wort.

»Lass mich hier raus.«

»Ich kann dich zurück zum Krankenhaus bringen. Du kannst mir …«

»Lass mich raus. Sofort.«

Henry fuhr an den Straßenrand, Caleb stieg aus.

»Caleb …«

Er warf die Tür zu und ging zu Fuß zurück Richtung Judah Street. Der Suburban setzte gerade an, um die Ecke zu biegen, aber der Fahrer überlegte es sich im letzten Moment anders. Caleb sah dem Wagen nach und ging weiter.

## EINUNDZWANZIG

Er rechnete damit, dass Kennon und Garcia jeden Moment mit ihrem Wagen neben ihm auftauchen würden. Dass sie ihn in die Bryant Street schaffen würden, wo er in einem Raum mit weißen Wänden und einem Einwegspiegel sitzen würde. Die zweite Möglichkeit war, dass Henry um den Block fahren und noch einmal versuchen würde, ihn zum Einsteigen zu überreden.

Aber weder Kennon noch Henry tauchten auf, er ging allein weiter.

Caleb war ziemlich sicher, was gerade abgelaufen war. Angesichts der Umstände konnte er Henry nicht mal einen Vorwurf machen. Zwar hätte er selbst, wenn ihre Rollen vertauscht gewesen wären, nicht so reagiert, aber Henry und er waren schon immer grundverschiedene Typen gewesen. Sie mochten sich zwar nahestehen wie Brüder, aber Caleb war schon immer eher der düsteren Seite zugeneigt. Er fragte sich, mit welcher Art Gerät sie Henry verdrahtet hatten. Die Reichweite der Übertragung musste gering gewesen sein, sonst wären Kennon und Garcia weiter zurückgeblieben. Aber vielleicht hatte Henry sie auch in seiner Nähe haben wollen.

Vielleicht hatte er Angst.

Caleb überquerte die Judah Street und hielt sich auf der Sixteenth weiter in südlicher Richtung. Von der Eingangstreppe eines Reihenhauses schnappte er sich einen in Plastik verpackten *San Francisco Chronicle*. Er klemmte sich die Zeitung unter den Arm und nahm sie mit in den Fifteenth Avenue Steps Park, eine Fußgängertreppe, die mit einer Steigung von fünfundvierzig Grad von der Kirkham Street zur Lawton Street hinaufführte. Er stieg den größten Teil der Stufen hinauf, bis er zwischen den wuchernden Bäumen knapp unter dem Gipfel des Hügels vor Blicken geschützt war. Als er sich hinsetzte, konnte er über die Dächer von Inner

Sunset hinweg bis zum Golden Gate Park sehen. Die Stufen waren noch feucht vom morgendlichen Regen und dem sich an den Boden schmiegenden Nebel, der immer noch aus Richtung Westen heranzog. Caleb nahm den *Chronicle* aus seiner Schutzhülle und blätterte ihn durch, bis er den Artikel über Marcie fand.

Als er fertig war, ging er über die Lawton Street Richtung Mount Sutro und entsorgte die Zeitung in der ersten Recyclingtonne, an der er vorbeikam. In dem Artikel hatten nur wenige harte Fakten gestanden, aber ein Detail, das einer anonymen Quelle zugeschrieben wurde, machte ihm Sorgen. Jemand hatte sämtliche Oberflächen im Haus mit Aceton abgewischt. Die Polizei würde keine Fingerabdrücke und wahrscheinlich auch keine Spuren von DNA finden, es sei denn, sie befanden sich an Marcies Leiche.

In seinem Labor hatte er jede Menge Aceton gelagert, aber es war nicht schwierig, sich diese Chemikalie zu besorgen. Man brauchte nur in eine Drogerie zu gehen und Nagellackentferner zu kaufen. Baumärkte verkauften es kanisterweise als Farbverdünner. Aber natürlich lag auf der Hand, dass der Tatort auf genau die Art und Weise gereinigt worden war, wie er selbst es getan hätte. Das gefiel ihm nicht.

Er steckte die Hände in die Manteltaschen. Langsam und mit gesenktem Kopf ging er weiter. Obwohl er im Labor geduscht und seine Kleidung gewechselt hatte, haftete Emmelines Geruch noch immer an seinem Körper, nahm er ihren Geschmack tief in der Kehle wahr. Einen bittersüßen Geschmack, als würde man auf einer Gewürznelke kauen oder in die Schale einer Clementine beißen.

Auch die Gefühle, die das in ihm auslöste, gefielen ihm nicht.

Bridgets Volvo war ein gutes Stück vor seinem Haus an der Straße abgestellt. Auf dem Weg hügelaufwärts ging er an ihm vorbei, kehrte dann um und warf einen Blick hinein. Auf dem Rücksitz standen Pappkartons, sie waren leer.

Bridget hätte ihn vorwarnen sollen.

Vielleicht hatte sie das sogar getan. Er hatte weder ihre Anrufe abgehört noch ihre E-Mails gelesen. Er legte die letzten dreihundert Meter zurück und öffnete die Haustür.

»Bridget?«

Er hörte sie aus der Küche kommen, hörte das Stolpern ihrer nackten Füße und begriff, noch ehe er sie sah, dass sie getrunken hatte. Sie kam in den Hausflur und lehnte sich gegen die Wand, drei Meter von ihm entfernt. Sie sah ihn an und versuchte zu lächeln, aber ihr Blick flackerte. Als sie zu sprechen versuchte, klang der Schrei aus ihrem Mund wie eine offene Wunde.

Sie stützte sich an der Wand ab und ließ sich auf den Fußboden sinken.

»Caleb … Ich habe versucht … Ich wollte Weihnachten nicht allein …«

»Bridget«, sagte er. Er trat zu ihr und kniete sich neben sie auf den steinernen Boden. Ihre Hände waren nass von Tränen, ihre Haut weich und vor Hitze pulsierend.

»… nicht allein sein.«

»Ich bin ja da«, hörte er sich sagen.

Er kam sich vor, als stünde er auf der Schwelle, mit einem Fuß draußen auf der Matte. Aber er war längst im Haus, die Tür war geschlossen, er half ihr auf.

»Ich wusste nicht, wo du warst!«

»Es tut mir leid.«

»Ich habe versucht anzurufen, um dir zu sagen, dass ich komme …«

»Schon gut, Bridget.«

»Nein, es ist nicht gut! Ich hasse es. Ich *hasse*, was wir uns angetan haben. Ich kann nicht mehr, Caleb.«

Er half ihr auf und führte sie langsam Richtung Wohnzimmer. In der Hand hielt er noch seinen Schlüsselbund, warf ihn aber im Vorbeigehen durch die offene Küchentür. Dann nahm er sie in den

Arm. Sie trug dasselbe schwarze Kleid wie damals bei der Vernissage, als sie sich kennengelernt hatten. Aber seit ihrer letzten Begegnung war sie beim Friseur gewesen. Jetzt wellten sich ihre Haare gleich über den Schultern nach innen.

Er dachte an die Phiolen mit Thujon in Emmelines dunklem Bad, an den elektrischen Blitz hinter den Fenstern im ersten Stock der Villa in Pacific Heights. An das Rutschen und Poltern, das er gehört hatte, nachdem Emmeline hinaufgegangen war, an das Tröpfchen Blut, das sie sich nach ihrer Rückkehr vom Finger geleckt hatte. Er sah sich die Jakobsmuscheln braten, während Marcie Hensleigh nackt und gefesselt ein Stockwerk über ihm war. Wie sie gegen die Fesseln ankämpfte, in den Knebel würgte, Verbrennungen von den Hochspannungselektroden am ganzen Körper.

Er setzte Bridget aufs Sofa und ließ sich neben ihr auf die Knie fallen. Sie beugte sich vor, sodass er sie wieder in die Arme nehmen konnte. Er legte das Gesicht an ihre Brust und spürte ihre Hände am Hinterkopf. Er hielt sie fest, ihre Finger strichen durch seine Haare.

»Caleb.«

Er hob den Kopf und sah das Schimmern seiner eigenen Tränen zwischen ihren Brüsten. Ihre Hände lagen flach auf seinen Wangen, sie beugte sich vor, schloss die Augen und küsste ihn. Sie hatte den Sauvignon Blanc ausgetrunken, den er zwei Abende zuvor für seinen Fumet benutzt hatte. Auf ihren Lippen schmeckte er besser als aus dem Glas.

Sie zog sich zurück. Ihre Nase war vom Weinen gerötet, aber auf den Wangen lag eine Hitze, die nichts mit den Tränen zu tun hatte.

»Caleb, das alles tut mir so leid.«

»Es war meine Schuld.«

»Ich kann damit leben. Mit dem, was du getan hast. Du musst nicht versuchen, es ungeschehen zu machen«, sagte sie. »Ich habe darüber nachgedacht und mit Paula gesprochen. Wir haben ein langes Gespräch über Dinge geführt, über die du und ich nie geredet haben. Du wusstest nicht mal, dass ich davon weiß …«

»Nicht. Bitte.«

»Schsch, Caleb.«

Sie legte ihre Lippen an sein Ohr und flüsterte.

»Es war mein gutes Recht, wütend zu sein«, sagte sie. »Aber ich begreife jetzt auch, was du bei unserem Streit gesagt hast. Dass du es getan hast, weil du bei mir sein wolltest. Nur bei mir. Ich glaube, das stimmt. Aber es war nicht die ganze Wahrheit, oder?«

»Nein.«

Er schloss die Augen und ließ sie nicht los. Er wusste, dass sie heute Abend nicht in diesem Haus bleiben konnte. Er musste sie hier rausschaffen. Aus dem Haus, aus der Stadt. Sie würden nach Süden fahren und sich ein Hotel suchen. Ein Bed-and-Breakfast in Monterey oder in Carmel-by-the-Sea. Sie würde allem zustimmen, wenn er die richtigen Worte fand. Sie konnten morgen früh entscheiden, was zu tun war. Er würde Kennon anrufen und sich an einem neutralen Ort mit ihm treffen.

Es war die einzige Möglichkeit.

Wenn Emmeline sich Marcie geschnappt hatte, würde Henry das nächste Ziel sein. Oder Bridget.

Bridget stand auf und zog Caleb hoch. Sie legte ihm die Hände auf die Schultern und drehte ihn, bis das Sofa hinter ihm war. Sie drückte ihn hinein, er setzte sich. Sie schaute auf ihn hinunter, hob den Saum ihres Kleids und stieg auf ihn. Ihre Knie drückten sich in die Kissen beiderseits seiner Hüften, seine Hände strichen über ihre Waden, dann an den Rückseiten ihrer Oberschenkel hinauf. Er hielt ihre Hüften fest.

Unter dem Kleid trug sie nichts.

»Bitte«, sagte sie. »Caleb, bitte.«

Sie hob sein Kinn und küsste ihn, während sie sich mit einer Hand an seiner Gürtelschnalle zu schaffen machte.

»Falls du morgen etwas vorhast«, sagte Caleb. »Sag es ab.«

»Das verstehe ich nicht.«

»Wir gehen heute Abend weg. Ich bringe dich weg.«

»Heute noch?«

»Ja.«

»Aber erst danach«, sagte Bridget. »Okay? Das hier zuerst.«

»Okay.«

Sie setzte sich auf ihn, schloss die Augen und nahm ihn in sich auf. Er hielt ihre Hüften unter dem Kleid und schob sie nach unten. Er war jetzt ganz bei ihr, es gab nur noch Bridget, die die Träger des Kleids über ihre Arme streifte.

Nur Bridget.

Die junge Frau aus der Galerie, die seine Laken mit Blut bemalt hatte, die ihn so umfassend geliebt hatte, dass sie ihn letzte Woche fast umgebracht hatte, als er ihr gesagt hatte, was er getan hatte. Sie befreite ihre Arme von den Trägern, er zog ihr Kleid bis zur Taille herunter.

»Hör auf zu weinen, Caleb«, sagte sie.

Aber sie weinte selbst.


Gegen Ende schlang sie die Arme um seinen Kopf und drückte ihn fest an ihre Brust. Sie spürte den nahenden Höhepunkt und verfiel in einen schnelleren Rhythmus, um sich dorthin zu bringen.

»Bleib bei mir, Caleb«, sagte sie. »Bleib bei mir, bleib in mir.«

Es war zu nahe an dem, was Emmeline gesagt hatte. Einen Moment lang verlor er die Orientierung, fand sich im Chaos nicht zurecht. Während sie ihn stürmisch ritt, lehnte er sich auf dem Sofa zurück und sah an ihr vorbei zur Uhr auf dem Kaminsims. Ihr Sekundenzeiger bewegte sich, wie er sollte, trug sie durch die Zeit voran in die richtige Richtung.

»Caleb, bleib in mir.«

»Es tut mir so leid, Bridget.«

»Es ist gut. Es spielt jetzt keine Rolle, oder?«, sagte sie. »Bleib in mir. Mach jetzt schnell. Ich will es so.«

Sie lagen seitlich auf dem Sofa, Bridget vor ihm, sein Arm auf ihrer Hüfte, die Hand auf ihrem Bauch. Das Kaminfeuer brannte. Jenseits der Terrassentür blinkten die Lichter von Inner Sunset im Nebel auf, um kurz darauf wieder zu verschwinden.

»Ich habe sie mir angesehen«, sagte Bridget. »Die Zeichnung, die du gemacht hast. Während ich auf dich gewartet habe. Sie ist wirklich gut.«

»Welche Zeichnung?«

»Die da. Auf dem Couchtisch.«

Er hob den Kopf und schaute hinüber. Als er sie sah, konnte er ein Zucken gerade noch unterdrücken. Es war die letzte Zeichnung, die er von Emmeline gemacht hatte. So wie er sie gesehen hatte, nachdem er sie zwei Nächte zuvor im Haas-Lilienthal-Haus zurückgelassen hatte. Sie lehnte sich auf den Kissen zurück, mit einem Ellbogen auf den Couchtisch gestützt. Der Saum ihres Kleids war hochgerutscht, sodass der größte Teil ihres rechten Oberschenkels zu sehen war. Sie hatte die Augen geschlossen, ihre Lippen waren gerade so weit geöffnet, dass man ihre Zähne sah, was ihrem Gesicht einen Ausdruck resignativer Gelassenheit verlieh.

»Ich dachte, ich hätte sie weggelegt.«

»Hast du auch. Ich habe sie gefunden und mit hergebracht, damit ich sie mir ansehen kann. Das Licht war hier besser«, sagte sie.

»Tut mir leid, dass ich sie einfach genommen habe.«

»Kein Problem.«

»Sie ist wirklich gut«, sagte Bridget. »Ich schätze, du hast dir das Gemälde angeschaut.«

»Was?«

»Du weißt, welches ich meine. Den Sargent. Er hängt jetzt im Legion of Honor. Es ist das einzige Bild, das er je in San Francisco gemalt hat.«

Caleb schüttelte den Kopf, aber die Kälte kehrte zurück. Als würden alle Fenster im Haus offenstehen und Nebelschwaden hereinwehen.

»Ich habe einfach nur drauflos gezeichnet.«

Bridget richtete sich auf, stützte sich auf den Ellbogen und legte das Kinn auf die Handfläche. Als sie die Zeichnung ansah, verspürte Caleb den Impuls, aufzustehen und sie ins Feuer zu werfen.

»Du kennst das Gemälde. Es war keine Auftragsarbeit wie die meisten seiner Bilder, sondern mehr ein Freundschaftsdienst. Dann hat Samuel Lilienthal es gekauft.«

»Wer?«, fragte Caleb.

Er brachte das Wort kaum über die Lippen, aber er war so nah an Bridgets Ohr, dass ihr nicht auffiel, wie leise er gesprochen hatte.

»Samuel Lilienthal. Du weißt schon, dieses Lebkuchenhaus oben in Pacific Heights. Es hat ihm gehört. Und da hing früher das Bild. Die Familie hat es dann dem Legion of Honor geschenkt. Ich habe eine Arbeit darüber geschrieben, als ich meinen Master gemacht habe. Über die Geschichte des Gemäldes.«

Wieder spürte Caleb den Abgrund, der unter den papierdünnen Fundamenten seines Hauses lauerte. Eine falsche Bewegung, der kleinste Riss in der Struktur, und er würde hineinstürzen.

»Habe ich das Gemälde schon mal gesehen?« Er sprach langsam und vorsichtig.

»Das weiß ich nicht«, sagte Bridget. »Du hast es jedenfalls gezeichnet. Und zwar ziemlich präzise. Da liegt die Vermutung nahe, oder? Weißt du noch, wie wir mit Henry nach Angel Island gefahren sind? Da habe ich versucht, dir von der Arbeit, die ich geschrieben habe, zu erzählen. Aber Henry hat immer wieder das Thema gewechselt. Als hätte er sich Sorgen gemacht, Vicki damit zu belasten. Es ist eine traurige Geschichte.«

Caleb löste sich von ihr, stand auf, steckte sich das Hemd in die Hose und ging um den Couchtisch herum. Dort nahm er die Zeichnung und legte sie auf den Kaminsims. Er würde sie später verbrennen, wenn sie es nicht mitbekam.

»Dann muss ich es wohl gesehen haben«, sagte er, klang aber

nicht allzu überzeugt. »Bist du sicher, dass es in diesem Haus gehangen hat?«

Bridget nickte.

»Ich habe es dort gesehen«, sagte sie. »Bevor es in ein Museum umgewandelt wurde.«

»Wo war es?«, fragte Caleb und versuchte, gleichmütig zu klingen. »Wo in dem Haus, meine ich.«

»Im Wohnzimmer. Über dem Kamin.«

Er warf noch einen Blick auf die Zeichnung. Der Kamin war im Hintergrund, hinter Emmeline. Niemand außer Caleb wusste davon, aber die Tür zum Geheimzimmer war nur angelehnt, sie stand einen oder zwei Millimeter offen und wartete darauf, dass er dagegendrückte, sie wieder an Ort und Stelle schob. So wie Emmeline darauf wartete, dass er sich zu ihr legte und sie in die Arme nahm.

»Vielleicht hast du es vor längerer Zeit gesehen, und die Erinnerung hat sich eingebrannt«, sagte Bridget. »Davor habe ich bei der Arbeit oft Angst.«

»Das verstehe ich nicht«, sagte Caleb.

»Wenn ich arbeite, frage ich mich: ›Ist das wirklich von mir? Oder ist es etwas, das ich schon so lange mit mir herumtrage, dass ich mich nicht mal erinnere, woher es kommt?‹«

»Ich muss es gesehen haben.«

Aber er konnte sie beim Sprechen nicht ansehen, sein Herz raste so schnell, dass es schmerzte. Er wollte ihr nicht ins Gesicht lügen. Aber selbst im günstigsten Fall würde er eine Menge lügen müssen.

»Also, wo fahren wir hin?«

»Richtung Süden«, sagte er. Er musste die Kontrolle übernehmen, musste sie weg von hier bringen. »Irgendwo in die Gegend von Big Sur.«

Er schaute sie an und bemerkte den Blick, den sie ihm zuwarf.

»Wir haben nicht reserviert.«

»Das machen wir unterwegs«, sagte er. »Aber ich bin vom Labor zu Fuß hierhergekommen. Mein Auto steht am Krankenhaus. Ich glaube, ich habe das Portemonnaie auf meinem Schreibtisch liegen lassen.«

Es musste auf dem Labortisch neben der Quittung aus dem Geldautomaten liegen, in die er das Papiertaschentuch aus Emmelines Bad gewickelt hatte. Er stand jetzt hinter dem Sofa und sah auf Bridget hinunter. Von der Taille aufwärts war sie noch nackt, sie rollte sich auf den Rücken, verschränkte die Finger hinter dem Kopf und sah ihn an.

»Hast du dir was zum Anziehen mitgebracht?«, fragte er.

»Mm-hmm.«

»Okay. Du packst. Ich laufe den Hügel runter, hole mein Geld und das Auto. Dann verschwinden wir.«

Sie kniete sich hin, beugte sich über die Rückenlehne des Sofas und streckte die Hand nach ihm aus. Er wusste, wie sehr sie Carmel und die kleinen Örtchen südlich davon liebte, wie gern sie am Strand entlanglief und in Pensionen mit Meerblick übernachtete. Er selbst wäre auch mit einem Motel für Fernfahrer einverstanden, solange es nur weit genug weg von der Stadt war. Aber er würde ihr alles versprechen, Hauptsache, sie kam ohne weitere Fragen mit. Er nahm ihre Hand, sie zog ihn an sich, küsste seinen Hals und seine Lippen.

»Danke, Caleb.«

»Wir hatten schon bessere Weihnachten.«

»Es ist wunderbar«, sagte sie. »Es wird uns guttun. Dass wir zusammen sind.«

Er nickte und tastete nach den Schlüsseln in seiner Tasche. Sie waren nicht da. Ihm fiel ein, dass er sie im Vorbeigehen auf die Arbeitsplatte in der Küche geworfen hatte. Er ließ Bridget los und ging durch den Flur in die Küche. Je weiter er sich vom Feuer im Wohnzimmer entfernte, desto dunkler wurde es.

Dunkler und kälter.

In der Küche fühlte er sich wie in einem Kühlraum, er rechnete schon damit, dass sich vor seinem Mund Atemwölkchen bildeten. Ohne das Licht einzuschalten, griff er nach den Schlüsseln auf der Arbeitsplatte. Er wollte sich gerade umdrehen, als ein Gegenstand auf dem Esszimmertisch ihn erstarren ließ.

Dort stand die Flasche Berthe de Joux, am selben Platz wie gestern Morgen, als er mit Henry gesprochen hatte.

Eins der Esszimmerfenster hinter dem Tisch war geöffnet.

Er musste einen Laut ausgestoßen haben, einen leisen Angst- oder Schmerzensschrei, denn Bridget rief aus dem Wohnzimmer.

»Caleb, alles in Ordnung?«

»Ja.«

»Ich dachte, du hättest etwas gesagt.«

»Nein. Ich habe nur gehustet.«

Er ging um den Küchentresen herum, trat auf die Flasche zu und hob sie hoch. Das grüne Glas war so kalt, dass es an seinen aufgeschürften Händen schmerzte. Die Flasche war viertelvoll. Am Etikett sah er halbmondförmige Kratzer, die er selbst, am Tisch sitzend, mit dem Daumennagel eingeritzt hatte. Als er allein getrunken und gezeichnet hatte. Aber er hatte die Flasche in seinem Aktenkoffer mit ins Labor genommen und den Koffer im Büro stehen lassen, nachdem Emmeline ihn mit dem Wagen zurückgebracht hatte.

Die Flasche konnte also unmöglich in seinem Haus sein.

Er schloss die Augen, hielt sich an der Tischkante fest und versuchte zu begreifen, was vor sich ging. Die Zeichnung, die er gemacht hatte, war die Kopie eines Gemäldes, das jahrelang in dem Haus gehangen hatte, in dem Marcie ermordet worden war. Dann tauchte diese Flasche hier in seiner Küche auf, wo sie eigentlich nicht sein konnte. Und vor allem waren da Emmeline und all die Dinge, die geschehen waren, seit er sie zum ersten Mal gesehen hatte.

*Mein Gott*, dachte er, *lass es aufhören.*

*Bitte.*

Er roch sie, noch bevor er sie sah.

Er öffnete die Augen und sah in die Dunkelheit zu seiner Linken. Das Kaminfeuer im Wohnzimmer war zu weit entfernt. Hier war es so kalt, dass sich an den Rändern der Esszimmerfenster Eis gebildet hatte. Ehe er sich umdrehen konnte, spürte er einen stechenden Schmerz im Hals.

»Hallo, Caleb.«

Das Flüstern an seinem Ohr war so leicht und düster wie die Flügel eines Falters.

Die Nadel in ihrer Hand ließ nicht zu, dass er sich vom Fleck rührte. Emmeline liebkoste ihn sanft, ihre Finger strichen erst über die Sehnen an seinem Handgelenk, dann in leichten Bewegungen an seinem Unterarm auf und ab, bis sie an einer Stelle zur Ruhe kamen. Die Berührung war zärtlich, vertraut. Die Berührung einer Geliebten.

Sie stand direkt hinter ihm.

Er spürte ihren Oberkörper, der sich an seinen Rücken presste, spürte, wie ihre Haare über seinen Hals strichen. Er konnte sich nicht rühren, was nicht nur an der Nadel und der Flüssigkeit lag, die aus ihr strömte. Es lag an ihrer Berührung, an ihrem Parfüm, das ihn einhüllte wie eine unbeweglich gemachte Beute. Es lag an ihrem Herzen, dessen ruhiges, gleichmäßiges Schlagen er am Rücken spürte.

Wieder kitzelte ihr Atem sein Ohr.

»Du hast gefragt, wann du mich wiedersehen wirst«, sagte sie. »Und ich habe gesagt: Eher, als du denkst. Habe ich mein Versprechen gehalten?«

Die Nadel schmerzte nicht mehr. Tatsächlich erschien ihm alles wie ein leises Raunen. Er spürte nur den kalten Druck des Metalls auf seiner Haut. Das berauschende Gefühl der Flüssigkeit, die in seinen Körper strömte. Aber er spürte keinen Schmerz. Sie stützte ihn, indem sie eine Hand um seine Taille legte, und nahm die Absinthflasche, bevor sie aus seiner erschlaffenden Hand gleiten konnte.

»Ich habe unsere letzte Begegnung so genossen«, sagte sie, »dass ich dich wiedersehen wollte, auf der Stelle.«

Sie zog die Nadel aus seinem Hals.

Er sah zu, wie sie um ihn herumgriff, während ihr anderer Arm immer noch um seine Taille lag. Sie legte die Spritze auf den Tisch. Ohne ihn loszulassen, schob sie den Kopf vor und küsste die Einstichstelle an der Seite seines Halses. Obwohl die Stelle schon taub wurde, spürte er ihre Lippen. Den sanften, kühlen Biss ihrer Zähne.

Als sie ihn losließ, stürzte er mit dem Gesicht auf die Tischkante, rollte dann hinunter, riss zwei Stühle mit sich, landete auf dem Fußboden.

Das alles geschah völlig schmerzlos, aber er spürte ein klebriges Rinnsal von Blut über seiner linken Augenbraue.

Emmeline kniete sich neben ihn, ihr Gesicht schwebte über seinem. Sie schob sich eine Strähne hinters Ohr, damit sie ihm nicht ins Gesicht fiel. Dann legte sie zwei behandschuhte Finger auf seine Lippen und ließ sie langsam über sein Kinn und seinen Hals gleiten. Auf seiner Halsschlagader hielt sie inne, schloss die Augen, ihre Lippen zählten lautlos. Er spürte, wie sein Puls gegen ihre Fingerspitzen hämmerte. Sie trug dasselbe Kleid wie bei ihrer ersten Begegnung, das komplett rückenfreie Stummfilmstarkleid. Ihre Haare glänzten dunkel wie frisch gebrochener Obsidian.

»Caleb?«, rief Bridget.

Emmeline wandte sich um und sah über die Schulter, dann musterte sie Caleb. Er kannte den Ausdruck dieses Gesichts voll reiner Lust, zitternd und am Rand der Ekstase. Das hier war etwas anderes. Mit Genuss hatte es nicht im Entferntesten zu tun.

»Es tut mir leid«, flüsterte Emmeline. »Das alles tut mir leid.«

Sie stand auf, Caleb sah ihren Schatten in Richtung Wohnzimmer verschwinden. Er konnte den Kopf nicht bewegen, um ihr mit

Blicken zu folgen, konnte sie nicht sehen. Da war nur ihr langer, auf den Fußboden fallender Schatten. Dann verschwand auch er. Es war still, bis Bridget wieder aufschrie.

»*Caleb!*«

Die Luft vibrierte in einem bläulichen Blitz, auf den im nächsten Augenblick der Knall der Hochspannungs-Entladung folgte.

Bridgets Schrei drang aus dem Wohnzimmer, hoch und schrill.

Er versuchte, sich zu bewegen, aber es ging nicht. Er konnte nur an die Unterseite des Tisches und auf die Beine der umgefallenen Stühle starren.

Er spürte noch immer keinen Schmerz.

## ZWEIUNDZWANZIG

Als Erstes kamen die Geräusche zurück. Viel später auch das Licht.

Die Geräusche waren prägnant und nah, das Licht diffus. Durchzogen von Schatten und vagen Gitternetzen, verzerrt durch ein Prisma aus Nebel.

Gleich rechts von ihm hörte er das Sirren eines schweren Reißverschlusses. Dann wurden nacheinander mehrere kleine Gegenstände auf eine hölzerne Oberfläche gestellt. Vor seinem inneren Auge sah Caleb Glasphiolen und Instrumente aus Metall. Absätze klackten auf dem Holzfußboden, dann das Rauschen von Seide auf glatter Haut.

Auch Gerüche nahm er wahr: das anhaltende Schwefelaroma eines Streichholzes; den kalten, durchdringenden Geruch von Reinigungsalkohol und flüssigem Jod. Emmelines Parfüm, so subtil wie eine hypnotische Suggestion.

Das Licht schien von flackernden, heruntergebrannten Kerzen zu kommen. Caleb versuchte zu blinzeln, um den feuchten Glanz zu verscheuchen, der seine Sicht trübte. Aber er konnte weder die Augen schließen noch den Blick fokussieren.

Er spürte einen Druck seitlich am Kopf, dann auf der Stirn. Ein Drücken und Ziehen. Mehrmals schnippte oberhalb seiner Augenbrauen eine Schere. Dann sah er Hände, die einen Streifen feuchten Verbands von seinen Augen zogen. Er sah die Holzbalken an seiner Schlafzimmerdecke. Wieder gerieten die Hände in sein Blickfeld. Sie hoben seinen Kopf, legten ihm ein zusammengerolltes Handtuch unter. Er fühlte nichts, nur den Druck der Hände, die seinen Kopf bewegten.

Sein Hals fühlte sich an wie ein schlaffer Grashalm.

Aber jetzt, mit dem Handtuch unter dem Kopf, konnte er seinen Körper sehen.

Er lag auf dem Bett, nackt. Wieder tauchte die Hand auf, legte sich auf seine linke Wange und neigte sein Gesicht sanft nach rechts. Sein Kopf kippte hinüber wie eine kippelnde Vase. In seinem Hals gab es ein knackendes Geräusch, aber er spürte nichts. Es war, als hörte man auf der anderen Seite einer Waldlichtung einen Zweig brechen.

Emmeline saß auf einem Holzstuhl zwischen dem Bett und der Wand. Sie nahm die Hand von seiner Wange. Auf dem Nachttisch lag eine schwarze Ledertasche, umgeben von Votivkerzen. Die Tasche stand offen, aber er konnte nicht sehen, was sie herausgenommen hatte.

»Hallo, Caleb« sagte sie. »Versuch nicht, dich zu bewegen, okay?«

Er wollte den Mund öffnen, aber er gehorchte ihm nicht. Caleb konnte ihr nicht antworten und fragte sich, ob er gelähmt war, ob das schmerzlose Knacken in seinem Nacken die Nerven an seiner Schädelbasis durchtrennt hatte. Sie abgerissen und sein Gehirn zu einer Insel gemacht hatte.

Er hörte sein Herz davongaloppieren, bekam kaum Luft. Sie hatte ihm nicht nur Vecuronium gespritzt. Er spürte das sandige Kribbeln von Morphin. Ansonsten konnte er nur spekulieren.

»Du kannst nicht sprechen«, sagte sie. »Aber das musst du auch nicht. Ich weiß, was du brauchst. Und ich kümmere mich um dich. Weil ich deine Freundin bin, weißt du noch?«

Sie streckte den Arm aus, ihre Hand verschwand oberhalb seiner Augen.

Er spürte einen leichten Druck auf der Stirn, mit dem sie seinen Kopf tiefer in das Handtuch drückte. Aber er hätte nicht sagen können, was genau sie machte. Vielleicht schob sie ihm nur die Haare aus dem Gesicht. Streichelte ihn, tröstete ihn. Er wusste es nicht.

»Ich wollte nicht, dass du so auf die Tischkante fällst«, sagte sie. »Ich hätte dich sanfter herunterlassen sollen. Aber ich habe dich verarztet. Schau nur.«

Sie griff in die Ledertasche und nahm die kleine perlmuttverzierte Puderdose heraus, die er in ihrem Bad gesehen hatte. Sie ließ den Deckel aufschnappen, betrachtete sich einen Moment in dem kleinen Spiegel und tupfte mit dem kleinen Finger auf den Lippenstift in ihrem Mundwinkel. Dann drehte sie den Spiegel so, dass er hineinsehen konnte.

Zuerst hielt sie ihn schräg und zu dicht vor seine Augen.

Er sah nur seinen Mund, schlaff und offen. Ein kleines Speichelrinnsal lief vom rechten Mundwinkel zum Ohr. Emmeline zog den Spiegel ein paar Zentimeter zurück und kippte ihn so, dass er seine Stirn sehen konnte.

Die Tischkante hatte eine drei Zentimeter lange Risswunde über seiner Augenbraue hinterlassen. Emmeline hatte sie mit schwarzem Faden und sechs Stichen genäht. Die chirurgischen Knoten saßen perfekt am oberen Rand der Wunde. Seine Stirn war angeschwollen und rosa und glänzte von irgendeiner Salbe, die sie aufgetragen hatte. Aber es blutete nicht.

Emmeline hatte ihn verarztet.

Sie klappte den Spiegel zu, legte ihn auf den Nachttisch, stand auf und ging mit kühlem Hüftschwung hinüber zur Kommode an der gegenüberliegenden Wand. Er konnte ihr mit dem Blick folgen, obwohl er nicht imstande war, den Kopf zu bewegen. Auf der Kommode stand die Flasche Absinth, zusammen mit einem Glas und einem Krug Eiswasser. Sie machte sich einen Drink und ließ das Wasser in aller Ruhe auf den Zuckerwürfel tröpfeln.

Sie musste ihre eigenen Gläser und Löffel mitgebracht haben. Sämtliches Zubehör war auf der Kommode ausgebreitet – die schweren Reservoirgläser aus Kristall, die geschlitzten Silberlöffel. Jeweils zwei, aber sie machte nur einen Drink.

Dann kam sie zurück, setzte sich neben ihn, schlug die Beine übereinander und stellte das Glas auf ihr Knie. Als sie den ersten Schluck trank, schloss sie die Augen. Dann, als sie ausatmete, konnte er den Wermut und den süßen Anis riechen.

»Als wir im Spondulix waren, habe ich ein Liebeslied gesungen«, sagte sie. »Weißt du noch? Hast du begriffen, dass es das war – ein Liebeslied? Für dich?«

Sie sah ihn an und suchte in seinem Gesicht nach einer Antwort. Dann trank sie noch einen kleinen Schluck. Als sie das Glas neigte, wirbelten am Boden des Glases winzige Zuckerkörnchen auf.

»Dafür habe ich drei Drinks gebraucht«, sagte sie. »Es war nicht leicht, für dich zu singen. Den Mut aufzubringen.«

Sie stellte das Glas ab und schaute auf ihre Fingernägel hinunter. Dann sah sie ihm wieder in die Augen.

»Das hier wird auch nicht leicht.«

Caleb sah, wie sie sich zu ihm vorbeugte, wie sie sein Kinn zwischen Daumen und Zeigefinger nahm. Sie drehte seinen Kopf wieder zur Mitte, sodass er an die Decke starrte, dann weiter zur anderen Seite.

Links neben dem Bett saß Bridget gefesselt auf einem Stuhl.

Ihr Gesicht war von Schlägen traktiert und angeschwollen, in ihrem Mund steckte ein Waschlappen. Ihre Blicke trafen sich. Sie versuchte, hinter ihrem Knebel zu sprechen, und was er hörte, klang nach seinem Namen. Als würde sie ihn anflehen. Wieder spürte er einen Druck am Kinn, sein Blick wurde zurück zur Decke und dann nach rechts gelenkt, zu Emmeline. Sie zog die Hand zurück und griff nach ihrem Glas.

»Wir haben uns etwas versprochen«, flüsterte Emmeline. »Versprechen, die etwas bedeuten sollten. Du hast gesagt, du würdest mir nie wehtun. Aber das hast du getan.«

Sie trank einen Schluck.

»Oder glaubst du, dass das, was du heute Abend getan hast, mir nicht wehgetan hat? Was ich mit ansehen musste?«

Mit dem Handrücken wischte sie sich über die Wange. Caleb hörte mit einem Ohr, wie Bridget durch den Knebel seinen Namen röchelte, wieder und wieder.

»Weißt du nicht, wie allein ich war?«, fragte Emmeline. »Wie gut es sich angefühlt hat, mich dir hinzugeben? Aber, Caleb, du bekommst von mir eine zweite Chance. Und ich werde meine Versprechen halten. Ich werde dir nicht wehtun. Ich musste nur eine Weile nachdenken und eine Entscheidung treffen. Ich musste überlegen, wie ich dafür sorgen kann, dass du es nicht vergisst. Dass du sie nie wiedersehen kannst. Nie mehr mit ihr reden kannst.«

Emmeline hob seine Hand von der Matratze und nahm sie in ihre. Es hätte die Hand einer Schaufensterpuppe sein können. Er spürte einen ganz leichten Druck am Ellbogen, sonst nichts.

»Ich habe meine Entscheidung getroffen.«

Er sah zu, wie sie jeden einzelnen seiner Finger küsste, ehe sie die Hand zurück auf die Matratze legte. Sie griff in die Tasche, nahm ein sauberes weißes Handtuch heraus und breitete es auf seinem Brustkorb aus. Dann nahm sie eine Pinzette und einen Edelstahl-Nadelhalter aus dem Nachttisch und legte sie auf das Handtuch. Sie griff erneut in die Tasche, holte ein kleines, mit Klarsichtfolie umhülltes Päckchen heraus, riss es auf und zog eine gebogene Nadel mit einem dreißig Zentimeter langen schwarzen Faden heraus. Schließlich griff sie nach einer auf dem Tisch liegenden Spritze, nahm sie zwischen zwei Finger und steckte den Daumen in den stählernen Ring des Kolbens.

»Wie gesagt, es wird nicht leicht«, sagte sie. »Aber ich verspreche dir, dass es überhaupt nicht wehtut.«

Sie nahm seine Unterlippe zwischen Daumen und Zeigefinger, zog sie vor und stieß die Injektionsnadel hinein. Dann übte sie leichten Druck auf den Kolben aus, zog die Nadel wieder heraus und stach in die Oberlippe. Als sie fertig war, legte sie die Spritze auf das Handtuch. Sie trank ihr Glas leer und ging langsam zur Kommode, um sich einen weiteren Drink zu machen.

Sie schlug Zeit tot und wartete, dass die Substanz, die sie ihm injiziert hatte, ihre Wirkung tat.

Von der linken Seite des Zimmers her hörte er Bridget. Sie versuchte nicht mehr, seinen Namen auszusprechen, sie weinte nur. Emmeline kehrte ihnen beiden den Rücken zu und tröpfelte Wasser über die Zuckerwürfel. Im Rückenausschnitt war ihre blasse Haut vom Hals bis zur glatten Wölbung an den Lendenwirbeln zu sehen. Unter ihren Schulterblättern sah er Kratzspuren, er musste sie ihr unabsichtlich zugefügt haben, musste sich an ihr festgekrallt haben, als sie sich zum zweiten Mal geliebt hatten. Als er sich aufgerichtet hatte, um ihre Brüste und ihren Hals zu küssen.

Emmeline sprach, ohne sich zu Caleb umzudrehen.

»Mach dir keine Sorgen um sie. Wenn ich mit dir fertig bin, kümmere ich mich auch um sie.«

Bridgets Weinen hörte nicht auf.

Als sie sich wieder hinsetzte, hielt sie den Drink in der einen und einen Waschlappen in der anderen Hand. Mit dem Lappen tupfte sie ihm den Mundwinkel ab und legte ihn dann unter sein Kinn. Sie nahm ein wenig Absinth in den Mund, schluckte ihn aber nicht herunter. Stattdessen ließ sie sich von der Stuhlkante gleiten und kniete sich neben dem Bett auf den Boden. Sie beugte sich vor, küsste ihn, ließ den kalten Absinth aus ihrem Mund in seinen fließen. Dabei legte sie die Hand auf seine Wange. Sie ließ die Lippen auf seinem Mund, bis der Absinth in seiner Kehle verschwand.

Dann wich sie ein kleines Stück zurück, fast berührten sich ihre Nasen.

»Du hast dir meinen Rücken angeschaut«, sagte sie. »Diese Kratzer stammen von dir. Aber es hat mir nichts ausgemacht. Es hat nicht wehgetan. Wenn du willst, kannst du es noch einmal machen. Jederzeit.«

Sie beugte sich vor und küsste ihn erneut.

Dann setzte sie sich auf den Stuhl und strich mit den Fingerspitzen ihr Kleid glatt. Sie nahm den Nadelhalter von dem Handtuch auf seiner Brust und klemmte die Mitte der gebogenen Nadel zwischen den zangenartigen Backen ein. In die andere Hand nahm sie die Pinzette, schenkte ihm eine Art Lächeln und zog die Oberlippe nach vorn.

»Damit du dich erinnerst«, sagte sie.

Mit einer langsamen Drehung des Handgelenks stieß sie ihm die Nadel mitten durch die Lippe.

»Und nie wieder mit ihr sprichst.«

Die Arretierung des Halters klickte, als sie die Nadel losließ, und klickte noch einmal, als sie die Spitze an der Innenseite der Oberlippe packte. Caleb spürte keinen Schmerz, nur ein Ziehen. Bridget war so still, dass er das Flüstern des Fadens beim Durchziehen hörte. Emmeline fasste mit der Pinzette seine Unterlippe, drehte wieder das Handgelenk. Dann sah er zu, wie sie die Nadel herauszog und den Faden anhob. Sie ließ die Nadel baumeln und drehte zwei Schlaufen des Fadens um den Nadelhalter. Mit dessen Backen fing sie das lose Ende des Fadens ein, führte es durch die Schlaufen und zog, bis der erste Teil des Knoten festsaß. Dann machte sie eine weitere Schlaufe, zog auch hier und schnitt den Faden mit einer kleinen Schere durch.

Sie lehnte sich zurück.

»Das ist der erste«, sagte sie. »Noch acht. Dann sprechen wir über deine Augen. Damit du daran denkst, dass du sie nie mehr ansehen darfst.«

Als sie mit seinem Mund fertig war, nahm sie die Puderdose, ließ den Spiegel aufspringen und hielt ihn so, dass er sich ansehen konnte. Um seinen Mund herum war überall Blut. Seine Lippen schwollen schon an und verzogen sich an den Nähten. Emmeline klappte den Spiegel zu, warf ihn in ihre Ledertasche. Sie trank einen Schluck Absinth und griff nach der Spritze.

»Den Spiegel brauchen wir nicht mehr. Weil du nicht mehr sehen können wirst«, flüsterte sie. »Aber ich schwöre dir, Caleb, es wird nicht wehtun.«

Sie fing mit seinem linken Auge an.

Und sie hatte recht: Als sie wenige Minuten später sein unteres Lid mit der Pinzette packte, die Nadel hindurchstieß und sein Auge zunähte, tat es kein bisschen weh.

Er konnte nichts mehr sehen, aber Emmeline war noch immer bei ihm. Sie hielt seine Hand. Er spürte nicht, wie ihre Finger sich mit seinen verschränkten, konnte nicht sagen, ob ihre Hand kalt oder warm war, aber er spürte den Druck, als sie seine Handfläche massierte.

Dann flüsterte sie ihm etwas ins rechte Ohr.

»Ich befasse mich jetzt mit Bridget. Aber erst musst du das hier nehmen …«

Er spürte einen Druck am Hals. Etwas drang unter seine Haut.

»Es wird vielleicht eine Minute dauern. Du wirst schlafen. Und auf diese Weise hörst du nichts. Ich will nicht, dass du etwas mitbekommst. Es ist besser, wenn nicht.«

In diesem Moment zerriss er innerlich.

Das Bett war verschwunden. Der Boden unter ihm war nur eine Illusion gewesen und hatte ihm all die Jahre eine falsche Stabilität vorgegaukelt. Er war durchgerutscht, hinein in die Leere, vor der er immer Angst gehabt hatte. Das Fundament seines Hauses war Leere.

## DREIUNDZWANZIG

Caleb lief.

Er strauchelte über den Bordstein, fiel auf das Pflaster, stand auf und stolperte wieder los. Er stieß gegen die Stützmauer auf der anderen Straßenseite, schrammte an ihr entlang, schürfte sich die Schulter auf, holte sich neue Risswunden an den Handflächen. Der hinter seinen Lippen gefangene Schrei drang nur als feuchtes, gurgelndes Brummen nach außen. Er lief immer weiter. Seine Schienbeine prallten gegen die Stoßstange eines geparkten Autos, er landete auf der Motorhaube und stieß mit dem Kopf gegen die Windschutzscheibe.

Die Alarmanlage des Wagens ging los.

Er rutschte von der Motorhaube und landete in Fötushaltung auf dem Asphalt. Die Alarmanlage plärrte, so ohrenbetäubend, dass sie den Schmerz übertönte, niederrang. Schreiend lag er auf dem Boden.

Dann, mitten im letzten Sirenenton, verstummte die Anlage. Er hörte Schritte, jemand lief mit harten Sohlen über den Asphalt. Er kauerte sich noch enger zusammen, schlang die Hände um seine Schienbeine. Aus einer anderen Richtung näherte sich im Laufschritt eine Gruppe von Menschen.

Einen Moment lang herrschte Stille, die schließlich vom schrillen, zitternden Schrei einer Frau unterbrochen wurde.

»Das ist Caleb Maddox, ich glaube, er ist …«

»Heilige Scheiße.«

»Habt ihr sein Gesicht gesehen?«

»… schon angerufen? Hat jemand den …«

»… seine Augen, o Scheiße, Terry, sieh dir seine Augen an …«

»Fasst ihn nicht an. Haltet Abstand. Sie kommen.«

Im Rettungswagen wurden die Fäden an seinen Lippen durchgeschnitten, jemand drehte seinen Kopf zur Seite, damit er das Blut und die Galle auswürgen konnte, die er geschluckt hatte. Er spürte einen dicken Schwall herauskommen, spürte die kalte Metallschüssel an seiner Wange. Sie drückten ihn nach unten, ließen ihn schreien, hielten ihn fest auf der gepolsterten Trage und lauschten der unzusammenhängenden Flut seiner Worte.

»Emmeline ... Es war Emmeline. Und sie hat Bridget. Sie müssen sie suchen. Die Polizei ... Kennon. Ich konnte sie nicht finden ... habe es versucht ... aber ich kann nichts sehen ...«

»Sir ...«

»*Ich kann nichts sehen!*«

Dann schrie er wieder, mühsam drückten die Sanitäter seine Arme nach unten, schnallten ihn fest, spritzten ihm etwas. Er schrie auf dem ganzen Weg den Hügel hinunter, kämpfte gegen die Gurte an. Der Rettungswagen hielt vor der Notaufnahme. Er bäumte sich auf und wand sich, während sie ihn hineinfuhren. Er schrie nach Bridget, nach Kennon.

Aber vom rechten Arm breitete sich beruhigende Wärme durch seinen ganzen Körper aus. Als der erste Arzt auftauchte, war er in der Lage, still zu liegen. Die Ärzte lösten die Stiche in seinen Lidern und zogen mit einer Pinzette die Fäden heraus.

Hinter ihm stand jemand, vielleicht eine Schwester, und hielt seinen Kopf auf beiden Seiten, damit er ihn nicht bewegen konnte.

»Bleiben Sie ruhig, Caleb«, sagte eine Stimme. »Wir haben es fast geschafft.«

Die Hände an beiden Seiten seines Kopfs ließen nicht locker. Er roch die Latexhandschuhe des Arztes. Die Instrumente drückten fest und sicher gegen seine unteren Lider. Über seinem rechten Auge schnippte eine Schere, er spürte einen stechenden Schmerz beim Ziehen der Fäden.

»Geschafft.«

»Ich kann sie immer noch nicht öffnen«, flüsterte er.

»Hier.«

Jetzt spürte er andere Hände und einen warmen Waschlappen, der auf seinen Augen sanfte Kreise zog, um das verkrustete Blut abzuwischen, das seine Lider zusammenkleben ließ. Das weiße Licht ließ ihn blinzeln, die Augen wieder schließen, dann hob er die Hände zum Schutz und öffnete die Augen noch einmal.

»Dreht das Licht von ihm weg.«

Außer ihm waren sechs Personen im Raum. Zwei davon uniformierte Polizistinnen. Krankenhauspolizei. Er sah die ältere der beiden an, eine Frau mit einem dichten blonden Pferdeschwanz.

»Inspector Kennon«, sagte Caleb.

»Ist unterwegs«, erwiderte die Polizistin.

Caleb sah an seinem Körper hinunter. In der Vene des Unterarms steckte ein Katheter, mit weißem Klebeband fixiert. Der Schlauch führte zu einem Tropf mit Kochsalzlösung, der gleich neben ihm stand. Er erinnerte sich, durch sein Haus geirrt zu sein, Tische, Stühle und Bücherregale umgestoßen zu haben. Auf Händen und Knien gekrabbelt zu sein, auf der tastenden Suche nach Bridget.

»Jemand muss in mein Haus gehen«, flüsterte er der Polizistin zu. »Bridget könnte noch dort sein.«

»Das SFPD war schon da. Das Haus war leer ... Tut mir leid.«

Caleb schaute den Arzt an. Er kannte ihn, aß manchmal in der Krankenhauskantine mit ihm zu Mittag. Aber er kam nicht auf seinen Namen. Und er konnte den Kopf nicht anheben. Es fühlte sich an, als würde er einen Meter über dem Fußboden schweben, mit einem blauen Laken zugedeckt.

»Wie spät ist es?«

»Halb drei.«

»Morgens oder nachmittags?«

»Morgens.«

Caleb schloss die Augen, versuchte zu rechnen, versuchte sich zu erinnern, wann er nach Hause gekommen war. Es gelang ihm nicht.

»Wo zum Teufel ist Kennon?«

»Er ist auf dem Weg, Dr. Maddox«, sagte die Frau. »Wollen Sie uns erzählen, was passiert ist?«

»Ich erzähle es Kennon. Bringen Sie ihn einfach her.«

Eine Schwester hatte seine Lippen und Lider mit einer antibiotischen Salbe eingerieben und die Leuchtstoffröhren an der Decke ausgeschaltet. Bevor sie hinausgegangen war, hatte sie eine Rolle mit leichtem Verbandsstoff genommen und ihm eine Augenbinde angelegt.

»Nur für kurze Zeit«, sagte sie. »Bis die Blutungen aufhören.«

»Okay.«

»Kann ich Ihnen sonst noch etwas bringen?«

»Nein.«

Wenn Caleb hinter der lockeren Gaze die Augen öffnete, konnte er das Fenster in der Tür als Rechteck aus Licht ausmachen, außerdem erkannte er den Umriss des Ständers, an dem der Tropf hing. Er lag im Halbdunkel unter der Decke, lauschte den Geräuschen des Herzmonitors und denen von außerhalb des Zimmers. Er fragte sich, was in der Flüssigkeit sein mochte, die ihm injiziert wurde. Diazepam, Midazolam. Etwas, das ihn runterbrachte, damit er zu schreien aufhörte. Das Letzte, an das er sich halbwegs klar erinnerte, war Emmeline, die ihm mit einem Kuss einen kleinen Schluck Absinth zu trinken gab.

Er versuchte, Hände und Füße zu bewegen, sie gehorchten. Mit dem linken Arm griff er quer über die Brust und tastete den rechten Unterarm ab, bis er den Katheter fand. Er riss das Klebeband von seinem Arm, zog die Nadel aus der Vene und stieß sie in die Matratze, wo sie nicht zu sehen war. Egal, welchen Tranquilizer sie ihm gaben, er wollte ihn nicht.

Die Tür wurde geöffnet.

Durch den Verband hindurch sah er die Umrisse einer Gestalt, die sich einen Moment gegen den Rand des erleuchteten Rechtecks lehnte und dann eintrat. Er hörte, wie ein Stuhl über den Boden gezogen wurde, wie der Mann neben ihm Platz nahm.

»Sind Sie das, Kennon?«

»Ja.«

»Bridget ... Sie ist ... Sie war nicht ...«

»Man hat sie gefunden. Vor einer Stunde. Ich komme gerade von dort.«

Kennon machte eine Pause, um das Notizbuch aus der Tasche zu ziehen und sich aufs Knie zu legen.

»Nun los, sagen Sie schon.«

»Sie lebt. Jemand hat sie mit Drogen vollgepumpt und den Abhang hinuntergestoßen, von der Terrasse hinter Ihrem Haus.«

»Wo ist sie jetzt?«

»In Sicherheit«, sagte Kennon. »Mehr brauchen Sie nicht zu wissen.«

»Hat sie Ihnen von Emmeline erzählt?«

Zuerst antwortete Kennon nicht. Er blieb einfach schweigend in der Dunkelheit sitzen. Der Herzmonitor piepte langsam.

»Sie ist in Sicherheit«, sagte Kennon schließlich. »Es sind gute Leute bei ihr.«

Caleb versuchte sich aufzusetzen, gab aber schnell auf. Er legte den Kopf zurück auf das Kissen und zog die Decke hoch, wobei er darauf achtgab, dass Nadel und Schlauch verborgen blieben.

»Ich habe Ihnen nicht die Wahrheit gesagt«, erklärte er. »Bei all unseren Gesprächen. Ich habe etwas ausgelassen.«

»Was für eine Überraschung«, bemerkte Kennon. »Erzählen Sie mir lieber etwas, das ich noch nicht weiß.«

»An dem betreffenden Abend war eine Frau im House of Shields. Ich habe nach ihr gesucht.«

»Und sie gefunden.«

»Ja.«

»Ich möchte dieses Gespräch aufzeichnen, Mr Maddox.«

»Okay.«

Caleb hörte Kennon hantieren und schließlich einen Knopf an seinem Aufnahmegerät drücken. Rechts von ihm leuchtete im Dunkeln ein verschwommener roter Punkt auf.

»Erzählen Sie von Anfang an«, sagte Kennon.

Caleb sprach anderthalb Stunden lang mit dem Inspector. Kennon stellte einzelne Fragen, hörte die meiste Zeit aber bloß zu. Einmal betrat eine Schwester das Zimmer, zog sich aber auf einen Wink von Kennon hin wieder zurück und schloss die Tür. Beim Sprechen spürte Caleb, wie die Wirkung der Medikamente langsam nachließ. Aber er richtete sich nicht auf, nahm den Verband nicht von den Augen. Er sprach leise flüsternd und ließ nichts aus.

Fast nichts.

Wenn Bridget noch nicht gefunden worden wäre, hätte er Kennon von der Fahrt über die Golden Gate Bridge berichtet. Aber Bridget war in Sicherheit. Also ließ er diesen Teil aus. Er dachte an den letzten kühlen Kuss von Emmeline, kurz bevor sie ihm den Mund zugenäht hatte. Dabei hatte sie geweint. Er hatte ihre Tränen auf seinen Wangen gespürt.

Er erwähnte auch mit keinem Wort, was Bridget über das Gemälde von John Singer Sargent gesagt hatte, das jahrzehntelang im Haas-Lilienthal-Haus gehangen hatte, bevor es ins Legion of Honor gebracht worden war. Er wusste selbst nicht, was er davon halten sollte.

Als er fertig war, ergriff Kennon das Wort.

»Mr Maddox ... Dr. Maddox ... Kannte die Frau, die sich Emmeline nennt, sich mit Computern aus?«

»Wie bitte?«

»Sie vermuten, dass sie bei einem Mann aufgewachsen ist, der sie entführt hat. Eine Art Hypnotiseur ... oder sagen wir, einem Kerl, der irgendwelche Salontricks beherrscht hat. Glauben Sie, dieser Mann, dieser Hypnotiseur, könnte ihr etwas über Computersoftware beigebracht haben?«

»Ich weiß nicht.«

»Klingt weit hergeholt, oder?«

»Ich weiß nicht.«

»Und Sie waren nicht im ersten Stock des Haas-Lilienthal-Hauses?«

»Nein.«

»Nicht mal für eine Minute, um die Toilette zu benutzen?«

»Ich war nicht auf der Toilette. Ich weiß nicht mal, ob es im ersten Stock eine gibt.«

»Dann dürften wir da oben also keine DNA von Ihnen finden, richtig?«

Mit einem Mal war Caleb hellwach. Er spürte ein elektrisches Kribbeln in den Nerven an seinem Rückgrat, das sich bis in seine Finger und Zehen ausbreitete. Aber er rührte sich nicht und redete weiter im Flüsterton.

»Falls Sie dort irgendwelche … irgendwelche Haare von mir finden … kommen sie von Emmeline. Wir haben uns geküsst. Sie hat mir über den Kopf gestrichen.«

Kennon gab keine Antwort. Das lange Schweigen wurde nur vom Piepen des Herzmonitors unterbrochen. Es ging jetzt schneller als noch vor ein paar Sekunden.

»Wie fühlen Sie sich, Dr. Maddox?«

»Was glauben Sie denn?«

»Sie sehen nicht besonders gut aus. Aber im Kopf scheinen Sie ziemlich klar zu sein. Sehen Sie das auch so? Werden Sie sich an dieses Gespräch erinnern?«

»Ich glaube schon.«

»Als Sie und Bridget sich letzte Woche gestritten haben, was war der Auslöser?«

»Nun kommen Sie, Kennon. Das hat nichts mit dem Fall zu tun.«

Kennon gähnte und streckte die Arme aus. Caleb hatte jegliches Zeitgefühl verloren. Von dem schmalen gläsernen Rechteck in der Tür abgesehen, hatte das Zimmer keine Fenster.

»Ich habe Henry gefragt«, sagte Kennon. »Weil Sie alte Freunde sind, habe ich gedacht, er könnte es wissen.«

»Dann hat er Ihnen wahrscheinlich die Wahrheit erzählt.«

»Als Sie es haben machen lassen, hatten Sie da vor, es für alle Zeiten vor ihr geheim zu halten? Ich meine, was haben Sie sich dabei gedacht?«

»Ich weiß es nicht.«

»Bridget wollte Kinder, Sie nicht«, sagte Kennon. »Aber Sie wollten dem Gespräch darüber ausweichen. Also haben Sie es einfach machen lassen, als sie nicht in der Stadt war. Kommt das hin?«

»So ziemlich«, sagte Caleb. Er wollte es nicht erklären, Kennon sollte nicht wissen, dass er es nicht aus Egoismus getan hatte. Sondern für sie beide. Für die Kinder, die nie geboren werden würden und ihm deshalb nie Vorwürfe wegen ihres Erbes machen würden.

»Später haben Sie es ihr gesagt. Und sie hat es nicht so gut aufgenommen.«

Caleb antwortete nicht. Nach einer Weile hörte er, wie Kennon einen Knopf an dem Aufnahmegerät drückte. Er hatte es ausgeschaltet.

»Und Ihr Vater? Die Monate, die Sie und Ihre Mutter im Langley Porter verbracht haben? Oder die Zeit, als Sie verschwunden waren? Haben Sie darüber mit ihr gesprochen?«

Caleb rührte sich nicht und lauschte dem Herzmonitor, er wollte die Frequenz per Willenskraft absenken. Er hoffte, dass der schleppende Rhythmus seines Pulses Kennon signalisieren würde, dass er bewusstlos geworden war. Aber Kennon blieb einfach schweigend sitzen. Ein geduldiger Mann.

»Hat Bridget begriffen, was es für Sie bedeutet hat?«, fragte er schließlich. »Ich war damals vor Ort, gleich nachdem Ihr Vater es getan hatte. Ich habe Sie an den Boden gekettet aufgefunden. Wussten Sie das?«

Die Stuhlbeine scharrten über den Linoleumboden, als Kennon den Stuhl näher ans Bett rückte. Er beugte sich zu Calebs Ohr herunter und flüsterte leise.

›Ich weiß nicht, wie Ihr Leben vor diesem Tag ausgesehen hat. Aber ich habe eine Vorstellung. Ich habe den Keller gesehen, all die Dinge, die er für Sie beide angeschafft hatte. Die Hundehalsbänder, die Fesseln – alles. Er ist nicht auf einen Schlag durchgedreht, stimmt's? Ich meine, man wacht nicht einfach eines Morgens auf und treibt Bolzen in einen Betonfußboden, wenn man nicht schon eine Weile darüber nachgedacht hat.«

Kennon lehnte sich zurück und schwieg. Vor dem schmalen Fenster in der Tür huschten die Schatten von Krankenschwestern vorbei, deren weiche Schuhsohlen auf dem sauberen Fußboden quietschten.

Dann beugte Kennon sich wieder vor.

»Es hat Jahre gedauert, stimmt's?«, flüsterte er. »Es sich auszumalen, hat sich wahrscheinlich angefühlt, als ob man am Schorf einer Wunde herumspielt. Vielleicht hat er es nicht gewollt, aber er konnte nichts dagegen tun. Die ganze Zeit hat er nicht aufgehört zu malen, immer neue Galerien und Ausstellungen. Aber während dieser ganzen Zeit ist er heimlich eine Treppe in die Hölle hinabgestiegen. Sie und Ihre Mutter mussten mit, ob Sie wollten oder nicht.«

Caleb schloss die Augen unter dem Verband und ließ sich durch die Schatten treiben. Er kannte den Weg, hatte sich den größten Teil seines Lebens in dunkleren Gefilden zurechtfinden müssen.

»Ich schätze, Sie haben genug geredet«, sagte Kennon schließlich. »Nachdem ich Sie zum ersten Mal gefunden hatte, haben Sie, wie ich später erfahren habe, erst wieder gesprochen, als Sie schon eine Woche im Langley Porter waren. Also kein Problem … Ich schätze, wir gewöhnen uns daran. Bei Caleb Ellis – Entschuldigung, Caleb *Maddox* – war damit zu rechnen. Aber wenn Ihnen etwas einfällt, worüber Sie mit mir sprechen möchten, sagen Sie den Polizisten hier einfach Bescheid. Zwei sitzen gleich vor der Tür.«

Kennon erhob sich. Mit einem Auge sah Caleb zu, wie er das Aufnahmegerät in die Tasche steckte, den Mantel von der Stuhllehne nahm und das Zimmer verließ. Als er durch die Tür ging, wollte ein anderer Mann gerade das Zimmer betreten. Kennon griff nach seinem Arm.

»Warten Sie noch einen Moment, Doktor«, sagte er. »Ich möchte Sie etwas fragen.«

Sobald die Tür sich geschlossen hatte, setzte Caleb sich auf, die Decke rutschte ihm bis zur Taille hinunter. Er löste den Verband vom Gesicht und spürte, wie der Schorf an einigen Stellen abgerissen wurde und es um seine Augen herum wieder zu bluten begann. Es interessierte ihn nicht. Ein Gewirr von Kabeln führte zu Elektroden, die an seiner Brust klebten. Er streckte den Arm aus, schaltete den Herzmonitor aus. Er wollte nicht, dass das Gerät Alarm schlug, wenn er sich die Kabel von der Brust riss.

Als er aufstand, zitterten seine Beine. Aber er konnte gehen.

Er schlang das Laken um sich, ging zur Tür und postierte sich seitlich vom Fenster. Kennon stand mit dem Rücken zur Tür und schrieb etwas in sein Notizbuch.

»Zehn Milligramm«, sagte er gerade. »Diazepam ... mit p-a-m, *m* wie Mike?«

»Genau.«

»Was bewirkt dieses Diazepam?«

»Es ist ein Beruhigungsmittel. Valium. Als er eingeliefert wurde, hat er geschrien und um sich geschlagen. Wir mussten ihn irgendwie runterbringen.«

»Bei solch einer Dosis hat er keine ... Halluzinationen oder so etwas? Er kann Fragen verstehen und beantworten?«

»Sicher«, sagte der Arzt. Es war der Mann, an dessen Namen Caleb sich nicht erinnerte. »Möglicherweise ist er ein bisschen durcheinander. Wie jemand, der nach einer ausgiebigen Sauftour nach Hause kommt. Vielleicht weiß er später nicht mehr, was er Ihnen gesagt hat.«

Kennon nickte und steckte das Notizbuch ein.

»Gut« sagte er. »Ich habe nur noch eine Frage.«

»Schießen Sie los.«

»Könnte er es selbst gemacht haben?«

Der Arzt sah von seinem Klemmbrett auf und trat einen Schritt zurück. Caleb lehnte sich gegen den Türpfosten und hörte zu. Im Zimmer war es kalt. So kalt wie in seiner Küche, als Emmeline sich ihm von hinten genähert hatte. Er erinnerte sich an den Geruch ihres Parfüms, das über seine Schulter gekrochen war und sich um ihn gelegt hatte wie eine schnell wachsende Weinranke.

»Die Nähte?«

»Ja. Die Augen und der Mund. Kann man sich so etwas selbst antun? Die eigenen Augen zunähen?«

Der Arzt senkte den Blick und dachte nach. Er strich sich mit dem Daumen über die Lippen, schloss das linke Auge und zog das Lid nach vorn. Als er den Blick wieder hob, zog Caleb sich schnell vom Fenster zurück.

»Der Mund wäre relativ einfach«, sagte der Arzt. »Wenn man vor einem Spiegel steht. Eins der Augen … vielleicht. Aber, meine Güte, Inspector, man müsste komplett durchgeknallt sein.«

»Mir ist egal, ob er durchgeknallt ist. Das ist nicht mein Thema. Ich will nur wissen, ob es möglich wäre oder nicht.«

»Vielleicht.«

»Und dazu würde man keinen Arzt brauchen?«

»Online kann man alles lernen. Oder indem man viel Zeit in Krankenhäusern verbringt und zusieht. Der Knoten ist ziemlich simpel.«

»Waren die Stiche in beiden Augen gleich?«

»Wie bitte?«

»Die Stiche«, wiederholte Kennon. »Waren zwischen den beiden Augen Unterschiede zu erkennen?«

»Am rechten waren sie ein bisschen ungleichmäßig«, sagte der Arzt. »Nicht so perfekt wie am Mund und dem linken Auge.«

»Haben Sie Fotos gemacht?«

»Die Sanitäter. Im Rettungswagen.«

Kennon zog sein Portemonnaie aus der Tasche. Caleb drückte sich dicht an die Tür und sah mit einem Auge durchs Fenster.

»Hier ist meine Karte. Da unten steht meine E-Mail-Adresse. Ich brauche diese Bilder vor Sonnenaufgang.«

»Okay«, sagte der Arzt. »Ähm, hören Sie … Diese ungleichmäßigen Stiche können alle möglichen Gründe haben. Er ist gegen Möbelstücke gelaufen, hingefallen. Dadurch könnten sich die Knoten gelockert haben oder Fäden gerissen sein.«

Kennon sah den Arzt an.

»Ich habe Sie gefragt, ob er es selbst hätte tun können«, sagte er. »Sie haben nicht Nein gesagt.«

Der Arzt starrte zurück. Dann nickte er.

»Das habe ich nicht.«

Kennon steckte sein Portemonnaie ein.

»Wo sind die beiden Krankenhauspolizisten hingegangen?«

»Sie warten unten am Empfang.«

»Holen Sie sie her«, sagte Kennon. »Postieren Sie sie vor dieser Tür. Und rufen Sie mich an, sobald er aufwacht.«

»Alles klar.«

»Danke, Doktor.«

## VIERUNDZWANZIG

Caleb begriff, dass ihm nur eine Minute blieb, höchstens. Mit jeder weiteren Sekunde schwanden seine Chancen. Bevor die Krankenhauspolizei an seinem Zimmer auftauchte, musste er weg sein. Er öffnete die Tür und schaute hinaus. Kennon und der Arzt waren beide in dieselbe Richtung gegangen, durch einen breiten Gang, der zum Triageraum in der Notaufnahme führte, in der Nähe des Haupteingangs. Ein rotes Plastikschild an der gegenüberliegenden Wand zeigte an, wo die verschiedenen Abteilungen auf dieser Etage lagen. Der Pfeil unter dem Wort *RADIOLOGIE* zeigte tiefer ins Innere des Gebäudes. Caleb zog sich das blaue Laken eng um den Körper, vergewisserte sich noch einmal, dass niemand auf dem Gang war, und setzte sich so schnell wie möglich in Bewegung.

Er bog um eine Ecke und humpelte durch die zweiflügelige Strahlenschutztür zum CT-Bereich. Hier drin war es dunkel. Der unbenutzte Apparat stand wie ein Koloss in der Mitte des Raums, die gleitende Trage wartete darauf, den nächsten Patienten in die Röhre zu ziehen.

Caleb trat durch die Personaltür in den Kontrollraum. An einem hölzernen Haken hing ein weißer Laborkittel. Er ließ das Laken fallen und zog den Kittel über, der ihm fast bis an die Knie reichte.

Eine weitere Strahlenschutztür führte vom Kontrollraum in den Verteilerraum. Als er die Tür öffnete, hörte er ein Knistern in der Sprechanlage, dann folgte die Durchsage einer Frau. »Ähm … Wir haben einen Code Grau in der Notaufnahme. Ich wiederhole: Code Grau in der Notaufnahme.«

Dann verstummte der Lautsprecher.

Sie suchten ihn. Vom Triageraum aus würden sie ausschwärmen, zuerst die Ausgänge besetzen und sich dann nach innen vorarbeiten. Es würde eine Weile dauern, bis jemand auf die Idee käme, hier nachzusehen. Aber er wollte nicht länger hierbleiben als unbedingt nötig. Er trat in den Verteilerraum, schaltete das Licht ein und schloss die Tür hinter sich.

Der Zugang zum Versorgungstunnel befand sich im hinteren Teil des Raums, wo dicke Leitungsrohre aus dem Fußboden ragten und im Verteilerschrank verschwanden. Er kniete sich hin und hob die schwere Bodenluke an. Eine stählerne Leiter führte durch einen Schacht zum Tunnelboden. Tief unten war mattes Licht zu erkennen. Er stand auf, schaltete das Licht im Verteilerraum aus und stieg die wacklige Leiter hinunter.

Das Krankenhaus verfügte über eine eigene Stromversorgung, die im hinteren Teil des Campus untergebracht war, gleich am Hang des Mount Sutro. Aus der Richtung, in die er ging, konnte er das tiefe Brummen der Generatoren, das Rauschen der Ventilatoren und des Wassers in den Kühltürmen hören. Wo sich Tunnel kreuzten, hingen an den Wänden Glühbirnen mit Drahtschutz. Als er die erste Abzweigung erreichte, las er die Ziffern auf den Leitungsrohren, warf einen Blick zurück auf die Strecke, die er zurückgelegt hatte, und versuchte sich zu orientieren. Links zweigte ein schmalerer, unbeleuchteter Durchgang ab. Er untertunnelte die Parnassus Street und versorgte Calebs Labor mit Wärme und Elektrizität. Caleb trat hinein, tastete sich langsam im Dunkeln vorwärts und blieb alle zehn Meter stehen, um auf Geräusche im Tunnel zu lauschen.

Er rechnete mit Stimmen, mit schnellen Schritten. Aber er hörte weder das eine noch das andere.

Er kletterte aus dem Verteilerraum hinter dem Massenspektrometer, stand mitten in seinem Labor und trug nichts als den verdreckten Kittel. Sein Portemonnaie lag aufgeklappt auf dem Arbeitstisch, wo er es liegen gelassen hatte. Er nahm es an sich und ging in den Umkleideraum. Als Emmeline ihn nach ihrer einzigen gemeinsamen Nacht zurückgebracht hatte, hatte er sich umgezogen und die getragene Kleidung in seinen Spind gehängt. Das Einzige, was fehlte, war ein Paar Schuhe. Er setzte sich auf die Holzbank und zog sich an, dann warf er den Kittel auf dem Weg zum Waschbecken in die Mülltonne.

Bevor er aufbrach, bevor er sich ein Versteck suchte, musste er einfach sein Gesicht sehen. Also stellte er sich vor den Spiegel und betrachtete sich. Die Augen waren angeschwollen und von blutigen Ringen umrahmt. Die Lippen waren faltig und bluteten an einem Dutzend Stellen, dunkelgrauer Tunnelstaub bedeckte sein ganzes Gesicht. In der antibiotischen Salbe klebten Sandkörner und die Flügel toter Insekten. Wenigstens gab es im Waschraum Papiertaschentücher und Seife. Er hatte nicht viel Zeit, aber ganz ohne sich zu waschen würde er vielleicht nicht weit kommen.

Um halb fünf am Morgen verließ er das Labor.

Calebs Wagen stand im Parkhaus, aber er hatte die Schlüssel nicht dabei. Selbst wenn er sie hätte, wäre es sicher keine gute Idee, sich ins Auto zu setzen. Kennon würde eine Fahndung nach seinem Wagen herausgeben, jeder Streifenwagen in der Stadt würde Ausschau halten. Es kam auch nicht in Frage, nach Hause zu gehen. Sicher waren Kennons Leute dort und sahen sich um. Steckten Beweismittel in Plastiktüten und machten Fotos. Er trat durch die untere Ausfahrt des Parkhauses auf die Carl Street, überquerte die Straßenbahnschienen und ging am Arguello Boulevard entlang hügelabwärts. Richtung Norden, zum Park. Er trug keine Jacke, und schon am Ende des ersten Blocks waren seine Socken durchnässt.

Er hielt sich im Schatten dicht an den Häusern. Einmal kam ein Streifenwagen vorbei, Caleb hockte sich hinter einen geparkten Minivan. Er brauchte eine Viertelstunde, um zu finden, wonach er suchte. Das Motorrad war mindestens zehn Jahre alt, eine billige Sportmaschine, die von Anfang an nicht viel hergemacht haben konnte. Sie war im Schatten einer ausladenden Zypresse an der Frederick Street abgestellt, zwischen einem Jeep und einem zerbeulten Honda. Und nirgendwo festgekettet.

Er kniete sich neben das Motorrad, tastete an den Kabeln zwischen dem Vorderscheinwerfer und dem Lenker entlang, die unter einer Plastikverkleidung verschwanden. Er folgte den Kabeln bis zum Kontaktstecker. Das Plastik war so alt, dass die Verschlussklemme brach, als er den Stecker zog.

Egal.

Caleb nahm eine Büroklammer aus der Hosentasche. Bevor er das Labor verlassen hatte, hatte er sie bis zur passenden Länge abgebrochen. Jetzt bog er sie zu einem U. In jeder Einrichtung des Staates Kalifornien, in der er sich länger aufgehalten hatte, hatte er etwas Wichtiges gelernt. Highschool, Berkeley, Stanford. Diesen Trick allerdings verdankte er dem Hausmeister des Langley Porter Psychiatric Institute, der Caleb erlaubt hatte, ihn zwei Monate lang auf Schritt und Tritt zu begleiten, während seine Mutter im Dunkeln hockte und zwischen ihren Operationen weinte.

Er schob den Draht in die Buchse und hörte, wie die Zündung der Maschine einmal klickte. An seinem rechten Arm waren noch Reste des Klebebands zu sehen, mit dem der Katheter fixiert worden war. Er zog ein Stück von der Haut ab und klebte es über die Büroklammer, damit sie während der Fahrt nicht herausrutschte. Dann stand er auf, stieg auf die Maschine und ließ den Ständer hochklappen.

Sie startete beim ersten Versuch.

Sechs Uhr morgens, es regnete immer noch.

Er lag auf der Matratze, starrte an die feuchte, durchhängende Decke und hörte einen Müllwagen, der in der Gasse hinter dem Hotel die Container leerte. Auf der Fahrt über die Eddy Street im Herzen von Tenderloin hatte er zehn beinahe identische Hotels gesehen. Aber nur im Büro des Coburn Arms brannte Licht, der Angestellte hinter dem kugelsicheren Fenster nahm Bargeld an und stellte keine Fragen.

Nachdem er das Zimmer bezahlt hatte, blieben Caleb noch dreihundertfünfzig Dollar. Der Geldautomat an der Castro Street hatte ein tägliches Auszahlungslimit, sodass er erst morgen wieder Geld abheben konnte. Vorausgesetzt, Kennon fror bis dahin nicht sein Konto ein. Er hatte keine Ahnung, wie bedeutend der Fall war, wie eng das Netz, das Kennon auswerfen würde. Im Zimmer gab es einen Fernseher, der allerdings nicht funktionierte. Der Bildschirm war zersplittert, frühere Bewohner des Zimmers hatten das hohle Gehäuse als Mülleimer benutzt. Es war voll mit leeren Whiskeyflaschen, benutzten Nadeln, kleinen Fetzen blutigem Toilettenpapier.

Caleb fror zu sehr, um etwas anderes zu tun, als sich in das schmuddelige Bett zu legen. Er wickelte sich in die steifen Decken und lag zitternd da. Er war müde genug, um einschlafen zu können, wusste aber genau, was ihn dann erwartete. Er würde Bridget hinter dem Knebel schreien hören, sie gefesselt auf dem Stuhl sitzen sehen. Er hatte Angst, ihr Gesicht zu sehen, sobald er die Augen schloss. Er würde es nicht ertragen, wenn sie Schnittwunden hatte wie seine Mutter, wenn sie aufgeschlitzt und einfach liegen gelassen worden war.

Vielleicht würde er auch Kennon im Dunkeln sitzen sehen, und das leuchtende rote Auge seines Aufnahmegeräts.

Die Polizei konnte kein Haar von ihm im ersten Stock des Haas-Lilienthal-Hauses gefunden haben. Das war unmöglich. Aber wenn eine Flasche Berthe de Joux aus dem verschlossenen Labor in sein verschlossenes Haus gelangen konnte, galt das für ein einzelnes Haar erst recht.

Er sah aus dem Fenster. Jedes Aufblinken des rotierenden Warnlichts am Müllwagen tauchte die Regenschlieren in bernsteinfarbenes Licht. Er fragte sich, wo Bridget war. Welche Schmerzen sie in diesem Augenblick durchlitt. Irgendwann in nächster Zeit würde sie anfangen zu reden. Dass Kennon ihn so hart angegangen war, musste bedeuten, dass sie noch nichts gesagt hatte. Vielleicht hatte sie unter Schock oder Medikamenteneinfluss gestanden. Unverständliches Zeug gebrüllt, Krämpfe bekommen und die Augen nach oben verdreht. Vielleicht war sie überhaupt nicht zu Bewusstsein gekommen. Aber sie würde der Polizei bald von Emmeline erzählen. Sie musste es tun.

Es waren noch mehrere Stunden bis zur Morgendämmerung. Er schlief keine Sekunde.

Um zehn Uhr morgens ging er zu Goodwill an der Geary Street. Auf dem Weg dorthin wollte er auf seine Uhr sehen und bemerkte, dass er noch immer ein Plastikarmband aus dem Krankhaus trug.

Er schob einen Finger darunter, es platzte auf und landete bei dem übrigen Müll im Rinnstein.

Als er eintrat, klingelte eine Glocke, der Mann hinter der Theke sah von seiner Zeitschrift auf. Er musterte Caleb. Die nur in Socken steckenden Füße, das blutige Hemd. Sein Nadelkissengesicht. Er legte die Zeitschrift weg und zog einen Gummiknüppel unter der Ladentheke hervor, mit dem er auf Calebs Brust zeigte.

»Wenn Sie Ärger machen wollen, hauen Sie am besten gleich wieder ab.«

»Ich will keinen Ärger«, sagte Caleb. »Nur etwas zum Anziehen.«

Er nahm sein Portemonnaie aus der Tasche und fächerte demonstrativ die Scheine auf.

Der Mann legte den Gummiknüppel hin und nickte. Er setzte sich wieder auf den Hocker und widmete sich seiner Zeitschrift.

»Stiefel sind da hinten. Jacken auch.«

Zehn Minuten später trug Caleb Stiefel und eine Jacke, die den Regen abhielt. Handschuhe und eine Bommelmütze. Die dunkle Sonnenbrille war eine Wohltat für seine Augen, auch wenn es kalt war und der Regen wieder einsetzte. Auf dem Weg zur Eddy Street entdeckte er eine Apotheke. Sicher konnte er dort Make-up kaufen. Falls es ihm gelang, die Blutungen zu stoppen, konnte er es auftragen, wenn es zu dunkel für die Sonnenbrille wurde.

Er versteckte sich den Tag über in seinem Zimmer im Coburn Arms, starrte auf den kaputten Fernseher und drückte sich Eiswürfel gegen das Gesicht. Er stellte sich Bridget in ihrem Zimmer im Krankenhaus vor. Die Nachwirkungen der Drogen, die Emmeline ihr gespritzt hatte, mussten wie eine schwere Decke auf ihr lasten. Aber sie würde durchkommen, das hatte Kennon gesagt.

Was Emmeline anging, hatte er nicht die leiseste Vorstellung davon, womit sie ihre Tage zubrachte.

Vielleicht schlief sie in ihrem Bett mit den schmiedeeisernen Weinranken, und mit jedem Atemzug drang der Rauch von Kerzen in den Wald ihrer Träume. Wenn es dunkel genug war, konnte sie sich in ihren Invicta Black Prince setzen und in die unterirdischen Bars abtauchen. Zum Jagen, zum Sammeln.

Gedankenverloren saß er auf dem Bett, drückte das Eis auf seine Wunden. Er trank Jim Beam aus der Flasche, die er gekauft hatte, spürte aber keinerlei Wirkung. Er fühlte sich immer noch taub von den Medikamenten aus dem Krankenhaus. Mit den Fingerspitzen berührte er die geschwollenen Lippen und lauschte den Sirenen, die wie ein Rudel Wölfe durch die Straßen von Tenderloin streiften.

Wie Emmeline wartete er auf die Dämmerung.

Das *California Palace of the Legion of Honor* lag im Lands End Park, in der nordwestlichen Ecke der Stadt. Er stellte das Motorrad am El Camino del Mar ab, fünf Gehminuten vom Museum entfernt. Es war halb fünf nachmittags, im Park war es kalt und windig.

Auf den Parkplätzen für Spaziergänger standen nur wenige Autos. Der Tag war einfach zu ungemütlich. Er hörte die Wellen, die unterhalb der Stelle, wo er das Motorrad abgestellt hatte, an den Klippen nagten. Es war ein stetiges Anbranden, durch die Einschnitte zwischen den Felsen drang Feuchtigkeit herauf. Er zog die Büroklammer aus dem Zündschloss, damit die Batterie sich nicht entlud, lehnte sich gegen den Sitz der Maschine und schaute nach Nordosten, Richtung Brücke.

Er nutzte das letzte Tageslicht, um die Concealer-Tube aus der Tasche zu ziehen und einen Klecks auf seinen Finger zu drücken. Dann beugte er sich zum Rückspiegel der Maschine hinunter und trug den Concealer auf die Blutergüsse und Nadelspuren um die Augen herum und über den Brauen auf. Das Ergebnis war nicht perfekt, aber als er die Creme in einer dünneren Schicht auch auf Schläfen und Wangen aufgetragen und leicht verrieben hatte – als würde er einer Kohlezeichnung Tiefe und Schattierungen verleihen –, erschien es ihm zumindest akzeptabel. So konnte er das Museum betreten und wieder verlassen.

Bei Sonnenuntergang machte er sich auf den Weg. Das Museum hatte noch anderthalb Stunden geöffnet. Er überquerte den Parkplatz, ging dann die Rampe zum Eingang hinauf, unter dem steinernen Bogen hindurch in den Innenhof, wo eine Bronzeskulptur von Rodin nackt im Regen hockte. Am Haupteingang öffnete ihm ein Wachmann die Tür.

»Wir schließen bald«, sagte er.

»Ich brauche nicht lange. Ich will mir nur ein einziges Bild ansehen.«

Er kaufte eine Eintrittskarte und nahm die Broschüre, die die Frau an der Kasse ihm anbot.

»Suchen Sie etwas Bestimmtes?«

»Ein Gemälde von John Singer Sargent. Ich weiß nicht, wie es heißt.«

»Wir haben zwei, sie sind beide im Ausstellungsraum siebzehn.«

Er faltete die Broschüre auf und suchte nach einem Plan des Gebäudes. Aber die Frau griff nach seiner Hand und deutete quer durch die Eingangshalle.

»Gehen Sie da lang und halten sich dann rechts. Es ist in der Mitte des Ostflügels.«

»Danke.«

Auf dem Weg kam er an zwei weiteren Wachmännern vorbei. Seine Goodwill-Stiefel quietschten auf dem Parkettboden. Er drehte sich um und sah, dass er feuchte Spuren hinterließ. Der zweite Wachmann hatte die Daumen in seinen Gürtel gehakt und sah ihm nach.

Ausstellungsraum siebzehn war leer, als er ihn betrat. In der Mitte des Raums stand eine riesige Bank. An jeder Wand hingen fünf Gemälde. Auf Anhieb entdeckte er das Bild, das er suchte. Es hing in der gegenüberliegenden Ecke des Raumes.

Hätte es hier eine Uhr gegeben, wäre sie sicher rückwärtsgelaufen und hätte die Zeit weggenommen. Denn was er sah, konnte nicht real sein. Jeder Ausstellungsraum auf dem Weg hierher war hell erleuchtet gewesen, nur hier fehlten zwei der Halogenlampen. Das Licht war dicht und honigfarben, wie Kerzenschein. Er ging langsam auf das Gemälde zu, der Weg dorthin schien vor ihm anzusteigen. Es fühlte sich an, als bewegte er sich auf einem überfüllten Bürgersteig gegen den Strom. Er wollte es nicht sehen, wollte nicht noch näher kommen.

Er durchquerte den Raum, bis er direkt davorstand.

Bridget hatte recht gehabt: Er hatte es kopiert, beinahe perfekt. Aber das musste daran gelegen haben, was er im Haas-Lilienthal vor Augen gehabt hatte, an der Art, wie Emmeline sich gegen die Kissen gelehnt hatte, um ihm beim Gehen nachzusehen. Er konnte sich nicht erinnern, das Bild selbst schon einmal gesehen zu haben. Der Raum schwankte jetzt, die Wände kippten, als hätte er eine Flasche Absinth geleert. Einzig das Gemälde bildete einen Fixpunkt.

Es war Emmeline, die auf der dünnen Matratze einer Pritsche lag. Ihre Lippen waren leicht geöffnet, die Stellung ihrer Augen und der Brauen verliehen ihr einen Ausdruck gelassener Traurigkeit. Die Frau auf dem Gemälde lag in einer Gefängniszelle, nicht in einer Villa. Der Boden war mit Steinfliesen bedeckt, aus Rissen in der alten Matratze quoll Stroh. Aber ansonsten war seine Zeichnung eine exakte Kopie des Gemäldes. Und Emmeline war die exakte Kopie einer Frau, die John Singer Sargent im Jahr 1917 gemalt hatte. Calebs Magen fühlte sich an wie ein eiskalter Klumpen.

An der Wand neben dem Gemälde war eine gläserne Tafel angebracht.

John Singer Sargent
Amerikaner, 1856-1925

————

Miss Emmeline Ponurý, am Abend
bevor sie in San Quentin gehängt wurde, ca. 1917
Öl auf Leinwand

Signatur in der rechten unteren Ecke:

John S. Sargent
Schenkung der Haas-Lilienthal-Stiftung.

Er taumelte rückwärts bis zur Bank in der Mitte des Raums, ließ sich darauffallen, immer noch das Gemälde im Blick.

Er musste sich an der Kante der Bank festhalten, um nicht vornüber auf den Boden zu fallen.

»Wir schließen gleich.«

Irritiert schaute er zur Seite.

Es war die Frau, die ihm die Eintrittskarte verkauft hatte. Er hatte nicht gehört, dass sie den Raum betreten hatte. Sie trug jetzt einen roten Regenmantel, an ihrem Ellbogen hing eine Handtasche. Ein Schlüsselbund baumelte an einer pinkfarbenen Kordel in ihrer Hand. Sie trat auf ihn zu und setzte sich einen guten Meter von ihm entfernt auf die Bank.

»Das ist das Bild, das Sie sehen wollten?«, fragte sie und deutete mit dem Kopf auf das Gemälde.

»Genau.«

»Es geht mir auch ans Herz«, sagte sie. »Es ist so verschieden von seinen anderen Bildern. Außer dem von dem bettelnden Mädchen in Paris vielleicht. Kennen Sie es?«

Caleb nickte. Bridgets Kopie hing in seinem Schlafzimmer. Es war das Einzige, was sie im Haus zurückgelassen hatte.

»Es ähnelt ihm«, sagte die Frau. »Es hat denselben Ausdruck.«

»Geisterhaft.«

»Ja«, sagte die Angestellte. »Es wirkt geisterhaft.«

»Wer war die Frau?«, fragte Caleb im Flüsterton. Er konnte die Augen einfach nicht von dem Bild abwenden. Die Frau neben ihm zuckte die Achseln. Ihr Regenmantel raschelte im stillen Ausstellungsraum. Von weiter weg war ein dumpfes Dröhnen zu hören, als die Wachleute die Metalltüren der unten gelegenen Ausstellungsräume schlossen.

»Vor sechs oder sieben Jahren ist eine Kunststudentin immer wieder hergekommen. Sie hat mir die Geschichte erzählt. Sie hatte sie erforscht. Aber ich kann mich nicht mehr an alle Einzelheiten erinnern.«

»Erzählen Sie einfach, was Sie noch wissen«, forderte Caleb sie auf.

»Es hatte mit Gift zu tun – ich glaube, sie hat im Palace Hotel einen Gast vergiftet, in der Bar. Die Bar mit dem Gemälde, wissen Sie? Als sie vor Gericht stand, sagte die junge Frau, sie wäre entführt worden. Von irgendeinem Schausteller. Der Mann ist mit seinem Bühnenprogramm von Staat zu Staat gezogen und hat sie mitgenommen. Sie behauptete, sie hätte keine Wahl gehabt, wegen alldem, was er ihr angetan hätte – schreckliche Dinge. Aber niemand glaubte ihr«, sagte die Frau. »Sie wurde gehängt.«

Sie sprach leise und ohne Caleb anzusehen. Er wartete, dass sie weitersprach, was sie nach einer längeren Pause auch tat.

»John Sargent war mit ihrem Anwalt befreundet. Er hat sie bei einem gemeinsamen Besuch in San Quentin gezeichnet, am Abend vor der Hinrichtung. Gleich am nächsten Tag ist das Gemälde entstanden.«

»Ohne ein Modell im Atelier.«

»Ja«, flüsterte sie. »Als er sie malte, war sie schon tot.«

Schweigend blieben sie einen Moment bei Emmeline Ponurý sitzen, die darauf wartete, gehängt zu werden.

»Was ist mit dem Bild passiert?«, fragte Caleb. »Woher stammen die Kratzer?«

Es sah aus, als hätte jemand seine Fingernägel in die Farbe neben Emmelines Arm gestoßen. Einige Kratzer waren so tief, dass sie bis aufs Gewebe der Leinwand reichten.

»Vandalismus«, sagte die Frau. »Vor ungefähr fünfundzwanzig Jahren. Bevor es hier ins Museum kam.«

»Warum?«, fragte Caleb.

Aber er konnte es sich denken. Es sah aus, als hätte jemand versucht, Emmeline aus der Leinwand zu kratzen. Als hätte sich jemand an ihren Handgelenken in die Farbe gekrallt und versucht, die Schicht zu durchdringen, ihr aus dem Rahmen in die reale Welt hinauszuhelfen.

Die Frau neben ihm schüttelte den Kopf.

»Ich glaube nicht, dass irgendjemand weiß, was passiert ist«, sagte sie. »Nicht mal die junge Frau, die Kunststudentin, wusste es. Vor der Restaurierung hat es noch schlimmer ausgesehen.«

»War sie hübsch, die Studentin?«, flüsterte Caleb. »Blonde schulterlange Haare? Graublaue Augen?«

»Sie kennen sie?«

»Früher mal.«

Die Frau stand auf.

»Die Vordertüren sind jetzt abgeschlossen. Ich kann Sie rausbringen.«

Aber Caleb stand noch nicht auf. Das Gemälde gab Emmeline

so exakt wieder, dass er beinahe ihr Parfüm riechen konnte. Wenn sie jetzt auf ihn zukommen und ihn küssen würde, würden ihre Lippen seine Verletzungen kühlen.

Sie wären kühl wie Absinth und beruhigend wie Morphium.

*Es wäre ganz leicht, oder?*, würde sie vielleicht flüstern. *Hier auf dieser Bank. Du könntest mich nehmen, wie du …*

»Sir?«

»Tut mir leid. Ich komme.«

*Himmel*, dachte er. *Bitte lass es aufhören.*

Es gab nur eine Person, die möglicherweise wusste, was hier ablief. Ihr zu begegnen wäre gefährlich, aber Caleb wusste, dass er keine andere Wahl hatte.

## FÜNFUNDZWANZIG

Caleb hielt sich im Schatten und ging wegen der Kälte immer wieder auf und ab. Er beobachtete die Lichter des Hauses auf der anderen Seite der Bay Street, im Marina District. Ein Diebstahl hatte eigentlich nicht auf seinem Programm gestanden, trotzdem hatte er etwas gestohlen. Und wenn er gründlicher darüber nachdachte, würde er das wahrscheinlich noch ein zweites Mal tun. Es gab noch mindestens eine Sache, die er unbedingt haben musste. Hier würde er sie finden.

Der Vespa-Roller stand zwei Blocks entfernt. Es war pures Glück gewesen, dass er darüber gestolpert war. Er hatte das Fach in der Sitzbank aufgebrochen und den Helm entdeckt. Er würde ihn später am Abend brauchen, wenn er die Golden Gate Bridge überquerte. Normalerweise hielten sich an den Mautstellen Polizisten auf. Ohne Helm an ihnen vorbeizufahren, wäre zu riskant.

Noch immer beobachtete er das Haus.

Wie bei den anderen Gebäuden in der Straße befand sich im Erdgeschoss eine Garage. Neben dem Garagentor führte eine kurze Treppe zu einer kleinen Veranda und zum Haupteingang. Die Wohnzimmerfenster waren im ersten Stock, gleich über der Garage. Eine Frau tauchte auf, zog die Vorhänge zurück, schirmte die Augen zum Schutz vor Lichtreflexen mit beiden Händen ab und sah heraus. Kurz darauf verschwand sie im hinteren Teil des Gebäudes.

Fünf Minuten später fuhr ein Auto vor, bremste ab, das Garagentor begann sich zu öffnen. Als der Wagen hineinfuhr, überquerte Caleb die Straße, wobei er sich rechts hielt, damit der Fahrer ihn beim zufälligen Blick in den Rückspiegel nicht entdeckte. Gleich hinter dem Auto schlüpfte Caleb in die Garage. Er drückte sich gegen die Wand, als das Tor langsam nach unten rollte.

Die Fahrertür öffnete sich, Caleb trat aus dem Schatten heraus und ging um das Heck des Wagens herum.

»Bleib sitzen, Henry. Aber lass die Tür auf.«

Er legte Henry die Hand auf die Brust und drückte ihn zurück auf den Fahrersitz. Henrys Füße waren noch draußen.

»Caleb … Mein Gott!«

Caleb beugte sich hinunter und sah in den Wagen, um sich zu vergewissern, dass niemand sonst darin saß.

»Lass die Hände auf deinen Knien.«

»Was soll das?«

»Was glaubst du denn?«, entgegnete Caleb. Mit einer Hand hielt er den Motorradhelm hinter dem Rücken, damit Henry ihn nicht entdeckte.

»Du solltest dich stellen. Ich könnte für dich anrufen. Dann warten wir draußen.«

»Wirklich witzig, Henry«, sagte Caleb. »Gib mir dein Handy.«

»Was?«

»Dein Telefon. Nimm es aus der Tasche.«

Henry zog das Telefon aus der Hosentasche und wollte es Caleb in die Hand drücken.

»Nein. Schalte es erst aus. Halte es hoch. Ich will dir dabei zusehen.«

»Himmel, Caleb.« Henry schaltete das Handy aus und reichte es Caleb. »Bist du jetzt zufrieden?«

»Noch nicht. Sag mir deine Handy-PIN.«

»Ich habe keine.«

»Das werden wir sehen.«

Caleb schaltete das Gerät ein und beobachtete, wie der Startbildschirm erschien, ohne dass nach einer PIN gefragt wurde.

»Leg die Hände wieder auf die Knie«, sagte Caleb. »Und sprich nicht so laut. Ich will nicht, dass Vicki runterkommt.«

»Was willst du von mir?«

Die Frage war berechtigt. Caleb wusste selbst nicht genau, was er wollte. Auf jeden Fall Antworten. Er wollte wissen, wer Emmeline war – oder was sie war. Er konnte sich nicht vorstellen, dass Henry das wusste, aber vielleicht wusste er etwas anderes.

»Das Haas-Lilienthal-Haus, in dem Marcie ermordet wurde … Sind wir beide mal zusammen dort gewesen?«

»Was zum Teufel soll das, Caleb?«, flüsterte Henry. »Kennon hat die größte Fahndung im nördlichen Kalifornien seit den Zodiac-Morden ausgelöst. Alle suchen nach dir. Und du kreuzt in meinem Haus auf, schleichst dich in die Garage und fragst nach dem Museum?«

»Waren wir dort?«

Henry starrte ihn mit offenem Mund an.

»Mit unserer Klasse«, sagte er schließlich. »Caleb, erinnerst du dich nicht? Wirklich nicht?«

»Nein.«

»Als du damals verschwunden bist, ist es genau dort geschehen. Wir waren zusammen mit Mrs Copenhagen und den anderen Kindern in der ersten Etage, dann bist du ins Nebenzimmer gegangen und warst plötzlich nicht mehr da.«

»Ich kann mich nicht erinnern.«

»Das Haus wurde durchsucht, komplett auseinandergenommen. Als dich niemand finden konnte, mussten wir im Schulbus warten. Die Polizisten und die Leute von der Schule haben die Nachbarschaft abgeklappert, an jeder Tür geklingelt.«

Henry hatte beim Sprechen auf seine Füße gestarrt, aber jetzt hob er den Blick und sah Caleb in die Augen.

»Das Schlimmste war, als sie deine Mutter geholt haben«, sagte Henry. »Sie war gerade erst wieder halbwegs auf den Beinen. Sie hat ihren Gehstock fallen gelassen und ist auf der Straße zusammengebrochen. Sie hat geschrien. Du musst dich erinnern, Caleb.«

»Nein.«

»Aber die Zeitungen haben darüber berichtet. Und ich weiß, dass du die Artikel gelesen hast.«

»Es war immer nur von einem Museum die Rede«, sagte Caleb. »Es wurde nicht erwähnt, um welches Museum es ging.«

»Es war das Haas-Lilienthal-Haus.«

»Bist du sicher?«

»Komm schon, Caleb«, sagte Henry. »Ich war schließlich dabei. Als du verschwunden warst und uns nichts Besseres einfiel, um deiner Mutter zu helfen, haben meine Eltern und ich Flugblätter aufgehängt. Wir haben sie überall auf der Franklin Street verteilt, sie an Telefonmasten gehängt und hinter Windschutzscheiben geklemmt. Ich habe eins an den Eingang des Haas-Lilienthal-Hauses geklebt.«

Plötzlich war die Erinnerung so deutlich, dass er sie vor sich sah: die Flugblätter auf beiden Seiten der Franklin Street, an Telefonmasten und Laternenpfählen. Mit Telefonnummern zum Abreißen, die in der leichten Brise flatterten. Kleinere Handzettel klemmten unter den Scheibenwischern geparkter Autos, wo sie sich mit Regentropfen vollgesogen hatten.

Alle stellten in übergroßen, fetten Buchstaben dieselbe Frage:

*HABEN SIE CALEB ELLIS GESEHEN?*

Als Caleb vierzehn war und seine Mutter wieder ohne zu hinken gehen konnte, als sie ihr Gesicht wieder bei Tageslicht zeigen konnte, heiratete sie zum zweiten Mal. Er wurde zu Caleb Maddox. In den Jahren davor – zwischen seinem Wiederauftauchen und ihrer zweiten Ehe – hatten sie den Geburtsnamen seiner Mutter angenommen. In diesen Jahren hieß er Caleb Bellamy. Aber in den zwei Wochen, in denen er vermisst wurde, vegetierte seine Mutter mehr oder weniger vor sich hin. Zu dieser Zeit war noch niemand auf die Idee gekommen, den Namen des Monsters offiziell abzulegen. Daher hatten Henry und seine Eltern *Caleb Ellis* auf ihre Flugblätter drucken lassen, zusammen mit einem Schwarz-Weiß-Foto aus der Schule.

Caleb sah Henry an, mühsam den Blick fokussierend. Er wollte sich die Augen reiben, aber es tat zu weh, wenn er sie berührte.

»Sie haben mich vor dem Gebäude gefunden«, flüsterte er.

Auch daran konnte er sich nicht selbst erinnern, aber er hatte es gelesen. Henry sah ihn an und nickte.

»Du warst genau vierzehn Tage verschwunden«, sagte Henry. »Praktisch auf die Minute genau. Deine Finger waren zerkratzt, sämtliche Nägel abgebrochen. Du warst von oben bis unten voller Schmutz, hattest Spinnenbisse an den Armen und im Gesicht. Aber ansonsten schien es dir gut zu gehen. Niemand hat je eine Erklärung aus dir rausgekriegt, die irgendwie Sinn ergeben hätte. Die meisten glaubten, ein Mann hätte dich entführt.«

»Mich entführt.«

Henry nickte.

»Wenn es so war, hatte er dich entweder freigelassen oder du warst geflohen. Alle dachten, du würdest früher oder später zu reden anfangen. Aber …«

Über ihnen waren Schritte zu hören: Vicki ging über den Holzboden. Beide hoben sie den Blick zur Garagendecke, dann sahen sie sich an. Über ihren Köpfen öffnete Vicki die Haustür, um jemanden reinzulassen.

»Aber was?«

»Sie hat sich immer seltsam angefühlt«, flüsterte Henry. »Die Entführungstheorie. Ich hatte meine eigene Idee. Als Gerichtsmediziner konnte ich endlich etwas tun. Gestern Abend habe ich angefangen, die Polizeiberichte aus Pacific Heights zu lesen, die von damals.«

»Wolltest du dich schon immer so in mein Leben reinwühlen? Oder erst in letzter Zeit?«, fragte Caleb. »Und wage es bloß nicht, zu schreien. Mir ist egal, wer da oben bei Vicki ist. Es geht nur uns beide etwas an.«

Henry ignorierte ihn und redete weiter, aber mit leiser Stimme.

»In den beiden Wochen, als du verschwunden warst, gab es in

den fünf Blocks rund um das Haas-Lilienthal-Haus zehn Einbrüche. Für die Gegend war das ein tausendprozentiger Anstieg. Nie wurde jemand geschnappt«, sagte Henry. »Aber es hörte auf, als du wiederaufgetaucht bist.«

Caleb umklammerte den Motorradhelm so fest, dass er glaubte, er würde jeden Moment einen Riss bekommen.

»Willst du damit sagen, dass ich es war?«

Henry hob eine Hand, Caleb musste sich zwingen, sie nicht zu packen.

»Was habe ich deiner Meinung nach gestohlen?«

»Essen«, sagte Henry. »Du hast etwas zu essen gestohlen. Sonst wurde in den Häusern nichts vermisst.«

Eine halbe Minute verging. Caleb hätte am liebsten herausgebrüllt, dass er sich nicht erinnerte, dass es einfach verrückt war. Am liebsten hätte er mit dem Motorradhelm auf Henry eingeprügelt, bis er zu Verstand kam. Schließlich trat er einen Schritt zurück, um einen Sicherheitsabstand zwischen sich und seinen Freund zu bringen.

»Alle haben gesagt, ich wäre entführt worden. Ich bin mir mein ganzes Leben lang schmutzig vorgekommen und habe mir ausgemalt, was er mit mir gemacht hat. Habe über die Schulter geschaut und mit meinem Vater oder jemand noch Schlimmerem gerechnet. Und du glaubst, ich hätte mich die ganze Zeit in dem Haus versteckt? Wäre nachts nach draußen gehuscht, um in die Speisekammern anderer Leute einzubrechen? Ich hätte mir irgendeinen kranken Spaß gemacht?«

Henry schüttelte den Kopf. Es war keine Geste des Widerspruchs, sondern des Mitleids.

»Das ist nicht abwegiger als die anderen Möglichkeiten«, sagte Henry. »Wenn du in Ruhe darüber nachdenkst.«

»Ach, jetzt spielst du den Therapeuten?«

»Du warst nie in Therapie. Vielleicht war das ein Fehler. Vielleicht hätten wir auch einfach reden sollen«, sagte Henry. Als Caleb nicht antwortete, sprach er weiter. »Ich glaube, du hast einen Kriechkeller oder so etwas entdeckt. Ein Versteck, das alle übersehen haben. Und als die Polizisten weg waren und das Haus leer stand, konntest du tun, wozu du Lust hattest.«

»Zum Beispiel, Henry?«

»Eine Zeitlang in einer anderen Welt leben. Wenn irgendein Kind jemals eine andere Welt gebraucht hat ...«

»Das ist doch verrückt.«

»Ist es nicht. Ich sage auch gar nicht, dass du dir einen Spaß daraus machen wolltest. Ich habe gestern Abend, als du aus dem Krankenhaus abgehauen bist, ein bisschen recherchiert. Fallstudien. Das hätte ich schon vor Jahren tun sollen. Du hast niemandem einen Streich spielen wollen. Ich glaube, es geht um etwas anderes. Vielleicht um eine dissoziative Fugue.«

»Eine Fugue?«

Henry nickte und schaute zu Caleb auf.

»Das ist wie ein kompletter Bruch, eine Art ...«

»Ich weiß, was das Wort bedeutet.«

»Dann weißt du auch, dass es auf dich passt.«

»Henry ... Vergiss es.«

»Ich meine ja nur. Bei manchen Menschen wird so etwas durch ein Trauma ausgelöst. In deinem Fall durch ein extremes Trauma. Du bist gleich an dem Tag verschwunden, als du zum ersten Mal wieder in die Schule gegangen bist. Am ersten Tag, an dem du die Chance dazu hattest, weil du nicht mehr rund um die Uhr unter Beobachtung standest. Erzähl mir nicht, dass zwischen deinem Verschwinden und dem, was vorher passiert ist, kein Zusammenhang bestehen soll.«

Caleb schloss die Augen und biss sich auf die Zungenspitze. Er musste sich konzentrieren. Das war seine Chance. Er schüttelte den Kopf und öffnete die Augen.

»Du kannst denken, was du willst, Henry«, sagte er. »Es ist egal. Ich will wissen, was in dem Haus passiert ist. Hast du mich nach oben gehen sehen? Damals?«

»Willst du Kennon weismachen, dass dein Haar auf diese Weise in den ersten Stock gelangt ist? Dass seit damals niemand mehr in dem Haus staubgesaugt hat?«

»Du hast meine Frage nicht beantwortet.«

»Wir sind nach oben gegangen.«

»Und davor? Haben wir das Gemälde gesehen? Die junge Frau?«

Henry nickte.

»Wir haben es gesehen.«

»Letzten Sommer hast du uns für ein Wochenende auf der *Toe Tags* mitgenommen. Wir haben vor Angel Island übernachtet. Weißt du noch?«

»Ja, natürlich«, sagte Henry.

»Sonntags waren wir in Sausalito und haben im Trident zu Mittag gegessen. In dem Restaurant am Pier.«

»Und?«

»Bridget hat uns eine Geschichte erzählt, nicht wahr? Sie hatte an der Uni eine Arbeit geschrieben.«

Henry schüttelte den Kopf.

»Caleb ... Du kreist seit Jahrzehnten um dasselbe Thema und merkst es nicht mal. Es war ein Fehler, dass wir nie darüber gesprochen haben. Ich dachte, du kämst mit alldem klar. Studium, Labor, Bridget ... Weshalb darüber reden, wenn alles so gut läuft?«

Caleb hörte kaum richtig hin.

»Das Trident musste kurz danach schließen, stimmt's?«

Henry nickte, Caleb konnte seinen Gesichtsausdruck nicht richtig deuten. Es war keine Angst mehr, die er sah. Traurigkeit vielleicht, oder Mitleid.

»Der Pier wurde von einem treibenden Kahn gerammt«, sagte Caleb. Am Wochenende nach ihrem Ausflug hatte er in der Zeitung darüber gelesen. »Ein paar der Stützpfeiler sind gebrochen ... Das Gebäude ist nicht mehr sicher.«

Caleb massierte seine Schläfe mit dem Daumen. Seine Augen brannten, die Lippen fühlten sich an, als hätte er ein Stromkabel berührt. Sie platzten zwischen den Stichen auf. Er hatte das Mittagessen im Trident und ihr Gesprächsthema längst vergessen. Jetzt sah er ein Bild vor sich, wie sie um einen Tisch auf einer Veranda im ersten Stock saßen. Bridget hatte gerade etwas erzählt und deutete zum nördlichen Ende der Richardson Bay, in Richtung San Quentin. Etwas schien sie stark beschäftigt zu haben.

Er hob den Kopf und sah Henry an.

»Warum hast du damals das Thema gewechselt?«, fragte er. »Du hast Bridget abgewürgt. Warum hast du sie nicht ausreden lassen?«

»Was glaubst du denn?«, fragte Henry. »Ich weiß, welche Themen gut für dich sind und welche nicht. Du hattest ihr nie von deinem Vater oder von dem, was später in dem Haus passiert ist, erzählt. Und man kann nicht über das Gemälde sprechen, ohne auf das Haus zu kommen.«

Zum Teil war das richtig. Er hatte Bridget gegenüber vieles verschwiegen. Er hatte ihr nie gesagt, warum Henry ihn verstohlen ansah, wenn er längere Zeit schwieg. Warum Henry sich Gedanken darüber machte, welche Themen für Caleb zuträglich waren und welche nicht.

»Haben sie oben wirklich ein Haar von mir gefunden?«

»Das hat Kennon jedenfalls behauptet.«

»Scheiße.«

Caleb trat zurück und lehnte sich gegen die Wand.

»Du solltest dich stellen, Caleb«, flüsterte Henry.

»Ich habe Kennon gesagt, wie es nach dort oben gekommen ist«, sagte er. »Sie hat mich in der Küche geküsst.«

»Wer hat dich geküsst?«

»Emmeline«, sagte Caleb. »Die Frau auf dem Gemälde. Das Haar kann bei dem Kuss an ihrem Kleid hängen geblieben sein. Mein Haar, meine DNA. Dann ist sie nach oben gegangen. Angeblich, um ein Fenster zu schließen. Ich habe in der Zeit den zweiten Gang gekocht.«

»Caleb«, sagte Henry mit sanfter Stimme. »Bitte stell dich der Polizei. Wenn du willst, fahre ich dich hin.«

Caleb drückte sich von der Wand ab.

»Nein«, sagte er.

Er trat auf Henry zu, griff an ihm vorbei ins Auto, tastete sich an der Sonnenblende entlang und drückte die Fernbedienung für das Garagentor, das langsam noch oben zu rollen begann.

»Ich habe Bridget heute Abend gesehen«, sagte Henry. »Ich habe gesehen, was du ihr angetan hast. Sie wird sich davon erholen. Aber, Caleb …«

»Henry, das war ich nicht.«

»Wer zum Teufel soll es denn sonst gewesen sein?«

»Frag Bridget.«

»Sie erinnert sich an nichts. So wie du es geplant hast. Du weißt, wie diese Drogen funktionieren.« Henry flüsterte nicht mehr. »Als sie schon betrunken war, hast du sie mit BZD vollgepumpt. Dann hast du sie entweder gestoßen, oder sie ist vor dir weggelaufen und über das Geländer der Terrasse geklettert. Wer weiß, was passiert wäre, wenn du sie erwischt hättest. Aber all das ist ein bisschen zu nah an deinem Vater dran, meinst du nicht? Die Nähte, die Meißel in deinem Schlafzimmer.«

»Das war Emmeline!«

Er marschierte auf das Garagentor zu. Henry stieg aus dem Wagen und packte sein Handgelenk.

»Wo willst du hin, Caleb? Du kannst nicht davor weglaufen!«

Caleb wollte den Arm wegziehen, aber Henry war zu kräftig. Gemeinsam stürzten sie gegen das Werkzeugregal an der Wand. Caleb ließ den Helm fallen und tastete mit der freien Hand über das obere Regalbrett, bis seine Finger einen Holzgriff berührten. Als er den Hammer packte, regnete es Werkzeuge auf den Betonfußboden. Er beugte den Arm, holte aber nicht aus. Er würde niemals den Hammer gegen Henry erheben. Das wussten sie beide. Trotzdem ließ Henry sein Handgelenk los und wich zurück, bis er mit dem Rücken gegen den Wagen stand.

»Ich kann sie finden«, sagte Caleb. »Und die Sache zu Ende bringen.«

Als er sich bückte, um den Helm aufzuheben, ließ er Henry keinen Moment aus den Augen. Dann drehte er sich um, lief zur Straße und hörte nicht mehr, was Henry ihm hinterherrief.

Es war ein Fehler gewesen, Henry den Helm sehen zu lassen. Es war ein Fehler gewesen, überhaupt zu Henry zu gehen. Jetzt wussten sie, welche Kleidung er trug und wie er sich fortbewegte. Also durfte er keine Zeit mehr verlieren.

Er musste über die Golden Gate Bridge.

Er lief die letzten drei Blocks bis zum Motorrad, kniete sich neben den Vorderreifen und steckte die Büroklammer wieder an ihren Platz. Er setzte den Helm auf, stieg auf die Maschine und ließ sie an. Von der Bay Street aus war die Brücke unkompliziert zu erreichen. Mit dem Motorrad würde er zwei Minuten durch den Presidio brauchen.

Der Verkehr war nicht allzu dicht, aber er überholte langsamere Autos, als wäre er darauf aus, sein eigenes Scheinwerferlicht einzuholen. Die Straßen waren glatt von der Nässe, er kam in den Kurven ins Rutschen, stürzte aber nicht. Als er die Mautstation erreichte, fuhr er mit der vorgeschriebenen Geschwindigkeit hindurch. Ihm war bewusst, dass die Kameras sein Kennzeichen erfassten. Falls der Besitzer des Motorrads über kein Mautkonto verfügte, würde er in einigen Wochen eine Rechnung bekommen. Bis dahin spielte das keine Rolle mehr.

Dann war Caleb auf der Brücke. Er registrierte die Veränderung in der Tonhöhe, als unterhalb der Straße kein fester Boden mehr war. Ein Rumpeln zeigte jedes Mal den Übergang zwischen zwei Fahrbahnsegmenten an. Ohne das Tempolimit zu überschreiten, fuhr Caleb unter dem südlichen Pfeiler hindurch. Er schaute in die Spiegel und sah nichts, nur das Glimmen der Lichter in der regenverhangenen Stadt.

Am anderen Ufer gab es nach einigen hundert Metern einen Aussichtspunkt. Caleb fuhr auf den Parkplatz, hielt an und blieb bei laufendem Motor sitzen. Als Emmeline ihn aus dem Invicta die Treppe hinaufgeführt hatte, war er in erster Linie auf sie konzentriert gewesen. Auf die Berührung ihres Arms, auf ihren Körper unter dem weichen Umhang. Aber er hatte das Nebelhorn der Golden Gate Bridge gehört und den Geruch der Bucht wahrgenommen. Er war sicher, dass es sich um die Bucht gehandelt hatte, nicht um das offene Meer auf der anderen Seite der Halbinsel. Auf der Meerseite gab es keine Gebäude.

Also wohnte Emmeline in Sausalito.

Weiter nördlich – in Tiburon oder Mill Valley – war das Nebelhorn nicht zu hören. Und Sausalito passte auch zu den übrigen Fakten. Er und Henry waren quer durch die Bucht gefahren, um in der Nähe der Kläranlagen Proben zu nehmen. Er hatte zweifelsfrei bewiesen, dass Charles Crane unter einem Abflussrohr zwischen Sausalito und der Brücke eingeklemmt gewesen war. Emmeline wohnte auf knapp 500 Quadratmetern im Obergeschoss eines Gebäudes am Wasser, ihre Fenster waren von innen verrammelt. Er hatte eine Vorstellung davon, wo er sie finden konnte.

Nicht nur, was die ungefähre Gegend anging, sondern das konkrete Gebäude.

Bevor er den Gang wieder einlegte, nahm er Henrys Handy aus der Tasche. Es war noch eingeschaltet. Er schaltete es aus und steckte es wieder ein.

Von dem Aussichtspunkt waren es nur drei Kilometer bis ins Zentrum von Sausalito. Er fuhr langsam, im Fahrtwind nahm er die nächtlichen Gerüche von Eukalyptus und Lorbeer wahr. Vor ihm überquerte ein Kojote die Straße, er blieb lange genug stehen, dass Caleb die Augen aufblitzen sah. Dann verschwand er den Hang hinauf. Als Caleb die letzte Kurve vor dem Stadtzentrum erreichte, sah er sein Ziel vor sich. Er stellte das Motorrad dreihundert Meter vor dem Restaurant ab und legte den Rest der Strecke zu Fuß zurück.

Sowohl der Pier als auch das Gebäude standen noch, allerdings in Schieflage.

Seit dem Unfall waren sechs Monate vergangen, aber das Trident sah nicht aus, als würde es in nächster Zeit wiedereröffnen. Die Fenster waren mit Brettern zugenagelt, weil durch den Aufprall des Boots sämtliche Scheiben zersplittert waren. Vor dem hölzernen Pier war ein Maschendrahtzaun errichtet worden, ansonsten hatte die Baufirma nichts unternommen.

Ein Auto fuhr vorbei, dann lag die Uferpromenade wieder verlassen da. Caleb ging am Zaun entlang, in dessen Mitte sich ein offenes Tor befand, Schloss und Kette hingen locker über dem Riegel. Er zog das Handy aus der Tasche, schaltete es ein und ging über das zerstörte Holzdeck.

Auf den Planken direkt am Restaurant hatte jemand ein Kuppelzelt als improvisierte Garage aufgebaut. Als er die Segeltuchplane des Zelts zurückschlug, ergossen sich kleine Bäche von Regenwasser über seine Füße.

Einen Moment lang glaubte er, das Zelt wäre leer. Dann gewöhnten sich seine Augen an die Dunkelheit, er sah das Heck des Invicta, das ovale Rückfenster. Der Kofferraum stand ein paar Zentimeter offen, als wäre er nicht fest genug zugeklappt worden. Er hob die Heckklappe an und leuchtete mit dem Display des Handys hinein.

Der einzige Gegenstand, den er sah, war ein schwarzer Schuh. Ein Männerschuh.

Er trat aus dem Zelt hinaus und schaute an der Seite des Restaurants hoch. Natürlich kam von dort kein Licht. Zwischen der

Zeltwand und dem Gebäude war gerade so viel Platz, dass dort zwei Personen nebeneinander gehen konnten. Emmeline hatte ihn durch diese schmale Gasse geführt, als sie ihn nach oben gebracht hatte, um mit ihm ins Bett zu gehen. Ihre Hände hatten auf seinem Arm gelegen, ihr Körper war nah an seinem gewesen. Jetzt ging er diesen Weg zum zweiten Mal.

Weiter hinten, kurz vor der Abbruchkante, wo ein Teil des Piers in die Bucht gestürzt war, fand er die Treppe. Er blieb stehen, ohne einen Fuß darauf zu setzen. Plötzlich hörte er das Nebelhorn, knapp fünf Kilometer entfernt auf dem Betonfender des südlichen Brückenpfeilers. Nicht sehr tief unter ihm plätscherte das Wasser zwischen den Tragpfeilern des Piers. Bei Ebbe strömte das Wasser hier zunächst vom Ufer weg und dann Richtung Süden. Kennons Nummer war in Henrys Handy gespeichert, Caleb rief ihn an.

Kennon ging sofort an den Apparat.

»Inspector?«

»Ja.«

»Hier ist Caleb Ellis – Caleb Maddox.«

»Ich weiß.«

»Wenn Sie allein kommen, verrate ich Ihnen, wo ich bin.«

»Sie müssen mir nichts verraten. Ich beobachte Sie.«

Caleb fuhr herum und sah die Straßenlaternen, dort, wo der Pier auf das Ufer traf. Am Bordstein stand ein dunkler SUV, daneben war der Umriss eines Mannes zu erkennen.

»Kommen Sie und treten Sie vor das Zelt«, forderte Kennon ihn auf. »Lassen Sie das Telefon am Ohr und legen Sie die andere Hand auf Ihren Kopf.«

Caleb gehorchte.

Als er vor dem Zelt angekommen war, den Invicta im Rücken, sah er, wie Kennon durch das Tor trat. Er hatte die Waffe gezogen, hielt sie aber mit nach unten gerichteter Mündung seitlich am Oberschenkel. Er schaltete sein Handy aus und steckte es ein. Caleb rührte sich nicht.

»Gehen Sie zum Gebäude und lehnen Sie die Hände an die Wand.«

Kennon gestikulierte mit der Pistole in Richtung der hölzernen Seitenwand des Restaurants. Caleb legte die Hände auf die Planken und stellte sich breitbeinig hin.

»Waren Sie bei Henry?«, fragte Caleb über die Schulter hinweg. »Waren Sie es, der ins Haus gekommen ist?«

Kennon nickte.

»Er wusste nichts davon, sonst hätte er gerufen. Aber Vickis Handy kann seines nachverfolgen. Die nützlichste App, die mir je untergekommen ist. Drehen Sie Ihr Gesicht zur Wand.«

Kennon fing an, ihn abzutasten. Arme, Seiten, Schritt, Beine. Er nahm Calebs Portemonnaie und untersuchte den Inhalt. Dann nahm er Caleb das Telefon aus der Hand und drehte ihm in derselben Bewegung den linken Arm hinter den Rücken. Als er ihm die Handschellen angelegt hatte, trat er einen Schritt zurück.

»Drehen Sie sich um«, sagte er.

Caleb lehnte sich gegen die Wand und sah zu, wie Kennon die Waffe einsteckte. Als er die Lederschnalle wieder über das Halfter geschoben hatte, legte er sich die Hand kurz auf die Brust. Er machte einen Schritt zurück und sah schwer atmend zu Boden.

»Alles in Ordnung, Inspector?«

»Sicher.«

Aber es ging ihm nicht gut. Er schwitzte stark, obwohl es nur knapp über dem Gefrierpunkt war. Er nahm die Hand von der Brust und wischte sich damit den Schweiß von der Stirn.

»Wollen Sie mir meine Rechte vorlesen?«

»Kennen Sie sich damit aus?«

»Sicher.«

»Dann überspringen wir den Punkt und holen es auf dem Revier nach«, sagte Kennon. »Sie haben mich angerufen. Was ist los?«

»Werfen Sie einen Blick ins Zelt.«

Kennon näherte sich dem Eingang zum Zelt, ohne Caleb aus

der Augen zu lassen. Er schlug die Zeltplane zurück und sah hinein. Mit einem schnellen Blick vergewisserte er sich, dass Caleb sich nicht rührte, dann zog er die Plane noch weiter zurück. Eine halbe Minute lang starrte er in das Zelt.

»Mein Gott«, sagte er schließlich.

Auf halbem Weg zurück zu Caleb blieb er stehen und drehte den Kopf erst zur einen, dann zur anderen Seite, wie ein Boxer, der die Muskeln in der Pause zwischen zwei Runden dehnt. Er schaute auf seine rechte Hand und strich mit dem Daumen über die vier anderen Finger. Dann berührte er die Jackentasche, in die er Calebs Portemonnaie gesteckt hatte.

Wieder stand ihm der Schweiß auf der Stirn.

»Das ist ein Black Prince«, sagte Caleb. »Davon hat Invicta nur sechzehn gebaut. Und wahrscheinlich nur einen wie diesen hier.«

»Es gibt nichts …«

Ein Schrei ließ Kennon verstummen. Er zuckte zusammen, aber Caleb war kein bisschen überrascht.

Es war der Schrei eines Mannes, leise und röchelnd. Vielleicht wie der Schrei eines Bullen im Schlachthof. Er verstummte, dann brüllte der Mann erneut, diesmal lauter – der Abstand betrug nur einen Atemzug. Der Schrei kam aus dem Inneren des Gebäudes.

Kennon zog seine Pistole und packte Caleb am Hemdkragen.

»Die Treppe … Wo ist die Treppe?«

»Hinten.«

»Gehen Sie voran. Los!«

Kennon drehte Caleb an der Schulter herum und schob ihn vorwärts, die Pistolenmündung grub sich zwischen Calebs Schulterblätter. Sie eilten zwischen dem Zelt und dem Gebäude entlang, bogen um die Ecke, dann schlug Kennon ihm mit der Seite der Waffe auf den Hinterkopf.

»Hoch! Versuchen Sie erst gar nicht, hinter mich zu kommen.«

Caleb lief die Stufen hinauf, nahm zwei auf einmal. Er gab sich keine Mühe, leise zu sein. Kennon drängte ihn von hinten. Als sie den Absatz erreichten, packte Kennon die Kette zwischen Calebs gefesselten Handgelenken und riss ihn von der Tür weg. Dann holte er aus und trat gegen die Schlösser. Das trockene Türholz splitterte beim ersten Tritt und gab beim zweiten nach. Mitsamt Rahmen und drei Riegeln fiel die Tür nach innen.

Kennon atmete pfeifend und keuchend, so laut, dass Caleb es trotz der Schreie von drinnen hörte. Aber der Inspector zögerte nicht. Er schob Caleb in den Raum und versetzte ihm einen Stoß, durch den er seitlich auf den Fußboden stürzte und mit voller Wucht auf der linken Schulter landete.

Zuerst glaubte er, es würde brennen. Die ganze Etage würde brennen. Dann gelang es ihm, den Blick zu fokussieren. Er sah auf ein Meer von Votivkerzen. Es waren Tausende. Alles, was bei seinem ersten Aufenthalt hier gewesen war, war verschwunden. Es gab nur Kerzen – und eine Matratze mitten im Raum.

Emmeline stand auf. Sie hatte am Kopfende der Matratze gekniet. Der Kreis, den der Rock ihres schwarzen Kleids auf dem Boden bildete, wurde beim Aufstehen immer kleiner. Sie wirkte wie eine zusammengerollte Cobra, die sich langsam erhob. Neben ihr lag ein voll bekleideter Mann gefesselt auf der Matratze. Er zuckte, sein ganzer Körper hob sich in schrecklichen Krämpfen von der Unterlage. Etwas lag auf seinem Gesicht.

Caleb versuchte aufzustehen, schaffte es aber nicht. Er drehte sich auf die Seite und kämpfte mit den Handschellen. Kennon trat in sein Blickfeld. Er wollte die Pistole auf Emmeline richten, aber seine Arme zitterten. Die Waffe zeigte eher auf Caleb als auf sie.

»Aufhören!«, sagte er.

Seine Stimme klang erstickt. Ein Hindernis im Mund schien ihm das Sprechen zu erschweren. Plötzlich beugte er sich vor und musste sich mit einer Hand auf dem Knie abstützen. Wie ein Läufer, der an seine Grenzen gestoßen ist. Atemlos und geschlagen.

Als Kennon aufblickte, sah Caleb, wie die Adern und Sehnen an seinem Hals anschwollen. Ihre Blicke trafen sich.

»Keine Bewegung«, sagte Kennon.

Diesmal war es kaum mehr als ein Flüstern.

Emmeline richtete sich zu voller Größe auf und trat einen Schritt auf Kennon zu. Er gab einen Schuss ab. Caleb war nicht klar, ob er tatsächlich versuchte, sie zu treffen. Ein Windlicht mit einer Kerze zersplitterte einen knappen Meter von Emmelines Fußgelenk entfernt – und nicht ganz so weit von Calebs Kopf. Hinter ihr zuckte der Mann auf der Matratze immer noch. Die Vorrichtung auf seinem Gesicht war aus Metall. An beiden Seiten entlang zogen sich doppelte Reihen von Flügelschrauben.

»Inspector, Sie verletzen noch jemanden«, sagte Emmeline.

Sie trat noch weiter auf ihn zu. Ihr Kleid war hinten lang geschnitten, sodass der Saum hinter ihr über den Boden strich wie eine schwarze Schleppe. Emmeline wich vorsichtig den Kerzen aus, aber ihr Kleid streifte über sie hinweg. Einige kippten um, vergossen Wachs, erloschen qualmend. Caleb drehte sich auf den Rücken und schaffte es mit Mühe, die gefesselten Hände hinter seine Oberschenkel zu bekommen. Er ließ Emmeline keine Sekunde aus den Augen.

»Sie sehen krank aus, Inspector«, sagte Emmeline. »Ich könnte Ihnen etwas zu trinken holen. Ein Glas Wasser vielleicht? Oder etwas Stärkeres?«

Wieder schoss Kennon, aber Emmeline zuckte nicht einmal.

Die Kugel verfehlte sie um drei Meter und schlug ein Loch in die Rückwand des Gebäudes.

»Stopp …«

»Sie sollten ein bisschen besser aufpassen, was Sie berühren«, sagte Emmeline. »Manche Substanzen dringen durch die Haut.«

Kennon fiel auf die Knie. Sein Gesicht war violett.

»Maddox …«, sagte er.

Aber Emmeline schüttelte nur den Kopf.

»Wenn Sie mit Caleb reden wollen, schauen Sie ihn an«, sagte sie. »Im Moment schauen Sie mich an.«

Kennon nahm eine Hand von der Waffe und packte sich an die Gurgel. Aber er hatte nicht genug Kraft, um die Waffe nur mit dem anderen Arm zu halten. Er ließ sie fallen und kippte um, als er sie wieder zu fassen bekommen wollte. Emmeline ging langsam zu ihm, ihr Kleid bewegte sich im Rhythmus ihres Hüftschwungs. Als sie die Pistole erreichte, stieß sie sie mit einem ihrer Stöckelschuhe außerhalb von Kennons Reichweite.

»Es ist gefährlich, einem Mann das Portemonnaie wegzunehmen«, flüsterte Emmeline. »Man weiß nie, was sich darauf befindet.«

Caleb zog die Knie an, hob dann die Hände und schob die Beine unter den Handschellen hindurch. Die Hände vor seinem Körper, richtete er sich auf die Knie auf. Dann nahm er Kennons Pistole.

Jetzt wandte Emmeline sich ihm zu.

»Hallo, Caleb«, sagte sie. »Ich glaube, dein Freund ist vergiftet worden.«

Er richtete die Waffe auf sie, sie sah ihn nur an. Er war immer noch auf den Knien. Kennon lag zwischen ihnen und hatte aufgehört, sich zu bewegen. Beide sahen ihn an.

»Vielleicht ist er jetzt erledigt«, sagte sie. »Was meinst du? Für mich sieht er erledigt aus.«

»Was bist du?«, flüsterte er.

»Ich gehöre dir«, sagte sie. »Nur dir.«

Der Mann auf der Matratze hatte endlich zu schreien aufgehört. Unter seinem eingezwängten Kopf breitete sich Blut aus.

Emmeline ging an Caleb vorbei zur Tür. Die Schleppe ihres Kleids qualmte an den Stellen, wo sie durch heißes Wachs und Kerzenflammen gestreift war. Emmeline blieb auf dem Treppenabsatz stehen, wandte sich um und sah durch die offene Tür herein. Sie hob die Hand. Es erinnerte ihn daran, wie sie die Hand ans

Fensterglas gedrückt hatte, als sie ihn mit dem Wagen abgesetzt hatte. Es war ein Abschied, aber auch ein Versprechen. Und Emmeline hielt ihre Versprechen. Immer.

Sie nickte ihm zu, als könne sie seine Gedanken lesen.

»Bald«, sagte sie.

Dann war sie verschwunden, die Treppe hinunter. Er sah auf seine zitternden Hände mit der Pistole. Er hatte den Finger nicht mal am Abzug.

Als sie den Invicta anließ, klang das Geräusch des Achtzylindermotors wie Donner.

Wie Donner in der Nacht, wenn das Gewitter so nahe ist, dass es einen weckt und die Fenster zum Beben bringt. Er schloss die Augen und lauschte ihm nach, bis er nur noch eine Erinnerung war. Dann ließ er die Waffe fallen und ging zu Kennon.

Aber auch der war nur noch eine Erinnerung.

## SECHSUNDZWANZIG

Das Polizeirevier von Sausalito war ein kleines Backsteingebäude an der Johnson Street, so nah am Trident, dass Caleb nur eine Minute in Garcias Wagen sitzen musste, bevor man ihn unsanft vom Rücksitz bugsierte und durch die Schleusentür nach oben brachte. Der Verhörraum war ungefähr so groß wie sein Bad. Caleb saß auf einem leichten Plastikstuhl, die Handgelenke an eine in der Wand verankerte Metallstange gefesselt. Zwischen ihm und Garcia stand ein Tisch mit weißer Platte. Keiner der anderen Polizisten war mit in den Raum gekommen, vermutlich sahen sie von einem Raum auf der anderen Seite des Spiegels aus zu. Oder sie beobachteten ihn über die in einer Ecke montierte Kamera.

Garcia las laut die letzten Sätze von der Rückseite einer weißen Postkarte ab.

»Haben Sie Ihre Rechte, wie ich sie gerade vorgelesen habe, verstanden, Dr. Maddox?«

»Ja.«

Sein linkes Auge schwoll an, sodass er den Kopf ein Stück drehen musste, um Garcia deutlich zu erkennen. Die saubere Reihe von Stichen auf seiner Stirn war aufgeplatzt, entweder als Kennon ihn in den Raum gestoßen hatte oder als einer von Garcias Leuten auf ihn losgegangen war und seine Schulter gebrochen hatte.

»Ich weiß nicht, ob ich Ihnen helfen kann, falls Sie sich entschließen zu reden«, erklärte Garcia. »Ich habe so viel gegen Sie in der Hand, dass ich nicht mal Fragen stellen müsste. Aber wenn Sie etwas erklären oder loswerden wollen, höre ich zu. Vielleicht wissen Sie etwas, das ich noch nicht weiß.«

Caleb sah ihn an.

»Ich war es nicht«, sagte er. »Kennon hatte einen Herzinfarkt. Als Sie ankamen, habe ich versucht, ihm zu helfen.«

Garcia zog eine Augenbraue hoch.

»Er ist aufgetaucht, hat Sie verhaftet und ist dann einfach tot umgefallen?«

»Nein, nicht direkt. Er ist die Treppe hochgelaufen und hat die Tür eingetreten. Er hat mich in den Raum gestoßen, um mich aus dem Weg zu haben. Dann hat er sie gesehen. Er hat gesehen, was sie dem Mann angetan hat.«

»Dieser Mann«, fragte Garcia, »wann haben Sie ihn gefunden?«

»Als wir durch die Tür kamen … Als Kennon die Tür eingetreten hat und wir ins Haus gekommen sind. Er lag auf einer Matratze.«

»Ich meine vorher. Haben Sie ihn vor der Sache mit Marcie Hensleigh gefunden oder gleich danach?«

»Ich habe ihn heute Abend zum ersten Mal gesehen, als Kennon und ich ihn gefunden haben.«

»Ja«, sagte Garcia. »Dazu kommen wir noch.«

Er warf einen Blick über die Schulter in den Spiegel an der Wand hinter ihm. Mit der Hand machte er eine Geste, die Caleb nicht richtig erkennen konnte. Dann wandte er sich wieder um.

»Und Kennon? Wird die Autopsie ergeben, dass er an einem Herzinfarkt gestorben ist?«

»Ja«, sagte Caleb.

»Mit Autopsien kennen Sie sich aus, Dr. Maddox, nicht wahr?«

Caleb veränderte seine Sitzposition. Wenn er den Stuhl etwas näher an die Wand rückte, konnte er die Hände in den Schoß legen.

»Ich kenne mich damit aus, ja«, sagte er. »Aber ich weiß auch, was ich gesehen habe. Sie war es.«

»Großartig«, sagte Garcia. »Jetzt kommen Sie mir mit der jungen Frau. Elvira, Herrin der Dunkelheit.«

»Emmeline«, sagte Caleb. »Sie heißt Emmeline.«

»Ich habe mir Kennons Band angehört«, sagte Garcia. Auf dem Tisch lag ein Notizblock, aber er schrieb nichts auf. Er schien sich ausschließlich für Caleb zu interessieren. »Sein Gespräch mit Ihnen, in der UCSF. Ich weiß also, wie Sie die Frau beschrieben haben. Und ich habe mit jedem Einzelnen geredet, der in der fraglichen

Nacht im House of Shields war. Jetzt kommt meine Frage. Ich bitte schon vorab um Nachsicht, weil es wie ein schlechter Scherz klingt.«

Garcia starrte ihn an, Caleb hielt dem Blick stand.

»Es ist ein Uhr früh«, sagte Garcia. »In der Bar sitzen neun Hetero-Männer. Keine einzige Frau weit und breit. Dann kommt Bettie Page herein, nur im Nachthemd und Stöckelschuhen. Und kein einziger Kerl im Laden – *nicht einer*, den Barkeeper eingeschlossen – bemerkt sie.«

Caleb schaute weg, sah auf seine Hände und die Handschellen, die ihm ins Fleisch schnitten. Garcia machte eine Pause und wartete, bis Caleb den Blick wieder hob. Dann redete er weiter.

»Außer Ihnen«, sagte er. »Sie haben sie bemerkt. Meine Frage lautet also: Wie soll ich Ihnen das glauben?«

»Ich kann Ihnen nicht sagen, was die anderen gesehen haben.«

»Kennen Sie das Spondulix? Einen Laden in Nob Hill?«

Caleb nickte.

»Kennon hat mich hingeschickt, um ihn zu überprüfen. Sie wissen, dass hinter der Bar eine Videokamera versteckt ist?«

»Nein.«

»Sie hat Sie gefilmt.«

Caleb hielt sich an der Metallstange fest, damit Garcia das Zittern seiner Hände nicht bemerkte. Aber Garcia sah nicht in seine Richtung. Er griff nach unten und holte etwas aus seinem Aktenkoffer. Als er sich wieder aufrichtete, hielt er ein Tablet in der Hand. Er schaltete es ein, scrollte durch ein Menü und stellte das Gerät zwischen ihnen auf den Tisch. Auf dem Monitor war ein schwarz-weißes Standbild zu sehen.

Die Kamera musste ein gutes Stück hinter dem Tresen montiert gewesen sein, wo sie die Kasse im Blick hatte. Aber im Hintergrund sah Caleb sich selbst. Er hielt eine Votivkerze und ein Glas Absinth in den Händen. Der Flügel stand außerhalb des Bildausschnitts, das galt auch für die Klavierbank.

»Soll ich auf ›Play‹ drücken? Wollen Sie es sehen?«

Caleb sagte nichts, aber Garcia streckte die Hand aus und startete das Video. Das Standbild erwachte zum Leben. Zu hören war nichts, man sah nur die pixeligen Bilder. Caleb sah sich selbst auf dem Monitor zu. Er wiegte sich vor und zurück.

Seine Lippen bewegten sich.

»Seltsam, nicht wahr?«, sagte Garcia. »Ich frage mich, was Sie singen.«

»Ich habe nicht gesungen. Da steht ein Flügel, außerhalb des Bildausschnitts. Sie hat mir etwas vorgespielt.«

»Kennon stirbt an einem Herzinfarkt, Sie sind der einzige Zeuge. Emmeline betritt das House of Shields, niemand außer Ihnen sieht sie. Bridget wird von Ihrer Terrasse gestoßen, kann sich aber an nichts erinnern. Und Emmeline geht ins Spondulix, nimmt drei Drinks, spielt Klavier, räumt den Laden nachher auf und schafft es, kein einziges Mal ins Blickfeld der Kamera zu geraten?«

Caleb schüttelte den Kopf.

»Ich weiß nicht, was sie gemacht hat, nachdem ich gegangen bin.«

»Wissen Sie, wer noch auf dem Band ist? Wenn Sie zwei Stunden zurückscrollen, vor Ihrer kleinen Gesangseinlage?«

»Nein.«

»Justin Holland. Er ist an dem Abend mit einem Kunden essen gegangen. Anschließend hat er im Spondulix etwas getrunken, allein. Wir haben nie rausgekriegt, wohin er gegangen ist, bis jetzt, dank Ihnen. Aber er hat dort eine Viertelstunde gesessen ... Moment, Sie wissen doch, wer Justin Holland ist, oder?«

»Ich weiß, wer er ist.«

»Natürlich«, sagte Garcia und stieß sich mit der Handfläche gegen die Stirn. »Denn Sie haben ihn am nächsten Abend zufällig in der San Francisco Bay gefunden, stimmt's? Das haben Sie jedenfalls Kennon erzählt, und Henry hat es bestätigt.«

Caleb schaute auf den Monitor des Tablets. Das Video zeigte

wie er die Kerze auf eine Ecke des Instruments stellte. Dann ging er aus dem Bild. Weil das, was danach passierte, sich außer Sichtweite abspielte, konnte er es Garcia nicht erklären. Aber Emmeline umarmte ihn. Legte ihm die Jacke um die Schultern und drückte sich an ihn. Nichts war zwischen ihnen, außer einer dünnen Schicht Stoff.

Garcia schob das Tablet näher zu ihm heran.

»Wie viele Datensätze fehlten Ihnen noch für die Fördergelder des NIH?«, fragte Garcia.

»Wie bitte?«

»Wir haben mit Joanne Tremont gesprochen. Ausführlich. Sie ist Ihnen mit ständigen Nachfragen wegen der restlichen Datensätze auf die Nerven gegangen. Sie brauchten Patienten, die an Schmerzen litten – Leute, die bereit waren, auf sämtliche Medikamente zu verzichten.«

»Das ist richtig. Und ich habe die Daten bekommen.«

»Aber die wenigsten Menschen wären bereit, auf ihr Morphium zu verzichten, wenn sie es brauchen. Oder sie setzen eine Weile aus und tun dann bloß noch so. Vielleicht hatten sie auch von Anfang an nicht so starke Schmerzen. Ihnen fehlte also Material. Das NIH fand Ihre Datenbasis unzureichend.«

»Es sind gute Daten. Ich habe das Material.«

»Natürlich. Sie haben ja eine hübsche Möglichkeit gefunden, Ihren Bestand aufzupeppen, stimmt's?«, sagte Garcia. »Sie brauchten die Männer für Ihre Schmerzen nicht mal zu bezahlen. Und Schmerzen hatten sie reichlich.«

»Das ist Blödsinn.«

»Joanne hat uns von den Proben erzählt. Dass die Päckchen einfach im Labor aufgetaucht sind, mit Patientenakten aus dem Veteranenkrankenhaus. Spezielle Lieferungen, hm?«

»Mit dem Veteranenkrankenhaus habe ich einen Vertrag.«

»Vielleicht haben wir in dem Haus in Sausalito deswegen einen Blankostapel Patientenakten aus dem Krankenhaus gefunden.

Und die Probengläschen, die Nadel«, sagte Garcia. »Um welche Summe geht es bei den Forschungsgeldern?«

Caleb betrachtete seine Handschellen. Ihre Schlösser waren simpel. Mit dem richtigen Werkzeug würde er sie in einer Minute öffnen können. Er hob den Blick zu Garcia, der sich seine Frage gerade selbst beantwortete.

»Die Finanzierung für mehrere Jahre steht auf dem Spiel. Millionen Dollar. Habe ich recht?«

Caleb nickte.

»Ein gewaltiger Druck, oder?«, hakte Garcia nach. Er beugte sich vor und stützte die Ellbogen auf den schmalen Tisch. »Eine Menge Stress. Die Ungewissheit, ob Sie das Geld möglicherweise verlieren. Die ganzen Leute, die auf Sie gezählt haben. Joanne, Andrea. Ein halbes Dutzend Labortechniker.«

»Jeder, der Verantwortung trägt, hat Menschen, die sich auf ihn verlassen müssen«, sagte Caleb.

»Aber nicht alle brechen unter dieser Last zusammen«, entgegnete Garcia. »Sie schon. Bei Ihnen sind die Umstände ja auch sehr speziell, nicht wahr? Vielleicht ging es gar nicht um das Geld. Vielleicht hat das Geld Ihnen einen Vorwand geliefert, und irgendwann wäre es sowieso passiert.«

Caleb antwortete nicht, sah Garcia aber in die Augen. Er dachte an Bridget, an ihren Wutausbruch, als er ihr von der Operation erzählt hatte, der er sich unterzogen hatte. Sie hatte ihn weggestoßen, als er die Hände auf ihre Schultern gelegt hatte. Ihn angeschrien, er sei ein Lügner und habe ihr etwas vorgemacht. Der Tumbler war der erstbeste Gegenstand gewesen, den sie in die Finger bekommen hatte. Sie hatte ihn in blinder Wut geworfen, so fest sie konnte …

»Dr. Maddox?«

»Was?«

»Haben Sie meine letzte Frage gehört?«

»Ich glaube nicht.«

»Sie haben Henry Newcomb im September in seinem Büro besucht, gleich nach Ihrer Operation, ist das richtig?«

Caleb nickte.

»Sie waren völlig durcheinander – und betrunken. Sie waren derart aus dem Häuschen, dass er sich nachher Notizen gemacht hat. Sie haben gesagt, Bridget hätte Druck auf Sie ausgeübt, aber Sie könnten nicht tun, was sie wollte. Und Sie hätten Sorgen wegen der Forschungsgelder, der riesigen Summe.«

Das Video auf dem Tablet lief in Endlosschleife. Caleb starrte auf das körnige Bild, das ihn selbst zeigte, wie er sich im Dunkeln mit einer Kerze und einem Drink vor und zurück wiegte. Er sah nicht gut aus. Sein Hemd musste aus der Hose gerutscht sein, als er mit Emmeline am Tisch gesessen hatte, auf seinem blassen Gesicht glänzte ein Schweißfilm. Ohne die Klaviermusik ergaben seine Bewegungen keinen Sinn. Er hätte zu betrunken sein können, um gerade zu stehen, er hätte allein vor sich hin murmeln können. Aber dass er eine so schlechte Figur machte, lag am Aufnahmewinkel, der ihn aus dem Kontext herauslöste. Hätte die Kamera einen Meter weiter hinten gestanden, wären die Zusammenhänge klar geworden.

»Wissen Sie, was er mir noch erzählt hat?«, fragte Garcia.

»Keine Ahnung.«

»Er glaubt, er ist dahintergekommen, was mit Ihnen nicht stimmt. Also lassen Sie uns zuerst darüber reden.«

»Ich verstehe kein Wort.«

»Die junge Frau auf dem Gemälde«, sagte Garcia. »Im Haas-Lilienthal-Haus, wo Sie damals verschwunden sind.«

Caleb löste den Blick vom Monitor und sah den Polizisten an.

»Ich war zwölf, als es passiert ist. Als ich entführt wurde.«

»Entführt?«, fragte Garcia. »An dieser Geschichte wollen Sie festhalten?«

»Sie haben zu viel mit Henry geredet. Wenn Sie die Akten gelesen hätten, wüssten Sie, dass ich mich an nichts erinnern kann.«

Garcia schaute auf seine Uhr und wandte sich noch einmal zum Spiegel um.

»Henry sagt, dass dieser Klassenausflug, den Sie unternommen haben, am ersten Schultag nach Ihrer Rückkehr stattgefunden hat. Sie waren zwei Monate weg gewesen. An den Grund werden Sie sich erinnern.«

»Ich wüsste nicht, warum das hier eine Rolle spielen sollte.«

»Sie waren zwölf und haben mit angesehen, wie Ihr Vater Ihre Mutter an einen Stuhl gefesselt und drei Tage lang an ihr herumgeschnitten und -gesägt hat, bevor er sein eigenes Gehirn mit einer Schrotflinte an die Wand gepustet hat. Natürlich spielt das eine Rolle. Sie schleppen eine ziemliche Last mit sich herum«, sagte Garcia. »Vielleicht sind Sie darunter zusammengebrochen. Möglicherweise wäre das auch ohne diesen letzten Akt, ohne das Meisterstück Ihres Vaters passiert. Kennon hat mir erzählt, wie es in Ihrem Haus ausgesehen hat. Henry übrigens auch.«

»Warum bringen Sie Henry nicht her? Wenn Sie sowieso schon dasitzen und mir erzählen, was er denkt?«

Garcia nickte.

»Er ist hier. Aber ich glaube nicht, dass er Sie sehen will.«

»Na, großartig.«

»Kennon hat ein Foto vom Gesicht Ihrer Mutter gemacht, nachdem Ihr Vater mit ihr fertig war. Und mit sich selbst, sollte ich wohl sagen. Ich habe das Foto gesehen. Wissen Sie, was ich mich gefragt habe?«

»Nein.«

»Bridget«, sagte Garcia. »War es wirklich sie, der Sie das alles angetan haben?«

Caleb sagte kein Wort. Er starrte auf die leere weiße Fläche der Tischplatte und versuchte, gegen die Hitze anzukämpfen, die ihm in die Wangen stieg.

»Niemand weiß genau, was Ihr Vater mit Ihrer Mutter gemacht hat. Außer Ihnen, stimmt's? Sie kennen jede Einzelheit. Sie mussten zusehen. Hat er die ganzen Werkzeuge vor ihr ausgebreitet? Die Meißel und alles?«

Caleb antwortete nicht. Er hörte Bridget immer noch schreien: Wach auf, Caleb! Aber er hatte nichts für sie tun können, als Emmeline vom Bett aufgestanden war und sich ihr gewidmet hatte. Als er wieder aufschaute, sah er, dass Garcia redete. Er wusste nicht, wie viel er verpasst hatte, aber das war ihm letztlich egal.

»… kennen sich mit Fingerabdrücken aus, oder?«, sagte Garcia.

»Ich habe gerade nicht richtig zugehört.«

»Fingerabdrücke. Sie wissen, dass sie ein Leben lang unverändert bleiben? Ihre Fingerabdrücke heute sehen genauso aus wie zu der Zeit, als Sie zwölf waren. Nur dass Ihre Hände ein bisschen kleiner waren.«

»Und?«

»Und wir haben Ihren Raum im Haas-Lilienthal-Haus gefunden«, sagte Garcia. »Henry sagt, Sie seien gut im Aufspüren von Dingen, aber wahrscheinlich hat niemand von uns das begriffen – wirklich begriffen –, bis wir diese Tür entdeckt haben. Mit solch einem Raum hatte ich vorher noch nie zu tun. Ihre Fingerabdrücke waren überall.«

»Ich war nur einmal dort und habe nichts angefasst.«

»Vielleicht waren Sie in letzter Zeit nur einmal dort. Und haben in letzter Zeit nichts angefasst. Aber damals haben Sie alles Mögliche berührt. Als Ihre Hände kleiner waren.«

»Und welche Schlüsse ziehen Sie daraus?«

Garcia zuckte die Achseln.

»Kennon war ziemlich aus dem Häuschen, als er dahintergekommen ist.«

»Das glaube ich gern.«

»Wissen Sie, dass er der Beamte war, der Sie damals gefunden hat?«

Caleb nickte.

»Er hat es erwähnt.«

»Er war bei allen drei Anlässen dabei. Als Ihr Vater schließlich getan hat, worauf er schon lange hingearbeitet hatte. Als Sie verschwanden. Und als Sie wieder auftauchten. Er hat Sie gefunden. Ihr Viertel war sein Revier. Als Ihnen der Knebel abgenommen wurde und Sie losbrüllten, war er an Ort und Stelle.«

»Toll.«

»Wäre er nicht gekommen und hätte Sie und Ihre Mutter losgebunden, dann wären Sie verhungert. Als Sie dann nach der Zeit im Krankenhaus verschwanden, hat er nicht aufgehört zu suchen. Wenn er Sie nicht auf der Veranda gesehen hätte, wer weiß? Vielleicht wären Sie wieder abgehauen. In Ihren Raum zurückgegangen.«

Caleb ballte die Fäuste und schaute wieder auf die Tischplatte. Die ganze letzte Woche über hatte er Angst gehabt, der Boden unter ihm würde sich auftun und ihn verschlingen. Jetzt hätte er alles dafür gegeben, dass genau das passierte.

»Ich hoffe also um Ihretwillen, dass Sie ihn tatsächlich nicht umgebracht haben. Dass es nur ein Herzinfarkt war. Denn einen Mann umzubringen, der einen zweimal gerettet hat ...?« Garcia beugte sich vor und flüsterte: »Den Mann, der Ihre Mutter in den Krankenwagen getragen hat? Der den Bolzenschneider entdeckt hat, um Sie zu befreien? Ich weiß nicht. Ich weiß nicht, was man mit einem Menschen wie Ihnen tun sollte.«

»Sie können mich mal, Garcia.«

»Von dem Batrachotoxin brauchen Sie mir nichts zu erzählen«, fuhr Garcia fort. »Das hat Henry schon getan.«

»Dann kann er mich auch.«

»Bei Ihrer Flucht aus dem Krankenhaus haben Sie den Safe offen gelassen. Bevor Sie abgehauen sind, haben Sie sämtliche Probengläschen auf dem Fußboden zertrümmert. Wir haben Schutzanzüge getragen, als wir dort waren, sodass es keine weiteren Toten gegeben hat. Dafür können Sie sich bei Henry bedanken. Henry ist Ihnen ein guter Freund gewesen. Er sagt, Sie wären der klügste Mensch, der ihm je begegnet ist ... und der schwierigste. Vielleicht ist diese Freundschaft jetzt vorbei. Aber er hat sich Mühe gegeben.«

»Ich habe nicht ...«

Caleb hielt inne und sah auf. Schließlich sah er Garcia in die Augen. Zum ersten Mal während des ganzen Gesprächs war er sich einer Sache völlig sicher.

»Niemand kann diesen Safe öffnen. Niemand.«

Es war so leicht zu sagen, weil es die Wahrheit war. Aber im darauffolgenden Schweigen versuchte er sich darüber klar zu werden, was das bedeutete. Er sah auf seine Hände hinunter, die durch die engen Handschellen blass und kühl geworden waren.

Schließlich brach Garcia das Schweigen.

»Ganz genau«, sagte er.

Er warf den Notizblock, den er noch immer nicht benutzt hatte, auf den Tisch.

»Ist Emmeline eine Stimme in Ihrem Kopf? Oder können Sie sie tatsächlich sehen?«

Caleb schaute auf den Monitor und erinnerte sich an die ersten Noten des Songs, den sie gespielt hatte. Wie das Prasseln von Regentropfen gegen die Fensterscheiben eines Hauses, das ganz für sich allein lag. Falls sie irgendwohin gehen würden, nur sie beide, würde der Regen an ihrem Schlafzimmerfenster sich so anhören.

»Kein Kommentar?«, fragte Garcia.

Caleb schüttelte den Kopf und beugte sich weiter zum Monitor vor. Emmeline war nicht im Bild, aber vielleicht konnte er ihren Schatten entdecken. Irgendetwas. Etwas, das bewies, dass sie da war. Das Windlicht in seiner Hand hatte sich so warm angefühlt. Licht und Wärme als Kontrast zum kühlen Grün des Absinths im Glas. Er sah, wie seine Lippen sich zu den Worten bewegten, die Emmeline sang.

Garcia langte über den Tisch und zog das Tablet weg. Er schloss die Videodatei und ließ das Gerät in seinem Aktenkoffer verschwinden.

»Sie existiert wirklich«, sagte Caleb. Aber er hörte den Anflug von Furcht und Anspannung in seiner Stimme. Er klang wie ein Mann, der sich mit den Fingernägeln an einem hohen Felsvorsprung festhielt. »Ich bin ihr begegnet, habe sie berührt.«

»Klar doch«, sagte Garcia. »Das Problem ist nur, dass Sie der Einzige sind. Weil es sie nicht gibt, außer in Ihrem Kopf und auf einem Gemälde.«

Es klopfte.

Garcia schob seinen Stuhl zurück, ging zur Tür und lehnte sich hinaus. Caleb hörte ein Flüstern. Dann trat Garcia auf den Gang und ließ die Tür mit einem Klicken zuschnappen. Caleb saß mit an die Stange gefesselten Händen da und versuchte, nicht in den Spiegel an der gegenüberliegenden Wand zu schauen. Wahrscheinlich beobachteten ihn eine Menge Leute. Er senkte den Kopf, damit sie sein Gesicht nicht sehen konnten.

Nach fünf Minuten kehrte Garcia zurück. Er legte mehrere Blätter mit der Schrift nach unten auf den Tisch, setzte sich hin, stützte die Ellbogen auf die Tischplatte und verschränkte die Hände. Er kam sofort zur Sache.

»Im September waren Sie in der Gerichtsmedizin. Sie haben Henry von der Operation erzählt, ihm von all diesen – wie soll ich es ausdrücken? – *Sorgen* berichtet, die Sie hatten. Bridget. Das NIH, das Ihnen im Nacken saß. Mitten in diesem Gespräch bekam Henry einen Anruf, den er annehmen musste. Sie haben sein Büro solange verlassen, nicht wahr?«

Garcia starrte ihn so durchdringend an, dass er sich vorkam, als hätte ihn der Suchscheinwerfer von Henrys Jacht erfasst. Ringsum wirkte alles umso dunkler.

»Sie hatten zehn Minuten, vielleicht fünfzehn. Ganz allein in der Leichenhalle. Bei der Gelegenheit haben Sie den Virus auf

Marcies Massenspektrometer kopiert. Genau in dieser Nacht wurde der erste Mord verübt. Charles Crane betrat eine Bar und verließ kurz darauf diese Welt. Er war der Erste, stimmt's?«

Caleb starrte eine Weile schweigend auf den Tisch. Er versuchte sich auszumalen, wie es sich anfühlen würde, durch den Boden zu fallen. Die Dunkelheit, die unter allem lag, war erschreckend, aber wenn man sich erst einmal in ihr befand, fühlte sie sich an wie ein schwarzer Kaschmir-Umhang. Warm und sicher.

*Sie wird sich darum kümmern*, dachte Caleb.

»Dr. Maddox.«

»Ich habe das nicht getan.«

»Wir werden sehen«, sagte Garcia. »Elektronische Daten lassen sich nur schwer vollständig löschen. Selbst für einen klugen Kerl wie Sie. Das FBI hat sich schon an die Arbeit gemacht.«

»Dann werden sie mich entlasten.«

»Das bezweifle ich«, sagte Garcia. »Aber vielleicht können Sie mir etwas anderes erklären. Wie viele Menschen haben am dreiundzwanzigsten Dezember bei Ihnen angerufen?«

Caleb konnte die Frage nicht beantworten und schüttelte nur den Kopf. Er war sich nicht mal mit dem heutigen Datum sicher, für die Tage und Nächte der zurückliegenden Woche galt das erst recht.

»Ich spreche von dem Tag, an dem Sie für Emmeline gekocht haben. Wie viele Menschen haben bei Ihnen angerufen?«

»Nur zwei. Bridget und Emmeline.«

»Der Anruf von Emmeline kam, als Sie im Park Chow zum Brunch waren, ist das richtig?«

»Das ist richtig.«

»Sie hat von einem Münztelefon angerufen, von einer Nummer, die Sie nicht kannten.«

Caleb nickte.

»Und während Sie Auto fuhren, haben Sie mit Henry gesprochen. Sie haben ihn angerufen. Dann sind Sie zu einem Lebensmittelladen an der Stanyan Street gefahren und drei Freundinnen von Bridget über den Weg gelaufen.«

›Ja«, sagte Caleb. »Genau. Ich habe Henry angerufen.«

»Mehr Telefongespräche haben Sie am Dreiundzwanzigsten nicht geführt?«

»Nein.«

Garcia nahm eines der Blätter, drehte es um und schob es über den Tisch, sodass es direkt vor Caleb lag.

»Wir haben Ihr Handy gefunden, in Ihrem Haus. Das hier ist ein Verzeichnis Ihrer Verbindungsdaten für den Dreiundzwanzigsten.«

Caleb schaute sich die Seite an. Der erste Eintrag war ein ausgehender Anruf zu Henrys Nummer. Vorher gab es nichts, obwohl dort ein kurzer Anruf am Morgen hätte verzeichnet sein sollen. Ein Anruf aus einer Telefonzelle.

»Die Liste ist nicht komplett«, sagte Caleb. »Sie haben nicht alle Anrufe aufgelistet.«

Garcia schüttelte den Kopf.

»Mehr gibt es nicht.«

Caleb betrachtete die beiden anderen Punkte auf der Liste. Einen verpassten Anruf von Bridget. Später am Abend dann einen Anruf von einer Nummer aus San Francisco, die er nicht kannte.

»Der hier«, sagte er. Wegen der Handschellen konnte er nicht mit dem Finger auf den letzten Eintrag deuten. »Ganz unten. Da hat sie mich angerufen. Kurz nach elf, sie hat mir gesagt, wohin ich kommen soll.«

»Meinen Sie?«, fragte Garcia. Er lehnte sich zurück und griff nach dem Blatt. »Sie glauben, das war Emmeline?«

»Um die Zeit hat sie angerufen. Gegen elf. Das ist der einzige Anruf, den ich um elf bekommen habe.«

»Es ist die Nummer von Marcie Hensleigh«, sagte Garcia. »Sie hat Sie angerufen, wie verabredet. Sie hat eine Weile gewartet, dass Henry sich bei ihr melden und ihr Ihre Nummer geben würde. Als er nichts von sich hören ließ, hat sie sich die Nummer woanders besorgt.«

Caleb sah nicht auf. Er schloss die Augen und lehnte sich an die Wand.

Als Emmeline das Trident verlassen hatte, während Kennon im Sterben lag, hatte sie die offene Handfläche an eine unsichtbare Glasscheibe gedrückt, die sie voneinander trennte. Sie hatte sich verabschiedet, aber es war auch ein Versprechen gewesen. Bis jetzt hatte sie all ihre Versprechen gehalten.

*Bald*, hatte sie gesagt.

Caleb sah zu Garcia auf und drückte sich von der Wand ab.

»Ich möchte einen Anwalt anrufen.«

»Wissen Sie, was schade ist?«, fragte Garcia. »Auf der ganzen Welt gibt es nur einen Menschen, der genau weiß, was heute Abend in dem Haus am Wasser geschehen ist – Sie! Und Sie haben komplett den Verstand verloren.«

## SIEBENUNDZWANZIG

Erst um halb vier am Morgen war der juristische Papierkram für seine Überstellung in die Bryant Street erledigt. Das Polizeirevier von Sausalito war fast leer, nur ein paar Männer und Frauen standen von ihren Schreibtischen auf, als man ihn nach draußen brachte. Garcia ging hinter Caleb die Treppe hinunter, eine Hand auf seiner Schulter. Vor ihnen ging ein Uniformierter namens Gedarro.

Sie erreichten die Parkbucht vor dem Haupteingang, wo ein Streifenwagen des SFPD wartete. Der Uniformierte öffnete die Hintertür und legte die Hand auf Calebs Kopf.

»Vorsicht.«

Die Hände waren hinter seinem Rücken gefesselt, sodass er sich vorbeugen musste und mit dem Gesicht fast das Metallgitter zwischen den Vordersitzen und der Rückbank berührte. Er rutschte nicht weit genug durch. Als der Beamte die Tür hinter ihm zuschlug, stach ihm etwas in den Oberschenkel.

»Haben Sie es gemütlich da hinten?«

»Bestens.«

Gedarro setzte sich ans Steuer und ließ den Motor an. Sie fuhren los, bogen rechts ab und hielten sich Richtung Wasser. Gedarro schaute in den Rückspiegel.

»Keine Eskorte?«

»Hat man Sie nicht informiert?«, fragte Garcia. »In der Nähe der Brücke hat es einen schweren Verkehrsunfall gegeben. Kurz bevor wir gefahren sind, habe ich Bescheid bekommen, dass sämtliche Wagen hinmussten.«

Caleb war ein Stück von der Tür weggerutscht, spürte aber immer noch den Druck am Oberschenkel. Es war die Büroklammer, das kleine U aus Draht, das er benutzt hatte, um das Motorrad kurzzuschließen. Er war heute Abend zweimal gefilzt worden, aber weder Kennon noch Garcia hatten sie entdeckt. Sie war in ein Stück Klebeband gewickelt und hatte wahrscheinlich in einer Falte seines Taschenfutters gesteckt. Die Polizisten hatten nach Messern und anderen Werkzeugen gesucht, nicht nach Papierresten.

»Soll ich die Sirene einschalten?«, fragte der Streifenbeamte.

»Schon gut«, sagte Garcia. »Keine Sirenen. Ich denke, davon hat Sausalito heute Nacht genug gehabt.«

Caleb lehnte sich gegen das Fenster und schob den linken Arm so nah an seine rechte Niere wie möglich. Die Schmerzen in der gebrochenen Schulter ließen ihn Sterne sehen, aber er sagte nichts. Er steckte die Fingerspitzen in die rechte Tasche und zupfte am Futter.

Als sie am Trident vorbeikamen, wandte Caleb sich ab. Er wollte das Gebäude nicht sehen. Stattdessen fiel sein Blick auf die Digitaluhr am Armaturenbrett, die sich im dunklen Fenster neben Garcia spiegelte. Er las die rückwärts laufenden Ziffern.

*3.31.*

Als sie ins Auto gestiegen waren, hatte die Uhr 3.33 gezeigt.

*Bald*, hatte Emmeline gesagt. Als er sich an ihre Stimme, an ihr Versprechen erinnerte, konnte er auch ihr Parfüm riechen. Nicht hier im Wagen. Im Wagen roch es nach Schweiß und mit Desinfektionsmittel abgewischtem Erbrochenen. Nach Waffenöl. Aber sie war auf dem Weg. Das wusste er. Er sah wieder nach vorn. Officer Gedarro war ein großer Mann, dessen Schultern über die Rückenlehne des Sitzes hinausragten.

Garcia war nicht angeschnallt.

Als sie die letzte Kurve der Alexander Avenue vor der Unterführung und der Auffahrt auf den Highway 101 erreichten, sahen sie die Blinklichter von Streifenwagen und Rettungsfahrzeugen vor sich.

»O Scheiße«, sagte Garcia. »Keiner hat mir gesagt, dass es *hier* ist.«

»Was denn?«

»Fahren Sie langsamer. Halten Sie bei dem Kerl da vorn.«

Gedarro trat auf die Bremse. Calebs Fingerspitzen erwischten die Büroklammer. Er zog sie aus der Tasche und ließ sie in seine Handfläche fallen.

Er schaute auf die Spiegelung der Uhr.

*3.30.*

Gedarro hielt an der ersten Reihe von Blinklichtern und ließ die Seitenscheibe herunter. Ein Streifenpolizist kam auf sie zu und beugte sich zum Fenster herab. Er begrüßte Gedarro mit einem Nicken, richtete das Wort aber an Garcia.

»Es gibt keine Umleitung, Sir. Irgendein privater Reisebus ... Er hat sich gleich hinter der Kurve überschlagen. Wenn Sie auf die Brücke wollen, müssen Sie zurück nach Sausalito, die Spencer Avenue nehmen und von dort auf den Highway fahren.«

»Können Sie uns nicht an der Unfallstelle vorbeilotsen?«

»Nein, Sir. Wenn es ginge, würde ich es tun.«

»Also gut«, sagte Garcia. Er sah auf die Blinklichter, dann zu Gedarro hinüber. »Drehen Sie um. Wir fahren zurück in die Stadt und nehmen die Auffahrt von der Spencer Avenue.«

Gedarro wendete in drei Zügen. Sie waren noch nicht weit gekommen, da schlug er vor: »Wir könnten auch den Tunnel auf der Bunker Road nehmen. Dann müssen wir nicht den ganzen Weg zurück.«

»Über die Bunker Road geht es schneller?«, fragte Garcia.

»Höchstwahrscheinlich.«

»Wie Sie meinen. Ich habe auch keine Lust, zurück in die Stadt zu fahren.«

Nach einer halben Minute erreichten sie eine Kreuzung. Caleb konnten den Namen der Querstraße nicht sehen, aber Gedarro bog links ab. Sie kamen an einem Wendekreis vorbei und erreichten die Einfahrt des Bunker Road Tunnels, eine kleine schwarze Öffnung im Hang des Hügels. Dann fuhren sie unterirdisch durch den einspurigen Tunnel, der so eng und dunkel war wie ein von

Hand gegrabener Grubenschacht, in Richtung Westen. Die in kurzen Abständen angebrachten Deckenlampen zogen über ihnen hinweg, von den gewölbten Betonwänden hallte das Motorengeräusch wider. Caleb bewegte die Gelenke in den Handschellen hin und her und starrte geradeaus in die Dunkelheit, auf Gedarros Nacken.

Er hörte sie, bevor er sie sah. Der donnernde Achtzylindermotor des Invicta näherte sich von hinten. Caleb schaute nach links. Er sah die verchromten Scheinwerfer, den senkrechten Kühlergrill mit der Statuette eines Ritters in Rüstung. Dann kam die Motorhaube, geisterhaft grau und unglaublich lang. Um in diesem Tunnel neben ihnen herfahren zu können, musste sie mit den Reifen auf der linken Seite über die Tunnelwand fahren.

Hinter Calebs Rücken klickte es. Der Druck auf sein linkes Handgelenk ließ nach, das Blut strömte ihm wieder in die Finger.

Er achtete nicht darauf.

Er hatte nur Augen für den Black Prince. Die Tunnellampen spiegelten sich in den Scheiben, flackernd und grellorange, als hätte jemand das lederne Verdeck in Brand gesteckt.

Caleb schaute wieder nach vorne.

Gedarro trug ein Kettchen unter dem Uniformhemd. Die Vergoldung war teilweise abgenutzt, wo die Kettenglieder seinen Nacken berührten, das Material darunter war Stahl. Caleb kam an die Schließe nicht heran, sie befand sich hinter dem Gitter. Aber er hatte eine Idee, wie er sie mithilfe seiner Büroklammer erreichen, wie er die Kettenglieder mit einem Haken heranziehen konnte. Der folgende Gedanke war mehr eine bildliche Vorstellung als ein Plan: Er hatte die Kette fest in der Hand und riss sie nach hinten. An Gedarros weicher Luftröhre würde sie sich anfühlen wie eine Messerklinge.

Der Black Prince war jetzt direkt neben ihnen, er fuhr an der Tunnelwand wie ein dahinhuschendes Insekt, so nahe, dass Caleb den Takt der Zylinder in seinen Eingeweiden spürte. Dann sah er sie hinter dem Steuer. Ihre linke Hand hing zum offenen Fenster hinaus, ein lackierter Fingernagel lag auf dem an die Tür montierten Außenspiegel. Im dröhnenden Wind des Tunnels flatterten ihr die dunklen Haare um den Kopf wie Stare beim Sonnenuntergang.

*Emmeline.*

Als er sich zum Gitter vorbeugte, formten seine Lippen lautlos ihren Namen.

Als Emmeline den Invicta zur Seite lenkte, konnte man kaum von einem fairen Kampf sprechen. Ihr Wagen war größer und schwerer, außerdem fuhr er schneller. Der Streifenpolizist zögerte einen Moment, ob er bremsen oder Gas geben sollte, das gab den Ausschlag. Die Stoßstange des Invicta krachte in die Fahrertür des Polizeiwagens, drückte ihn gegen die Tunnelwand. Vor Calebs Fenster tauchte ein horizontaler Funkenregen auf, dann zersplitterte die Scheibe. Er prallte gegen das Gitter hinter Garcias Kopf und spürte, wie seine Nase an dem schweren Draht brach. Kurz waren die Reifen auf der rechten Seite des Streifenwagens in der Luft. Caleb wurde auf die tiefer liegende Seite des Wagens geschleudert und prallte vom Fenstergitter zurück.

Er hörte einen laufenden Motor, bewegte sich aber nicht. Irgendwo in seiner Nähe zerbrach eine Fensterscheibe, aber er wurde nicht von Scherben getroffen. Er setzte sich auf, in diesem Moment knackte es in seinem Hals, für eine Sekunde waren Lichter und Geräusche verschwunden.

Dann kam alles zurück.

Auf das Fenster neben ihm war Blut gespritzt, so dick, dass er kaum durch das zerbrochene Glas schauen konnte. Draußen bewegte sich etwas. Er hörte Schritte. High Heels auf dem Asphalt. Aber auf den Vordersitzen rührte sich nichts: Garcia hing halb zur Windschutzscheibe hinaus. Seine Füße waren noch im Wagen, sie

zuckten ein wenig. Das war mehr, als dem anderen Beamten möglich war. Sein Genick war gebrochen, der Kopf nach hinten gebogen, die weit aufgerissenen Augen starrten Caleb an.

Calebs Tür wurde aufgerissen, dann konnte er sie riechen:
dieser bezaubernde Duft von Mitternachtstau. Blumen, die nicht
existieren können. Nie existiert haben und nie existieren werden.
Er schaute auf seine Hände. Er konnte sich nicht daran erinnern,
sich von den Handschellen befreit zu haben, aber sie waren nicht
mehr da. In der linken Hand hielt er eine zerrissene Goldkette. Er
ließ sie los und wischte sich die blutige Hand an der Hose ab.

»Hallo, Caleb«, sagte sie. »Ich habe versprochen, dass ich bald
komme. Nicht wahr?«

Er drehte sich um und sah sie. Sie trug noch immer dasselbe
Kleid, es hatte Brandlöcher in der schwarzen Schleppe. Sie streckte
ihm die Hand entgegen. Die leuchtende Uhr am Armaturenbrett
zeigte 3.28.

»Kommst du?«

Ihre Stimme erreichte ihn durch das eine Ohr. Im anderen hörte er ein hohes Klingeln. Er starrte auf ihre Hand. Auf die feinen
Linien ihrer Handflächen, die kaum sichtbaren Adern unter ihrer
glatten Haut. Er hatte diese Hand einmal gezeichnet und versuchte sich zu erinnern, wann das gewesen war. Dieses Bild hatte er so
lange mit sich herumgetragen, dass er nicht mehr sagen konnte,
wo es ihm zuerst begegnet war.

»Kommst du?«

Als er antwortete, klangen die Worte, als hätte er den Mund
voller schmelzendem Eis. Wahrscheinlich war es Blut, Stücke von
abgebrochenen Zähnen.

»Du bist gar nicht hier«, sagte er. »Du bist … Du hast es nicht
getan.«

»Ist das wichtig, Caleb?«, fragte sie. »Gibst du irgendetwas darauf, was diese Leute sagen?«

Jedes Mal, wenn er die Augen bewegte, sah er plötzlich doppelt. Er schloss die Lider, blinzelte das Blut fort. Als er sie wieder öffnete, bemerkte er, dass sie noch an der offenen Tür stand. Die zwei getrennten Bilder von ihr näherten sich an und verschmolzen dann zu einem. Zu einem klaren, wunderschönen Ganzen.

»Ich habe dich geliebt«, sagte er. »Schon als ich dich zum ersten Mal gesehen habe. Da war ich noch ein Kind.«

»Ich weiß.«

»Und ich wollte dich ... wollte dich retten ... wollte, dass du mich rettest.«

»Weißt du noch, wie wir uns gefunden haben?«

Er versuchte, den Kopf zu schütteln, aber sein Hals schien nur aus verdrehten Nervensträngen zu bestehen, die Bewegung ließ brennende Schmerzen in seine Arme schießen. Er schrie, bis er völlig außer Atem war. Nach einer Weile schaffte er es, sie wieder anzusehen.

»Ich kann dir die Erinnerung zurückgeben«, sagte sie. »Willst du sie?«

»Ich schaffe das nicht. Nicht allein.«

»Schließ die Augen, Caleb. Ich gebe sie dir«, sagte sie. »An jenem Morgen haben wir die Zeit zum Anhalten gebracht. Ich will es dir zeigen.«

Er schloss die Augen. Ihre Fingerspitzen berührten seine Stirn und malten einen Kreis aus Blut. Da war sie, die Erinnerung. Sie war in ihren Fingern, sie vermischte sich mit dem Blut auf seiner Haut, dann drang sie in ihn ein. Sie war fünfundzwanzig Jahre vergessen gewesen. Emmeline hatte sie für ihn aufbewahrt. Sie gerettet, bis er bereit war, sie hochzuholen. Als sie fertig war, zog sie die Hand zurück.

»Erinnerst du dich, Caleb?«


Sie stiegen aus dem Bus und stellten sich im Nieselregen auf dem Bürgersteig auf, während die Lehrerin und die beiden Aufpasserinnen die Kinder durchzählten. Dann gingen sie die Treppe hoch,

Caleb neben Henry, der sich die Brille hochschob, um die Tafel neben der Tür lesen zu können.

Sie waren in der Küche, als er es entdeckte.

Der Monteur musste zum Mittagessen nach draußen gegangen sein. Auf dem Fußboden rings um das Spülbecken lagen Werkzeuge. Schraubenschlüssel und eine Lötlampe, ein langer Flachschraubendreher, von dem ein kleines Stück Karbonstahl abgesplittert war. Caleb stand hinten in der Gruppe. Außer Henry bemerkte niemand, dass er einen Schritt näher an den Werkzeugkasten herantrat. Der Museumsführer sprach von Pferdewagen, mit denen Eis ausgeliefert wurde.

Auf dem Fußboden lag ein Messer, dessen gekrümmte Klinge so schwarz und scharf wirkte wie die Krallen eines Tigers. Es sah exakt so aus wie das Messer seines Vaters, nur dass an diesem hier kein Blut klebte.

»Caleb«, flüsterte Henry.

Caleb hörte, dass der Führer die Klasse aus der Küche ins Esszimmer dirigierte. Der Monteur hatte das Messer mit schwarzem Isolierband umwickelt, um es besser greifen zu können. Sein Vater hatte es genauso gemacht. Als das Werk seines Vaters sich dem Ende näherte, wäre der Griff ohne das Band ziemlich glitschig gewesen.

Caleb schloss die Augen fest und machte sie wieder auf.

Er war in dem Museumshaus, allein in der Küche. Es konnte nicht das Messer sein. Seine Mutter war in ihrer neuen Wohnung, ihr Gesicht bandagiert. Die anderen Kinder waren im Raum nebenan. Er wusste es, konnte sie aber nicht hören. Er hörte nur seinen Vater, sein Schreien. Es klang wie das Bellen eines Hundes.

Das Messer lag auf dem Boden, wo sein Vater es hatte fallen lassen. Aber das stimmte nicht. Er war nicht mehr im Keller. Ein Mann war gekommen und hatte ihn herausgeholt. Er war in einem Museum. In einer Küche in einem Museum. Das Messer lag dort, wo der Monteur es hatte liegen lassen.

Es gehörte auf die Mülldeponie, wo auch die Asche seines Vaters gelandet war. Er wusste, dass er es loswerden musste. Die Klinge ließ sich nicht verbrennen, aber immerhin konnte man sie vergraben.

Caleb glaubte, er wäre allein, bis ein Schatten auf ihn fiel. Er sah auf. Der Junge, der das Messer vom Boden aufhob, hieß Drew. Bis heute war er nur ein Gesicht im hinteren Teil des Klassenraums gewesen. Ein Junge, der beim Lesen immer noch mit den Fingern Wort für Wort auf dem Papier verfolgen musste. Der Schuhe mit Klettverschlüssen trug, weil Schnürsenkel ihn verwirrten. Aber jetzt hielt Drew das Messer so, dass dessen Spitze auf Calebs Bauch zeigte.

»War es so eins?«, flüsterte Drew. »Hat er so eins benutzt?«

Caleb starrte das Messer an. Seine Kehle war so eng, als würde er am Galgen baumeln.

»Es war so eins, stimmt's?«, sagte Drew mit zischender Stimme. Ihre Lehrerin war im Zimmer nebenan. »Und du hast es gewollt.«

Selbst wenn Caleb hätte sprechen können, er hätte kein Wort gesagt. Der Junge hatte keine Ahnung, aber Caleb schuldete ihm keine Erklärung.

»Hat dir das Zuschauen gefallen?«, fragte Drew.

Er stieß mit dem Messer durch die Luft, wenige Zentimeter vor Calebs Augen.

»Hat es dir gefallen, wie er sie geschlitzt hat?«

Caleb spürte eine Hand auf seiner Schulter. Er drehte sich nicht um, ließ das Messer nicht aus den Augen, aber er wusste, dass es Henrys Hand war.

»Leg das hin, Drew«, sagte Henry.

Der Junge trat einen Schritt zurück. Henry war der größte Junge in ihrem Jahrgang, sicher einen Kopf größer als Drew.

»Ich habe nicht …«

Henry war auch der schnellste Junge im Jahrgang. Er schoss um Caleb herum, packte Drew am Handgelenk, riss ihm den Arm hoch und drehte ihn um. Henry drückte den Jungen gegen das Spülbecken und legte ihm die Hand auf den Mund. Das Messer fiel zu Boden.

»Du hältst den Mund«, flüsterte Henry. »Wenn ich dich jetzt loslasse, gehst du wieder zurück zur Klasse. Kapiert?«

Drew nickte, seine Augen traten hervor.

»Kein Wort sagst du«, flüsterte Henry. »Wenn ich noch mal sehe, dass du Caleb belästigst, gehe ich damit nicht zum Lehrer. Dann ist es eine Sache zwischen uns beiden.«

Henry ließ den Jungen los und sah ihm nach, wie er aus der Küche lief. Dann legte er die Hände auf Calebs Schultern.

»Alles in Ordnung?«

Caleb antwortete nicht. Die Schlinge um seinen Hals schien sich noch weiter zugezogen zu haben. Aber Henry kannte ihn gut, ob er nun redete oder nicht.

»Atme einfach«, sagte Henry. »Alles wird gut. Verstehst du?«

Sanft drehte Henry ihn zur Tür. Sie gingen ins Esszimmer, wo sie sich dem Rest der Klasse anschlossen. Mehrere Kinder drehten sich um und warfen Caleb finstere Blicke zu.

In diesem Moment hatte er begriffen, dass es für ihn nie wieder so werden würde wie früher. Drew wusste es und die anderen auch. Henry hatte es vielleicht am klarsten begriffen. Sie waren einem Albtraum begegnet, einem Monster. Aber sie waren in Sicherheit, weil es vorbei war. Für sie war alles nur eine Geschichte, ein Märchen. Und obwohl Caleb nie richtig einer von ihnen werden würde, gehörte ihnen jetzt ein Teil von ihm. Sie würden ihm seine Geschichte entreißen, sie von ihm trennen, seine Dunkelheit für sich beanspruchen. Als etwas, über das man erst staunte und das man dann einfach wegwarf.

Der Versuch, ihnen in die Augen zu schauen, war zu anstrengend. Er sah sich in dem Zimmer um, das Henry und er gerade betreten hatten. Seine Kehle war immer noch zugeschnürt, und wahrscheinlich hatte er seit dem Anblick des Messers nicht mehr geatmet. Im Zimmer war ein Kamin, darüber hing ein Gemälde. Die junge Frau sah ihn an, aber ihr Blick tat ihm nicht weh. Die Schmerzen in seiner Kehle ließen nach. Von dem Gemälde fiel Licht in den Raum. Noch während er hinsah, bewegte die Frau ihre linke Hand. Er trat einen Schritt zurück und stieß gegen Henry.

»Caleb«, flüsterte Henry. »Du musst atmen.«

Mit weit aufgerissenen Augen wandte Caleb sich zu seinem Freund um, dann musterte er wieder das Gemälde an der Wand. Jetzt stemmte die Frau sich mit einem Ellbogen von der Strohmatratze hoch. Sie streckte ihm den linken Arm entgegen, mit der Handfläche nach oben. Dreimal winkte sie ihn mit dem Zeigefinger zu sich. Er sollte näher kommen, aber Henry führte ihn weg.

Er war klug genug, den Mund zu halten.

Im nächsten Raum gelang es ihm, sich von Henry zu lösen und ans Ende der Gruppe zurückfallen zu lassen. Dann, als sie die Treppe hinaufgestiegen waren, trennte er sich von der Klasse. Auf dem Absatz hörte er ein Flüstern. Sie rief ihn von ihrem Platz über dem Kaminsims zu sich. Sie nannte nur seinen Namen, dehnte die beiden Silben, als hätte der Wind sie gesprochen.

*Ca-leb.*

Er ging zu ihr. Wie hätte er es nicht tun können?

Unten kam es ihm vor, als wäre die Sonne untergegangen. Vielleicht war ein Diener erschienen und hatte unsichtbare Kerzen angezündet. Im ersten Stock stiegen die Stimmen der Kinder zum Himmel auf, wurden immer leiser. Als sie verstummten, atmete das Haus auf.

Er ging durch den Raum und stellte sich vor sie. Der Moment zog sich ewig hin. Caleb spürte nicht einmal, wie er hinter den Horizont fiel, denn er war mit ihr allein. Nur Caleb und Emmeline, mitten in einem Wasserfall. Gekrümmter Raum und Erinnerungsschleifen. Die Zeit war so weich, dass man glauben konnte, die Uhren hingen wie schlaffe Lumpen an der Wand. Sie waren nur dreißig Zentimeter voneinander entfernt und ließen sich nicht aus den Augen. Er wollte sie so sehr, dass es wehtat.

Sie war gespenstisch schön. Und wartete darauf, gehängt zu werden.

Er spürte keine Angst, als sie sich im Gemälde aufsetzte, sich zum Kaminsims drehte und mit der Leichtigkeit einer Tänzerin heruntersprang. Sie nahm das Kissen vom Sofa und streckte sich auf dem Boden aus. Dieses Bild war so trügerisch, dass es sich hartnäckig in seinen Gedanken und tiefsten Erinnerungen einnisten würde, wo es auf den richtigen Zeitpunkt wartete, um zu sprießen und wieder neu zu wachsen. Ihre Augen waren halb geschlossen, auf ihren Lippen lag der Hauch eines Lächelns. Sie wartete auf ihn, flehte ihn an, sie zu berühren. Flehte ihn an, die Uhren rückwärtslaufen zu lassen, damit er zu ihr gelangen konnte. Sie mitnehmen konnte. Sie vor der Morgendämmerung retten konnte. Diesmal konnten ihn keine Ketten zurückhalten. Hier gab es keine Ringbolzen im Fußboden.

Hinter ihr flackerte der Kamin auf, sie breitete die Arme aus.

Bevor er zu ihr ging, schaute er noch einmal auf den Kaminsims. Die Gefängniszelle im Bilderrahmen war leer. Er fiel vor ihr auf die Knie, zitternd vor Tränen, die er nie würde erklären müssen, denn er wusste, sie war …

»Caleb?«

Er blickte auf. Sie waren im Tunnel. Sie streckte ihm den Arm entgegen, mit der Handfläche nach oben. Ihre Fingerspitzen waren tiefrot vom Blut auf seiner Stirn.

»Ein Teil von mir«, flüsterte er.

»Dann komm«, sagte sie. »Bitte komm. Wir müssen uns jetzt beeilen. Du musst den Streifenwagen fahren. Schaff ihn aus dem Tunnel. Ich werde dich dort treffen.«

»Henry hat ihnen von mir erzählt – von uns.«

»Du musst dich beeilen, Caleb. Fahr Richtung Norden. Versteck die Leichen und such dir ein anderes Auto. Wir sehen uns. Aber du musst dich beeilen.«

Er schloss die Augen und griff nach ihrer Hand. Eigentlich musste sie direkt vor ihm sein, ganz leicht zu finden. Er hatte ihre Hand sogar mit der Augenbinde gefunden. Er hatte sie im dunklen Teil San Franciscos gefunden, nur mit dem Geruch ihres Parfüms als Hinweis, mit der Erinnerung an ihre Finger auf seinem Handgelenk. Er hatte ihren geheimen Raum gefunden – *ihrer beider* geheimen Raum.

Aber als er jetzt die Hand ausstreckte, fanden seine Finger nur Luft. Er blickte auf und sah auf die Tunnelwand.

Sie war weg. Der Black Prince war weg.

»Emmeline?«

Die Geräusche des Tunnels verschwanden. Die Belüftung und der Motor des Streifenwagens liefen geräuschlos. Garcias Füße traten lautlos auf das Armaturenbrett. Das einzige Geräusch war ein trockenes Kratzen: der Klang von Herbstblättern auf einem Bürgersteig, über den ein leiser Windhauch weht.

Er lehnte sich durch die offene Wagentür hinaus und schaute über die Straße zurück.

Ein Stück Papier wehte auf ihn zu, getragen vom Luftstrom im Tunnel. Er konnte den Text auf dem Papier noch nicht entziffern, wusste aber, was es war. Ihn fröstelte vor Grauen. Natürlich hatte Emmeline es geschickt. Sie wollte, dass er es las, so wie sie gewollt hatte, dass er die Geheimtür fand. Er hatte keinen Schlüssel gebraucht, um in den Raum hinter dem Kamin zu gelangen; für den Raum war kein Schlüssel nötig, weil er für sich selbst der Schlüssel war. Sie hatte gewusst, dass er, wenn er eintrat und den jahrzehntealten Staub und Schimmel einatmete, wenn er die herumliegenden Zeichnungen und die mit Spinnweben überzogene Pritsche sah – dass er dann eine tiefer im Inneren versteckte Tür öffnen würde. Jetzt forderte sie ihn auf, noch eine weitere Tür zu öffnen.

Er stemmte sich von der Rückbank hoch, stand auf und stoppte das Papier mit dem Fuß, bevor es vorbeifliegen konnte.

Es war ein Handzettel. Wie die, die er in den letzten sechs Monaten an der Haight Street gesehen hatte, in der Gegend um Fisherman's Wharf herum und in einem halben Dutzend weiterer Straßen. Seit September waren sie an Laternenmasten geklebt und an Bäume geheftet worden, er hatte sie in Schaufenstern gesehen, Block für Block. Papierflächen, die ganze Fenster füllten und sich um ausgewachsene Bäume wickelten, bis in die höchsten und empfindlichsten Zweige. Er hatte jede Menge Menschen an ihnen vorbeigehen sehen, ohne ihre Schritte zu verlangsamen, ohne den Blick auch nur für die halbe Sekunde zu heben, die nötig gewesen wäre, um die Namen der Vermissten zu lesen.

Er beugte sich hinunter und nahm den Zettel in die Hand. Über drei Schwarz-Weiß-Fotos stand in Großbuchstaben die Frage:

*HABEN SIE INSPECTOR GARCIA ODER OFFICER GEDARRO GESEHEN? WAS IST MIT DAVID HANEY?*

Die beiden ersten Fotos konnten so nicht aufgenommen worden sein. Garcias Gesicht war zertrümmert und in Fetzen, ein Auge von einer Glasscherbe durchstoßen, die immer noch in der Höhle steckte. Officer Gedarro stand mit dem Rücken zur Kamera und sah trotzdem geradewegs in die Linse, weil sein Genick gebrochen und sein Kopf um hundertachtzig Grad gedreht war. Die Haut an seinem Hals war spiralförmig gewunden wie die einzelnen Fasern eines Seils. Das letzte Foto zeigte den Mann, der auf der Matratze im Trident gelegen hatte, das Gesicht immer noch von der Apparatur aus Metall umschlossen. Caleb ließ den Handzettel los und sah ihm hinterher, wie er um die sanfte Kurve des Tunnels geweht wurde und schließlich im draußen wartenden Nebel verschwand.

Vielleicht hatte sein Vater vor fünfundzwanzig Jahren auch die Handzettel gesehen. Vermisste Männer gingen auf sein Konto, fünfzehn insgesamt, aus der ganzen Zeit seit Calebs Geburt. Vielleicht hatten ihre Gesichter die Wände an seinem Schneideraum geziert, während jener letzten drei Tage. Flugblätter und Handzettel überall, wie Müll nach einer Überschwemmung. Dazwischen sein Vater, singend und bis zu den Ellbogen in Blut, wie er mit einem hölzernen Hammer und einem improvisierten Meißel an seiner letzten Skulptur arbeitete. Vielleicht war er durch ein Meer von Handzetteln gestolpert, vielleicht hatte er sich jedes Mal, wenn er eine Pause gemacht und die Arme zur Decke gereckt hatte, durch einen wirbelnden Sturm von Flugblättern kämpfen müssen. Wenn er sich im Kreis gedreht, die Fäuste in die Luft gestoßen und in Sprachen gebrüllt hatte, die kein Mensch verstand.

Vielleicht hielten die Sammler, die seine Gemälde kauften, darauf nach Hinweisen Ausschau. Vielleicht wollten sie in stillen Räumen vor ihnen stehen, sie nach Zeichen und Warnungen absuchen. Versteckte Bilder voll düsterer Anspielungen, wie tief verborgene Samenkörner. Ganz ähnlich würden Henry und die anderen sein Haus und sein Labor durchforsten, seine Artikel noch einmal lesen und nach Hinweisen auf den Ursprung dieser Dunkelheit namens Caleb suchen, die wie Unkraut in ihrer Mitte herangewachsen war. Sie würden ihre Entdeckungen katalogisieren und sich in Zeitschriften darüber auslassen. Vielleicht würden andere Sammler sich irgendwann für seine Kohlezeichnungen interessieren, sie bei Privatauktionen erwerben und mit nach Hause nehmen, um die Abstufungen des Chiaroscuro in seinen Akten von Bridget Laurent zu studieren – in der Hoffnung, den Punkt auszumachen, an dem das Spektrum in reines Schwarz umgeschlagen war.

Er schaute in den dunklen Tunnel.

»Emmeline?«, flüsterte er.

Sie antwortete nicht. Sie konnte nicht antworten, denn sie war fort.

Er schloss die Augen wieder und hielt sich am Dach des Autos fest, um nicht vornüberzufallen. Er musste atmen, musste sich konzentrieren. Das war seine einzige Chance. Sich auf sie zu konzentrieren. Sich auf alles Mögliche zu konzentrieren, aber vor allem auf sie.

»Emmeline.«

Beim Flüstern schwappte ihr Name in drei flachen Wellen auf einen ersehnten Strand. Er setzte das Wort im Kopf frei, ließ sich von ihm durchdringen.

Obwohl sie fort war, konnte er sie noch riechen.

*Ich gehöre dir*, hatte sie gesagt, und bisher hatte sie nie gelogen. Alles hatte gestimmt, sie hatte kein einziges Versprechen gebrochen. Ihr Parfüm, das dem Geruch von verbogenem Metall und brennendem Gummi widerstand, war ein neues Versprechen. Das Versprechen, dass, wenn alles andere verschwunden war, wenn keine Hoffnung oder denkbare Zukunft blieb, es immer noch Emmeline gab.

Er öffnete die Augen, drehte sich um und schlug die Beifahrertür des Streifenwagens zu. Er trat zur Fahrertür und betrachtete durch die zerbrochene Scheibe hindurch Officer Gedarro. Dann schaute er auf den vorderen Teil des Autos. Auf der Motorhaube und in Garcias Haaren war ein Fächer aus Glassplittern ausgebreitet. Die Scherbe in Garcias rechtem Auge glitzerte im bernsteinfarbenen Licht. Aber der Motor lief noch. Wenn er von der Wand zurücksetzte und den Vorwärtsgang einlegte, konnte er den Wagen fahren. Vielleicht nicht weit, aber das war auch nicht nötig. In erster Linie ging es darum, aus dem Tunnel hinauszukommen.

Er öffnete die Fahrertür und stieß Officer Gedarro auf den Beifahrersitz, hinter die baumelnden Beine Garcias. Emmeline gehörte ihm. Das war die reinste Wahrheit. Sie würde auf ihn warten, oben im Norden oder wo immer er hinging. Er ließ sich auf den Sitz fallen und zog die Tür zu. Nachdem er zurückgesetzt und das Steuer ausgerichtet hatte, sah er in den Seitenspiegel. Noch waren keine Scheinwerfer zu sehen, aber sie würden kommen, und zwar sehr schnell.

Er musste sich beeilen. Auch was das anging, hatte Emmeline die Wahrheit gesagt. Er legte den Gang ein, trat das Gaspedal durch und griff am Lenkrad vorbei, um das störende zerborstene Glas zu entfernen, das noch von der Frontscheibe übrig war. Er spürte den frischen Wind in seinem blutenden Gesicht.

Draußen auf der Motorhaube sah ihn Garcia mit seinem unverletzten Auge an. Er blinzelte, starrte, blinzelte wieder. Seine Füße schlugen rhythmisch auf das Armaturenbrett.

»Nach Norden«, sagte Caleb und sah den Detective an. »Sie wird dort sein. Sie werden schon sehen.«

Zwei Reifen des Streifenwagens waren platt. Sobald er schneller als fünfzehn Stundenkilometer fuhr, wurde das Schlingern unkontrollierbar. Humpelnd schafften sie es aus dem Tunnel hinaus, das verwundete Auto und seine menschliche Fracht. Als er in die Nebelwand draußen fuhr, sah er vor sich, wie es im Norden sein würde, wie es weitergehen würde, wenn er sie wiederfand. Vielleicht würde er in einer Woche oder in einem Monat in einem Entwässerungsrohr unter einem einsamen Highway-Abschnitt schlafen, aber wenn er nachts aufwachte und sich umsah, würde er kein Betonrohr sehen, keine abgebrochenen Äste oder alten Tierknochen, die er zur Seite geschoben hatte, um sein Bett zu machen.

Nichts von alldem.

Er würde eine flackernde Kerze in einem eisernen Vogelkäfig sehen, die Kuchenplatte aus Kristall mit der getrockneten Rose, den ausgestopften Adler mitten im Schrei. Perserteppiche würden einen Boden aus Holzdielen bedecken. Irgendwo im unsteten Schatten würde er die Comtoise-Standuhr hören, das Rückwärtsticken der Zeit im Nirgendwo.

Vielleicht würde er in einem Waschsalon eine alte Decke stehlen, aber wenn er erst im Licht von Emmelines Käfigkerze erwachte und das Ticken des gut geölten Uhrwerks hörte, würde er es sich auf weißen Daunen gemütlich gemacht haben, nicht auf einer fusseligen Decke. Wenn er unter den Laken auf Entdeckungsreise ging, würde er Emmelines Hüfte finden, würde er mit dem Finger an dieser feinen, kühlen Kurve entlangfahren, bis sie sich regte, erwachte und sich zu ihm umdrehte.

Sie würden nachts reisen.

Nach Norden und immer weiter, bis sie Wälder fanden, die tief genug waren, um sie aufzunehmen. Vielleicht würde er es wagen, per Anhalter zu fahren und auf dem Beifahrersitz eines Pick-ups sitzen, hinter dem Steuer ein alter Mann, der nach Schweiß und Kautabak roch, nach Gedanken, die er für sich behielt. Aber wenn Caleb die Augen schloss, würde das Klappern des Pick-ups nachlassen, bis er sie davontrug, als führen sie auf glatten Schienen. Der Motor würde anziehen, bis sein Klopfen in das Röhren eines perfekt eingestellten Achtzylinders überging. Wenn er die Augen öffnete, würde Emmeline sich ihm zuwenden und lächeln, eine Hand am lederverkleideten Lenkrad des Black Prince.

*Schau nicht auf den Rücksitz, Caleb, okay?*, würde sie vielleicht sagen. *Ich will nicht, dass du wütend auf mich wirst. Der alte Mann …*

Garcia sah ihn immer noch von der Motorhaube aus an.

»Sie wird sich um mich kümmern«, sagte Caleb zu ihm. »Nur darum geht es.«

Weiter vorn sah er eine breite Stelle im schotterbedeckten Randstreifen, wo das Auto problemlos durch eine Lücke in der Leitplanke hindurch- und die Böschung hinabfahren konnte. Er musste nur noch eine Sache erledigen. Er streckte den Arm aus, öffnete Gedarros Pistolenhalfter, zog die Waffe heraus und wog sie in der rechten Hand. Dann bremste er ab, nahm den Gang heraus, lenkte den Wagen auf den Randstreifen zu, wo die Böschung langsam zu einer mit Gestrüpp überwucherten Schlucht abfiel. Er ließ sich hinausfallen und rollte sich seitlich vom Auto weg. Er sah, wie der Wagen die Böschung hinunterfuhr, bis er verschwand. Dann ertönte ein schwacher Schrei, von dem er wünschte, er hätte ihn nicht gehört.

Aber es würde kein Problem geben.

Er würde die Sache Emmeline überlassen, sie würde die Last tragen, sie weit weg von ihm schaffen. Sie konnte eine Menge Schreie für ihn tragen. Aber es gab noch eine andere Möglichkeit. Sein Vater hatte mit allem, was er tat, falschgelegen, nur seine letzte Entscheidung war zweifellos richtig gewesen. Darüber waren sich alle einig gewesen. Er schaute auf seine Füße. Als er sich aus dem Auto hatte fallen lassen, war ihm Gedarros Pistole aus der Hand geglitten. Jetzt suchte er den Randstreifen nach ihr ab, bis er sie fand.

Er blieb stehen und hob sie auf.

So oder so würde er eine Waffe brauchen. Er wischte sie ab und schob sie in seinen Hosenbund. Dann überlegte er, in welcher Richtung die nächste Ortschaft lag. Wenn er sich beeilte, konnte er noch vor dem Morgengrauen ein Motorrad finden. Vielleicht würde er bei Sonnenaufgang schon weit im Norden sein. Sie wartete auf ihn, dort oben, wo der dichte Wald sogar das nachmittägliche Sonnenlicht abhielt. Wo sich der morgendliche Nebel in den Baumkronen fing, zu Boden fiel, nach feuchter Baumrinde und dem Meer roch. Es würde ein guter Ort für sie sein, für das, was sie tun mussten. Vielleicht würde sie Absinth mitbringen. Dann könnten sie ein letztes Glas zusammen trinken, unter den Bäumen, bevor es dunkel wurde.

# DANKSAGUNGEN

Eine Menge Menschen haben mir dabei geholfen, diese Geschichte in das Buch zu verwandeln, das Sie jetzt in den Händen halten. Meine Frau Maria Wang hat das Manuskript zahllose Male gelesen, immer mit einem Rotstift in der Hand. Ohne sie hätte ich das Buch niemals schreiben können. Meine Schwester Lisa Moore hat mir mit Vor-Ort-Erkundungen geholfen, wenn ich nicht selbst nach San Francisco reisen konnte. Dawn Barbour vom Sausalito Police Department hat seltsame Fragen beantwortet. Die Fragen, die Nathaniel Boyer, M. D., beantwortet hat, der damals am UCSF Medical Center gearbeitet hat, dürften verstörend gewesen sein. Bruce Nakamura, Jon Wilson, J Moore, Elizabeth Moore und Jocelyn Wood sind Testleser der Sonderklasse. Vor allem aber habe ich Alice Martell zu danken, meiner Agentin. Sie hat vor Augen gehabt, was aus dieser Story werden konnte, und mich nicht aufhören lassen, bis ich dieses Ziel erreicht hatte. Als das Buch dann fertig war, ist sie dessen unermüdliche Fürsprecherin geworden. Die Arbeit mit den Lektoren – Andrea Schulz, Naomi Gibbs und Alison Kerr Miller bei Houghton Mifflin Harcourt sowie Bill Massey bei Orion – war eine Ehre und ein Vergnügen. Danke euch allen.

Das Trident Restaurant in Sausalito hat jetzt, wo ich dies schreibe, geöffnet. Er ist nie von einem Boot gerammt worden, man kann dort herrliche Nachmittage verbringen.